UND DER SCHÖNBUCH SCHWEIGT

Sybille Baecker ist gebürtige Niedersächsin und Wahlschwäbin. Sie liebt das Ländle, ihr Herz schlägt aber auch für die Highlands und die rauen Küsten Schottlands, die sie immer wieder gern und ausgiebig bereist. Ebenso hegt sie ein Faible für den Scotch Whisky. Die Fachfrau für »Whisky & Crime« ist Autorin der erfolgreichen Krimiserie um den Kommissar und Whiskyfreund Andreas Brander. 2020 wurde sie mit dem Arbeitsstipendium des Autorinnennetzwerkes Mörderische Schwestern ausgezeichnet.

SYBILLE BAECKER

UND DER SCHÖNBUCH SCHWEIGT

Schwaben Krimi

emons:

Bibliografische Information der Deutschen Nationalbibliothek
Die Deutsche Nationalbibliothek verzeichnet diese Publikation in der Deutschen Nationalbibliografie; detaillierte bibliografische Daten sind im Internet über http://dnb.d-nb.de abrufbar.

MIX
Papier | Fördert gute Waldnutzung
FSC
www.fsc.org
FSC® C083411

Umschlagmotiv: photocase.de/Mr. Nico
Umschlaggestaltung: Nina Schäfer, nach einem Konzept von Leonardo Magrelli und Nina Schäfer
Umsetzung: Tobias Doetsch
Gestaltung Innenteil: DÜDE Satz und Grafik, Odenthal
Lektorat: Hilla Czinczoll
Druck und Bindung: CPI – Clausen & Bosse, Leck
Printed in Germany 2024
ISBN 978-3-7408-2311-5
Schwaben Krimi
Originalausgabe

Für Frank

Er mochte die Nacht. Das war schon immer so. Es fiel ihm leichter, sich im Schutz der Dunkelheit davonzustehlen, statt im grellen Licht des Tages der Welt gegenübertreten zu müssen. Menschen mochte er nicht.

Er hob den Riegel des Wildschutzgatters, öffnete das Tor zum Naturpark Schönbuch und schob sein Fahrrad hindurch. Es war ein altmodisches Trekkingrad, ohne elektrischen Antrieb. Es ging ihm nicht darum, schnell zu fahren. Es war das stetige Treten, die Gleichmäßigkeit der Bewegung, die ihm guttat und ein klein wenig Sicherheit gab. Die Anstrengung, wenn es mal bergan ging, half ihm, seinen Stress abzubauen.

Er hatte mal von einer Frau gelesen, die einfach loslief, wenn ein depressiver Schub sie überwältigen wollte. Sie lief und lief, so lange, bis es wieder besser wurde. Einmal war sie in den Norden bis nach Stockholm gelaufen. Doch für solche Strapazen fehlte ihm die Kraft. Zudem hätte es bedeutet, auch bei Tage unter Menschen sein zu müssen. Menschen, die ihm nicht glaubten. Die ihn verurteilten.

Der Wald um ihn herum lag in Finsternis. Der abnehmende Mond spendete kaum Licht, und der Frontstrahler seines Rades beleuchtete nur matt den breiten Weg, als er seine Tour fortsetzte. Er hätte auch ohne Licht durch den Wald radeln können, er kannte jeden einzelnen Meter, so oft war er diese Strecke schon gefahren.

Als sich der Pfad bei der Forstlagerhütte mit dem großen Mammutbaum in drei Wege gabelte, wählte er den mittleren. Jede der drei Möglichkeiten führte zu seinem Ziel. Aber dieser Weg war ihm der liebste. Er verlief in Kurven stetig leicht bergab.

Eine Windböe rauschte durch die Zweige, die wenigen vertrockneten Blätter, die noch daran hingen, raschelten leise. Dann war wieder nur das Knirschen seiner Spike-Reifen zu hören, die über den gefrorenen Boden, über Schotter, Sand und verrottendes Laub rollten.

Am Ende bog er rechts auf die Kirnbachstraße ab. Es war keine Straße, sondern ein breiter Waldweg. Der namensgebende Bach schlängelte sich zwischen den Bäumen mal links, mal rechts entlang.

Es ging nun leicht bergauf, minimal nur, aber er kam trotz der winterlichen Temperaturen ins Schwitzen. Sein warmer Atem verfing sich bei der eisigen Kälte in seinem Schal. Der Weg führte an einer Grillstelle mit Schutzhütte vorbei, die in der Dunkelheit nur zu erahnen war. Das leise Plätschern des Baches erklang hier und da. Es war kurz vor Mitternacht. Am Wegesrand sah er flüchtig ein paar Augen aufblitzen. Ein Fuchs? Ein Marder? Oder gar ein Wildschwein?

Er fuhr weiter, stetig trampelnd, nicht schnell, nicht langsam. Eine Fledermaus kreuzte lautlos seinen Weg, ein Käuzchen rief. Er spürte, wie er ruhiger wurde. Hier war er allein mit sich und der Natur. Niemand, der ihn bedrohte, der ihn verletzte, der ihm ins Gesicht spuckte. Nur er, der Wald und die Tiere. Hier lauerte keine Gefahr.

Schließlich erreichte er sein Ziel. Er schob das Fahrrad über den schmalen Pfad, der links abzweigte und zur Wildbeobachtungskanzel führte. Mit Hilfe von Rundhölzern waren an der kleinen Steigung ein paar Stufen in den Boden eingebracht worden. Er schob das Rad neben den Stufen hinauf und kettete es an einen der dicken Pfähle, auf denen die Kanzel stand. Er zog die Radtasche vom Gepäckträger, hängte sich den Riemen über die Schulter und stieg die steile Holztreppe zur Kanzel hinauf. Die ersten Stufen waren leicht überfroren. Er hielt sich zur Sicherheit am Geländer fest.

Zu dieser Jahreszeit war er der Einzige, der nachts hierherkam. Im Herbst, zur Brunftzeit der Hirsche, war es ein Gräuel. Da kamen die Menschen zuhauf, hatten Fotoapparate bei sich mit riesigen Stativen, drängelten sich auf die vorderste Bank in der Kanzel, um ein Foto zu schießen. In der Zeit konnte er nicht herkommen, da musste er woandershin. Diese Gier nach einem perfekten Foto stieß ihn ab.

Aber jetzt, in den letzten Tagen zwischen den Jahren, in den Raunächten, da kam niemand. Es war zu kalt und zu feucht, es gab kaum etwas zu hören oder zu sehen – zumindest für die, die den Wald nicht kannten. Er kannte den Wald. Die Tiere, die Geräusche, er wusste, wie Frühling, Sommer, Herbst oder Winter rochen. Er räumte die Radtasche aus, legte das Thermositzpad auf die Bank und breitete die Wolldecke aus. Dann setzte er sich und klappte die Seiten der Decke über seine Oberschenkel.

Er nahm das Nachtsichtfernglas und ließ den Blick über die Waldwiese gleiten. Er entdeckte einen Fuchs, der geduckt durchs trockene Gras huschte. Vielleicht auf der Suche nach einer paarungsbereiten Fähe? In den Wintermonaten erreichte die Ranz der Füchse ihren Höhepunkt. Er kannte ihre Rufe, die sich wie menschliche Schreie oder hohes Hundegebell anhören konnten. Jasmin fand es immer gruselig, wenn sie ihn begleitet hatte. Damals noch. Als die Welt für kurze Zeit ein guter Ort zum Leben war.

Er wollte nicht an Jasmin denken. Zu sehr schmerzte ihre Abwesenheit. Und heute hatte schon den ganzen Tag eine tiefschwarze Wolke sein Leben so verfinstert, dass er kaum in der Lage gewesen war zu atmen.

Er konzentrierte sich auf den Fuchs, verfolgte seinen Weg, bis er am Ende der Wiese aus seinem Sichtfeld verschwand. Er legte das Fernglas zur Seite, starrte auf die dunkle Wiese, spürte die kalte Luft in seine Lungen ein- und ausströmen. Nasenspitze und Lippen waren eisig kalt. Wie lange würde er es noch durchhalten? Er sollte sich auf sein Fahrrad setzen. Fahren, bis er einfach umfiel. Seine Augen füllten sich schon wieder mit Tränen.

»Verrecke!«

Er zuckte zusammen. Was war das? Sein Blick huschte nervös umher. Da war niemand. Spielte seine Einbildung ihm einen

Streich? Hörte er nun auch noch Stimmen? Nein, in seinem Kopf war Stille.

Dann plötzlich wieder: »Verrecke!« Ein kaltes, blechernes Wispern.

Er zog die Schultern hoch, sah sich um. Sein Herz wummerte in seiner Brust. Er war allein. Außer ihm war niemand in der Kanzel. Die Bänke waren leer.

»Verrecke!« Jetzt kam es von der anderen Seite.

War ihm jemand gefolgt? Wieder suchten seine Augen die Umgebung ab. Er spürte jeden bebenden Pulsschlag in seinen Adern, keuchte schwer. Kalter Schweiß brach ihm aus, ließ ihn frösteln.

Aber er war allein hier oben. Es war Einbildung. Es musste Einbildung sein. Er zwang sich, sein Nachtsichtgerät zu nehmen, beugte sich vor und schaute vorsichtig über den Rand der Kanzel nach unten. Er scannte die Umgebung nach allen Seiten. Aber da war nur Waldboden, Büsche, Gestrüpp.

»Verrecke! Drecksau! Verrecke!«, erschallte es ganz nah hinter ihm. Er meinte einen Lufthauch im Nacken zu spüren, schaute sich um. Aber es war doch niemand da! Sein Kopf spielte verrückt.

»Verrecke!« Von links. Da war nur die Holzwand.

Er musste weg. Er schnappte seine Tasche, schlich gebeugt zur Treppe.

»Verrecke!« Direkt vor ihm.

Er zuckte zurück. Er konnte nicht hinuntergehen. Jemand war da unten. Er sah ihn nicht. Er spürte es. Er wusste es. Es würde nie aufhören. Nie!

»Verrecke!«

Er zog sich zurück in die hinterste Ecke, machte sich ganz klein.

»Verrecke! Verrecke! Verrecke!«

Im Stakkato zischte es von links, von rechts, hinter ihm, unter ihm, vor ihm. Es war überall. Er zitterte, presste die Hände auf die Ohren, wiegte sich, weinte, wimmerte. »Aufhören! Aufhören!«

»Verrecke!«

»Bitte!«, flehte er. »Bitte aufhören.«

»Verrecke! Verrecke!«, schallte es weiter von allen Seiten, immer drängender.

Es hörte nicht auf und würde nicht aufhören. Niemals. Er musste fort von hier. Runter von der Kanzel. Zurück in den sicheren Schutz seiner Wohnung. Sein Herz raste wild. Er hörte das Knarren einer Stufe. Er hob ängstlich den Kopf, das Gesicht nass von Rotz und Tränen. Dann sah er das Gewehr.

Mittwoch

In den ersten Tagen des Jahres waren die Straßen erfreulich staufrei. Wenig Berufsverkehr, die Familienbesuche oder Winterreisen waren entweder beendet, oder man dehnte sie bis zum Wochenende aus. Weder Schnee noch Blitzeis blockierte die Fahrbahn. Diejenigen, die unterwegs sein mussten, fuhren entspannter – vielleicht weil sie von den Feiertagen erholt waren oder der gute Vorsatz zum neuen Jahr, stressfreier zu leben, noch anhielt.

Kriminalhauptkommissar Andreas Brander mochte diese ersten Tage des Jahres. Sie hatten etwas von Neubeginn, bargen ein klein wenig die Hoffnung, dass nun besser werden würde, was im vorangegangenen Jahr nicht so rundgelaufen war. Beklagen konnte er sich allerdings nicht. Er war gesund – außer seiner lichten Haarpracht, die er damit kaschierte, dass er sich seit Jahren eine Glatze rasierte, hatte er trotz seiner fünfzig Jahre kaum über Wehwehchen zu klagen. Das Zwicken hin und wieder im Rücken bekam er mit einer Runde Joggen gut in den Griff. Diesen Winter war er bislang sogar ohne Erkältung durchgekommen, was seine Frau Cecilia darauf schob, dass sie jeden Abend einen Tee mit Ingwer und Zitrone für sie beide zubereitete, den Nathalie, seine inzwischen zwanzig Jahre alte Adoptivtochter, standhaft verweigerte.

Ein kleiner Wermutstropfen war, dass sich seine Dienststelle seit einigen Jahren nicht mehr in Tübingen, sondern in Esslingen befand, ging es ihm durch den Kopf, als er den Ortseingang Tübingen erreichte. Auf der Tafel der Gärtnerei am rechten Straßenrand las er »Winterschlaf«, dazu eine Skizze von Mond und Sternen und einem Bett.

Die tägliche Radtour von seinem Heimatdorf Entringen durchs Ammertal zur Arbeit fehlte ihm. Aber immerhin konnte er weiter mit Peppi zusammenarbeiten – Persephone Pachatourides, seine Kollegin mit griechischen Wurzeln und hin und wieder auch südländischem Temperament.

Vor dem Tunnel bog er links ab, um Peppi zu Hause abzuholen. Sie hatte viele Jahre im französischen Viertel gewohnt, wo sie wunderbar hineingepasst hatte. Nun lebte sie mit ihrem Mann Marco Schmid am Österberg. Brander fuhr in die schmale Straße, die sich den Hang hinaufschlängelte, und hielt vor dem eingeschossigen Haus in luxuriöser Halbhöhenlage.

Peppi kam eingehüllt in einen weinroten Mantel und dunklen Schal aus dem Haus zu seinem Wagen geeilt. Eine Mütze brauchte sie trotz der morgendlichen Minustemperaturen nicht – ihre lange dunkle Lockenpracht wärmte ihren Kopf zur Genüge.

»Guten Morgen, Andi.« Mit seiner Kollegin rauschte kalte Luft ins Innere seines so angenehm aufgewärmten Wagens. »Was grinst du so vor dich hin?«

»Ich freue mich, dich zu sehen.«

»Okay.« Peppi quittierte es mit einem Lächeln und schnallte sich an.

Brander lenkte den Wagen zurück Richtung Wilhelmstraße.

»Sieht irgendwie nach Regen aus, oder?« Peppi sah zum grauen Himmel.

»Und wenn schon – wir sitzen im Trockenen. Und wenn du nicht wieder den halben Tag lang das Fenster aufreißt, weil du frische Luft zum Denken brauchst, sitzen wir sogar im Warmen.« Brander hatte zur Sicherheit einen dicken Strickpulli angezogen. Am Tag zuvor hatte er zum Teil in seiner Winterjacke am Schreibtisch gesessen.

»Ich vertrage diese trockene Heizungsluft einfach nicht.«

»Letzten Winter hattest du damit noch keine Probleme.«

»Kannst du nicht einfach wieder zufrieden vor dich hin grinsen?«

Brander tat ihr den Gefallen und lenkte den Wagen auf die B 27. »Habt ihr Pläne fürs Wochenende?«

»Nichts Konkretes. Ihr?«

»Am sechsten gehen wir mit Nathalie zum Neckarabschwimmen.«

»Macht sie da mit?«, fragte Peppi.

»Nein, sie hält nur das Handtuch für Marvin bereit.«

Das Neckarabschwimmen der Feuerwehrtaucher am Dreikönigstag hatte eine mehr als fünfzigjährige Tradition in Tübingen. Mittlerweile trafen sich Ehrenamtliche zahlreicher Feuerwehren aus der Umgebung zu diesem frostigen Event. Nathalie war zwar Mitglied der Freiwilligen Feuerwehr Ammerbuch, aber sie war keine Taucherin. Allerdings war sie seit über einem Jahr mit dem Tübinger Feuerwehrtaucher Marvin Feldkamp befreundet.

»Sind die zwei jetzt endlich zusammen?«

»Nein.« Brander seufzte resigniert. Er kannte den Grund für Nathalies Zurückhaltung: Sie hatte Angst, dass es schiefging und sie dann einen guten Freund verlor.

Peppi gähnte herzhaft. »Mal schauen, vielleicht kann ich Marco überreden, dass wir auch hingehen. Wann geht das los?«

»Ich glaube, um zehn.«

»Dann rechne eher nicht mit Marco und mir. Ich dachte, das wäre nachmittags.«

»Tja, Leben retten ist nichts für Langschläfer.«

»Die einen retten morgens, die anderen in der Nacht«, erwiderte Peppi lapidar. Sie drehte den Sitz ein Stück zurück und schloss die Augen.

»Jetzt sind wir heute schon eine Stunde später dran als sonst, und du bist trotzdem nicht ausgeschlafen«, kommentierte Brander.

»Dein Fahrstil ist so einschläfernd. Da kann ich die Augen einfach nicht offen halten.«

Er überließ Peppi ihren Träumen und zockelte gemütlich über die B 27. Sie hatten keine Eile. Inspektionsleiter Hans Ulrich Clewer hatte die morgendliche Teambesprechung auf den späten Vormittag verlegt, da zum einen ohnehin die Hälfte der Kollegen im Urlaub war und er zum anderen einen Arzttermin hatte.

Kurz vor der Ausfahrt nach Walddorfhäslach wurde er von einem Rettungswagen mit Lichtsignal und Sirene überholt, der dann halsbrecherisch wieder nach rechts zog, um die Ausfahrt zu erwischen.

»Oje, was ist da los?« Peppi hatte die Augen wieder geöffnet und sah dem Wagen hinterher.

Eine gute halbe Stunde später parkte Brander in der Tiefgarage unter dem Dienstgebäude in der Agnespromenade. Auf dem Weg zu ihrem Büro begegnete ihnen kaum jemand, und in den Zimmern auf dem Flur der Kriminalinspektion 1 herrschte gähnende Leere. Fabio Esposito und die neue Kollegin Emilia Gorsky hatten bis zum Ende der Woche Urlaub. Peter Sänger war krank. Stephan Klein kam ohnehin ins Büro, wann er wollte, und Clewer war noch beim Arzt.

Brander und Peppi gingen in ihr Büro, hängten die Jacken auf und schalteten die Computer ein. Brander öffnete ein Vernehmungsprotokoll vom Vortag. In der Silvesternacht hatte es am Esslinger Bahnhof eine Schlägerei gegeben, in deren Folge eine Person mit einer Messerstichverletzung im Krankenhaus landete. Natürlich konnte sich niemand der Anwesenden erinnern, wer den Streit begonnen und wer das Messer gezückt hatte. Es gab Überwachungskameras. Die Aufnahmen sollten sie heute zur Auswertung bekommen.

Nach wenigen Minuten riss Peppi, wie am Tag zuvor, das Fenster sperrangelweit auf. Vorbei war es mit der kuscheligen Wärme. Brander war froh, dass er sich für den dicken Pulli entschieden hatte, und setzte seine Strickmütze wieder auf.

»Jetzt übertreibst du aber ein bisschen«, kommentierte Peppi.

»Tut mir leid, werte Kollegin, aber ich habe keine Hitzewallungen. Da draußen hat es minus sechs Grad.« Brander kannte seine Kollegin gut genug, dass er sich diese Stichelei erlauben durfte.

»Das Zimmer ist völlig überheizt und die Luft staubtrocken.«

Dem konnte Brander nicht widersprechen; er mochte es dennoch gern mollig warm und wollte die Computermaus nicht mit Handschuhen bedienen. Er rief ein zweites Dokument auf und nieste. »Jetzt werde ich auch noch krank!«

»Männerschnupfen von ein bisschen frischer Luft?« Peppi zog die Nase kraus. »Soll ich dir einen Kamillentee aus der Kaffeeküche mitbringen?«

»So hast du dir das gedacht: Ich sitze hier im Eissalon und friere mir den Allerwertesten ab, während du gemütlich drüben deinen Kaffee schlürfst.«

Peppis Antwort war ein breites Grinsen.

Brander hatte sich mit Tee und Strickmütze in der Eishöhle seines Büros eingerichtet und vergnügte sich mit den ersten Videoaufzeichnungen. Sechs Männer zwischen fünfzehn und einundzwanzig Jahren waren in der Silvesternacht aneinandergeraten. Sie kannten sich untereinander. Drei von ihnen waren bereits aktenkundig. Doch die Eskalation mit einem Messer, das sein Ziel im Bauchraum eines Sechzehnjährigen gefunden hatte, war eine neue Dimension der Gewalt.

Angeblich hatte keiner von ihnen das Messer gezückt, und die Tatwaffe war bisher nicht gefunden worden. Brander vermutete, dass es im nahen Neckar gelandet war. Sie hatten über das Öffentlichkeitsreferat eine Pressemeldung herausgeben lassen mit der Bitte, dass sich Zeugen melden sollten. Heutzutage wurde alles Mögliche gefilmt, da war die Chance groß, dass auch jemand seine Kamera auf die Schlägerei oder das Geschehen danach gerichtet hatte.

Branders Telefon klingelte und zeigte die Handynummer des Inspektionsleiters an.

»Hallo, Andreas«, meldete Clewer sich atemlos. »Wie ist die Lage?«

»Gut so weit. Was schnaufst du so?«

»Bin beim Doc, Ergometer, Belastungs-EKG.«

»Und das ist so langweilig, dass du Unterhaltung brauchst?«, flachste Brander.

»Spannend ist anders. Aber deswegen rufe ich nicht an. Folgendes: Es gab einen Leichenfund im Schönbuch, mutmaßlich ein Suizid. Beim KDD ist gerade niemand verfügbar. Sie haben das an die Tübinger weitergegeben. Da sind sie zurzeit komplett Land unter. Die eine Hälfte der Belegschaft ist im Urlaub, den Großteil der anderen hat ein Virus außer Gefecht gesetzt. Jetzt haben die vom Präsidium angefragt, ob wir jemanden vorbeischicken können. Kannst du das mit Persephone übernehmen?«

»Ja.« Brander warf einen Blick auf den Monitor seines PCs, auf dem ein Video vom Busbahnhof gerade im Pausenmodus ruhte. Er würde Stephan bitten, mit der Sichtung der Aufzeichnungen weiterzumachen.

»Wo genau im Schönbuch?«, wandte er sich wieder an den Inspektionsleiter. Der Naturpark erstreckte sich über ein Gebiet von fünfzehntausendsechshundert Hektar südwestlich von Stuttgart zwischen Aichtal, Tübingen und Herrenberg.

»Momentchen … Zwischen Dettenhausen und Pfrondorf. In dem Waldstück gibt es eine Wildbeobachtungskanzel. Fahrt zum Wanderparkplatz … Oje, was hab ich da geschrieben? Eichenfluss? Nein, Eichenfirst heißt das. Da ist ein Kollege, der kann euch einweisen.«

»Okay. Hast du noch weitere Informationen?«

»Nein, ich muss jetzt auch Schluss machen. Ich krieg hier schon tadelnde Blicke, weil ich nebenbei arbeite.«

Verständlich. Brander wünschte, sein Chef wäre nicht immer so diensteifrig. Aber so war Kriminaloberrat Hans Ulrich Clewer. Immer für alle erreichbar.

***

Auf den ersten Blick deutete kaum etwas am Wanderparkplatz Eichenfirst auf den Leichenfund hin. Lediglich ein Einsatzfahrzeug stand auf der großen Fläche, und ein uniformierter Kollege regelte am Wildgatter den Zutritt zum Naturpark. Ein Leichenwagen parkte diskret im Abseits, als würden die Insassen eine Mittagspause machen, statt darauf zu warten, dass eine Leiche zur Abholung freigegeben wurde. Ansonsten stand nur noch ein roter Kleinwagen mit Böblinger Kennzeichen auf dem Parkplatz.

»Wie weit ist es?«, erkundigte Brander sich bei dem Beamten am Gatter.

Der bewegte abwägend den Kopf. »Drei, vier Kilometer. Sie können mit dem Wagen reinfahren. Ein kleines Stück geradeaus, bei dem Mammutbaum links ab«, instruierte der Kollege. »Wo sich der Weg wieder gabelt, müssen Sie sich rechts halten, dann nächste wieder rechts, das ist die Kirnbachstraße. Der folgen, und dann stehen da schon die Kollegen.«

»Okay, danke.«

Peppi lenkte den Wagen über den geschotterten Waldweg in den Naturpark. »Dann halt mal Ausschau nach einem Mammutbaum zwischen all den Bäumen.«

»Ich denke, er meint den da vorn.« Brander deutete auf einen riesigen Baum, der autark auf dem Dreieck zwischen den sich gabelnden Waldwegen stand. Die Äste des Nadelbaums gingen unten ausladend in die Breite, während sich die Spitze nach oben hin verjüngte. Er überragte die umstehenden Laub- und Nadelbäume um einige Meter. Eine hölzerne Bank umrundete den mächtigen Stamm.

Peppi bog wie geheißen links ab. Der Weg war gesäumt von kahlen Eichen und Buchen, zwischendrin sorgten ein paar kleine Nadelgehölze für einen mattgrünen Farbtupfer, den Boden bedeckte verrottendes Laub.

»Warst du schon mal hier?«, fragte Brander.

»Kann mich nicht erinnern. Aber ich bin auch nicht so die Waldläuferin.«

»Da vorn musst du rechts.« Brander deutete auf die Abzweigung vor ihnen.

Es ging ein Stück bergab, dann kamen sie an eine Kreuzung. Peppi hielt an. »Ist das jetzt die Kirnbachstraße?«

Die »Straße« unterschied sich nicht von dem Waldweg, über den sie gekommen waren. »Wir haben zumindest gerade einen

Bach überquert«, bemerkte Brander. »Das könnte der Kirnbach gewesen sein.«

Peppi bog auf den Schotterweg ab, der durch eine Wildruhezone führte. Nachdem der Weg einen leichten Bogen gemacht hatte, sahen sie die Rücklichter der anderen Einsatzfahrzeuge.

Sie reihten sich in die Schlange der parkenden Autos ein. Die kalte Luft, die sie draußen empfing, ließ Brander den Kragen seiner Jacke hochschlagen. Ein Stück entfernt unterhielten sich eine Kollegin und ein Kollege in Uniform miteinander. Brander und Peppi gingen zu ihnen.

Die beiden standen vor einem Trampelpfad, der vom Hauptweg abging und über einen schmalen Graben führte. Dahinter befand sich auf einer kleinen Erhebung eine Wildbeobachtungskanzel. Der große viereckige Unterstand war auf dicken Pfosten errichtet worden. Eine steile Holztreppe führte an der rechten Seite hinauf. Die Kriminaltechniker waren bereits im Einsatz. Polizeiabsperrband beschränkte den Zutritt.

Brander stellte sich und Peppi den beiden Uniformierten vor.

»Winkler, Polizeiposten Aichheim«, erwiderte der ranghöhere der beiden Beamten. Ein schlanker Mann mit leicht verhärmten Zügen um die Mundwinkel, graubraunem kurzem Haar, Dreitagebart. Er war Polizeioberkommissar, entnahm Brander den Schulterlitzen. Er schätzte den Mann auf Mitte vierzig. Seine Kollegin, »P. Vessler« stand auf der Uniform, war wesentlich jünger und einen Kopf kleiner.

»Den Weg hätten Sie sich sparen können.« Winklers Miene zeigte deutlich, dass er die Anwesenheit zweier Kripo-Leute für überflüssig hielt.

»Setzen Sie uns bitte ins Bild«, bat Brander. »Außer dass es sich um einen mutmaßlichen Suizid handelt, haben wir bisher keine Informationen erhalten.«

»Der Tote heißt Karl Lederer, sechsundvierzig Jahre, wohnhaft in Aichheim. Verheiratet, eine Tochter. Er hat sich mit einer Schrotflinte in den Schädel geschossen.«

»Waren Sie dabei?«, fragte Peppi.

Winkler sah sie irritiert an. »Was ist denn das für eine Frage?«

»Woher wissen Sie, dass der Mann sich tatsächlich selbst erschossen hat? Mit einem Gewehr ist das gar nicht so einfach.«

Peppis Hinweis ging Winkler gegen den Strich. Sein Blick verfinsterte sich. »Ich bin lange genug im Dienst, dass ich einen Suizid erkenne.«

»Wo ist denn der Tote?«, hakte Brander nach.

Winkler deutete mit dem Kopf zu dem Wildbeobachtungsstand. »Da oben in der Kanzel. Ich weiß gar nicht, wie wir den da runterkriegen sollen. Hab die Feuerwehr angefordert, damit die bei der Bergung helfen. Verflucht, warum schießt der sich nicht zu Hause in den Kopf, statt uns solche Scherereien zu bereiten?«

»Ein bisschen mehr Respekt, Herr Winkler. Ein Mensch ist tot«, wies Brander den Mann zurecht. Pietätlosigkeit gegen einen Toten ging ihm gegen den Strich.

Der Kollege schnaubte abfällig.

»Sie kannten Herrn Lederer?«, hakte Brander nach.

Winkler sah flüchtig zu seiner Kollegin, die bisher noch keinen Mucks von sich gegeben hatte, bevor er die Frage beantwortete. »Aichheim ist ein Dorf. Da kennt jeder jeden.«

»Das heißt also, Sie kannten ihn?«

»Das sagte ich gerade.«

Nicht so wörtlich, dachte Brander und bedauerte, dass sich die Fronten zwischen ihnen so schnell verhärtet hatten. Das war ungewöhnlich, normalerweise kam er mit den Kollegen vor Ort gut aus. »Wie gut kannten Sie Herrn Lederer?«

»Wie man die Leute halt kennt.«

»Was war er für ein Mensch?«

Winkler zuckte die Achseln. »Er war ein Eigenbrötler, lebte zurückgezogen, blieb lieber für sich.«

»War er suizidgefährdet?«

Der Mann hob erneut die Schultern. »Man schaut den Leuten immer nur vor den Kopf.«

»Was ist mit Ihnen? Kannten Sie den Toten?«, wandte Brander sich an die schweigende Polizeikommissarin.

»Frau Vessler ist erst seit Kurzem in Aichheim«, kam Winkler ihr mit einer Antwort zuvor.

»Seit wann sind Sie beim Polizeiposten Aichheim?«, sprach Peppi die Kollegin direkt an.

Vessler grinste schwach. »Seit vorgestern.«

Sie hatte ihren Dienst zum Jahresbeginn angetreten. Da kannte sie mit Sicherheit kaum einen der Dorfbewohner.

»Wo waren Sie vorher?«, erkundigte Peppi sich.

»In Nürtingen.«

Brander sah zu der Wildbeobachtungskanzel. Unterhalb, an einen der Balken gelehnt, entdeckte er ein Trekkingbike. »Wem gehört das Fahrrad?«

»Herrn Lederer«, antwortete Winkler.

»Das heißt, er ist mit dem Fahrrad hergefahren?«

»Davon gehen wir aus. Er hat kein Auto.«

»Ist bekannt, wann er hergefahren ist?«

»Nein.«

Jetzt im Winter besuchten sicher nicht besonders viele Leute die Wildbeobachtungskanzel, mutmaßte Brander. Auch wenn der Unterstand durch die Holzwände windgeschützt war, musste es einem da oben auf längere Zeit ziemlich kalt werden. Außerdem gab es im Winter nicht allzu viel zu sehen – im Herbst war ein Besuch interessanter. Zur Hirschbrunft herrschte in den Kanzeln des Naturparks dichtes Gedränge, und ein versehentliches Husten konnte dem Verursacher tödliche Blicke der anderen Wildtierbeobachter einbringen.

»Wer hat ihn gefunden?«, wandte Brander sich den Kollegen wieder zu.

»Seine Frau«, erwiderte der Polizeioberkommissar.

»Seine Frau?«, echote Brander überrascht. »Wo ist sie?«

»Im Krankenhaus.«

»Ist sie verletzt?«

»Nein, die Sanitäter haben sie zur Beobachtung mitgenommen. Sie stand unter Schock. Der Arzt hat ihr ein starkes Beruhigungsmittel verabreicht.«

Brander nickte verständnisvoll. Ein Mensch, der sich mit einer Schrotflinte in den Schädel schoss, bot keinen angenehmen Anblick. Umso grauenvoller, wenn der Tote eine geliebte Person war. »War sie bei ihm, als er –«

Winkler unterbrach ihn mit einem Kopfschütteln. »Nein, sie sagte, sie habe ihn heute Vormittag hier gefunden. So steif, wie er da schon war, muss er sich irgendwann in der Nacht erschossen haben.«

Brander musterte sein Gegenüber grübelnd. Warum sprach er so gefühlskalt über den Toten? War das ein Schutzmechanismus, um das Geschehen nicht zu sehr an sich heranzulassen, oder gab es einen anderen Grund? »Warum ist seine Frau hergekommen?«

»Das müssen Sie Frau Lederer selbst fragen. Ich habe keine Ahnung, warum sie hier war. Sie hat sich vor einem halben Jahr von ihm getrennt, lebt jetzt mit ihrer Tochter in Herrenberg.«

»Weiß die Tochter schon, was geschehen ist?«

»Nicht von uns. Ich weiß aber nicht, ob Frau Lederer mit ihr gesprochen hat.«

»Wie alt ist das Mädchen?«

»Sechzehn.«

Es waren noch Weihnachtsferien. Brander fragte sich, ob die Tochter allein zu Hause war. »Informieren Sie bitte die Kollegen in Herrenberg. Jemand muss sich um sie kümmern.«

»Frau Vessler, übernehmen Sie das bitte«, delegierte Winkler.

»Ja.« Die junge Polizeikommissarin eilte zu einem der Dienstwagen.

Winkler sah ihr mit kritischer Miene hinterher, als traue er der jungen Frau diese Aufgabe nicht zu.

»Ich habe das Gefühl, dass Sie keine besonders gute Meinung von Herrn Lederer haben«, lenkte Brander die Aufmerksamkeit wieder auf sich. »Was hat der Mann sich zuschulden kommen lassen?«

Der Polizeioberkommissar hob die Schultern. »Er ist nicht aktenkundig.«

»Aber?«

»Kein Aber. Er ist nicht aktenkundig. Punkt.«

»Peppi?«, erklang eine weibliche Stimme von der anderen Seite der Absperrung. Kurz darauf gesellte sich eine der Kriminaltechnikerinnen im Schutzanzug zu ihnen.

»Mensch, Greta, in dem schicken Outfit habe ich dich gar nicht erkannt.« Peppi lächelte erfreut. »Was machst du hier? Ich dachte, du bist in Balingen?«

»War ich auch, bin aber seit einem halben Jahr in Tübingen. Die haben ja wieder etwas aufgestockt, und ich brauchte einen Tapetenwechsel. Und du? Bist du nicht in Esslingen?«

»Wir helfen aus. Kannst du uns schon was sagen?« Peppi nickte Richtung Kanzel.

»Wir versuchen, an Spuren zu sichern, was möglich ist, aber es wird schwierig, davon etwas in einen eindeutigen Tatzusammenhang zu bringen. Hier kann jeder herumspazieren, wie er will. Und dass etliche Personen vor uns am Leichenfundort waren, macht die Sache nicht leichter.« Bei ihrem letzten Satz glitt ihr Blick flüchtig zu Winkler.

»Die Frau saß da oben auf den Stufen. Was hätte ich denn machen sollen?«, fuhr Winkler auf. »Sie da sitzen lassen, bis sie erfroren ist?«

»Wo genau hat Frau Lederer gesessen?«, fragte Brander.

»Auf dem obersten Treppenabsatz. Sie stand unter Schock. Sie war nicht in der Lage, die steile Treppe allein herunterzukommen. Ich bin hinauf und habe sie runtergebracht, damit sie den Anblick ihres toten Mannes nicht länger als notwendig ertragen muss.«

Endlich mal ein menschlicher Zug an Winkler in dieser Angelegenheit. »Niemand macht Ihnen einen Vorwurf«, beschwichtigte Brander ihn. »Wir benötigen nur jegliche Information zu dem, was hier vorgegangen ist. Sie kennen das Prozedere. Konnten Sie irgendetwas von seiner Frau erfahren?«

»Nein, sie war nicht vernehmungsfähig.«

Brander wandte sich an die Kriminaltechnikerin. »Können wir uns den Toten anschauen?«

»Ja. Leichenschau da oben wird allerdings schwierig. Ist ziemlich eng, und abgesehen von der Kälte ist auch der Rigor Mortis mittlerweile voll ausgeprägt.«

Brander und Peppi zogen Schutzkleidung an und folgten dem gekennzeichneten Pfad zur Wildbeobachtungskanzel. Die unteren Holzstufen der steilen Treppe, die nicht unter dem Schutz des Daches lagen, waren feucht und rutschig. Winkler hatte recht. Einen Toten mit voll ausgeprägter Leichenstarre hier herunterzubringen war kein leichtes Unterfangen.

Oben angekommen, blieb Brander stehen und sah ins Innere der Kanzel. Zwei durchgehende Bänke waren hintereinander eingebaut worden, Holzwände schirmten die Sicht an den Seiten und nach hinten ab, nach vorn hin war ein ungefähr einen halben Meter breiter Schlitz offen gelassen worden, der den Blick auf eine Waldwiese freigab. Mehrere Reihen junger Bäume waren dort mit großzügigem Abstand gepflanzt.

Brander wandte sich wieder dem Inneren der Kanzel zu. Er musste ein paar Schritte hineingehen, um den toten Mann sehen zu können. Er war am anderen Ende der Kanzel von der Bank gerutscht, hing dort eingeklemmt zwischen der Rückenlehne der vorderen Sitzbank und der Sitzfläche der hinteren Bank. Da er ihnen den Rücken zukehrte, war das Gesicht nicht zu erkennen. Die Schrotflinte lag halb bedeckt unter seinem Körper am Boden.

Karl Lederer trug Outdoorhose und Winterjacke, die dicke Wollmütze hing nur noch halblebig an seinem Hinterkopf. Es war ein trostloses Bild. Ein Eigenbrötler, hatte Winkler gesagt. Der Anblick wirkte auf Brander, als wollte der Mann sich auch im Tod noch vor der Welt verstecken. Er schluckte trocken. Um die Emotionen nicht überhandnehmen zu lassen, ließ er den Blick weiterschweifen.

In der vorderen Sitzreihe entdeckte er auf dem Boden eine

zusammengeknüllte Wolldecke, daneben eine umgekippte Radgepäcktasche. Auf der Sitzfläche der Bank lag ein silberfarbenes Thermositzpad. Gehörte es dem Toten? Warum befand es sich in der ersten Reihe, während Lederer sich in die zweite, ins hinterste Eck verkrochen hatte?

Brander wandte sich um und wäre fast mit Peppi zusammengestoßen, die ihm gefolgt war. Er fasste eilig ihren Arm, damit sie nicht rücklings hinunterstürzte. Auf dem Absatz vor der Treppe war es verflucht eng. »Wo ist deine Bekannte?«

»Steht unten.«

Brander beugte sich vor. »Greta?«

»Bei der Arbeit.« Die Frau sah zu ihnen herauf.

»Habt ihr hier oben irgendetwas verändert?«

»Nein.«

»Das heißt, die Radtasche, die Decke und das Sitzpad lagen vorn in der ersten Reihe?«, vergewisserte Brander sich.

»Ja.«

»Danke.« Er wandte sich wieder dem Raum zu, ging ein paar Schritte vor der ersten Bank entlang. Bei der Radtasche kniete er nieder und schaute sich den Inhalt an: eine Thermoskanne, dem Gewicht nach zu urteilen noch voll, ein Nachtsichtfernglas, eine Lunchbox mit belegten Broten, anscheinend unberührt, zwei Packungen Taschentücher, eine Tüte Gummibärchen.

Brander richtete sich wieder auf und sah ratlos zu Peppi. »Warum nimmt er Verpflegung für die halbe Nacht mit, wenn er vorhat, sich umzubringen? Und warum stellt er die Sachen hier ab und hockt sich dann in die hinterste Ecke?«

»Gute Frage.« Peppi verschränkte die Arme vor der Brust. »Wie kann der Kollege Winkler so sicher sein, dass es ein Suizid war?«

Brander sah zum Opfer. »Er liegt auf der Waffe. Der Täter wird das Gewehr vermutlich nicht unter seinen Körper geschoben haben.«

»Warum nicht?«

Ja, warum nicht? Darauf wusste Brander keine Antwort. Er schnaufte unschlüssig. »Der Mann kommt her, steigt auf die Kanzel und richtet sich in der ersten Reihe ein.« Er ließ erneut den Blick schweifen. »Wie hat er das Gewehr transportiert? Ich sehe keine Waffentasche, und in die Radtasche passt das Ding nicht.«

»Vielleicht hat er die Flinte auf den Gepäckträger geschnallt.«

Für den Kommentar erntete Peppi ein zweifelndes Stirnrunzeln ihres Kollegen. Sie zuckte die Achseln. »Wir können im Dorf nachfragen. Vielleicht hat ihn jemand gesehen, als er hergefahren ist.«

»Und es wundert sich niemand, warum der Mann nachts mit einem Gewehr durch die Gegend radelt?«

»Vielleicht hat er das öfter gemacht.«

»Das sollte doch dann zumindest der Kollege Winkler wissen.«

»Fragen wir ihn.«

Branders Blick fiel erneut auf den toten Mann. Was war an diesem Ort in der Nacht geschehen? Was hatte Karl Lederer dazu getrieben, sich in die hinterste Ecke zu verkriechen und zu erschießen? Wofür das Essen, ein Thermopad und eine Decke? »Für mich sind das alles zu viele Ungereimtheiten.«

Die Feuerwehr hatte den Leichnam mit einiger Mühe von der Kanzel herunterbefördert. Am Boden hatte Brander mit Peppi und der Kriminaltechnikerin Greta Mack die erste Leichenschau durchgeführt, bevor der Mann von den Bestattern abgeholt wurde.

Karl Lederer war eins dreiundsiebzig groß, hatte, dem Bauchansatz nach zu urteilen, etwas Übergewicht, lichtes Haar und blasse Haut. Das Gesicht war von der Schussverletzung entstellt. Schmauchhöhle und Stanzmarke auf der Haut zeigten an, dass Lederer sich die Mündung der Flinte direkt unter das Kinn gepresst und dann abgedrückt haben musste.

In den Taschen seiner Jacke fanden sie Ausweispapiere, ein

Smartphone und einen Schlüsselbund. Einen Abschiedsbrief entdeckten sie nicht.

Nachdem die erste Leichenschau beendet war, wandte Brander sich noch einmal an Polizeioberkommissar Winkler, der weiter die Absperrung bewachte. »War Herr Lederer öfter nachts mit seinem Jagdgewehr unterwegs?«

Winkler hob die Augenbrauen. »Ich wusste gar nicht, dass er eines besaß. Er hat weder einen Jagd- noch Waffenschein.«

»Und seine Frau?«

»Soll das ein Witz sein?«, fragte Winkler empört.

»Woher hat er dann das Gewehr?«

»Schwarzmarkt?«

»Ernsthaft?« Brander hob zweifelnd die Augenbrauen.

»Was weiß ich, woher er das Gewehr hat. Sicher nicht von Monika«, erwiderte Winkler unwirsch. »Vielleicht ist das 'ne alte Flinte von seinem Großvater.«

Das war eine Option. Dem Zustand der Waffe nach zu urteilen, war diese älteren Datums. Genaueres mussten die Schusswaffenexperten herausfinden, wenn die Flinte nicht offiziell registriert war. »Hat seine Frau hier einen Abschiedsbrief bei ihm gefunden?«

»Nein.«

Vielleicht hatte Lederer zu Hause etwas für seine Familie hinterlassen, überlegte Brander.

»Was ist mit seiner Tochter?«, wandte Peppi sich an die Kollegin Vessler.

»Die Kollegen aus Herrenberg waren mehrfach bei ihr zu Hause«, berichtete die Polizeikommissarin. »Aber sie haben das Mädchen bisher nicht angetroffen, wobei sich die Kollegen nicht sicher waren, ob sie tatsächlich nicht zu Hause war oder einfach nur nicht aufgemacht hat. Monika Lederer wohnt mit ihrer Tochter in einer Einliegerwohnung. Die Vermieter waren leider auch nicht daheim.«

»Gibt es andere Orte, wo man sie finden könnte?«

Vessler sah fragend zu POK Winkler. Der hob die Schultern.

»Da können wir nicht weiterhelfen. Das Mädchen hat meines Wissens keine Freundinnen in Aichheim.«

***

Es dämmerte bereits, als Brander sich mit Peppi auf den Weg zum Haus des Toten machte. Er drehte die Heizung im Wagen hoch. Nachdem sie stundenlang in der Kälte gearbeitet hatten, war er ordentlich durchgefroren.

Unterwegs telefonierte er mit Kriminaloberrat Hans Ulrich Clewer. Obwohl es keine Anzeichen für Fremdeinwirkung gab, wurde Brander das Gefühl nicht los, dass an dem Suizid irgendetwas nicht stimmte. Bereits die Auffindesituation hatte Fragen aufgeworfen. Die Unwilligkeit von Polizeioberkommissar Christian Winkler, ihnen detaillierte Auskunft über Karl Lederer zu geben, machte ihn zusätzlich misstrauisch. Polizeikommissarin Paula Vessler hielt sich ebenfalls auffällig zurück. Aber sie war neu in der Dienststelle und wollte es sich vermutlich nicht gleich in der ersten Woche mit ihrem Kollegen verscherzen.

Aichheim lag wenige Kilometer von dem Wanderparkplatz entfernt. Von der Kreisstraße Richtung Tübingen führte eine schmale Straße in das Dorf, das kaum tausend Einwohner zählte. Am Ortseingang verkündete eine Infotafel die Gottesdienstzeiten, an der nächsten Querstraße wies ein Schild zum Fußballplatz.

Sie fuhren geradeaus weiter, passierten den Dorfplatz, an dessen Rand ein Brunnen vor einer Kirche stand. Ein paar Jugendliche hatten sich dort versammelt und sahen neugierig zu ihnen, als sie vorüberfuhren.

Peppi bog links in die Alemannenstraße und parkte vor dem Einfamilienhaus, in dem Karl Lederer gewohnt hatte. Es war ein kleines Haus mit Spitzdach aus den fünfziger oder frühen sechziger Jahren, schätzte Brander. Vermooste rote Schindeln, der einst helle Putz fleckig und grau. Die Rollläden waren an sämtlichen Fenstern heruntergelassen.

Ein Zaun aus breiten Eichenbohlen verlief um das Grundstück herum. Dahinter wucherten Sträucher und Hecken, die einen Schnitt gut vertragen könnten. Da das Laub an den winterlichen Zweigen fehlte, hatte man gute Sicht auf Haus und Grundstück. Der löchrige Rasen links und rechts des geplättelten Weges, der zum Hauseingang führte, lag noch im Winterschlaf.

Brander bemerkte einen jungen Mann, der im Hof des Nachbargebäudes stand und ihre Ankunft beobachtete. Als Brander den Blick erwiderte, wandte er sich ab und verschwand im Haus. Ein Dachdeckerbetrieb war dort ansässig, verriet ein Firmenschild an einer Werkstatthalle, die an Lederers Grundstück grenzte.

»Herrje, hier möchte ich auch nicht tot überm Zaun hängen«, seufzte Peppi.

Brander bedachte ihren Kommentar mit einem tadelnden Seitenblick.

»Ist doch wahr: In diesem Dorf gibt's ja gar nichts. Hier bellt nicht mal ein Hund.«

Da hatte Peppi allerdings recht. Es war ungewöhnlich still. Außer der Kirche im Zentrum, dazu ein kleines Rathaus, in dem sich auch der Polizeiposten befand, hatte Brander keine öffentlichen Gebäude oder Geschäfte gesehen. Keine Bäckerei, kein Metzger, nicht einmal eine Kneipe.

Die Straßen waren leer gefegt, lediglich die paar Jugendlichen auf dem Dorfplatz hatten angezeigt, dass es Leben in diesem Ort gab. Allerdings war das kalte Wetter nicht unbedingt einladend, um sich ohne Not längere Zeit im Freien aufzuhalten.

Sie gingen zur Eingangstür und ließen sich mit Lederers Schlüssel selbst herein. In dem stockfinsteren Haus empfing sie muffige Luft. Brander schaltete das Flurlicht ein. Abgetragene Lederschuhe und ein altes Paar Turnschuhe standen unordentlich unter einer Garderobe, an der einsam eine Strickjacke hing.

Der Fußboden hatte seit Längerem keinen Wischmopp mehr gesehen, verrieten die Schuhabdrücke, die feuchte Sohlen auf den braunen Fliesen hinterlassen hatten. Auch der lange Teppichläufer, der mittig auf den Fliesen lag, wies Schmutzflecken auf, und die kleine Anrichte aus dunkel lackiertem Pressholz zierte eine leichte Staubschicht. Eine schmale Treppe führte in die obere Etage. Braungrüne Teppichfliesen lagen auf den steinernen Stufen.

»Wo fangen wir an?« Peppi zog ihren Schal über die Nase. Sie hatte einen empfindlichen Geruchssinn.

»Du unten, ich oben?«

»Okay.«

Während Peppi an der Treppe vorbei durch den schmalen Flur ging, stieg Brander die Stufen hinauf. Es gab drei Türen. Eine führte ins Bad – dunkelgrüne Kacheln, beiges Waschbecken, beige Duschwanne mit einem Plastikvorhang, der am Saum Schimmelränder aufwies. Brander sah in den Spiegelschrank, entdeckte einen Rasierapparat und mehrere Medikamentenschachteln: Schmerztabletten, Antidepressiva, ein Schlafmittel.

Die nächste Tür führte in ein fast leeres Zimmer. Auf dem Teppichboden zeichneten sich die Abdrücke der Möbel ab, die einst hier gestanden hatten. Bett, Schrank und Schreibtisch. An der Wand hing ein Poster, das eine futuristische, dystopisch anmutende Landschaft zeigte. Brander vermutete, dass es das Zimmer von Lederers Tochter gewesen war.

Die letzte Tür führte ins Schlafzimmer. Auch hier war die Luft kalt und abgestanden. Eine Hälfte des Doppelbetts war nicht gemacht, die andere leer. Ein gestreifter Pyjama lag achtlos auf dem zerwühlten Laken. Die Dachschräge war mit dunklem Holz vertäfelt, die Vorhänge vor dem kleinen Fenster hatten einen Grauschleier.

Auf dem Nachttisch stand ein silberfarbener Bilderrahmen mit dem Foto einer Frau und eines Mädchens – Lederers Frau und seine Tochter, vermutete Brander. Verstreut auf dem Boden vor dem Bett lagen benutzte Taschentücher. In die einzige gerade Wand des Dachgeschosszimmers war ein großer Einbauschrank eingelassen.

Brander schaute in die Schubladen des Nachttisches: Taschentücher, auch hier eine Packung Antidepressiva und Schlaftabletten, daneben eine Taschenlampe. Er schloss die Schublade wieder, ließ den Blick umherschweifen. Dieser Raum war so trostlos wie der Anblick des Toten in der Wildbeobachtungskanzel.

»Andi, komm mal bitte«, durchbrach Peppis Stimme die Stille.

Er ging hinunter und fand seine Kollegin in der Küche. Die Beschreibung des Mobiliars als »Vintagelook« wäre geschmeichelt gewesen. Die Küchenzeile mit grünem Frontdekor schien ähnlich alt wie das Haus zu sein. Lediglich die Spülmaschine und der Kühlschrank waren neueren Datums.

Auf dem Gasherd stand ein Topf mit Resten eines Doseneintopfs. In der Mitte des Raums befand sich ein schlichter Holztisch mit drei klassischen Diner-Küchenstühlen: verchromtes Rohrgestell, Sitzfläche und Rückenlehne waren mit blaugrünem Kunstleder bezogen. Gebrauchtes Geschirr stand auf der einen Seite des Tisches, auf der anderen lagen Zeitungen und lose Zettel unordentlich übereinandergestapelt.

»Und?«, fragte Brander.

Peppi deutete auf die Zettelwirtschaft auf dem Küchentisch. »Schau dir das mal an.«

Brander trat näher an den Tisch, warf einen Blick auf die Papiere. Sein Puls beschleunigte sich. »Oh mein Gott.«

***

Jasmin hatte sich in ihr Zimmer verzogen, während Monika Lederer im Wohnzimmer saß, dessen Sofa gleichzeitig als Schlafstätte diente. In der Zwei-Raum-Wohnung hatte sie kein eigenes Zimmer, in das sie sich zurückziehen konnte. Doch sie war damals einfach nur dankbar gewesen, dass sie diese Wohnung zu einer für sie erschwinglichen Miete bekommen hatte. Es war eine Einliegerwohnung in einem Haus, das den Eltern einer ehemaligen Kollegin gehörte. Sie hatten ihr die Räume zu einem Freundschaftspreis überlassen.

Die Wohnung lag im Souterrain. Dichte Sträucher im Vorgarten verhinderten, dass Spaziergänger in ihre Fenster schauen konnten. Allerdings ließen sie auch nur wenig Tageslicht hinein. Es war egal. Hauptsache, man ließ sie in Ruhe.

Monika hatte am Nachmittag auf eigenen Wunsch und eigenes Risiko das Krankenhaus in Tübingen verlassen. Sie konnte ihre Tochter in dieser Situation nicht alleinlassen. Mit der Bahn war sie von Tübingen nach Herrenberg gefahren und von dort nach Hause geeilt. Sie würde eine Kollegin bitten müssen, sie zum Eichenfirst-Parkplatz zu bringen, damit sie ihren Wagen dort abholen konnte. Am Nachmittag hatte ihr die Kraft gefehlt, noch einmal dorthin zurückzukehren.

Jasmin war zu Hause gewesen. Zwei Polizeibeamte hatten geklingelt, als Monika noch nicht wieder da gewesen war. Jasmin hatte ihnen nicht geöffnet und wusste nicht, was geschehen war.

Monika war froh, dass nicht fremde Polizisten ihr vom Tod ihres Vaters berichtet hatten. Sie hatte versucht, ihrer Tochter die Nachricht so schonend wie möglich beizubringen. Sie war sich nicht sicher gewesen, wie Jasmin reagieren würde. Das Mädchen hatte ihre Worte mit regloser Miene zur Kenntnis genommen. Weder Schock noch Trauer zeichneten sich in ihrem Gesicht ab, ja nicht einmal Erleichterung. Diese Gleichgültigkeit schmerzte Monika.

Sie musste ihrer Tochter Zeit geben, erklärte sie sich selbst. Die letzten anderthalb Jahre waren die Hölle gewesen. Es war gut, dass sie mit Jasmin aus Aichheim fortgegangen war. Raus aus dem Haus, aus der Enge des Dorfes. Ein Neuanfang an einem neuen Ort, wo sie niemand kannte. Dennoch war Monika innerlich zerrissen. Hatte sie das Richtige getan?

Das Bild hatte sich auf ihre Netzhaut gebrannt: Karl, wie er zusammengekrümmt in der Ecke dieser Kanzel lag. Allein. Schwach. Tot. Wie sollte sie mit dieser Schuld leben?

Monika stand auf, ging zum Zimmer ihrer Tochter, klopfte

an. Von drinnen drang kein Geräusch zu ihr. Sie legte das Ohr ans Türblatt, lauschte der Stille. Vermutlich hatte Jasmin die Kopfhörer aufgesetzt, schaute auf ihrem Smartphone irgendwelche Videos an. Ein Onlinespiel spielte sie nicht, sonst würden Rufe aus dem Zimmer schallen – Schreie und Flüche, von denen Monika hoffte, dass ihre Vermieter, die über ihr im Haus wohnten, nichts mitbekamen.

»Jasmin?«, wisperte sie zaghaft. Sie wagte nicht, lauter zu rufen oder zu klopfen. Sie erhielt keine Antwort.

Wenn sich das Mädchen doch wenigstens ihr gegenüber ein wenig öffnen würde. Nur ein kleines bisschen wieder ihre kleine, süße Jasmin werden würde. Das Baby, das sie in ihren Armen gehalten, an ihrer Brust gestillt, das ihr blind vertraut hatte. Nichts schien von diesem unschuldigen Kind mehr zu existieren. Nicht zum ersten Mal wünschte sie sich, sie könnte die Zeit zurückdrehen.

Ihre Kehle wurde eng. Die Nase kribbelte. Das Beruhigungsmittel, das ihr der Arzt am Morgen verabreicht hatte, wirkte längst nicht mehr. Sie lehnte sich mit dem Rücken an die Wand, rutschte zu Boden. Sie zog die Knie zur Brust, vergrub das Gesicht in den Händen. Sie weinte. Leise, mühsam das Schluchzen unterdrückend, damit Jasmin es nicht hörte. Sie wollte ihre Tochter nicht mit ihrer Pein belasten.

Die Tränen liefen über ihre Wangen, ein schier unaufhörlicher Strom. Ihr Kopf schmerzte, die Augen brannten. Sie konnte kaum atmen, weil die Nasenschleimhäute geschwollen waren. Sie rang nach Luft. In ihr war alles leer. So unendlich leer.

Mühsam kam sie auf die Beine, schleppte sich ins Wohnzimmer, legte sich auf das Sofa. Sie hatte nicht die Kraft, vorher das Laken auszubreiten, Kopfkissen und Bettdecke aus dem Kasten zu holen. Sie bettete den Kopf auf das Sofakissen, zog die Wolldecke über ihren Körper, starrte stumpf in den Raum. Sie hatte kein Licht eingeschaltet, und die Dämmerung tauchte allmählich alles in Dunkelheit.

Ihr Magen knurrte. Sie hatte seit dem Morgen nichts mehr gegessen. Aber wie sollte sie auch nur einen Bissen runterkriegen? Allein der Gedanke daran verursachte ihr Übelkeit.

Die Melodie ihres Smartphones durchdrang die Stille. Es lag auf dem niedrigen Couchtisch vor ihr. Sie hob den Kopf, schaute auf das Display. Sie kannte die Nummer.

»Warum rufst du jetzt an?«, wisperte sie in den Raum. »Vor anderthalb Jahren hätte ich deine Hilfe gebraucht. Jetzt ist es zu spät.«

Sie ließ den Anruf unerwidert.

***

Die meisten Büros in der Dienststelle waren verwaist, als Brander mit Peppi am späten Abend aus Aichheim zurückkehrte. Auf dem Weg zum Büro des Inspektionsleiters Hans Ulrich Clewer kam ihnen Stephan Klein im Flur entgegen.

»Wo habt ihr euch den ganzen Tag rumgetrieben?«, grüßte er sie. »Wäre Hans nicht nachmittags noch aufgetaucht, wäre ich völlig vereinsamt.« Der knapp zwei Meter große Hüne zog ein bedauernswertes Gesicht, was ihm den Ausdruck einer traurigen Bulldogge gab.

»Du Ärmster.« Peppi tätschelte spöttisch seine Schulter.

»Wir haben einen mutmaßlichen Suizid im Schönbuch.« Brander gab ihm einen kurzen Überblick. »Wir wollen gerade zu Käpten Huc, um zu besprechen, wie wir weiter vorgehen.«

»Das heißt, ich kann mich jetzt allein um die Silvesterschlägerei kümmern?«

»Was ist mit Peter? Ist der noch krank?«

»Bis Ende der Woche.«

»Können wir Fabio aus dem Urlaub holen?«

Stephan bewegte abwägend den Kopf. »Seine Mädels haben Ferien.«

Fabio Esposito war stolzer Vater von drei kleinen Töchtern.

»Was ist mit Emilia?«, fragte Peppi. »Vielleicht bricht sie

ihren Urlaub ab, um sich mit dir einen schönen Videoabend zu machen.«

»Die Filmchen vom Busbahnhof kann ich auch allein anschauen, da soll die Emilia ihren Urlaub mal zu Ende genießen. Ich kauf mir 'ne Tüte Chips, dazu ein kühles Blondes, und der Abend ist gerettet«, erwiderte Stephan mit Galgenhumor. Er trottete zurück in sein Büro, während Brander und Peppi Clewers Domizil aufsuchten.

Der Inspektionsleiter deutete auf seine Besprechungsecke, die er sich aus seinem privaten Fundus zusammengestellt hatte, als Brander und Peppi hereinkamen. Sie setzten sich auf die bunten Retrosessel, die um einen niedrigen Nierentisch arrangiert waren. Gipfelbilder der Seven Summits zierten die Bürowände. Clewer war passionierter Bergsteiger, musste dieses Hobby jedoch vor einigen Jahren aus gesundheitlichen Gründen aufgeben.

Brander gab ihm eine Zusammenfassung des Tages. »Wir müssen klären, ob Lederer psychisch erkrankt war. Medikamente, die wir in seinem Nachttisch und im Bad gefunden haben, deuten darauf hin, dass er depressiv war«, kam er zum Ende seines Berichts. »Einen Abschiedsbrief gibt es anscheinend nicht.«

»Und was ist da Schönes drin?« Clewer deutete auf einen großen Umschlag, den Brander und Peppi mitgebracht hatten.

»Nichts Schönes.« Brander reichte seinem Vorgesetzten das Kuvert.

Clewer zog Schutzhandschuhe an und nahm den Inhalt heraus. Stirnrunzelnd betrachtete er das erste Blatt. »Der Mann ist unser Toter?«

»Mutmaßlich, ja. Wir haben das Bild mit dem Foto in seinem Personalausweis abgeglichen.«

»Wer ist das Mädchen?«

»Dem Gesicht nach zu urteilen seine Tochter«, erwiderte Peppi. »Im Wohnzimmer des Hauses standen ein paar Familienfotos in einer Schrankwand, die wir zum Vergleich herangezogen haben.«

Das Bild zeigte ein Mädchen, das den Oberkörper nach vorn gebeugt hatte und in die Kamera schaute. Das Gesicht war tränenverschmiert. Sie war mit einem Fußballtrikot bekleidet, die Shorts waren zu ihren Knöcheln heruntergezogen. Ihr Vater stand hinter ihr, mit heruntergelassener Hose, und hielt sie an den Hüften. Es war eines der »harmloseren« Bilder, die Brander und Peppi auf dem Küchentisch zwischen den Zeitungen gefunden hatten.

Clewer blätterte schweigend durch die restlichen Ausdrucke und steckte sie dann zurück in den Umschlag. Er rieb sich mit Daumen und Zeigefinger über den Nasenrücken. »Hat der Vater die Bilder gemacht?«

»Das wissen wir nicht«, erwiderte Brander. »Wir wissen kaum etwas über ihn. Der Kollege vom Polizeiposten hat ihn als Eigenbrötler beschrieben. Er wusste, dass seine Frau ihn vor gut einem halben Jahr mit der gemeinsamen Tochter verlassen hat. Sie leben in Herrenberg. Wir konnten leider noch mit keiner von beiden sprechen.«

»Und darüber?«, Clewer deutete auf den Umschlag. »Was weiß der Kollege darüber?«

»Laut POK Winkler ist Lederer zumindest polizeilich bisher nicht in Erscheinung getreten. Heute Mittag hat er nichts in der Richtung angedeutet. Seit wir die Bilder entdeckt hatten, haben wir noch nicht wieder mit den Kollegen vom Polizeiposten gesprochen.«

»Herr Winkler hatte allerdings ganz offensichtlich keine gute Meinung von Karl Lederer«, ergänzte Peppi. »Seine Kollegin Paula Vessler ist erst seit diesem Monat dort. Die weiß vermutlich gar nichts über unseren Toten.«

Clewer zeigte erneut auf den Umschlag. »Das könnte zumindest ein Motiv für den Suizid sein.«

»Ja«, stimmte Brander zögernd zu.

»Ich höre da ein ›Aber‹ in deiner Antwort.«

»Es gibt Ungereimtheiten.« Brander beschrieb ihm die Auffindesituation. »Wir haben bisher keinen Abschiedsbrief gefunden. Er hatte Proviant dabei, als wollte er die Nacht dort verbringen. Doch stattdessen legt er alles in der ersten Reihe ab und verkriecht sich in die hinterste Ecke der Kanzel, um sich zu erschießen. Und wie hat Lederer das Gewehr zur Kanzel transportiert? Woher hatte er es überhaupt? Der Mann besitzt offiziell weder ein Gewehr, noch hat er einen Waffenschein.«

»Ein Gewehr kann man sich auch auf anderem Wege besorgen«, gab Clewer zu bedenken.

»Meinem ersten Eindruck nach scheint er mir nicht der Typ gewesen zu sein, sich auf dem Schwarzmarkt eine alte Schrotflinte zu besorgen.« Brander hob die Schultern. »Nenn es Intuition. Ich bin mir ziemlich sicher, dass da irgendetwas nicht stimmt.«

»Gibt es Zeugen, die etwas beobachtet haben?«

»Die Wildbeobachtungskanzel steht mitten im Wald, Lederer starb vermutlich irgendwann in den Stunden zwischen Mitternacht und drei Uhr morgens.« Den Todeszeitpunkt hatten sie anhand der fortgeschrittenen Leichenstarre kalkuliert. »Zu der Zeit treibt sich jetzt im Winter kein Mensch im Wald herum. Die nächsten Wohnhäuser sind kilometerweit entfernt. Wir können froh sein, wenn wir jemanden finden, der den Schuss gehört hat.«

»Forstarbeiter?«

»Von denen ist erst jemand aufgetaucht, als sie über den Leichenfund informiert wurden.«

Clewer starrte eine Weile grübelnd vor sich hin. Er war ebenso geschockt von dem Foto, wie Brander und Peppi es gewesen waren. Man konnte noch so lange im Dienst sein – es gab Vorfälle, da fiel es schwer, berufliche Distanz zu wahren. »Gibt es diese Bilder nur ausgedruckt oder auch digital?«, wandte er sich Brander wieder zu.

»Das wissen wir nicht. Aktuell haben wir lediglich sein Smartphone gefunden, das jedoch mit einer PIN gesperrt ist. In seinem Haus gab es weder Laptop noch einen PC.«

»Unsere IT-Forensiker sollen sich das Gerät anschauen und

prüfen, auf welchen Seiten der Mann im Netz unterwegs war. Wir müssen wissen, ob noch andere Personen Zugriff auf diese Bilder haben.«

»Ich bringe das Smartphone gleich rüber zu den Kollegen«, erwiderte Brander. Heute würde er dort sicher niemanden mehr antreffen, aber so könnten sich die IT-Experten gleich am nächsten Morgen an die Arbeit machen.

»Was ist mit seiner Frau?«, fuhr Clewer fort. »Hat sie einen Waffenschein?«

»Nein.«

»Aber sie hat ihren Mann heute Morgen gefunden?«

»Ja, da war Lederer allerdings bereits einige Stunden tot.«

»Das besagt nichts. Auch wenn der Notruf erst vormittags kam, kann sie schon vorher dort gewesen sein. Wir müssen beide befragen, Mutter und Tochter.« Clewer seufzte schwer. »Ich spreche mit der Staatsanwaltschaft. Vielleicht kann eine Obduktion uns genauere Hinweise zum Geschehen geben.«

***

Cecilia lag im Bett und schlief, als Brander nach Hause kam. Er hatte nicht die Ruhe, sich hinzulegen, obwohl es das Beste gewesen wäre. Er musste am nächsten Tag erholt sein. Das Gespräch mit der Witwe würde nicht leicht werden. Er bekam die Bilder nicht aus seinem Kopf. Er war schon so viele Jahre Polizist, aber Fälle, bei denen es um Gewalt gegen Kinder oder sexuellen Missbrauch ging, nahmen ihn mehr mit als andere.

Wie konnte ein Vater seinem Kind so etwas antun? Es mochte eine Krankheit sein, er würde es dennoch nie verstehen. Hatte Monika Lederer ihren Mann deswegen verlassen? Wollte sie ihre Tochter vor weiteren Übergriffen schützen? Was hatte sie gewusst?

Um auf andere Gedanken zu kommen, ging Brander ins Wohnzimmer und schaltete den Fernseher ein. Er scrollte durch die Mediathek und fand eine Reportage über Schottlands Ostküste. Das war genau das richtige Kontrastprogramm, das er jetzt brauchte.

Hatte er nicht vor Kurzem einen Scotch bekommen, aus einer Brennerei, die im Osten Schottlands lag? Er stand noch einmal auf, ging an seine Minibar und studierte die Etiketten der Flaschen. Da war er: Glen Garioch, zwölf Jahre, Single Malt Scotch Whisky. Die Brennerei befand sich wenige Meilen nördlich von Aberdeen und galt als eine der ältesten Destillerien Schottlands mit einer Lizenz seit 1785.

Er füllte sich ein Dram in das hochstielige Whiskyglas, das Cecilia ihm zu Weihnachten geschenkt hatte. Fruchtig-süße Noten gepaart mit einem leicht malzigen Aroma stiegen ihm in die Nase. Ja, die Entscheidung für diesen Whisky war goldrichtig. Nicht zu aufdringlich, nicht zu extrem in den Aromen, ausgewogen und doch durch das relativ hohe Alkoholvolumen von achtundvierzig Prozent sehr gehaltvoll.

Er kehrte zum Sofa zurück, startete die Dokumentation und träumte sich in die Highlands. Der erste Schluck war scharf am Gaumen, entfaltete aber dann im Geschmack angenehme Zitrusfruchtaromen – Orange vielleicht? Dazu gesellte sich eine dezente Eichennote. Während er dem Whisky nachspürte, hörte er einen Wagen vor dem Haus halten. Der Motor erstarb.

Brander wartete, dass die Tür geöffnet wurde und seine Adoptivtochter hereinkam. Als nichts geschah, stoppte er die Dokumentation und ging in die Küche, um aus dem Fenster zu schauen und zu prüfen, wer so spät in die Sackgasse fuhr, in der er mit seiner Familie wohnte.

Er erkannte den Wagen von Marvin Feldkamp. Nathalie saß auf dem Beifahrersitz. Zu viel Abstand, ging es Brander durch den Kopf. Marvin war so ein feiner Kerl. Warum konnte Nathalie nicht über ihren Schatten springen und dem Werben des Feuerwehrtauchers endlich nachgeben?

Er ließ den beiden ihre Privatsphäre, ging ins Wohnzimmer zurück und widmete sich wieder der Dokumentation. Nach wenigen Minuten kam Nathalie zur Haustür herein.

»Hey, Paps«, grüßte sie vom Flur aus. Sie entdeckte das Glas auf dem Tisch. »Gibt's was zu feiern?«

»Dass ich diesen Tag hinter mir hab.«

»Oh, oh.« Sie hängte ihre Jacke an die Garderobe, kam ins Wohnzimmer und kuschelte sich neben ihn. »Der Suizid?«

»Woher weißt du schon wieder davon?«

»Du weißt doch: Wir Feuerwehrleute tratschen untereinander.«

»Und wo kommst du so spät her?«, lenkte Brander das Gespräch in eine andere Richtung. Abgesehen davon, dass er mit seiner Adoptivtochter nicht über den Fall reden durfte, wollte er es auch nicht. Sie hatte in ihrer Kindheit und Jugend selbst genug zu ertragen gehabt.

»War mit Marvin Billard spielen.«

Sie bemühte sich, unbefangen zu klingen, aber Brander hörte einen deprimierten Unterton heraus. Worüber hatten die beiden im Auto gesprochen? »Alles in Ordnung?«

»Mhm.«

Er kannte sie lange genug, um zu wissen, dass das nicht stimmte. Aber er wusste auch, dass es nichts bringen würde nachzuhaken. Manche Dinge musste sie erst eine Weile mit sich herumtragen, bevor sie bereit war zu reden.

»Ich muss ins Bett. Bin müde.« Sie drückte ihm einen Kuss auf die Wange. »Du trinkst aber nur diesen einen Whisky, versprochen?«

Er hob die Finger zum Schwur. Das schlechte Gewissen machte sich in ihm breit. Er wollte ein gutes Vorbild für Nathalie sein, deren Mutter sich quasi in den Tod gesoffen hatte, und auch in Nathalies Leben hatte es eine Phase gegeben, in der sie für ihr junges Alter viel zu viel Alkohol getrunken hatte.

Sich nach Feierabend allein ins Wohnzimmer zu setzen und Whisky zu trinken, um abzuschalten, war nicht gut.

Donnerstag

In der Nacht hatte es wieder Frost gegeben, und die Welt zeigte sich am Morgen mit einer Eiskristallschicht überzogen. Ein märchenhafter Anblick, aber Brander hatte keine Augen dafür. Am Abend zuvor hatte er mit dem Inspektionsleiter ausgemacht, dass Peppi und er morgens direkt nach Aichheim fahren würden, um mit Polizeioberkommissar Christian Winkler über die neuesten Entdeckungen zu sprechen.

Wie sollte er vorgehen? Missbrauch war ein sensibles Thema, und er fragte sich, was Lederers Ehefrau, Winkler oder sonst jemand im Dorf wusste. Der Polizeioberkommissar war auffällig zurückhaltend gewesen, was die Informationen über Karl Lederer betraf. Brander war sich sicher, dass er, wenn vielleicht nicht gewusst, zumindest geahnt hatte, dass in dem Haus in der Alemannenstraße etwas nicht stimmte.

Peppi bog von der Kreisstraße ab und fuhr in den Ort hinein. Die Straße war gesäumt von Einfamilienhäusern, die alle im gleichen Stil gebaut waren. Eine Nachkriegssiedlung, errichtet in den 1950er Jahren. Ein Teil der Gebäude war in der Zwischenzeit saniert und modernisiert worden. Dem äußeren Anschein nach waren die wenigsten dabei ausgebaut worden. Es gab gepflegte Vorgärten mit geplättelten Wegen, die vom Gehsteig zur Haustür führten. Vor einem Haus stand ein Baum, der im Laufe der Jahre anscheinend zu groß geworden war, weshalb man die Spitze rigoros gekappt hatte. Hier lebten größtenteils alteingesessene Familien, die ihre Häuser von Generation zu Generation vererbten, vermutete Brander.

»Fühlt sich an wie eine Zeitreise, oder?«, sprach Peppi seine Gedanken aus. »Als führe man, sobald man am Ortsschild vorbei ist, in die Mitte des vergangenen Jahrhunderts.«

Sie parkte den Wagen vor dem Rathaus. Auch dieses Gebäude stammte aus den fünfziger Jahren. Es war ein viereckiger

Kasten mit in die Jahre gekommenem hellen Putz und symmetrisch angebrachten Fenstern, deren braune Holzrahmen sicher nicht den Energiesparkonzepten des 21. Jahrhunderts entsprachen.

Die Front wies zwei Eingänge auf. Links führte eine doppelflüglige dunkle Holztür zur Gemeindeverwaltung, rechts ermöglichte eine moderne weiße Tür den Zutritt zum Polizeiposten. Dazwischen war an der Mauer ein Schaukasten mit zahlreichen Aushängen angebracht. Brander warf einen Blick darauf. Es waren zumeist amtliche Notizen, ein Plakat in A4-Größe kündigte ein Konzert in der Tübinger Stiftskirche an. Der Fußballclub Aichheim lud am 7. Januar zum Neujahrsessen im Sportheim ein.

»Dann scheint es hier ja doch eine Kneipe zu geben«, stellte Brander fest.

»Vielleicht auch nur ein Clubhaus, das von Ehrenamtlichen betrieben wird.« Peppi ging zur Eingangstür des Polizeipostens und drückte auf den Klingelknopf.

Der Türsummer wurde betätigt, und sie traten ein, wurden jedoch umgehend wieder ausgebremst. Eine Theke, die bis zur Decke mit einer Glasfront versehen war, schirmte die Besucher vom Arbeitsbereich der zwei Ordnungshüter ab. Es erinnerte Brander an die geschlossenen Bankschalter, die es früher in den Geldinstituten gegeben hatte. Vielleicht gab es die heute auch noch. Er konnte sich nicht entsinnen, wann er zuletzt eine Bankfiliale betreten hatte.

Links von ihm wurde eine weitere Tür geöffnet. Polizeikommissarin Paula Vessler begrüßte sie lächelnd. »Kommen Sie rein.«

Zwei Schreibtische standen sich Kopf an Kopf gegenüber, Aktenschränke zierten die Wände, in einer Ecke befand sich ein Drucker, eine Zimmerpflanze kämpfte ums Überleben. Der Blick aus dem Fenster war durch hellgraue Lamellenvorhänge versperrt. Der Raum bestach durch Tristesse.

Eine Toilettenspülung erklang, kurz darauf kam POK

Winkler aus dem Bad. »Grüß Gott«, sagte er überrascht. Er trug Dienstkleidung und hatte sich am Morgen rasiert. Der Dreitagebart vom Vortag war verschwunden.

»Guten Morgen, Herr Winkler«, erwiderte Brander. »Wir möchten uns noch einmal mit Ihnen über Karl Lederer unterhalten.«

Ein Telefon klingelte, und Paula Vessler eilte an den Apparat.

»Können wir irgendwo ungestört miteinander reden?«

Winkler nickte missmutig und öffnete die Tür neben dem WC. Sie führte in ein schmales Zimmer – eine Mischung aus Besprechungs- und Pausenraum mit einem kleinen vergitterten Fenster, das Aussicht auf eine Nebenstraße und das gegenüberliegende Haus bot. Um einen wackeligen Küchentisch standen vier betagte Stühle. Jacken hingen an einem altmodischen hölzernen Garderobenständer.

»Möchten Sie einen Kaffee?«, bot Winkler an. Er trat an ein Sideboard, auf dem sich mehrere Kaffeepötte neben einem unerwartet modernen Kaffeeautomaten stapelten.

»Für mich nicht, danke«, lehnte Brander ab, während Peppi annahm.

Einen Moment lang war nur das Rappeln eines Mahlwerks, gefolgt vom Zischen des heißen Wassers, zu hören. Dann strömte aromatischer Kaffeeduft durch den Raum.

Sie setzten sich um den Tisch herum. Winkler goss einen Schuss Milch in seinen Kaffee, rührte um und trank einen Schluck. Schließlich lehnte er sich zurück und sah sie fragend an. »Und?«

»Beschreiben Sie uns bitte noch einmal die Vorgänge von gestern Vormittag«, bat Brander. »Beginnen wir mit dem Notruf. Wann hat Frau Lederer angerufen?«

»Viertel elf vielleicht. Moni … Frau Lederer sagte mir, sie habe ihren Mann tot in der Wildbeobachtungskanzel am Eichenfirst gefunden.«

»Das heißt, sie hat direkt hier bei Ihnen im Polizeiposten angerufen?«

»Nein, das nicht«, erwiderte Winkler unwillig. »Sie hat mich auf meinem Handy angerufen.«

»Sie hat also keinen Notruf abgesetzt?«

»Das sagte ich doch gerade!«

»Hat Frau Lederer Sie öfter auf Ihrem Handy angerufen?«

»Nein.«

Aber am Tag zuvor, als sie ihren Mann tot in einer Wildbeobachtungskanzel entdeckt hatte, wählte sie statt der 112 die private Handynummer des örtlichen Polizisten. »Woher hatte sie Ihre private Nummer?«

Winkler hob unwirsch die Schultern. »Die Leute hier im Ort haben meine Nummer. Man kennt sich. So ist das eben.«

»Warum hat sie Sie persönlich angerufen und nicht den Notruf gewählt?«

»Woher soll ich das wissen? Sie stand unter Schock. Vermutlich fiel ihr nichts anderes ein.«

Für Brander war es dennoch nicht die naheliegendste Reaktion. Aber er kannte Monika Lederer nicht. »Was taten Sie als Nächstes?«

»Na, was schon? Wir haben einen Rettungswagen angefordert, und ich bin mit Frau Vessler zur Kanzel gefahren.«

»Und dort wartete Frau Lederer auf Sie?«

»Ganz genau. Wie ich Ihnen gestern schon sagte: Sie saß oben auf dem Treppenabsatz zur Kanzel. Sie war völlig verstört. Ich bat sie herunterzukommen, aber sie reagierte nicht. Also bin ich hinaufgegangen und habe sie von dort weggeholt.«

»Und weiter?«

Winkler trank erneut einen Schluck Kaffee. »Ich habe Frau Lederer in Frau Vesslers Obhut gelassen und bin noch mal rauf auf die Kanzel. Ich habe die Leiche auf den ersten Blick nicht gesehen, er lag ja in der zweiten Reihe. Sie waren vor Ort: Er war von der Bank gerutscht, und der Körper war von der Rückenlehne der vorderen Sitzbank verdeckt.«

»Haben Sie irgendetwas am Leichenfundort verändert?«

»Denken Sie, ich bin auf der Wurstsuppe hergeschwommen?« Der Kollege schnaufte empört. Mittlerweile überzog eine leichte Röte sein Gesicht. »Ich bin wieder runter und hab die Leitstelle informiert. Der Notarzt kam und hat den Tod von Karl Lederer bescheinigt. Die Sanis haben Frau Lederer mit in die Klinik genommen. Frau Vessler und ich haben den Leichenfundort abgesperrt und auf die Kriminaltechniker gewartet. Wie Sie sehen: Dienst nach Lehrplan!«

»Ich will Ihnen wirklich nichts unterstellen, Herr Winkler, ich möchte nur die konkreten Abläufe erfahren«, sagte Brander bestimmt.

»Sie befragen mich, als hätte ich was mit dem Tod von dem Kerl zu tun! Der Mann hat sich das Leben genommen. Machen Sie doch aus 'ner Mücke keinen Elefanten. Die Familie ist gestraft genug.«

Brander hob fragend die Augenbrauen. »Wie meinen Sie das?«

Winkler schnaufte aufgebracht. Er wandte den Blick zum Fenster und starrte eine Weile vor sich hin. »Karl Lederer war nicht besonders beliebt hier im Ort«, erklärte er schließlich. »Das haben natürlich auch seine Frau und seine Tochter zu spüren bekommen.«

»Inwiefern?«

»Sie waren nicht Teil der Gemeinschaft.«

»Die Familie wurde also ausgegrenzt«, brachte Peppi es auf den Punkt.

Der Polizeioberkommissar deutete ein Nicken an.

»Warum?«, hakte Peppi nach.

»Ich sagte Ihnen doch gestern schon: Der Lederer war ein Eigenbrötler. Hier im Dorf kam das nicht gut an.«

»Nur weil einer ein Eigenbrötler ist, muss man ja nicht gleich die ganze Familie ausgrenzen.«

»So ist das halt in einem kleinen Ort.«

»Irgendwelche Freunde werden die Lederers doch gehabt haben«, beharrte Peppi.

Winkler zog grimmig die Stirn in Falten. »Was wollen Sie

eigentlich von mir? Ich kann doch nichts dafür, dass die Familie hier nicht angenommen wurde.«

»Dafür muss es einen Grund geben!«

»Was spielt denn das noch für eine Rolle? Der Mann ist tot. Er hat sich erschossen. Ende der Geschichte.«

Brander riss der Geduldsfaden. Die Bilder von Lederers Küchentisch tauchten vor seinem inneren Auge auf. »Wir sind längst nicht am Ende!«, fuhr er den Kollegen an. »Was meinten Sie damit, dass die Familie gestraft genug sei?«

Winkler verschränkte die Arme vor der Brust und schwieg.

»Sie sagten gerade ›Moni‹«, schlug Brander einen anderen Weg ein. »Wie gut kennen Sie Frau Lederer?«

»Flüchtig … vom Sehen. Man grüßte sich.«

»Das heißt, Sie haben Frau Lederer nicht ausgegrenzt?«

»Die Frau tat mir leid.«

»Warum?«

»Weil … Was wollen Sie denn hören? Sie tat mir einfach leid. Sie ist eine ruhige, freundliche Frau. Sie war in der mobilen Altenpflege, hat sich hier um unsere alten Leute gekümmert. Sie hatte es nicht verdient, so angefeindet zu werden. Dass sie sich von ihrem Mann getrennt hat, war das Beste, was sie tun konnte.«

Brander hatte Winkler beobachtet. Seine Stimme, seine Gesichtszüge wurden weicher, wenn er von Monika Lederer sprach. Hatte er mehr als mitleidige Gefühle für die Frau gehegt? Er trug einen Ehering, aber das musste nichts bedeuten. »Karl Lederer war also ein Eigenbrötler. Was noch?«, hakte er nach.

Sogleich verhärtete sich die Mimik wieder. Winkler zuckte die Achseln.

»Sie müssen doch mehr über den Mann wissen.«

»Nein.«

Brander meinte, leichte Unsicherheit in diesem kurzen Wort mitschwingen zu hören. »Herr Winkler, wie lange arbeiten Sie schon in Aichheim?«

Der Mann stieß abschätzend Luft durch die Lippen. »Rund neun Jahre.«

Das war nicht ewig, aber dennoch lang genug, um einiges über die Bürger in dem Flecken zu wissen, in dem er Dienst schob. »Dann kennen Sie die Leute im Dorf. Was wurde geredet? Gab es Gerüchte?«

»Was für Gerüchte?«

»Sagen Sie es mir! Es muss doch einen triftigen Grund gegeben haben, die ganze Familie auszugrenzen.«

Winkler hob die Schultern und leerte seinen Kaffee.

»Waren die Lederers Zugezogene, oder lebten sie schon immer in Aichheim?«

»Karl Lederer ist hier aufgewachsen. Das Haus, in dem er lebte, gehörte seinen Eltern.«

Brander gab mit einer ungeduldigen Handbewegung zu verstehen, dass ihm die Auskunft nicht reichte.

»Er hat in Reutlingen gearbeitet«, fuhr Winkler fort. »Hat da auch lange Zeit gewohnt. Sein Vater starb ziemlich jung – Krebs, soweit ich weiß. Nachdem seine Mutter vor drei Jahren ebenfalls verstorben ist, ist er mit Moni und Jasmin in das Haus gezogen.«

»Wurde schon Lederers Mutter im Dorf ausgegrenzt?«

»Nein.«

»Und dann zieht ihr Sohn zurück in sein Elternhaus und ist auf einmal nicht mehr willkommen?«

»Nein, so war das nicht …«

»Wie dann? Was hat die Familie sich zuschulden kommen lassen?«

»Was reiten Sie denn ständig darauf herum?«, fuhr Winkler auf. »Der Mann hat sich erschossen. Lassen Sie Moni ihn begraben und dieses Kapitel abschließen.«

»Ganz so einfach ist das nicht.« Brander nickte Peppi auffordernd zu.

Sie nahm einen Umschlag aus ihrer Handtasche, zog ein Blatt heraus und legte es vor Winkler auf den Tisch.

Der Polizeioberkommissar warf einen desinteressierten Blick darauf und zuckte im nächsten Moment heftig zurück. »Verfluchte Scheiße, was soll das denn?«

»Was wissen Sie darüber?«, fragte Peppi.

Es war dem Mann anzusehen, dass er sich zwingen musste, die Aufnahme noch einmal genauer zu betrachten. »Das ist Jasmin«, wisperte er entsetzt. Er stand auf, trat ans Fenster und schaute durch die Gitterstäbe hinaus. Er fuhr sich aufgewühlt mit den Fingern durch die Haare.

»Sie wussten nichts davon?«

»Denken Sie, da hätte ich weggesehen?«

Nach dem ganzen Herumgedruckse war Brander geneigt, genau das anzunehmen.

Winkler wandte sich mit einem Ruck wieder zu ihnen um und setzte sich zurück an den Tisch. Er drehte das Blatt auf die Rückseite, damit er den Anblick nicht länger ertragen musste, stützte die Ellenbogen auf die Tischplatte und presste die Handflächen über Mund und Nase.

»Hat Frau Lederer deswegen ihren Mann verlassen?«, forschte Brander nach.

»Das weiß ich nicht.« Winklers Stimme war rau. Er räusperte sich. »Woher haben Sie das Foto?«

»Aus seinem Haus.«

»Oh Gott, dieses Schwein. Dieser … hätte ich doch …« Der Mann rang um seine Fassung.

»Gab es Anzeichen, dass irgendetwas in der Familie nicht stimmt?«

»Ich … nein … ich … verflucht.«

»Herr Winkler, reißen Sie sich zusammen!«, wurde Brander energischer. »Sie sind Polizeibeamter. Wenn Ihnen etwas über die Familie bekannt ist, dann raus damit!«

Er sah die Erkenntnis in den Augen seines Gegenübers aufflammen, dass er sein Wissen nicht länger zurückhalten durfte. »Das«, Winkler deutete auf das Blatt, »ehrlich, ich habe das nicht gewusst.«

»Das mag sein«, gestand Brander ihm zu. »Aber irgendetwas wissen Sie. Und ich will wissen, was!«

Sie mussten sich erneut gedulden, bis der Kollege sich zu einer Antwort durchringen konnte. »Monika sagte, er habe Depressionen. Aber das … nein …«

»Dass ihre Tochter missbraucht wird, hat sie Ihnen nicht anvertraut?« Ein beißender Unterton hatte sich in Branders Stimme eingeschlichen, und er ermahnte sich innerlich selbst. Mit Zynismus war niemandem geholfen.

»Ich kann mir nicht vorstellen, dass sie …« Wieder verstummte Winkler ratlos.

»Jetzt reden Sie schon, Mann!«

Der Polizist räusperte sich. »Es gab vor gut anderthalb Jahren einen Vorfall in unserem Fußballverein. Ich weiß nichts Konkretes … Das hat die Vorstandschaft intern geregelt.«

»Etwas genauer bitte! Was für einen Vorfall?«

»Wir hatten eine Zeit lang eine Mädchenmannschaft im Verein. Vor zwei Jahren hat die Trainerin jedoch aufgehört, und die Mädchen hingen in der Luft. Jasmin hat auch in der Mannschaft gekickt. Damit die Mannschaft nicht aufgelöst wird, hat ihr Vater das Training übernommen. Er hat in seiner Jugend hier im Verein gekickt und damals auch schon mit den Kleinen trainiert, F- und E-Jugend. Alle waren froh, dass es weiterging, und am Anfang lief es auch ganz gut, obwohl es innerhalb der Mannschaft viel Streiterei gab. Wie Mädchen in der Pubertät eben so sind.«

Brander spürte, wie es in seinem Inneren zu brodeln begann. »Und?«

»Ich weiß nicht, was tatsächlich dran ist …«, begann Winkler erneut, sich zu winden. »Angeblich hat der Lederer von den Mädchen Fotos verlangt – im Gegenzug dafür würde er sie an den Spieltagen spielen lassen.«

»Was für Fotos?«

»Na, was denken Sie wohl? Nacktaufnahmen.«

»Das ist nicht Ihr Ernst?« Peppi funkelte den Kollegen zornig an. »Sie wissen davon und Sie haben nichts unternommen?«

»Ich habe das alles erst viel später erfahren. Der Vorstand hat ihn damals umgehend aus dem Amt entlassen.«

»Und damit war die Sache für Sie erledigt?«

»Nein, natürlich nicht. Ich habe mit den betroffenen Familien gesprochen, als ich davon erfahren habe. Die Mädchen wollten keine Anzeige erstatten, weil sie befürchteten, dass dann alles in die Öffentlichkeit getragen würde. Sie wollten die Sache einfach nur vergessen. Die waren dreizehn, vierzehn Jahre alt, die haben sich geschämt. Und auch die Eltern wollten nicht, dass ich etwas unternehme.«

»Aber Sie können doch nicht einfach weggucken!« Auf Peppis Wangen zeichneten sich rote Flecken ab. Sie war in Rage.

»Das habe ich ja nicht!« Auch Winkler wurde lauter. »Ich habe dem Karl gesagt, dass ich ihn im Auge behalte. Was blieb mir denn anderes übrig? Ich hatte keine Beweise, es gab keine Anzeige, und niemand wollte mit mir reden … Ich konnte doch nicht wissen –«

»Sie hätten dem nachgehen müssen!«, beharrte Peppi. »So einfach kommen Sie nicht davon. Das werden wir melden! Das ist Strafvereitelung im Amt.«

»Was verstehen Sie schon von meiner Arbeit hier?«, ging Winkler zum Gegenangriff über. »Sie sitzen da in Ihrem Hochhaus und haben keine Ahnung davon, wie der Dienst auf dem Land aussieht!«

Mit dem »Hochhaus« meinte Winkler die Polizeidienststelle in Tübingen in der Konrad-Adenauer-Straße, vermutete Brander. Anscheinend hatte der Mann vergessen, dass Brander und Peppi von Esslingen abgeordnet worden waren.

»Was hat Monika Lederer damals zu den Vorwürfen gesagt?« Brander bemühte sich um einen sachlichen Ton, obwohl es auch in ihm brodelte.

»Moni …« Wieder kam Winkler ins Stocken. »Frau Lederer hat behauptet, die Mädchen würden lügen. Ich vermute, sie hat nur versucht, ihren Mann zu schützen, aber schlussendlich hat sie ihn verlassen. Das sagt doch einiges aus.«

»In der Tat.« Brander sah demonstrativ auf das umgedrehte Foto.

Winkler fühlte sich sofort wieder in die Enge getrieben. »Verdammt, der Mann ist tot. Er kann Jasmin nichts mehr antun!«

»Und sein Tod wirft Fragen auf«, erwiderte Brander. »Die können wir nicht ignorieren.«

»Ich sehe keine Fragen«, erwiderte Winkler trotzig. »Er hat sich in den Kopf geschossen. Es war das Beste, was er tun konnte!«

»Woher hatte er das Gewehr? Wie kommt es, dass ausgerechnet seine von ihm getrennt lebende Frau ihn mitten im Wald findet?«

Winkler starrte ihn entsetzt an. »Was wollen Sie damit andeuten?«

»Dass es nicht sicher ist, dass es sich tatsächlich um einen Suizid handelt.« Brander schnaufte grimmig. »Ich will eine Liste aller Personen, die in diese Geschichte auch nur ansatzweise involviert waren.«

»Jetzt fangen Sie doch nicht an, in alten Wunden herumzustochern!«

»Solche Sätze will ich von Ihnen nicht mehr hören, Herr Winkler!« Brander erhob sich. »Wenn an der Geschichte mit den Bildern von diesen Mädchen nur ansatzweise etwas dran ist, dann werden Sie bessere Argumente finden müssen, warum dem nicht gewissenhaft nachgegangen wurde, nachdem Sie davon Kenntnis erlangt haben! Sie erstellen mir diese Liste und schreiben einen Bericht über alles, was Sie über die damaligen Vorgänge gewusst und was Sie unternommen haben!«

Brander hatte das Gefühl, sein Körper würde jeden Augenblick vor Wut bersten. Er brauchte ganz dringend frische Luft.

***

Brander und Peppi mussten das Waldgebiet des Schönbuchs in einem Halbkreis umfahren, um von Aichheim nach Herrenberg zu kommen. Der Weg führte am Eichenfirst vorbei, dem Teil des Naturparks, in dem am Vortag Karl Lederer tot aufgefunden worden war. Peppi bog von der Kreisstraße auf die B 464 ab. Auf der vom Wald gesäumten Bundesstraße herrschte jetzt am späten Vormittag nur wenig Verkehr.

»Ich fasse es einfach nicht«, durchbrach Peppi nach einer Weile ihre schweigende Fahrt.

»Was jetzt genau?«

»Dass der Winkler nichts unternommen hat! Da zwingt dieses Arschloch die Mädchen, ihm pornografische Fotos zu schicken, und der unternimmt nichts!«

»›Nichts‹ stimmt ja so nicht. Er hat zumindest mit den Mädchen und ihren Eltern gesprochen. Und die wollten ja anscheinend nicht, dass der Sache weiter nachgegangen wird. Was ich in gewisser Weise nachvollziehen kann.«

»Hätte er damals mehr unternommen, wäre vielleicht da schon rausgekommen, dass er seine Tochter sexuell missbraucht. Wer weiß, vielleicht fing der Missbrauch erst später an. Winkler hätte das womöglich verhindern können, wenn er eingegriffen hätte.«

»Das ist Spekulation, Peppi.«

»Und seine Frau deckt ihn auch noch! Ich könnte kotzen!«

»Wir wissen nicht, was genau Frau Lederer wusste. Lass uns das Gespräch mit ihr abwarten.« Brander deutete bei Holzgerlingen auf eine Ausfahrt. »Lass uns da vorn rausfahren.«

Die Landstraße führte durch Altdorf und Hildrizhausen und durchschnitt den Naturpark am nordwestlichen Rand. Schließlich kamen sie am Naturfreundehaus und dem Schönbuchturm vorbei – ein Aussichtsturm, der bei gutem Wetter einen weiten Blick über Gäu und Ammertal bis hin zur Schwäbischen Alb und dem Schwarzwald bot. Ein paar Autos standen auf dem großen Wanderparkplatz. Sie ließen den Wald hinter sich und folgten der Straße, die sich nach Herrenberg herabschlängelte.

»Pass auf, da steht ein Blitzer«, mahnte Brander. Peppi hatte forsch das Ortseingangsschild passiert.

»Das alte Ding da? Funktioniert das überhaupt noch?«

»Das müssen wir ja nicht ausprobieren.«

Peppi reduzierte die Geschwindigkeit. Wenige Meter weiter bog sie rechts in ein Wohngebiet ab. Monika und Jasmin Lederer wohnten in einer Zwei-Zimmer-Wohnung im Souterrain eines Einfamilienhauses. Peppi parkte in dem verkehrsberuhigten Bereich am Straßenrand.

Brander hielt sie zurück, als sie aussteigen wollte. »Du atmest jetzt erst einmal tief durch, bevor wir mit Frau Lederer sprechen.«

Sie tat ihm den Gefallen.

»Wir werden uns ruhig und sachlich mit Monika Lederer unterhalten.« Brander sah Peppi eindringlich in die Augen. »Vielleicht überlässt du mir die Gesprächsführung?«

»Ich hab mich wieder im Griff.«

»Gut.«

Die Einliegerwohnung besaß einen separaten Hauseingang. Brander musste mehrfach klingeln, bis ihnen geöffnet wurde.

Die Frau, die ihnen gegenüberstand, war klein und schmächtig, die halblangen graubraunen Haare waren nur flüchtig gekämmt. Sie war ungeschminkt, Nase und Lider waren vom Weinen geschwollen.

»Kriminalhauptkommissar Brander, das ist meine Kollegin, Kriminalhauptkommissarin Pachatourides.« Brander hielt seinen Dienstausweis hoch. »Frau Lederer, wir möchten Ihnen unser Beileid aussprechen.«

Im Gesicht der Frau regte sich nichts. Ihre Mimik glich der einer von Leid geplagten, erstarrten Maske.

»Es tut mir leid«, fuhr er fort, »aber wir müssen mit Ihnen reden. Dürfen wir bitte hereinkommen?«

Monika Lederer trat wortlos einen Schritt zur Seite. Von dem engen Flur deutete sie auf eine offen stehende Tür. »Gehen Sie bitte durch.« Die farblose Stimme passte zu ihrem ausgelaugten Erscheinungsbild.

Sie betraten einen Raum, der Küche, Wohnzimmer und anscheinend auch Schlafraum in einem war. Durch die Souterrainlage und die Büsche wenige Meter vor den Fenstern fiel nur wenig Licht herein.

Die Möbel waren betagt, im Stil der 1980er Jahre, aber gepflegt. Gebrauchtes Teegeschirr stand auf einem niedrigen Couchtisch. Eine Decke lag zerknautscht auf dem braunbeigen Sofa, das Kissen wies eine Kuhle auf. Brander vermutete, dass Monika Lederer bis vor ihrem Eintreffen dort gelegen hatte. Die Frau trat ans Fenster und kippte es an. Ein kühler Luftzug strömte in das beheizte Zimmer.

»Sind Sie allein zu Hause?«, fragte Peppi.

»Ja«, wisperte Monika Lederer. Sie war unschlüssig im Raum stehen geblieben.

»Vielleicht setzen wir uns erst einmal.« Brander deutete auf die Holzstühle um einen Küchentisch, der den Koch- vom Wohnbereich teilte.

Sie folgte seiner Aufforderung, starrte mit leerem Blick vor sich hin. Ihre Haut war blass, das Weiß ihrer Augen von roten Äderchen durchzogen.

»Fühlen Sie sich in der Lage, uns ein paar Fragen zu beantworten?«, fragte Brander.

Die Antwort war ein minimales Achselzucken.

»Sie wohnen mit Ihrer Tochter hier?«

»Ja«, murmelte sie, den Blick auf ihre verschränkten Finger konzentriert.

»Wo ist Jasmin?«

»Das weiß ich nicht.« Die Worte klangen resigniert.

Brander ahnte, dass es nicht leicht werden würde, die Geschehnisse in dieser Familie zu durchschauen. »Herr Winkler teilte uns mit, dass Sie ihn gestern Vormittag angerufen haben, nachdem Sie Ihren Mann gefunden hatten«, fuhr er fort. »Waren Sie an der Wildbeobachtungskanzel mit Ihrem Mann verabredet?«

»Nein.« Monika Lederer zog mit fahrigen Fingern ein Papiertaschentuch aus einer Box, tupfte sich damit über die

Augenwinkel und die Nasenspitze. Ihr Blick wanderte zum Fenster.

»Warum waren Sie dort?«

»Ich hatte mir Sorgen gemacht.« Sie senkte den Blick wieder, knetete das Tuch zwischen ihren Fingern, während sie sprach. »Ich bin zwar mit Jasmin ausgezogen, aber … Es ist kompliziert. Er hatte mir versprochen, sich jeden Morgen und jeden Abend bei mir zu melden.«

»Warum sollte er das tun?«

»Weil … nun, er ist … war depressiv, und ich hatte Angst um ihn.« Tränen liefen über ihre Wangen. »Gestern Morgen kam keine Nachricht. Ich habe ihn angerufen, aber er ging nicht ans Telefon. Darum bin ich nach Aichheim gefahren.«

»Das heißt, Ihr Mann hatte suizidale Tendenzen?«

»Ja … Aber nein, das hätte er Jasmin und mir nicht angetan.«

Die Geschehnisse vom Tag zuvor sagten etwas anderes. »Warum sollte er sie so regelmäßig anrufen?«

»Ich hatte keine Angst, dass er sich etwas antut, sondern dass … dass es ihm zu schlecht geht und er Hilfe braucht.«

»Gestern Morgen rief er also nicht an, und Sie fuhren nach Aichheim. Sind Sie ins Haus gegangen?« Brander fragte sich, ob sie die Bilder auf dem Küchentisch gesehen hatte. Laut Peppi hatten die Fotos verdeckt unter den Zeitungen gelegen.

»Nur kurz. Ich bin geschwind durch die Räume. Manchmal, wenn es ganz schlimm war, dann war er zu nichts mehr in der Lage. Lag einfach nur apathisch im Bett. Aber er war nicht da. Sein Fahrrad fehlte, darum bin ich zum Eichenfirst gefahren.«

»Woher wussten Sie, wo Sie Ihren Mann suchen müssen?«

»Es ist der einzige Ort, zu dem er noch ging. Die Kanzel. Fast jede Nacht. Seit Kindertagen war das sein Zufluchtsort. Er liebte es, dort zu sein.«

»Wie spät war es, als Sie zu der Kanzel fuhren?«

»Ich weiß nicht … vielleicht gegen halb neun oder neun, vom Parkplatz bin ich zur Kanzel gelaufen. Sein Fahrrad stand dort. Ich dachte … vielleicht hat er nicht die Kraft, ans Telefon zu gehen. Vielleicht … ich weiß nicht, was ich dachte. Ich bin dorthin … bin die Stiege … Dann habe ich ihn gefunden.«

Brander ging gedanklich die Informationen durch, die er von Winkler bekommen hatte. Monika Lederer hatte ihn gegen Viertel nach zehn angerufen. Wie lang war der Marsch vom Parkplatz zur Kanzel? Sie war in Sorge gewesen. Vermutlich hatte sie sich beeilt. Eine Stunde erschien ihm lang für eine Strecke von maximal vier Kilometern. Wenn er eine Dreiviertelstunde kalkulierte, könnte sie gegen Viertel vor zehn an der Kanzel gewesen sein. Blieb eine halbe Stunde bis zu dem Anruf bei Winkler. Was hatte sie in der Zwischenzeit gemacht?

»Was taten Sie, als Sie oben in der Kanzel ankamen?«

»Wie – taten? Was hätte ich denn tun sollen?«

»Sind Sie zu ihm gegangen? Haben Sie seine Position verändert?«

»Nein, ich … ich weiß doch, wie ein toter Mensch aussieht.«

»Haben Sie irgendetwas in der Kanzel verändert?«

Sie schüttelte den Kopf.

»Gab es einen Abschiedsbrief, den Sie an sich genommen haben?«

»Nein.« Sie hob erschöpft den Blick. »Ich hab ihn gesehen … Ich konnte nicht … Ich habe mich auf die Stufe gehockt und geheult. Ich war zu nichts in der Lage.«

»Sie sagten, Sie waren zuvor in dem Haus: Haben Sie dort einen Abschiedsbrief gefunden?«

»Nein.« Irritiert zog sie die Stirn in Falten, als fiele ihr jetzt erst auf, dass ihr Mann keine Abschiedsworte, keine Erklärung für seinen Freitod hinterlassen hatte. »Ich habe aber auch nicht danach gesucht. Ich war nur kurz im Haus und bin dann gleich zum Wald gefahren. Haben Sie etwas gefunden?« In ihrer Frage schwang ein kleiner Funke Hoffnung mit.

»Nein, tut mir leid.« Brander erinnerte sich an den jungen Mann, der am Abend zuvor im Hof des Nachbarhauses gestanden hatte. »Haben Sie jemanden gesehen, als Sie beim Haus waren? Oder mit jemandem im Ort gesprochen?«

»Nein.« Ein bitterer Ton hatte sich unter das Wort gelegt.

»Sie kamen mit den Dorfbewohnern nicht so gut klar?«

Sie schnaufte abfällig. »Das ist noch gelinde ausgedrückt.«

»Gab es dafür einen Grund?«

Sie wandte den Blick ab und starrte schweigend zum Fenster.

»Frau Lederer, besaß Ihr Mann ein Gewehr?«

»Nein.«

»Und Sie?«

»Nein.«

»Woher hatte er dann die Schrotflinte?«

Sie sah Brander mit ihren verweinten Augen an. Er meinte einen trotzigen Zug um die Mundwinkel zu erkennen. »Woher soll ich das wissen?«

»Vielleicht ein Erbstück von seinem Vater oder Großvater?«

»Wir besaßen kein Gewehr. Weder er noch ich«, erklärte sie entschieden.

»Aber irgendwoher musste er die Waffe ja haben.«

Sie begann das Taschentuch, das sie zusammengeknüllt in einer Faust gehalten hatte, zu zerpflücken.

»Woher wusste Ihr Mann, wie man mit einem Gewehr umgeht?«, fuhr Brander fort.

Monika Lederer hob mit bitterer Miene den Blick. »So etwas lernt man im Grundwehrdienst.«

Die Wehrpflicht war erst 2011 abgeschafft worden, also hatte Karl Lederer nach dem Schulabschluss noch den Pflichtwehrdienst leisten müssen. Selbst wenn die Dienstzeit bei Lederer mehr als fünfundzwanzig Jahre zurücklag, stellten das Laden und Schießen mit der Flinte für ihn sicher keine größere Schwierigkeit dar.

»Frau Lederer, Sie haben Ihren Mann entdeckt«, mischte Peppi sich in das Gespräch ein. »Wir verstehen, dass das ein schwerer Schock für Sie war. Sie sagten gerade, Sie haben in der Kanzel gesessen und geweint. Wann haben Sie den Notruf abgesetzt?«

Die Witwe zuckte die Achseln. »Das weiß ich nicht. Es hat gedauert. Ich wusste nicht, was ich tun sollte ... Dann habe ich Christian angerufen.«

Christian. Nicht Herrn Winkler. »Warum nicht die 112?«, fragte Brander.

»Wozu? Karl war tot. Es konnte ihm niemand mehr helfen.«

»Sind Sie mit Herrn Winkler befreundet?«

Sie riss die Augen auf. »Wie kommen Sie darauf?«

»Sie haben seine private Handynummer.«

»Er hat mir die Nummer irgendwann mal gegeben. Ist das ein Verbrechen?«, fuhr sie ihn an. »Ich habe sie noch in meinem Handy gespeichert.«

»Warum hat er Ihnen seine private Nummer gegeben?«

Eine leichte Röte stieg ihr in die Wangen. »Das weiß ich nicht mehr.«

Brander war sich sicher, dass sie es sehr wohl wusste. »Sie sagten, dass Ihr Mann nur nachts zu der Wildbeobachtungskanzel fuhr«, wechselte er wieder den Fokus des Gesprächs. »Warum nur nachts?«

»Weil ihn da niemand sah. Er wollte niemanden sehen und auch nicht gesehen werden.«

»Warum?«

»Warum? Warum?«, echote sie mit gequälter Miene. »Warum fragen Sie mich das alles? Mein Mann ist tot. Ihre Fragen machen ihn nicht wieder lebendig. Ich bin erschöpft. Ich bin müde. Ich möchte keine Fragen mehr beantworten.«

»Frau Lederer, bitte helfen Sie uns, Ihren Mann besser zu verstehen«, bat Brander. »Warum wollte er nicht gesehen werden?«

»Karl mochte die Menschen nicht.«

Und dennoch hatte er als Fußballtrainer einer Mädchenmannschaft gearbeitet? Das passte für Brander nicht zusammen. »War das schon immer so?«, hakte er nach.

Sie seufzte erschöpft. »Irgendwie schon, ja. Er hatte Depressionen. Damit können die Menschen nicht umgehen. Besonders nicht, wenn ein Mann Depressionen hat. Darum ging er den Leuten lieber aus dem Weg, wenn es ihm nicht gut ging.«

Es war sicherlich selbst in der heutigen Gesellschaft, die sich als tolerant und aufgeklärt sah, nicht leicht für Betroffene, stimmte Brander ihr stumm zu. »War er in Behandlung?«

»Er hatte einige Therapien hinter sich. Wenn es zu schlimm wurde, ging er in die Klinik. Doch seit …« Sie verstummte und senkte den Blick auf ihre ineinander verknoteten Hände.

»Seit?«

Monika Lederer schwieg.

»Was war die Ursache für die Depressionen Ihres Mannes?«

Auch dazu äußerte sich die Witwe nicht. Brander wusste, dass seine Fragen sehr persönlich waren, aber er musste herausfinden, was hinter verschlossenen Türen in der Alemannenstraße geschehen war. »Seit …« Vermutlich meinte sie damit die Anschuldigungen, die die Fußballmädchen gegen ihren Mann erhoben hatten. Machte sie sich Vorwürfe, dass sie es nicht verhindert hatte? Sie hatte ihren Mann immerhin schon viele Jahre gekannt.

»Hatte Ihr Mann noch andere Probleme?«, fragte er.

Sie hob misstrauisch den Blick. »Was sollte er denn noch für Probleme haben? Er hatte Depressionen. Es war so schlimm, dass er seit über einem Jahr arbeitsunfähig war. Reicht das nicht?«

In der Küche und im Wohnzimmer hatten einige leere Bierflaschen gestanden, erinnerte sich Brander. »Hat Ihr Mann getrunken?«

»Nein!«, begehrte sie auf, sank aber sogleich wieder in sich zusammen. »Er war kein Alkoholiker … nein. Er hat nicht jeden Tag getrunken, nur manchmal, wenn es ihm besonders schlecht ging. Aber der Alkohol vertrug sich nicht mit seinen Medikamenten. Das wusste er. Es half ja auch nicht. Es machte ihn nur noch trauriger. Dabei wollte er stark sein, für mich. Für Jasmin.«

»Warum sind Sie mit Ihrer Tochter ausgezogen?«

Sie presste die Lippen zusammen, schnaufte angespannt. »Das geht Sie nichts an.«

»Ich denke schon, dass uns das etwas angeht«, widersprach Brander nachdrücklich. »Sie sagten gerade ›seit‹. Meinten Sie, seit dem Vorfall mit den Mädchen aus der Fußballmannschaft, die Ihr Mann in Aichheim trainiert hat?«

»Fangen Sie jetzt auch an?«, fuhr Monika Lederer ihn unerwartet heftig an. »Haben die Sie aufgehetzt, ja? Ihnen ihre Lügenmärchen aufgetischt?«

»Niemand hat uns aufgehetzt.« Brander versuchte, sich innerlich zu wappnen, und mühte sich um einen sachlichen und ruhigen Ton. »Frau Lederer, wir haben im Haus Ihres Mannes Bilder gefunden.«

»Was für Bilder?« Ihre Stimme kippte. Sie schüttelte den Kopf, als wollte sie die Antwort nicht hören.

»Die Bilder, die gestern Morgen im Haus Ihres Mannes auf dem Küchentisch lagen.«

Sie hob unwissend die Schultern.

»Sie haben die Bilder nicht gesehen, als Sie gestern dort waren?«

»Nein. Was sollen das …« Sie unterbrach sich selbst, sah zwischen den Kommissaren hin und her, die Pupillen weiteten sich wieder zornig. »Ach, meinen Sie *die* Bilder? Ja? Die Bilder? Die haben ihn gequält! Er hat diese Mädchen nie aufgefordert, ihm solche widerlichen Fotos von sich zu schicken!«

Brander tauschte einen Blick mit Peppi. Monika Lederer dachte vermutlich an die Fotos, von denen Winkler ihnen berichtet hatte. Aber das waren nicht die Bilder, von denen er gesprochen hatte. »Von welchen Mädchen sprechen Sie?«, fragte er dennoch.

»Na, von den Mädchen, die ihm diese grässlichen Fotos geschickt haben. Er wollte das nicht!« Ihre Stimme war laut geworden. Ihr Blick ging noch immer unsicher zwischen den Kommissaren hin und her. »Sie glauben mir nicht! Sie haben ihn auch schon verurteilt. Das sehe ich doch. Aber er wollte das nicht!«

Er konnte den Moment nicht länger herauszögern. Brander bemühte sich um größtmögliche Neutralität in seiner Stimme. »Frau Lederer, auf den Ausdrucken, die wir in der Küche gefunden haben, sind keine Bilder von fremden Mädchen. Auf den Fotos ist Ihre Tochter abgebildet.«

Sie zog irritiert die Augenbrauen zusammen. »Ja und? Karl ist ihr Vater. Er liebt Jasmin!«

»Es sind Aufnahmen von Jasmin und Ihrem Mann«, ergänzte Brander so behutsam wie möglich. »Die Bilder zeigen einen Missbrauch.«

Monika Lederer riss den Mund zu einem stummen Schrei auf, dann biss sie sich auf die Faust und hielt erstarrt die Luft an. War es der Schreck, dass nun herauskam, was so lange hinter verschlossenen Türen geheim gehalten worden war? Oder hatte sie wirklich nichts geahnt?

Die Frau begann zu wimmern, wog ihren Oberkörper vor und zurück. »Das ist nicht wahr«, wisperte sie. »Das ist nicht wahr!«

»Frau Lederer, schauen Sie mich bitte an«, lenkte Peppi die Aufmerksamkeit auf sich. »Wir haben diese Bilder gefunden, und wir müssen wissen, was geschehen ist. Wurde Jasmin von ihrem Vater missbraucht?«

»Nein! Das ist alles nicht wahr«, winselte die Frau verzweifelt. Tränen liefen über ihre Wangen. »Warum erzählen Sie so etwas? Warum tun Sie mir das an?«

Während Peppi beruhigend auf die Frau einsprach, stand Brander auf. Er füllte den Wasserkocher, suchte in den Schränken nach Tee und Tassen. Monika Lederer starrte stumpf vor sich hin, als er die gefüllten Tassen auf den Tisch stellte.

»Das kann nicht sein.« Sie hob den Blick zu ihm und wurde wieder lauter. »Sie lügen. Ich glaube das nicht. Zeigen Sie mir die Bilder!«

»Das halte ich im Moment für keine gute Idee«, erwiderte Brander.

»Was sollen das denn für Bilder sein? Ich glaube Ihnen kein

Wort! So war Karl nicht. So etwas hätte er niemals ... Das hätte ich doch gemerkt!«

»Ihre Tochter hat sich Ihnen nicht anvertraut?«, fragte Peppi.

»Nein! Weil es da nichts gibt!« Monika Lederer umklammerte die Teetasse mit beiden Händen und begann wieder, den Oberkörper vor- und zurückzuwiegen. »Karl war nicht so einer!«

»Die Fotos –«, setzte Brander an.

»Sie sind wie all die anderen!«, fuhr die Frau ihm über den Mund. Sie stellte die Tasse so heftig zurück auf den Tisch, dass der Tee überschwappte. »Ich will, dass Sie gehen! Verlassen Sie meine Wohnung. Und hören Sie auf, solche Lügen zu verbreiten! Das muss endlich aufhören! Hören Sie auf! Gehen Sie!«

»Frau Lederer, bitte lassen Sie uns miteinander reden«, versuchte Peppi sie wieder zu besänftigen.

»Das sind Lügen! Dreckige, gemeine Lügen!«

Die Wohnungstür wurde geöffnet, kurz darauf erschien ein junges Mädchen im Türrahmen. Dürr, blass, die Beine steckten in hautengen Leggins, dazu trug sie eine wattierte Winterjacke, ihre Miene lag zwischen fragend und schlecht gelaunt. Sie sah zu ihrer Mutter. »Wer sind die?«

»Das ist die Polizei. Die behaupten, dein Vater hätte dich missbraucht!«, schrie Monika Lederer ihrer Tochter verzweifelt entgegen, bevor Brander und Peppi reagieren konnten. »Sag denen, dass das nicht wahr ist!«

Jasmin verharrte einen Moment erstarrt, dann machte sie auf dem Absatz kehrt und marschierte wortlos aus der Wohnung. Nach einer stummen Verständigung mit Brander eilte Peppi dem Mädchen hinterher.

Auch Monika Lederer wollte ihrer Tochter folgen, doch Brander legte eine Hand auf ihren Unterarm, und sie blieb sitzen. Er war hin- und hergerissen zwischen Verständnis für die Verzweiflung der Frau und der Wut über die rabiate Weise, wie sie ihre Tochter mit den Geschehnissen konfrontiert hatte.

»Das war nicht gut, Frau Lederer.« Er sprach ruhig, damit die Frau sich nicht noch mehr in die Ecke gedrängt fühlte.

Sie wandte sich ihm zu, ihre Miene hatte sich versteinert. »Ich werde Anzeige erstatten.«

Peppi hielt am Gehweg und sah sich um. Wenige Meter entfernt stürmte das Mädchen kopflos die gepflasterte Straße entlang. »Jasmin! Warte!«

Doch sie rannte weiter, bog um eine Ecke und verschwand aus Peppis Blickfeld. Sie spurtete hinterher, entdeckte Jasmin wieder, als sie um die nächste Kurve bog. Sie war schnell. Peppi musste die Zähne zusammenbeißen, um an ihr dranzubleiben.

Kurz darauf endete der Weg am Ortsrand vor einer Wiese. Jasmin blieb atemlos stehen. Sie beugte sich vor, die Hände auf die dünnen Oberschenkel gestützt. Peppi schloss auf. Sie war ebenfalls ins Schnaufen gekommen. Die eisige Luft stach ihr in die Lungen.

»Hey.« Sie strich sich die dunklen Locken aus dem Gesicht. »Warum haust du ab?«

»Wer sind Sie?«, raunzte Jasmin sie an, ohne den Kopf zu heben.

»Ich bin Kriminalhauptkommissarin Persephone Pachatourides. Mein –«

»Was 'n das für 'n Name?«

»Ein griechischer. Mein Kollege und ich ermitteln im Tod deines Vaters.«

Das Mädchen richtete den Oberkörper wieder auf. Ihre Atmung hatte sich beruhigt, und sie verschanzte sich hinter einer abweisenden Maske.

»Können wir uns unterhalten?«

»Worüber?«

»Über deinen Vater.«

Die Augen verengten sich zu misstrauischen Schlitzen. »Nein.«

»Es wäre aber wichtig.«

»Ist mir egal.«

Jasmin wollte sich abwenden, aber Peppi hielt sie am Oberarm fest. Das Mädchen hatte verflucht dünne Arme, stellte sie fest. »Dann lass uns über dich reden.«

Jasmin starrte grimmig auf die Hand, die sie festhielt. Mit einem Ruck riss sie sich los. »Ich will nicht reden! Über niemanden!«

Da schwang so viel verzweifelte Wut in der Stimme mit, dass Peppi das Mädchen am liebsten fest in ihre Arme geschlossen hätte, um ihr Halt zu geben. Stattdessen schlang Jasmin selbst die Arme um ihren schmächtigen Körper.

»Was deine Mutter gerade gesagt hat …«

Jasmin schüttelte energisch den Kopf, die Lippen fest zusammengepresst. Sie wollte nicht reden und auch nicht zuhören.

»Na gut, wir müssen jetzt nicht darüber sprechen.« Hier am Rande des Wohngebiets war zudem nicht der richtige Ort, auch wenn weit und breit keine Menschenseele zu sehen war. »Wir möchten herausfinden, was deinem Vater passiert ist, und dazu muss ich dir ein paar Fragen stellen.«

Jasmin starrte sie feindselig an. Peppi bemerkte, dass sie trotz der Winterjacke zitterte. Sie war so dürr, wie sollte der Körper da Wärme produzieren?

»Dir ist kalt«, stellte sie fest. »Lass uns zu eurer Wohnung zurückgehen. Wenn wir da sind, kannst du immer noch entscheiden, ob du reingehen willst oder nicht. Drinnen ist es wärmer als hier auf der Wiese.«

Peppi wusste aus Erfahrung, dass es leichter war, ins Reden zu kommen, wenn man in Bewegung war und seinem Gegenüber nicht direkt in die Augen schauen musste. Man fühlte sich dem anderen nicht so ausgeliefert. Sie nickte auffordernd mit dem Kopf und ging los. Zu ihrer Erleichterung kam Jasmin mit. Sie vergrub die Hände in den Jackentaschen und hielt den Kopf so tief gesenkt, dass die aschblonden Haare ihr vors Gesicht fielen.

»Hast du ein eigenes Zimmer?«

Jasmin nickte.

Das war gut. So hatte sie zumindest einen Rückzugsort. Die Brutalität der Worte, mit der ihre Mutter sie wenige Minuten zuvor empfangen hatte, erschütterte Peppi innerlich noch immer. »Fühlst du dich wohl in Herrenberg?«

Jasmin zuckte die Achseln.

»Hattest du noch Kontakt zu deinem Vater?«

Wieder hob sie die Schultern. Um sie zum Reden zu bringen, würde der kurze Weg zurück zur Wohnung nicht reichen. Wie konnte sie eine Verbindung zu diesem Mädchen aufbauen?

»Es sind noch Ferien, oder?«

Jasmin blieb stehen. »Ich habe gesagt: Ich will nicht reden! Ich will nicht!« Die letzten drei Worte schrie sie aus sich heraus.

»Das ist okay.«

»Sie verstehen gar nichts!«

Wie auch, wenn du nicht mit mir redest! »Dann erkläre mir bitte, was los ist.«

Jasmin wandte sich trotzig schnaubend ab, um in die Richtung zu laufen, aus der sie gerade gekommen waren.

»Warte, bitte!«

Zu Peppis Erleichterung blieb Jasmin tatsächlich stehen und drehte sich noch einmal zu ihr um. Peppi durchsuchte ihre Jackentaschen, fand eine Visitenkarte. Im selben Augenblick vibrierte ihr Smartphone. Sie ignorierte den Anruf, ging auf das Mädchen zu und streckte ihr die Karte entgegen. »Falls du doch mal jemanden zum Zuhören brauchst, ruf mich an. Jederzeit.«

Zögernd nahm Jasmin das Kärtchen entgegen.

»Ich weiß nicht, was in deinem Leben passiert ist«, fuhr Peppi behutsam fort. »Aber manchmal ist es gut, sich außerhalb der Familie Hilfe zu holen.«

Jasmin hob den Blick. Dunkelbraune Augen in einem Gesicht, das für ihr junges Alter schon viel zu sehr von Leid gezeichnet war.

»Wenn du nicht mit mir reden magst, ist das okay. Ich kann dir Adressen geben, an die du dich wenden kannst. Was dir passiert ist –«

Jasmin presste die Hände auf die Ohren. »Das stimmt alles gar nicht!« Damit wandte sie sich endgültig ab und stapfte davon.

Peppi sah ihr nachdenklich hinterher. Die Fotos, die sie gesehen hatte, sagten etwas anderes.

Brander stand wartend auf dem Gehsteig. Monika Lederer hatte ihn aus der Wohnung geworfen, kurz nachdem Peppi fort gewesen war. Sie wollte Mia Schöffel und Merle Altmüller anzeigen. Die Mädchen hätten ihren Mann verleumdet. Sie sprach von Rufmord, Belästigung und Stalking. Bevor er weiter nachfragen konnte, hatte sie ihm jedoch rigoros die Tür gewiesen. Sie vertraute ihm nicht. Er sei wie all die anderen, wer auch immer die anderen waren. Vermutlich die Dorfbewohner. Sie war nicht einmal bereit gewesen, ihm die Namen der Ärzte und Therapeuten zu nennen, die Karl Lederer behandelt hatten.

Er hatte versucht, Peppi zu erreichen, um herauszufinden, wo sie steckte, aber sie hatte seinen Anruf nicht entgegengenommen. Also blieb er, wo er war. Käpten Huc verkürzte ihm die Wartezeit mit einem Anruf.

»Hat Jasmin dich abgehängt?«, begrüßte er Peppi, als sie schließlich allein zurückkehrte.

»Nein, aber sie wollte nicht mit mir sprechen.« Peppi gab ihm einen kurzen Bericht.

Brander sah grübelnd zu der Wohnungstür. Verschlossen Mutter und Tochter die Augen davor, was geschehen war, weil die Wahrheit zu unerträglich war?

»Und jetzt?«, fragte Peppi.

Brander wandte sich ihr wieder zu. »Jetzt fahren wir noch einmal nach Aichheim. Hans hat gerade angerufen. Wir haben herausgefunden, wem das Gewehr gehört, mit dem sich Lederer erschossen hat.«

***

Eine halbe Stunde später parkte Peppi den Wagen am Straßenrand vor einem in die Jahre gekommenen Einfamilienhaus aus den 1950er Jahren. Die Fenster mussten irgendwann einmal modernisiert worden sein, die Scheiben waren zumindest doppelt verglast. Die Haustür indes war alt und knarzte, als Gottfried Bäuerle ihnen öffnete.

Der alte Mann stand leicht gebeugt vor ihnen, mit einer Hand auf einen Stock gestützt, die andere lag auf der Türklinke. Er sah ihnen aus wässrig blauen Augen fragend entgegen.

Brander stellte sich und Peppi vor. »Dürfen wir einen Moment hereinkommen?«

»Ha jo. Kommet Se rei.« Er schlurfte in unendlicher Langsamkeit durch den Flur und überließ es ihnen, die Haustür hinter sich zu schließen.

Die tannengrüne Tapete verdunkelte den schmalen Flur. An einer Wandseite hing ein Geweih – ein Achtender, zählte Brander. An der Garderobe auf der anderen Seite dienten kleinere Geweihe als Haken für Jacken und Mützen. Die Einrichtung war sowohl im Flur als auch im Wohnzimmer Eiche-rustikal-geprägt. Vergilbte Häkeldeckchen dienten auf den Regalböden der Schrankwand den Bilderrahmen als Unterlage. Vor dem Sofa stand ein Wohnzimmertisch mit Kurbel, wie Brander ihn noch von seinen Großeltern kannte. Der Großteil der Fläche war mit Tageszeitungen und Büchern bedeckt, dazwischen stand ein Medikamentenspender. Die Luft war überheizt. Es roch nach altem Mann und Latschenkiefer.

»Möchtet Sie ebbes trinken?« Bäuerle bemühte sich, angesichts der zwei Beamten, hochdeutsch zu sprechen.

»Machen Sie sich keine Umstände. Wir haben nur ein paar Fragen.«

»Immer in Eile, die junge Leut. Aber für an Kaffee isch doch Zeit?« Der Greis sah zu Peppi, während er sich mit einem Seufzen auf das Sofa plumpsen ließ. »Könntet Se uns bitte an Kaffee kochen? Die Küche isch grad nomm.«

Peppi hob zu einem Protest an, entschied sich dann aber

dagegen und verschwand auf der anderen Seite des Flurs. Kurz darauf hörte Brander das Öffnen und Schließen von Schranktüren, vermutlich war sie auf der Suche nach Kaffeepulver und Tassen.

Brander setzte sich in einen der zwei Sessel und versank tief in den durchgesessenen Polstern. »Herr Bäuerle, Sie kennen die Familie Lederer?«

»Sie moinet die aus der Alemannenstraße? Ja, die Luise und den Erich Lederer, die han i gut kennt. Aber die senn beide dod. Der Erich viel z' früh. Krebs hat er g'habt.«

»Und Karl Lederer?«

Bäuerle hob schnaufend die Schultern. »Der isch ja damals weg von Aichheim, isch bloß no zom Geburtstag von der Luise und zu de Feierdag komma. I han mit dem Bua nedd viel zom doa ghet. Er hat sich erschossa, erzählet die Leut im Dorf?«

Brander nickte.

»Die arme Frau.«

»Sie kennen Frau Lederer?«

»Ha jo, die hat ja hier in der mobilen Altenpflege g'schafft, die isch täglich zu mir komma. 's gibt so ein paar Sacha, die krieg i alloi nemme so gut na. Und 's isch ja au' schee, wenn mal jemand da isch, mit dem mer ebbes schwätza ka'. Und die Moni, die war eine Schaffige.«

»Bis wann kam denn Frau Lederer zu Ihnen?«

»Na, so …« Er verzog grübelnd die Lippen. »Bis letzten Sommer, im Juli war des. Dann isch se weg aus Aichheim.«

»Wissen Sie, warum?«

»Na, für a Rei'geschmeckte isch des nedd so oifach hier im Dorf.«

»Ganz so unbekannt war die Familie ja nicht. Karl Lederer ist in Aichheim aufgewachsen, soweit ich weiß.«

»Ja, der Karl, aber …« Bäuerle schüttelte unwillig den Kopf und hob den Blick zum Flur. »Wo bleibt denn der Kaffee?«

»Bin gleich bei Ihnen«, rief Peppi aus der Küche, als wäre sie seine Hausangestellte.

»Was ist mit Herrn Lederer?«, hakte Brander nach.

»Na, bissle komisch war er ja scho emmer, der Bua. Mir dachtet, das liegt dran, weil er sein' Vater so früh verloren hat. Da hat an Mo' em Haus g'fehlt.«

Kein Mann im Haus. Die alleinerziehende Witwe entsprach nicht dem traditionellen Familienbild. Brander fragte sich, ob das auch andere Dorfbewohner so gesehen hatten.

»Aber dann die Sach da auf dem Fußballplatz mit denna Mädla«, fuhr Bäuerle fort. »Noi, des war scho arg. So liebe Mädla, und der macht so ebbes … Aber dass die Leut die Moni dann au' so schlecht behandelt henn nach der Sach, des war nedd recht. Isch wohl besser, dass sie 'gange isch. Aber i hätt' sie gern b'halde.«

»Sie mögen Frau Lederer?«

»Ha jo, die Moni, die hat mich wie an Mensch behandelt.« Ein Lächeln legte sich auf das faltige Gesicht, als Peppi eine Tasse Kaffee vor ihm abstellte. »Vielen Dank, junge Frau.«

Brander unterdrückte ein Schmunzeln. Aber für einen Mittachtziger war eine Frau Anfang fünfzig vermutlich tatsächlich noch jung.

»Brauchen Sie Zucker oder Milch?«, fragte Peppi.

»Noi. Aber machet Se da mal das Schränkle auf, da senn Pralinen drin, bringet Se uns die bitte no'.«

Peppi tat, wie ihr geheißen, und stellte die rosa Packung mit Kirschpralinen auf den Tisch.

Gottfried Bäuerle steckte sich genussvoll ein Stück in den Mund. »Werdet Se lieber nedd alt. Wisset Se, die oine behandlet mich, als wär i a Kleinkind, und die andere, als wär i Schlachtvieh, des demnächst sein letzta Weg antritt.« Er hob mit beiden Händen die Tasse, schlürfte geräuschvoll den heißen Kaffee. »Ah, der isch guat.« Er zwinkerte Peppi verschmitzt zu. »Se dürfet gern wiederkomma.«

»Bei Gelegenheit«, erwiderte Peppi leichthin. »Sie sind Jäger?«, lenkte sie das Gespräch in eine neue Richtung.

»Gwä. War schon ewig nemme auf der Pirsch.«

»Haben Sie Ihre Gewehre noch, oder haben Sie die abgegeben?«
»Die alte Denger, die will doch keiner meh han.«
»Sie könnten die Waffen bei der Polizei abgeben, damit sie entsorgt werden.«
»Ha noi! Dafür senn die dann doch z' schad.«
»Haben Sie eines Ihrer Gewehre mal verliehen?«, erkundigte sich Brander.
»Noi, a G'wehr verleiht mer doch nedd.«
»Wie ist Herr Lederer dann in den Besitz Ihrer Schrotflinte gekommen?«
Bäuerle sah ihn verdutzt an. »Wie kommet Se denn darauf?«
Brander hoffte, dass der alte Mann keinen Herzinfarkt bekam, als er erklärte: »Die Schrotflinte, die wir bei Herrn Lederer gefunden haben, ist auf Ihren Namen zugelassen.«
»Noi!« Tatsächlich fasste Bäuerle sich an die Brust. »Des ka' edd sei'.«
»Ist Ihnen mal ein Gewehr gestohlen worden?«
»Noi.«
»Wie viele Gewehre besitzen Sie?«
»Zwoi.«
»Was für Gewehre sind das?«
»A Bockbüchsflinte und a doppelläufige.«
Die Waffe, mit der Lederer sich erschossen hatte, war eine Doppelflinte gewesen. »Würden Sie uns die Gewehre bitte einmal zeigen?«
Nach kurzem Zögern griff Bäuerle nach seinem Gehstock und stemmte sich mühsam vom Sofa hoch. »Kommet Se.«
Er ging ihnen voraus in den Flur, blieb vor einer Tür stehen und öffnete sie. Eine Treppe führte in den Keller. »Ganget Se na. Der Waffenschrank isch glei' onder der Trepp.«
»Geben Sie mir bitte noch den Schlüssel?«, bat Brander.
Der Alte nickte zu einem kleinen Kasten, der neben der Garderobe hing. »Der isch dadrenne.«
Peppi, die näher zur Garderobe stand, entnahm den Schlüssel

und reichte ihn an Brander weiter. Während sie oben blieb, stieg Brander die Stufen hinunter. Spinnweben zierten die Decke und das Geländer. Am Fuß der Treppe bog er um die Ecke und fand den schmalen Metallschrank. Gegenüber stand ein Regal mit eingestaubten Einmachgläsern und Flaschen. Brander vermutete, dass es Überbleibsel aus Zeiten waren, als Frau Bäuerle noch lebte und Obst und Gemüse einmachte. Er wandte sich dem Schrank zu, schloss auf und öffnete die Türen. Gähnende Leere starrte ihm entgegen.

Brander fluchte. Er fotografierte den Schrank mit seinem Smartphone, ließ alles, wie es war, um nicht noch mehr Spuren zu verwischen, und stieg die Kellertreppe wieder hinauf.

»Herr Bäuerle, der Schrank ist leer.«

»Noi.«

»Doch.«

»Des ka' edd sei'!« Er wollte zur Treppe, aber Brander stellte sich ihm in den Weg. Es reichte, dass er unachtsam genug gewesen war und dadurch womöglich Spuren zerstört hatte. »Haben Sie die Gewehre vielleicht woanders untergebracht?«

»Ha noi! Die senn scho emmer da onda gwä!«, erwiderte Bäuerle aufgebracht.

»Wann haben Sie zuletzt kontrolliert, ob die Waffen noch da sind?«

»Warum soll i des denn kontrollieren? So ebbes kommt do' nedd oifach weg!«

»Wann haben Sie die beiden Gewehre zuletzt gesehen?«

Bäuerle hob den wässrigen Blick zu Brander. Betroffenheit lag in seinen Augen. »I war scho ewig nemme da onda. Die steile Stiege … Meine Beine machen das nedd mehr mit.« Die Schultern des alten Mannes sackten nach unten.

»Lassen Sie uns wieder ins Wohnzimmer gehen.« Brander wandte sich an Peppi. »Wir brauchen die KT, die sollen den Schrank auf Spuren untersuchen.«

Während Peppi im Flur telefonierte, begleitete Brander den Hausbesitzer zurück in sein Wohnzimmer.

»I versteh des nedd. Wer soll denn die G'wehre da weg-g'nomma han?« Der Mann ließ sich wieder auf dem Sofa nieder und starrte deprimiert vor sich hin.

»Haben Sie die Waffen vielleicht doch einmal verliehen?«

»Ha noi! G'wieß nedd.«

»Wer wusste, dass Sie die Gewehre im Keller aufbewahren?«

»Was woiß i? 's halbe Dorf, denk i.«

»Wer hat alles einen Schlüssel zu Ihrem Haus?«

»Mei Dochder, die wohnt in Stuagert. Die kommt emmer am Wochenende. Jetzt isch se g'rad zum Skifahra. Aber warum soll die meine G'wehr mitnehma?«

»Vielleicht wollte sie die Waffen entsorgen?«

»Die nimmt doch nedd oifach ebbes mit und sagt mir nix davo'.«

»Könnten Sie mir bitte trotzdem die Telefonnummer Ihrer Tochter geben?«

»Bloß weil i alt bin, bin i doch koin Bachl! I wüsst, wenn die die Waffen g'nomma hätt'.« Grummelnd machte Bäuerle sich an seinem Handy zu schaffen, das auf dem Wohnzimmertisch lag.

»Was machen Sie?«

»Ich ruf mei' Dochder an.« Er hielt sich den Apparat ans Ohr. Kurz darauf hörte Brander eine Frauenstimme aus dem Lautsprecher – das Gerät war so laut eingestellt, dass er ohne Weiteres mithören konnte.

»Du, pass mal uf. D' Bolizei isch bei mir. Die wellet wissa, wo meine G'wehr senn. Hasch du die mit'gnomma?«

»Die Gewehre? Papa, was soll ich denn damit? Die sind unten im Schrank.«

»Noi, da senn se eba nedd.«

»Die können doch nicht einfach weg sein.«

»Ha jo, doch! Der Mo', der lügt ja nedd. Und jetzt saget die, der Karl hätt' sich damit erschossa.«

»Der Karl ist tot?«

»Der Lederer Karl, woisch.«

»Das ist ja ein Ding.«

Peppi kam aus dem Flur zu ihnen ins Wohnzimmer. »Techis sind unterwegs.« Sie deutete fragend auf den Rentner.

»Telefoniert gerade mit seiner Tochter.«

Sie mussten sich noch einen Moment gedulden, bis das Gespräch beendet war.

»Mei' Dochder sagt, se hat nix aus 'em Schrank g'nomma«, erklärte Bäuerle.

»Gab es mal einen Einbruch bei Ihnen?«, hakte Brander nach.

»Noi.«

Brander beschloss, dennoch bei Winkler nachzufragen. Vielleicht hatte der alte Mann es nur verdrängt. Allerdings war der Waffenschrank zumindest augenscheinlich nicht aufgebrochen worden, also musste es jemand gewesen sein, der sich auskannte. »Hat außer Ihnen und Ihrer Tochter noch jemand einen Hausschlüssel?«, erkundigte er sich.

»Der Friedhelm von drüba. Mer weiß ja nie, wenn mal ebbes isch … I han au' an Schlüssel von sei'm Haus. Und der Pflegedienst, dass die nei'kommet.«

Der Pflegedienst. Somit hatte vermutlich auch Monika Lederer einen Schlüssel gehabt, als sie noch als mobile Altenpflegerin in Aichheim gearbeitet und dabei Gottfried Bäuerle versorgt hatte. Hatte sie sich einen Nachschlüssel angefertigt und war in Bäuerles Abwesenheit in sein Haus gegangen, um die Gewehre zu entwenden? Wo war dann das zweite Gewehr?

»Was ist mit der Munition? Haben Sie die ebenfalls in dem Schrank aufbewahrt?«

»Noi, i han koi Munition mehr g'hett. Die han i damals em Schützenverein g'lassa. I hätt' die Flinta au' glei' dalassa solle. Aber wie's immer so isch. I wollt und wollt au' wieder nedd. Und dann han i's vergesse. Heilandzagg.«

Das Gewehr war von wem auch immer bei Gottfried Bäuerle entwendet worden, aber woher hatte Karl Lederer die Munition bekommen? Auch die konnte er sich ohne entsprechende

Nachweise nicht einfach im Laden kaufen. Gleiches galt für seine Frau.

***

Es war später Nachmittag, als Brander mit Peppi in der Esslinger Dienststelle den Inspektionsleiter der Kriminalinspektion 1 über die neuesten Entwicklungen informierte.

Hans Ulrich Clewer strich sich grübelnd über das Kinn, nachdem Brander seinen Bericht beendet hatte. »Das sind ja einige Aspekte, die wir in dieser Sache berücksichtigen müssen.«

»Hast du mal ein Blatt und einen Bleistift?«, bat Brander.

Clewer stand auf und brachte ihm das Gewünschte.

»Beginnen wir mit dem mutmaßlichen Suizid. Karl Lederer erschießt sich augenscheinlich in der Nacht von Dienstag auf Mittwoch in einer Wildbeobachtungskanzel mit einem Gewehr, das anscheinend irgendwann zu einem bisher unbekannten Zeitpunkt unbemerkt aus dem Haus von Gottfried Bäuerle entwendet wurde.« Brander skizzierte in der Mitte des Blattes die Kanzel, deutete dazu noch mit wenigen Strichen ein paar Bäume an.

Clewer tauschte amüsiert einen Blick mit Peppi.

»Weißt doch: Andi malt lieber, als dass er schreibt«, erwiderte sie. »Ob Lederer sich tatsächlich selbst erschossen hat, ist noch nicht abschließend geklärt. Was ist mit der Obduktion?«

»Voraussichtlich morgen früh. Ich warte noch auf die Bestätigung. Wer von euch geht hin?«

»Kann ich übernehmen«, erbarmte sich Peppi.

»Gut, ich geb dir Bescheid. Greta Mack von der KT in Tübingen wird vermutlich dabei sein.«

Brander hatte in der Zwischenzeit oben rechts auf dem Blatt ein Haus und ein Gewehr gezeichnet. »Bäuerles Gewehr könnte ein Unbekannter gestohlen haben …« Er zog von dem Haus einen Strich nach rechts ins Leere und setzte ein Fragezeichen ans Ende, dann skizzierte er oben links auf dem Blatt eine Kirche mit Turm und Zwiebelhaube.

»Was soll das denn sein?«, fragte Peppi.

»Die Glucke vom Gäu«, erwiderte Brander.

»Die was?«

»Die Stiftskirche, Wahrzeichen von Herrenberg. Die Skizze steht für Monika Lederer.«

»Weil sie um Mann und Tochter herumgluckt?«

Brander betrachtete seine Zeichnung. Traf es das? »Ich weiß nicht – mit ihrer Tochter ist sie nicht besonders feinfühlig umgegangen.« Er zog eine Verbindungslinie zwischen der Skizze für Bäuerle und der Kirche und eine weitere von der Kirche zur Kanzel. »Monika Lederer hatte als Altenpflegerin freien Zutritt zu Bäuerles Haus. Sie hätte also die Gelegenheit gehabt, die Waffen zu entwenden.«

»Wenn ich es richtig verstanden habe, hat sie im Juli letzten Jahres aufgehört, in Aichheim zu arbeiten«, warf Peppi ein. »Wenn sie das Gewehr damals bei Bäuerle gestohlen hat, warum kam es erst jetzt zum Einsatz?«

»Weil noch Munition fehlte«, versuchte Brander eine Erklärung.

»Oder aber sie hat gehofft, dass es ihrer Tochter besser geht, wenn sie aus dem Haus in Aichheim auszieht«, spekulierte Peppi. »Da es Jasmin aber offensichtlich weiterhin schlecht ging, wurde der Grimm gegen ihren Gatten so groß, dass sie beschließt, ihn zu töten.«

»Traust du ihr so eine Tat zu?«, fragte Clewer.

»Schwer zu sagen. Sie war am Boden zerstört, aber ob das wegen des Todes ihres Mannes oder aus Sorge um ihre Tochter ist oder aus einem anderen Grund, kann ich nicht beurteilen.«

»Könnte Karl Lederer damals den Schlüssel zu Bäuerles Wohnung von seiner Frau entwendet und sich selbst das Gewehr – oder die Gewehre – angeeignet haben?«, schlug Clewer vor.

»Unwahrscheinlich«, antwortete Brander. »Die Pflegekräfte

hinterlegen meines Wissens die Hausschlüssel am Ende ihrer Schicht für die nächsten Kollegen in der Zentrale.«

»Schlüssel kann man nachmachen lassen. Wir sollten auf jeden Fall in Lederers Haus nachschauen, ob sich da ein passendes Exemplar findet.«

»Da ist noch die Frage: Wo ist das zweite Gewehr?«, überlegte Peppi. »In Lederers Haus haben wir keines gefunden. Übrigens auch keine Munition.«

Peppi und Brander hatten sich nach dem Besuch bei Bäuerle noch einmal eingehend in dem Haus in der Alemannenstraße umgesehen.

»Haben die Kriminaltechniker Spuren an Bäuerles Waffenschrank gefunden?«, erkundigte sich Clewer.

»Das Ergebnis liegt noch nicht vor.«

»Na gut, lassen wir das jetzt erst einmal so stehen und warten ab, welche Ergebnisse die Spurensicherung bringt und was die Obduktion morgen ergibt. Ob Suizid oder Fremdverschulden.« Clewer rieb tatkräftig die Hände aneinander. »Schauen wir uns mal die Vorgeschichte an.«

»Laut Aussage von Monika Lederer litt ihr Mann an Depressionen und war seit gut einem Jahr arbeitsunfähig«, berichtete Brander.

»Wo hat er gearbeitet?«

»Er war Sachbearbeiter bei Gössing & Sohn in Reutlingen«, antwortete Peppi. »Eine Zuliefererfirma für Autozubehör.«

»Dann haben wir noch die Information von POK Winkler, dass Lederer in der Vergangenheit einige Mädchen aus einer Fußballmannschaft, die er trainiert hat, genötigt haben soll, ihm Nacktfotos von sich zu schicken.« Brander sah grübelnd auf sein Blatt. Wie sollte er das in seine Zeichnung integrieren?

Er kannte die Mädchen nicht. Wenn sie mit Jasmin Lederer in einer Mannschaft gespielt hatten, waren sie vermutlich damals dreizehn, vierzehn Jahre alt, also in der C-Jugend. Er skizzierte auf dem Papier unten links zwei Strichmännchen und eine Kamera.

»Seine Frau behauptet, die Mädchen würden lügen. Sie hat die Namen Mia Schöffel und Merle Altmüller genannt und will Anzeige gegen die beiden erstatten«, ergänzte Brander. »Sie sagt, die Mädchen hätten ihrem Mann von sich aus die Nacktbilder geschickt.«

Peppi schnalzte ungläubig mit der Zunge. »Na klar.«

»Ihr Mann hätte das nicht gewollt«, fuhr Brander fort. »Er hätte die Bilder immer umgehend gelöscht. Monika Lederer selbst hat die Fotos nie zu Gesicht bekommen.«

»Warum sollten sich die Mädchen so etwas ausdenken?« Clewer zog zweifelnd die Stirn in Falten. »Das klingt für mich eher nach einer Schutzbehauptung. Und die Bilder von Jasmin und ihrem Vater beim Geschlechtsakt können ja wohl kaum die beiden Mädchen gemacht und ihm geschickt haben.«

»Vermutlich nicht«, stimmte Brander zu. »Allerdings ist unklar, wo das Ganze stattgefunden hat.«

»Ich schätze, zu Hause«, schlug Peppi vor.

»Sie trug ihr Fußballtrikot. Es könnte ebenso gut nach dem Training in der Umkleidekabine passiert sein.« Brander versuchte, sich die Bilder in Erinnerung zu rufen. Er war im ersten Moment zu schockiert gewesen, als dass er dem Hintergrund der Fotos viel Aufmerksamkeit geschenkt hatte. Waren da Möbel abgebildet? Die dunkle Schrankwand aus dem Wohnzimmer? Ein Schlaf- oder Jugendzimmer? Oder eine Reihe Spinde? Ein gekachelter Mannschaftsduschraum?

Der Inspektionsleiter wandte sich Peppi zu. »Du hast mit Jasmin gesprochen. Welchen Eindruck macht sie auf dich?«

»Sie ist verstört, will mit niemandem reden. Ich vermute, sie hat eine Essstörung, entweder ist sie magersüchtig oder hat Bulimie. Sie ist viel zu dünn.«

Was auf ein psychisches Problem des Kindes hindeuten würde – nicht verwunderlich, wenn sie von ihrem Vater missbraucht worden war, dachte Brander grimmig.

»Wie ist das Verhältnis zwischen Mutter und Tochter?«, fragte Clewer.

»Schwierig«, befand Brander in Erinnerung an das kurze Intermezzo in Monika Lederers Wohnung. »Unsensibel.«

»War für Monika Lederer der Gedanke, dass ihr Mann die Tochter missbraucht hat, völlig neu?«, hakte Clewer nach.

Brander versuchte, sich Monika Lederers Gesicht vor Augen zu rufen. »Sie war zumindest entsetzt, es kann aber ebenso gut sein, dass sie entsetzt war, dass dieses Familiengeheimnis herausgekommen ist.«

»Warum ist sie mit ihrer Tochter aus dem gemeinsamen Haus ausgezogen, wenn ihr angeblich immer noch etwas an ihrem Mann lag und sie die Anschuldigungen gegen ihn für Lügen hält?« Clewer schaute nachdenklich auf Branders Zeichnung.

»Wir müssen noch mal mit Mutter und Tochter sprechen, und wir sollten uns mit den Familien von den beiden Mädchen – Mia und Merle – unterhalten. Und mit dem Vereinsvorstand. Schaut euch noch mal intensiv in Lederers Haus um, ob sich Hinweise auf einen Missbrauch oder pädophile Neigungen des Mannes –« Ein Klopfen unterbrach den Inspektionsleiter. »Ja?«

Die Tür ging auf, und ein blonder Strubbelkopf erschien.

»Jens!« Peppi strahlte den IT-Forensiker an. »Was machst du denn hier?«

»Heute ist der erste Tag meiner Wiedereingliederung. Ich hatte eigentlich ein Empfangskomitee erwartet.«

»Hätte ich es gewusst, hätte ich einen Kuchen gebacken«, erwiderte Peppi.

Jens Schöne war vor gut einem halben Jahr bei einem Einsatz schwer verletzt worden. Es war lange ungewiss gewesen, ob er überhaupt wieder in den Dienst zurückkehren würde.

Brander kannte den jüngeren Kollegen seit vielen Jahren und freute sich, ihn zu sehen. Allerdings war der ohnehin schon immer schlanke Kollege noch etwas zu dünn und ausgemergelt im Gesicht, bemerkte er besorgt. Die Wangenknochen traten deutlich hervor. Unter den hellen Augen lagen Schatten. Es waren nicht nur die körperlichen Verletzungen, mit denen der

Zweiundvierzigjährige zu kämpfen hatte, sondern auch das Trauma, das er durch den hinterhältigen Angriff erlitten hatte.

Der IT-Spezialist trat in den Raum. »Tja, und statt Kuchen legt ihr mir gleich so einen Scheiß auf den Tisch.« Er warf Kopien von zwei Ausdrucken der Fotos, die sie in Lederers Haus gefunden hatten, auf den kleinen Nierentisch, um den Clewer, Brander und Peppi saßen.

»Tut mir leid«, bedauerte Brander. »Wir hätten dir auch lieber was anderes gegeben. Hast du irgendetwas Brauchbares für uns?«

»Oh ja, ich denke schon.« Jens strich sich durch die blonden Haare. »Diese Fotos sind völlig geschmackloser Fake.«

***

Die Fröhlichkeit, die Brander aus dem Wohnzimmer entgegenschallte, als er nach Hause kam, stand in einem so großen Kontrast zu seiner Verfassung, dass ihm unerwartet die Augen feucht wurden. Irritiert über diesen emotionalen Anflug, winkte er vom Flur in den Raum und rang sich ein angespanntes »Hallo, zusammen« ab.

Sie waren zu siebt – Cecilia und Nathalie, zudem waren sein Neffe Julian, Branders Eltern und Karsten Beckmann mit seinem Lebensgefährten Manuel Heinrich zu Besuch. Musik schallte aus einer Bluetoothbox, Interpreten wurden in den Raum gerufen, es wurde gesungen und gelacht. Happy Family.

Brander ging ins Bad, wusch sich mit kaltem Wasser, um seinen inneren Aufruhr abzukühlen. Er sollte etwas essen – Peppi und er hatten mittags nur einen kurzen Stopp in einer Bäckerei gemacht und Butterbrezeln gekauft. Vielleicht rührte ein Teil des schlechten Gefühls vom Hunger her.

Er stieg die Treppe wieder hinunter, spürte Cecilias Blick auf sich, als er an der offen stehenden Wohnzimmertür vorbei in die Küche ging. Er nahm Butter, Käse und Aufschnitt aus dem Kühlschrank und steckte eine Scheibe Dinkelbrot in den

Toaster. Während er darauf wartete, dass der Apparat das geröstete Brot ausspuckte, starrte er zum Fenster, sah sich selbst und die Küchenzeile verschwommen in der Reflexion. Von der anderen Seite der Scheibe schimmerte ihm die leere Straße vor dem Haus entgegen. Die Doppelhaushälfte, die er mit Cecilia und Nathalie im Ammerbucher Gemeindeteil Entringen bewohnte, lag in einer ruhigen Sackgasse am Ortsrand des Dorfes.

Die Fotos von Karl Lederer, der sich an seiner Tochter verging, waren Fake – Fälschungen, Fotomontagen. Die Anfertigung war mit den modernen Bildbearbeitungsprogrammen, die heutzutage jedermann zur Verfügung standen, kein großes Problem, hatte Jens erläutert. Die Bilder waren gut gemacht, erkannte er an, aber es gab Kleinigkeiten, die den Schwindel enttarnten. Minimale Farbabweichungen, die unnatürliche Haltung einer Hand, der verschwommene Hintergrund, bei dem Übergänge retuschiert worden waren.

Hatte Karl Lederer in diesen Bildern seine Phantasie ausgelebt? Er sah das verweinte, leidende Gesicht von Jasmin vor sich. Wer machte so ein Foto von seinem Kind und erstellte daraus eine derart grauenvolle Fotomontage?

»Hey, Schatz.«

Brander zuckte zusammen, als Cecilias Stimme neben ihm erklang. Er war so in Gedanken versunken, dass er ihr Kommen nicht bemerkt hatte. Sie berührte sanft seinen Oberarm. »Ist was passiert?«

Brander schüttelte den Kopf. Er durfte mit seiner Frau nicht über die Ermittlungen reden, und er wollte es auch nicht. Es war schlimm genug, dass ihn dieser Fall so mitnahm.

»Die Arbeit?«

»Ja.« Seine Stimme klang belegt. Resilienz, ging es ihm durch den Kopf. Bisher hatte er damit keine Schwierigkeiten gehabt. Warum war es dieses Mal anders?

Der Toaster warf das Brot aus. Cecilia nahm es heraus, schmierte und belegte es. Ihre Fürsorge tat ihm gut, gleichzeitig wollte er mit sich allein sein.

»Ceci, wir brauchen dich!«, rief Manuel aus dem Wohnzimmer. »Es geht um die Achtziger.«

»Geh ruhig wieder rüber.«

»Willst du dich nicht zu uns gesellen? Das bringt dich auf andere Gedanken.«

Damit hatte sie sicherlich recht, aber er war sich nicht sicher, ob er diese ausgelassene Fröhlichkeit nach diesem Tag ertrug, und wollte den anderen nicht den Abend verderben. »Gib mir noch ein paar Minuten.«

Sie zog ihn in die Arme und hielt ihn einen Moment lang fest, dann ging sie zurück ins Wohnzimmer.

Er lehnte sich gegen die Arbeitsplatte, aß sein Brot. Er musste sich ablenken, sonst würde er später keinen Schlaf finden und auch keine Distanz zu dem Fall aufbauen können. Wie sollte er da sachlich ermitteln?

Freitag

Jan Kittel erwachte aus einem leichten Schlaf. Was hatte ihn geweckt? Er meinte, ein Geräusch gehört zu haben, was ihn daran hinderte, sich einfach umzudrehen und weiterzuschlafen. Von wo war das Geräusch gekommen? Von draußen? Sommers wie winters schliefen er und seine Frau bei angekipptem Fenster.

Er lauschte in die Stille der Nacht, hörte lediglich Klaras tiefen Atem neben sich. Vielleicht hat eine der Katzen im Hof etwas umgeworfen, überlegte er. Er war zu träge, um aufzustehen und nachzusehen.

Unweigerlich wanderten seine Gedanken zum Nachbarhaus. Der Karl war tot. Erschossen hatte er sich. Das hätte Jan seinem Nachbarn nicht zugetraut. Der Karl war immer so weich. Verhätschelt von der Mutter. Unsicher. Ängstlich. Die Moni hatte es nicht leicht mit ihm gehabt. Besonders seit dem Vorfall. Dass sie es überhaupt so lange mit ihm ausgehalten hatte, verwunderte nicht nur ihn.

»Ich hätte sofort die Koffer gepackt«, hatte Klara gesagt. »Ich verstehe nicht, wie sie bei diesem kranken Kerl bleiben kann! Ich möchte nicht wissen, was da hinter verschlossenen Türen abgeht.« Seine Frau sprach seither kein Wort mehr mit den Lederers, würdigte sie keines Blickes. Und da war sie nicht die Einzige im Dorf.

Geheult hatte er wie eine Memme, als der Vorstand ihn mit den Vorwürfen konfrontierte. Es sei alles nicht wahr. Alles gelogen. Sein Leugnen machte die Situation nicht besser. War er nicht schon immer ein komischer Kauz gewesen?

Jan erinnerte sich an die Zeit, als der Karl Jugendtrainer gewesen war, sich um die Bambinis und die F- und E-Jugend gekümmert hatte. Hatte er nicht da schon die Kleinen viel zu oft geherzt und mit lüsternem Blick am Spielfeldrand gestanden?

Ob er sich an den Kindern vergriffen hatte? Vermutlich hatte er sie heimlich beim Duschen beobachtet und sich dabei einen runtergeholt.

Jan schnaufte unwillig, um die Gedanken aus seinem Kopf zu vertreiben. Der Karl war tot. Und das war gut so. Ob Moni das Haus erben würde? Die beiden waren nicht geschieden. Was würde sie damit machen? Es verkaufen? Er konnte sich nicht vorstellen, dass sie nach Aichheim zurückkehren und mit ihrer Tochter wieder dort einziehen würde. Andererseits: So günstig kam sie nicht wieder an ein Eigenheim.

Sollte er Kontakt zu ihr aufnehmen? Ihr einen Beileidsbesuch abstatten? Sein Angebot galt schließlich noch, und bevor jemand anders ihm zuvorkam … Aber sie war nicht dumm. Sie würde ihn durchschauen, wenn er jetzt einen auf »Das ging ja nicht gegen dich« machen würde. Er hatte ihr nicht einmal Hilfe angeboten, als sie ausgezogen war. Niemand hatte ihr Hilfe angeboten.

Sie hatte nicht viel mitgenommen. Ein paar Taschen, die in den Kofferraum des Wagens passten. Klara hatte alles genau beobachtet und ihm haarklein berichtet. Moni hatte das Auto behalten, vielleicht war es auch ihres. Er wusste es nicht. Der Karl ging ja schon ewig nicht mehr zur Arbeit. Ein paar wenige Möbelstücke hatten zwei Männer mit einem Pritschenwagen abgeholt. Klara hatte vermutet, dass es Jasmins Jugendzimmer war.

Das Mädchen hatte er seither kaum gesehen. Sie hatte ihre Mutter nur selten bei den Besuchen in Aichheim begleitet. Jasmin war so dürr, dass man befürchten konnte, ein Windhauch würde ausreichen, um sie wegzupusten. Aber war ja klar, dass das Mädchen auch eine Macke bekam, bei so einem Vater.

Moni kam mindestens einmal in der Woche zu Karl. Sie putzte und kaufte ein für den Kerl und brachte ihm vorgekochtes Essen. Niemand verstand, warum sie das tat, nach allem, was man über ihn erfahren hatte.

Jan drehte sich auf den Rücken, verschränkte die Arme

hinter dem Kopf und atmete tief durch. Was war das für ein Geruch? Er schnupperte aufmerksamer in den Raum. Es roch nach Rauch. Hatte jemand aus der Nachbarschaft um diese Zeit noch den Kamin an? Er sah auf die Uhr. Kurz nach eins. Ein Gedanke durchzuckte ihn. Sein Puls schnellte in die Höhe. Er sprang aus dem Bett, riss die Vorhänge vor dem Fenster zur Seite. Er atmete auf. In der Werkstatt war alles dunkel.

»Was ist?«, murmelte Klara schlaftrunken.

»Alles in Ordnung, schlaf weiter.«

Er schnupperte noch einmal. Es roch definitiv nach Rauch. Woher kam der Qualm? Sein Blick glitt über die Umgebung. Direkt hinter der Werkstatt lag das Grundstück mit dem Haus der Lederers. Der angrenzende Wald war in der Finsternis nur zu erahnen. Auch das Haus auf der gegenüberliegenden Straßenseite lag in völliger Dunkelheit. Die Meiers waren im Winterurlaub und würden erst Mitte Januar zurückkommen.

Er sah noch einmal zu Karl Lederers Haus. Schimmerte da etwas hinter dem kleinen Fenster? War da ein Flackern? Aber es war doch niemand dort. Oder war Moni in der Nacht hergekommen? Heimlich, damit niemand sie sah? So, wie Karl sich immer in der Dunkelheit davongestohlen hatte, stahl sie sich nun hinein? Er beugte sich ein Stück zur Seite, um auf die Einfahrt zu sehen. Da stand kein Auto.

Er wandte sich dem Haus wieder zu. Da! Da flackerte doch etwas hinter der kleinen Scheibe. Das Toilettenfenster, wusste er. Wieso war das Rollo eigentlich oben? Bei allen anderen Fenstern waren die Rollläden heruntergelassen. Warum ausgerechnet vor dem Toilettenfenster nicht? Das Fenster, das in der Silvesternacht zu Bruch gegangen und nicht wieder repariert worden war.

Wo Rauch ist, ist Feuer. Das Flackern. Einen Moment lang starrte er gelähmt auf das Haus, dann schoss das Adrenalin in seine Adern. Er stürmte aus dem Zimmer, die Treppe hinunter. Im Wohnzimmer sah er einen Schatten am Fenster stehen: Jonas.

»Was machst du da?«

Sein Sohn drehte sich zu ihm um. »Bei dem Kinderficker brennt's.«

»Verfluchte Scheiße, dann steh hier nicht rum! Ruf die Feuerwehr!«

»Warum? Wenn das Haus weg –«

»Wenn das Feuer erst mal richtig lodert, dann brennt unsere Werkstatt gleich mit ab!« Jan zog die Jacke vom Haken, schnappte sein Smartphone und die Werkstattschlüssel. Er musste das Holz retten, die Maschinen, die Fahrzeuge. Wenn der Wind schlecht stand, war auch sein Wohnhaus in Gefahr.

»Klara! Klara, komm schnell, es brennt!«, rief er die Treppe zum Schlafzimmer hinauf. Weil Jonas noch immer reglos im Wohnzimmer stand und wieder aus dem Fenster starrte, setzte er den Notruf ab. Sein Gehirn arbeitete auf Hochtouren. Der Gartenschlauch. Wie weit reichte der? Wo konnte er ihn anschließen? Und er musste die Maschinen aus der Werkstatt holen. Alles so weit wie möglich weg von Lederers Haus. »Komm!«, rief er seinem Sohn zu.

»Wohin?«

»Nach draußen! Wir müssen die Werkstatt retten!«

***

Es war die zwölfte Raunacht. Der letzte Tag der Tage zwischen den Jahren. Der Tag vor dem Dreikönigstag. Das Vergangene ist abgeschlossen, man kann sich dem Neuen stellen. Brander bereitete für sich und Cecilia Frühstück zu. Nathalie schlief noch. Es war Nathalies letzter Urlaubstag. Nach dem Wochenende musste sie wieder zeitig aufstehen, um pünktlich in ihren Ausbildungsbetrieb nach Reutlingen zu kommen.

Cecilia saß am Küchentisch und schrieb fleißig in ein Notizbuch. Sie hatte ein Faible für alte Rituale und fand es inspirierend, sich auf das eine oder andere einzulassen. So hatte sie mit Beginn der »Tage zwischen den Jahren« jeden Morgen – entgegen ihrem Biorhythmus – in aller Herrgottsfrühe meditiert und im Anschluss ihre Gedanken zum Thema des jeweiligen »Rautages« notiert.

»Warum eigentlich ›Tage zwischen den Jahren‹?«, grübelte Brander, während er darauf wartete, dass der Kaffee durch den Filter lief. Dieses Warten hatte auch etwas Meditatives, fand er.

»Das sind die Tage zwischen dem ersten Weihnachtstag und dem Dreikönigstag.« Cecilia klappte ihr Notizbuch zu. Ein zufriedener Ausdruck lag in ihren blauen Augen. Die rotbraun getönten Haare hatte sie im Nacken zusammengesteckt.

»Das weiß ich, aber warum sagt man das so? Die Tage hängen ja nicht im luftleeren Raum.«

»Soll ich es dir erklären?«

»Ich bitte darum, Frau Dr. Raunacht.« Er nahm die Kaffeekanne, gesellte sich zu ihr an den Tisch und füllte die Tassen.

»In lange vergangenen Zeiten haben die Menschen den Lunarkalender verwendet, den Mondkalender, der sich an den Mondphasen orientierte«, dozierte Cecilia. »Da die Mondphasen im Schnitt ungefähr neunundzwanzigeinhalb Tage lang sind, gab es sechs Monate mit neunundzwanzig Tagen und sechs Monate mit dreißig Tagen. Ergibt?«

»Ähm …« Brander überschlug im Kopf die Zahlen. Zwölf mal dreißig ergaben dreihundertsechzig, sechs Tage wieder abziehen. »Dreihundertvierundfünfzig?«

»Genau.«

Zur Belohnung bekam er einen Kuss.

»Der Kalender, den wir heute nutzen, richtet sich aber nach der Zeit, die die Erde braucht, um die Sonne einmal zu umkreisen«, fuhr Cecilia fort. »Das Sonnenjahr hat dreihundertfünfundsechzig Tage. Bei der Umstellung damals vom Mond- auf den Sonnenkalender fehlten also elf Tage und zwölf Nächte. Das sind die Tage zwischen den Jahren – die Raunächte.«

»Wo raue Gestalten durchs Dorf jagen.«

»Gott Wotan und seine Wilde Jagd«, korrigierte Cecilia.

Brander stützte das Kinn auf die Hand und lächelte seine

Frau an. »Ich liebe es, wenn du am frühen Morgen schon so weise daherschwätzt.«

Cecilia war kein Morgenmensch. Aber die Routine mit der Meditation und dem Gedankennotieren schien ihren Morgenmuffel zu vertreiben. Sie grinste breit. »Was zu dieser zwölften Raunacht passt, denn die steht unter dem Thema Weisheit.«

Weisheit. Die wünschte er sich, als er sich wenig später auf den Weg nach Aichheim machte. Weise handeln, weise Entscheidungen treffen und aufdröseln, was in dem Dorf am Schönbuchrand vor sich gegangen war. Und vor allem musste er innerlich Distanz wahren.

Er hatte das Gefühl, dass er, seit er und Cecilia vor sechs Jahren die Pflegschaft für Nathalie übernommen hatten, sensibler geworden war. Aber vielleicht hing es auch mit dem Alter zusammen. Vielleicht wurde man da feinfühliger. In seinen vielen Dienstjahren hatte er so viel Elend gesehen, dass er von Tag zu Tag dankbarer wurde, in einer wohlbehüteten Familie aufgewachsen zu sein und selbst eine intakte Ehe zu führen und gute Freunde zu haben.

Er hatte beschlossen, sich mit Mia Schöffel und Merle Altmüller zu unterhalten, um herauszufinden, was vor anderthalb Jahren im Verein tatsächlich passiert war. Da Peppi am Morgen direkt zur Obduktion von Karl Lederer gefahren war, würde er Polizeikommissarin Vessler mitnehmen. Einer jungen Frau vertrauten die Mädchen sich wahrscheinlich eher an als einem fünfzigjährigen glatzköpfigen Kriminalhauptkommissar.

Eine Dunstwolke lag über dem Ort, als er vor dem Rathaus parkte. Es roch nach Qualm. Zu seinem Verdruss war der Polizeiposten verwaist.

»Kann man Ihnen helfen?«, erkundigte sich eine Frau, die an ihm vorbeikam und auf den Eingang des Rathauses zusteuerte. Sie blieb stehen, nickte mit dem Kopf zu der verschlossenen Tür des Polizeipostens, vor der Brander stand. »Die sind vermutlich bei dem Brand.«

»Was für ein Brand?«

»In der Alemannenstraße hat es heute Nacht gebrannt.«

Brander fluchte. Er eilte zu seinem Wagen und setzte mit Schwung aus der Parklücke.

Wenig später hielt er auf der Straße, die zu Karl Lederers Haus führte. Zwei Löschfahrzeuge der Freiwilligen Feuerwehr Pfrondorf standen davor. Die Einsatzkräfte waren dabei, ihre Gerätschaften aufzuräumen. Der Geruch nach kaltem Rauch und feuchter Erde hing in der Luft. Ein paar Schaulustige hatten sich eingefunden.

Brander sah sich suchend nach den beiden Aichheimer Kollegen um, entdeckte Paula Vessler vor einem Absperrband stehend und ging zu ihr. »Guten Morgen, Frau Vessler. Was ist passiert?«

»Im Haus der Lederers ist heute Nacht ein Feuer ausgebrochen. Der Nachbar, Jan Kittel, hat die Feuerwehr alarmiert. Ihm gehört die angrenzende Werkstatt.« Sie deutete auf die lang gestreckte Lagerhalle. »Es war gut, dass er das Feuer so frühzeitig bemerkt hat.«

»Wie kam es zu dem Brand?«

Vessler hob die Schultern. »Das weiß ich nicht.«

»War jemand im Haus?«

»Nein.« Sie warf einen Blick über die Schulter zu dem Gebäude. »Zumindest wurde bisher niemand gefunden.«

»Wer hat hier das Kommando?«

Die Polizeikommissarin sah sich erneut um. »Dahinten, bei dem zweiten Löschwagen, das ist der Herr Leidig.«

»Danke.«

Brander marschierte zu dem hochgewachsenen, breitschultrigen Mann in Feuerwehrmontur. »Herr Leidig?«

Der Mann wandte sich genervt um. »Ich habe keine Zeit für die Presse, wenden Sie sich –«

»Kripo Esslingen, Brander«, bremste er den Kommandanten. Er zeigte ihm seinen Dienstausweis. »Können Sie mir was zum Geschehen sagen?«

»Nicht viel. Der Notruf ging um ein Uhr dreizehn ein, der

erste Löschzug war um ein Uhr neunundzwanzig vor Ort. Da stand das Erdgeschoss zum Teil in Flammen. Starke Rauchentwicklung in Küche, Diele, Wohnzimmer und Gäste-WC. Wir konnten verhindern, dass sich das Feuer ins Obergeschoss ausbreitet.«

»Können Sie schon etwas zur Brandursache sagen?«

»Nein. Das Feuer hat sich allem Anschein nach vom Gäste-WC aus ausgebreitet. Vielleicht ein Kurzschluss oder Kabelbrand, ansonsten wüsste ich nicht, was sich in einem gekachelten Raum entzünden sollte.«

»Gibt es Hinweise auf Brandbeschleuniger?«

Leidig hob überrascht die Augenbrauen. »Wir haben gerade erst die letzten Glutnester gelöscht. Aber schauen Sie sich das Haus an. Da ist seit der Errichtung nicht viel modernisiert worden. Holzfenster, Holztüren, Holzmöbel, Teppiche, veraltete Elektrik und, wenn ich raten soll, an den Wänden vermutlich drei, vier Tapetenschichten übereinander. Da reicht eine runtergebrannte Kerze, und im Nu steht alles in Flammen.«

»Eine Kerze wird höchstwahrscheinlich nicht gebrannt haben«, vermutete Brander. »Das Haus stand leer, der Besitzer ist vor zwei Tagen verstorben. Geben Sie mir bitte Bescheid, wenn Sie mehr wissen.«

Jan Kittel hatte dunkle Ringe unter den Augen. Die Haare glänzten feucht. Anscheinend hatte er gerade geduscht, als Brander an die Tür klopfte. Er führte ihn ins Wohnzimmer.

»Möchten Sie einen Kaffee?«

»Danke, nein.« Brander setzte sich auf das moderne graue Sofa. Der Blick aus dem Fenster ging zum Innenhof, und auch ein Stück von der Straße war von seinem Platz aus zu sehen. »Sie haben den Brand heute Nacht gemeldet?«

»Ja.«

»Wie haben Sie das Feuer bemerkt?«

»Ich bin nachts aufgewacht, und es roch nach Rauch. Im ersten Augenblick dachte ich, meine Werkstatt brennt, darum bin ich ans Fenster. Die Werkstatt war zum Glück okay, aber drüben im Haus habe ich ein Flackern bemerkt.«

»Wie das? Soweit ich weiß, waren sämtliche Rollläden unten.«

»Nicht der vor dem Gäste-WC.«

Brander war sich sicher, dass am Abend zuvor, als er mit Peppi das Haus verlassen hatte, alle Rollläden unten gewesen waren. »Was taten Sie dann?«

»Ich hab den Notruf abgesetzt und bin mit meinem Sohn nach draußen. Ich hatte Sorge, dass das Feuer auf die Werkstatt übergreifen könnte, und habe die Gerätschaften in Sicherheit gebracht. Zum Glück kam die Feuerwehr schnell.«

Brander sah erneut zum Fenster. Auf dem Hof standen Fahrzeuge und ein Stapler, Holzbalken waren offensichtlich eilig von einem Lagerort zu einem anderen befördert worden, um sie aus der Gefahrenzone zu bringen. »Ihnen ist kein Schaden entstanden?«

»Glücklicherweise nicht.« Der Dachdeckermeister rieb sich müde durchs Gesicht. »Die Auftragsbücher sind voll. Ein Brandschaden wäre ein Fiasko für mich.«

»Die Geschäfte laufen gut?«

»Ich kann nicht klagen. Ich könnte expandieren, aber der …« Kittel unterbrach sich selbst. Sein Blick wanderte zum Nachbarhaus. »Sie wollen sicherlich nicht über meine Firma mit mir sprechen. Haben Sie weitere Fragen? Ich bin ziemlich k. o. und würde mich gern ein wenig hinlegen.«

»Bleibt Ihr Geschäft heute zu?«

»Wir haben diese Woche noch Betriebsferien. Montag geht's wieder los.«

»Als Sie in der Nacht aus dem Fenster geschaut haben, haben Sie da vielleicht etwas bemerkt? Haben Sie etwas gehört? Eine Person gesehen?«

Jan Kittel zog grübelnd die Augenbrauen zusammen. »Nein, nichts. Warum? Denken Sie, es war Brandstiftung?«

»Im Moment ist nicht klar, was geschehen ist. Aber Ihre

Erinnerung ist noch frisch, und falls Sie etwas oder jemanden bemerkt haben, wüsste ich das gern.« Brander sah sein Gegenüber forschend an.

Kittel schüttelte den Kopf. »Tut mir leid. Da war nichts. Es war ein Zufall, dass ich überhaupt das Flackern durch das kleine Fenster bemerkt habe. Ich dachte erst, es wäre nur ein Licht und Monika wäre in dem Haus.«

»Haben Sie Frau Lederer gesehen?«

»Nein.«

»Und später? Als Sie draußen waren? Ist Ihnen da etwas aufgefallen?«

»Ich war damit beschäftigt, alles in Sicherheit zu bringen. Da habe ich nicht geschaut, was drüben los ist.«

»Sie sagten, Ihr Sohn war mit Ihnen draußen. Mit ihm möchte ich auch sprechen.«

»Kann das warten? Jonas ist oben und schläft. Er hat die ganze Nacht mit mir die Werkstatt ausgeräumt. Ich glaube nicht, dass er Ihnen weiterhelfen kann. Wenn ihm etwas seltsam vorgekommen wäre, hätte er mir das gesagt.«

»Wie war das vor zwei Nächten? Haben Sie zufällig mitbekommen, wann Herr Lederer sein Haus verlassen hat?«

»Nein, aber ich schau da auch nicht ständig rüber.«

»Das Fenster des Gäste-WCs war schon länger kaputt. Wissen Sie, was damit passiert ist?«

Jan Kittel schürzte die Lippen. »Nein. Wir haben Silvester im Sportheim gefeiert. Keine Ahnung. Vermutlich hat der Karl die Scheibe selbst eingeschlagen.«

Demnach war das Fenster offensichtlich in der Silvesternacht zu Bruch gegangen. »Warum hätte er das tun sollen?«

Kittel zuckte die Achseln. »Was weiß ich? Weil er besoffen war.«

»Hat Herr Lederer getrunken?«

»Ich habe keine Ahnung«, erwiderte der Dachdeckermeister gereizt. »Ich hatte mit dem Karl nichts mehr zu tun. Christian Winkler hat Ihnen sicher von der Geschichte mit unseren Fußball-Mädels erzählt. Seitdem habe ich ihn gemieden. So einen brauchen wir hier nicht im Dorf.«

»Aber Sie kannten ihn schon vor dieser Geschichte, oder?«

»Ich bin in Aichheim aufgewachsen.«

»Das heißt, Sie kannten Karl Lederer quasi seit Ihrer Kindheit?«

»Wir waren nie Freunde.«

»Warum nicht? So als Nachbarjungs …« Jan Kittel musste in einem ähnlichen Alter sein wie Karl Lederer, schätzte Brander.

»Wie es halt manchmal so ist. Hat einfach nicht gepasst. Und Sie können mir glauben: Darüber bin ich inzwischen verdammt froh.«

Aus den Augenwinkeln sah Brander draußen einen Wagen vorfahren. Er erkannte das Auto von Monika Lederer und sah POK Christian Winkler auf sie zugehen.

»Danke, das wäre es für den Moment. Falls Ihnen oder Ihrem Sohn noch etwas einfällt, melden Sie sich bitte bei uns.« Brander zog eine Visitenkarte aus der Tasche, reichte sie Jan Kittel und verabschiedete sich eilig.

Als er aus dem Haus trat, hörte er Monika Lederer verzweifelt schreien. Winkler hielt sie an den Schultern fest und versuchte, sie zu beruhigen. Eine kleine Menschentraube stand in gebührendem Abstand und beobachtete das Geschehen. Die meisten Gesichter neugierig fasziniert, ein paar wenige unangenehm betroffen. Brander eilte über den Hof, bemerkte zwei Jugendliche, die mit gezückten Handykameras das Geschehen aufzeichneten.

»Reicht es nicht, dass er tot ist? Jetzt brennen die auch noch das Haus ab!«, schrie Monika den Polizisten an. Sie wandte sich mit schmerzverzerrter Miene an die Schaulustigen. »Warum tut ihr das? Er ist tot! Was wollt ihr denn noch?«, brüllte sie ihre Verzweiflung heraus. »Ihr habt ihn umgebracht! Ihr alle habt ihn auf dem Gewissen! Schämt euch!«

Winkler verhinderte, dass sie auf die Leute zustürmte. Sie krallte sich an seinen Oberarmen fest. »Die haben ihn umgebracht! Du musst die alle verhaften! Die haben ihn umgebracht.«

Das Schreien ging in ein gepeinigtes Wimmern über. Ihr Kinn sank auf die Brust, sie weinte und winselte wie ein gequältes Tier. Winkler mühte sich, die Frau zu halten, während sein Blick etwas hilflos in die Ferne glitt.

Brander stoppte bei den Schaulustigen. »Weg mit den Handys. Hört sofort auf zu filmen!«, herrschte er die zwei Mädchen an, die ihm am nächsten standen.

Statt das Smartphone herunterzunehmen, hielt eines der Mädchen es nun direkt auf ihn gerichtet.

»Du nimmst das Handy sofort runter.«

»Jou, Alter, jetzt reg dich mal nicht künstlich auf«, ätzte das Mädchen großspurig.

Sie hatte langes blondes Haar, trug eine Jacke mit Kunstfellkragen und war geschminkt wie Deutschlands Supermodels. Auch wenn sie durch ihr Make-up leicht für Anfang zwanzig durchging, schätzte Brander ihr Alter eher auf sechzehn, siebzehn Jahre. Er zog seinen Dienstausweis hervor. »Hier ist gar nichts künstlich. Name, Anschrift?«

Das herablassende Grinsen im Gesicht seines Gegenübers verschwand.

»Jetzt lassen Sie das Mädle mal in Ruhe. Die hat doch nichts getan«, mischte sich eine Frau aufgebracht ein. Die Mittfünfzigerin hatte wenige Meter entfernt gestanden und eilte auf ihn zu. Jeans, Steppjacke, kurze braungraue Haare. »Sie hätten besser mal den Lederer verhaftet. Der hat sich doch an unseren Kindern vergriffen! Und die da«, die Frau deutete mit angewiderter Miene zu Monika Lederer, »die hat auch noch zu dem Schwein gehalten.« Sie spuckte auf den Boden.

Das Mädchen wollte unauffällig verschwinden.

»Hiergeblieben«, bremste Brander sie harsch. »Du löschst jetzt bitte das Video, das du gerade von Frau Lederer gemacht hast.« Er sah zu ihrer Freundin, die ebenso stark geschminkt war. »Gleiches gilt für dich.«

Er war froh, dass die beiden, wenn auch widerwillig, seiner Aufforderung folgten. »Leute, geht nach Hause«, forderte er die Umstehenden auf. »Es gibt nichts mehr zu sehen.«

Er wandte sich um und suchte Christian Winkler. Der Polizist hatte Monika Lederer aus dem Blickfeld der Schaulustigen zu seinem Dienstwagen geführt. Sie saß mit hängendem Kopf auf dem Beifahrersitz, immer wieder von heftigen Schluchzern geschüttelt. Paula Vessler hatte bei den Feuerwehrleuten einen Becher Tee organisiert und brachte ihn der Frau.

Brander deutete mit einem Kopfnicken an, dass der Polizeioberkommissar ihm folgen sollte. Er wollte außer Hörweite von Monika Lederer sein.

»Wer waren die beiden Mädchen mit den Handys?«

»Welche Mädchen?«, fragte Winkler.

»Strapazieren Sie meine Geduld nicht«, knurrte Brander. »Die Mädchen, die Frau Lederers Wutausbruch gefilmt haben!«

»Ich habe da nicht hingesehen. Ich musste mich um Mo… Frau Lederer kümmern.«

»So viele Teenager leben nicht in diesem Dorf! Wer waren die zwei?«

»Vermutlich waren es Mia Schöffel und Merle Altmüller«, gab Winkler unwillig Auskunft. »Aber wie gesagt, ich weiß es nicht genau, ich hab da nicht hingeguckt. Ich hatte zu tun!«

Brander fluchte innerlich. Dieser Zusammenprall würde die Befragung der beiden Mädchen zu den Vorfällen vor anderthalb Jahren schwer machen. Es war wohl ratsam, dass Peppi das übernahm. »Und die Frau, die sich eingemischt hat?«

»Woher soll ich das wissen? Ich habe Frau Lederer zu unserem Einsatzwagen gebracht und nicht geschaut, was Sie gerade treiben.«

Brander war sich sicher, dass Winkler sehr genau wusste, wer die Frau gewesen war. »Ist es Ihnen so egal, was die Mädchen mit den Aufnahmen machen? Möchten Sie, dass die Bilder von Frau Lederers Zusammenbruch viral gehen?«

»Nein, natürlich nicht. Ich spreche mit den beiden«, gab Winkler klein bei.

»Das habe ich erledigt. Allerdings werden wir die zwei noch zu der Sache von damals befragen müssen.«

Winkler schüttelte verständnislos den Kopf. »Was soll das bringen? Der Karl ist tot. Sie reißen nur alte Wunden auf, wenn Sie da jetzt wieder anfangen nachzuforschen.«

»Wieso ›wieder‹? Wenn ich das richtig sehe, ist der Angelegenheit damals in keiner Weise nachgegangen worden.«

»Herr Brander«, schallte eine männliche Stimme über den Hof, bevor Winkler zu einer Erwiderung ansetzen konnte. Brander sah sich um. Der Feuerwehrkommandant winkte ihn zu sich. »Ich würde Ihnen gern etwas zeigen.«

***

Der blassblaue Bau mit den gelben Fensterrahmen in der Konrad-Adenauer-Straße in Tübingen war ein vertrauter Anblick. Brander hatte am Straßenrand geparkt. Er stieg aus dem Wagen und schritt auf den Eingang zu, der sich hinter einer hohen pyramidenförmigen Skulptur verbarg.

Die Temperaturen waren leicht über den Gefrierpunkt gestiegen, der Himmel trübe. Irgendwie wollte es an diesem Tag nicht richtig hell werden.

Peppi erwartete Brander im Büro von Kriminalhauptkommissarin Corinna Tritschler. Er kannte die große rothaarige Kollegin aus der Zeit, als sein Dienstsitz noch in Tübingen gewesen war. Cory gehörte inzwischen zum Arbeitsbereich 1 des Kriminalkommissariats. Sie teilte sich ihr Büro mit KHK Hendrik Marquardt, der jedoch gerade mit Frau und Kindern im Winterurlaub weilte.

»Ich gebe dir nicht die Hand«, erklärte Cory mit heiserer Stimme. Die sonst immer so perfekt geschminkte und gestylte Polizistin wirkte angeschlagen. Die Lippen waren spröde, und ihre Nase war gerötet.

»Lass dich krankschreiben, wenn du erkältet bist.« Brander setzte sich auf den Besucherstuhl.

»Ich bin schon seit vierzehn Tagen krankgeschrieben, wollte heute nur mal kurz schauen, was alles an Arbeit aufgelaufen ist.« Sie schnäuzte sich.

»Um dann zu entscheiden, ob du Montag noch mal zum Arzt gehst?«

Cory winkte ab. »Bis Montag bin ich wieder fit.«

Den Eindruck machte sie auf Brander nicht. »Das heißt, du übernimmst den Suizid in Aichheim?«

Die Kollegin sah ihn stirnrunzelnd an. »Da gibt es ja nix zu ermitteln.«

Brander wandte sich fragend Peppi zu. »Die Obduktion hat keine Anhaltspunkte auf Fremdverschulden ergeben?«

»Genau«, erwiderte Peppi. »Wir haben adäquate Nahschusszeichen: Die Schmauchspuren an den Händen sowie der Ansatz der Gewehrmündung am Kopf unterhalb des Kinns deuten darauf hin, dass es sich allem Anschein nach tatsächlich um eine Selbsttötung handelt. Es gibt keinen Hinweis auf Fremdeinwirkung. Die Rechtsmediziner gehen davon aus, dass Lederer vorgebeugt auf der Bank gesessen hat. Den Schaft hat er vermutlich zwischen den Beinen gehalten und den Kolben auf den Boden gestellt. Das Kinn hat er direkt auf die Mündung gedrückt. In der Stellung konnte er auch an den Abzug gelangen. Das heißt, die Schussrichtung ist anatomisch möglich.« Peppi demonstrierte die Position auf ihrem Stuhl.

»Greta meint, das würde auch zu den Spuren am Leichenfundort passen. Die Hosenbeine des Opfers weisen Schmauchspuren auf. Projektil und Hülse wurden in der Kanzel gefunden und konnten dem Gewehr zugeordnet werden«, gab sie die Informationen der Kriminaltechnikerin weiter.

»Abriebspuren am Holz lassen vermuten, dass Lederer den unteren Teil des Kolbens gegen den Winkel von Rückenlehne der vorderen Bank und Bodenplanke gedrückt hat. Der Rückstoß hat Spuren im Holz und auf dem Gewehr hinterlassen.

Die Holzfasern, die am Kolben der Flinte gesichert wurden, passen dazu.«

Brander rief sich den Wildbeobachtungsstand in Erinnerung. Der Platz zwischen der hinteren und der vorderen Bank war nicht besonders breit. Vielleicht war das der Grund, warum Lederer in der zweiten Reihe seine Tat vollendet hatte. In der vorderen Reihe war der Abstand zur Holzverschalung der Kanzel größer, da hätte er die Waffe nicht so gut fixieren können.

»Durch die Wucht des direkt aufgesetzten Schusses ist sein Kopf vermutlich nach hinten gegen die Holzwand geprallt, dann wieder nach vorn. Der Tod trat nahezu unmittelbar ein. Die Erschlaffung der Muskulatur führte dazu, dass er nach vorn zusammengesunken und in den Bereich zwischen den Bänken gefallen ist, die Waffe ist dabei höchstwahrscheinlich unter seinen Körper gerutscht.«

Auch das klang plausibel.

Peppi studierte ihre Notizen. »Lederer hatte vor seinem Tod Alkohol getrunken. Bei der Laboruntersuchung wurde ein geringer Restwert von null Komma vier Promille im Blut festgestellt. Auch die Einnahme der Antidepressiva konnte nachgewiesen werden, aber alles im normalen Bereich, keine Überdosierung, keine anderen Psychopharmaka oder Drogen. Lederer war also nicht sediert, somit können wir auf ununterbrochene Handlungsfähigkeit schließen. Es gibt keinerlei Kampf- oder Abwehrspuren.«

»Todeszeitpunkt?«

»Wie wir bereits vermutet hatten: irgendwann zwischen Mitternacht und drei Uhr morgens.«

»Andere Auffälligkeiten?«

»Er hat eine etwas ältere Verletzung am Hinterkopf, eine Beule mit einer leichten Kratzspur auf der Kopfhaut, soweit das noch nachvollziehbar war. Der Schuss mit der Schrotflinte aus unmittelbarer Nähe hatte viel Wucht, die Schrotkugeln sind zum Teil durchgegangen und haben dadurch die ältere Verletzung verzerrt. Die Verletzung hat er sich circa zwei bis drei

Tage vor seinem Tod zugezogen. Es könnte ein Schlag mit einem stumpfen Gegenstand gewesen sein, oder er hat sich gestoßen. Zudem hatte er Kratzspuren an den Armen, auch schon ein paar Tage alt. Die kann er sich aber selbst beigebracht haben.«

»Und sonst?«

»Nichts weiter. Die Leberwerte deuten an, dass er seit Längerem Alkohol und starke Medikamente konsumiert hat.«

»Hat die Spurensicherung an der Wildbeobachtungskanzel noch etwas ergeben?«

»Außer Schrotkugeln im Holz und den Abriebspuren vom Gewehr gab es keine verwertbaren Spuren, die sich mit Lederers Tod in Verbindung bringen lassen.«

»Das heißt, wir sind hier mit der Ermittlung am Ende.« Brander rieb sich grübelnd über die Stirn. Ein Suizid. War es das? Ihr habt ihn umgebracht, echoten Monika Lederers Schreie in seinem Kopf. Waren die Worte nur Ausdruck ihrer Verzweiflung? Ein Versuch, eigene Schuldgefühle zurückzudrängen, weil sie ihn verlassen und ihm damit vielleicht den letzten Rest Lebenswillen genommen hatte?

»Eine Option wäre noch, dass jemand Karl Lederer gezwungen hat, sich selbst zu erschießen«, überlegte Peppi.

Brander warf ihr einen skeptischen Blick zu.

»Warum nicht? Dem Gottfried Bäuerle sind schließlich zwei Jagdgewehre abhandengekommen«, erinnerte sie ihn. »Gefunden haben wir aber nur eines. Es könnte also gut sein, dass ihn jemand mit der anderen Flinte bedroht hat.«

»Hm«, machte Brander unschlüssig. Sicher, ganz außer Acht lassen sollten sie das Fehlen der zweiten Waffe nicht. Aber ein erzwungener Suizid? »Gibt es Spuren in der Kanzel, die darauf hindeuten, dass noch jemand dort gewesen ist?«, hakte er nach.

»Du hast Greta vorgestern gehört. Da waren zu viele Menschen in der Kanzel, bevor die Techniker vor Ort waren. Viele Spuren lassen sich nicht so eindeutig zuordnen.«

»Vielleicht sollten wir uns die Kanzel noch mal genauer anschauen.«

»Ich glaube nicht, dass wir da noch was finden. Die Kollegen haben sorgfältig gearbeitet. Greta sagte, sie haben sogar ein paar leere Bier- und Sektflaschen sichergestellt, die sie in einem Wetterschutzhäuschen ein Stück entfernt vom Leichenfundort gefunden haben«, erwiderte Peppi. »Die Flaschen hätten da noch nicht lange gelegen. Aber die kann natürlich sonst jemand da liegen gelassen haben. Vielleicht ein Überbleibsel von Silvester.«

»Vermutlich«, stimmte Brander zu. Er erinnerte sich, dass sie auf dem Weg von der Kirnbachstraße zu der Wildbeobachtungskanzel an dem Unterstand vorbeigekommen waren.

»Und womit hast du dir den Vormittag vertrieben?«, erkundigte sich Peppi.

»Heute Nacht hat jemand in Lederers Haus Feuer gelegt. Dem Anschein nach ist die Person durch das kleine Fenster zum Gäste-WC eingestiegen und hat in dem Haus Holzwolle ausgebracht und angezündet.«

»Holzwolle?«, fragte Cory verwundert.

»Kaminanzünder, brennt leicht und schnell«, erklärte Brander. »Leg das auf einen staubigen Teppich oder alte Polstermöbel, und du hast im Nu ein schönes Feuer. In dem alten Gebäude gab es reichlich leicht entflammbares Material – Teppiche, Vorhänge, dicke Tapeten, alte Holzmöbel …«

Dass die Brandursache die Holzwolle war, war bislang nur eine Vermutung. Eigentlich verbrannten die Kaminanzünder rückstandslos, aber die Feuerwehrleute hatten eines der kleinen Knäuel im Gäste-WC unterhalb des Fensters gefunden. Da der Raum gekachelt war, hatte das Feuer nicht bis dorthin gelodert. Brander nahm an, dass der Brandstifter es beim Ein- oder Ausstieg aus dem Haus unbemerkt verloren hatte. Er hatte einen Brandsachverständigen angefordert.

»Wer käme denn dafür in Frage?« Cory durchsuchte ihre Schublade nach einem frischen Taschentuch und putzte sich die Nase.

Brander hob die Schultern. »Die Familie war nicht beliebt,

und im Dorf hat mindestens jedes zweite Haus einen Kamin. Die werden alle irgendeinen Kaminanzünder daheim haben.«

»Und warum hat der Täter sich ausgerechnet durch das kleine WC-Fenster gezwängt?«, wunderte Cory sich.

»Das war wahrscheinlich am einfachsten und unauffälligsten. Die Scheibe war bereits eingeschlagen«, erklärte Peppi. »Den alten Rollladen hochzuschieben war sicher nicht besonders schwer.«

»Das bedeutet, der Täter muss gewusst haben, dass das Fenster kaputt ist. Warum war es überhaupt kaputt?«, hakte Cory nach.

Peppi zuckte die Achseln. »Das haben wir noch nicht herausgefunden.«

»Was ist mit der Spurensicherung in Gottfried Bäuerles Haus?«, fragte Brander.

»Ich habe heute noch keinen Bericht gelesen«, gestand Peppi.

Cory wandte sich ihrem Monitor zu und suchte die Daten heraus. »Verschiedene Fingerabdrücke am Waffenschrank. Einige konnten Bäuerle zugeordnet werden, es gibt aber noch ein paar Abdrücke, zu denen wir keinen Match haben.«

»Wurden die Fingerabdrücke schon mit denen von Karl Lederer abgeglichen?«, hakte Brander nach.

»Jep, keine Übereinstimmung.«

»Das heißt, wir benötigen zum Abgleich die Fingerabdrücke von Monika Lederer und von allen anderen Personen, die Zutritt zu Bäuerles Haus und zum Keller hatten.« Brander sah zu Peppi. »Lass uns noch mal nach Aichheim fahren.«

Nach einem kleinen Mittagssnack im »Il centro« machte Brander sich mit Peppi auf den Weg nach Aichheim. Im Polizeiposten trafen sie lediglich Paula Vessler an.

»Wo ist der Kollege Winkler?« Peppi sah zur Toilettentür.

»Ist zum Mittagessen nach Hause gegangen.«

»Wohnt er in Aichheim?«

»Ja.«

»Und Sie?«

»In Tübingen.«

»Ach?«, horchte Peppi auf. »Wo denn in Tübingen?«

»Südstadt.«

»Das ist ja schön. Ich habe lange Zeit im französischen Viertel gewohnt.« Peppi streckte der jungen Frau erfreut lächelnd die Hand entgegen. »Ich bin Peppi, und das ist Andreas.«

Zögernd ergriff Vessler die Hand. »Und jetzt wohnen Sie in Esslingen?«

»Nein, immer noch Tübingen, am Österberg.«

In der Südstadt lebte auch Branders Kumpel Karsten Beckmann gemeinsam mit seinem Freund Manuel Heinrich. Sie wohnten zur Miete in einem Mehrfamilienhaus in der Katharinenstraße, waren allerdings auf der Suche nach einer anderen Wohnung. Vier Wände, in denen Manuel Klavier spielen konnte, ohne den Ärger der Nachbarn auf sich zu ziehen. Brander fragte sich flüchtig, ob er Paula Vessler schon mal in der Gegend gesehen hatte.

»Kanntest du Aichheim, bevor du hierher versetzt wurdest?«, fragte Peppi.

»Nur vom Vorbeifahren. Ist ja nicht gerade der Nabel der Welt.« Paula Vessler sah zu Brander. »Die Frau von heute Morgen heißt Gerlinde Schneckenbecher. Sie ist Kassenwartin im hiesigen Fußballverein.«

Brander brauchte einen Moment, um zu schalten. »Sie meinen die Frau, die die Mädchen mit den Handykameras in Schutz genommen hat?«

»Ja.«

»Die Adresse hätte ich gern. Wissen Sie, ob Frau Schneckenbecher schon lange im Verein tätig ist?«

»Andi, das ist Paula, wir sind beim Du«, tadelte Peppi ihn.

»Weißt du …«, setzte Brander an, da nickte die Polizeikommissarin bereits.

»Sie war auch damals schon Kassenwartin. Erster Vorsitzender ist der Walter Gaul. Der Nachbar vom Lederer, Jan Kittel, ist der zweite Vorsitzende des Vereins.«

Brander hob erstaunt die Augenbrauen.

»Steht alles in dem Bericht, den Herr Winkler gestern von dem Vorfall damals geschrieben hat.« Auf Vesslers Gesicht zeichnete sich Mitgefühl ab. »Er hat mir das von der Jasmin erzählt, von dem schrecklichen Bild, das Sie ihm gezeigt haben. Ich glaube, das hat ihn ganz schön mitgenommen.«

»Hat er sich sonst noch in irgendeiner Weise dazu geäußert?«

Die Polizistin schüttelte den Kopf und sah ihn Verständnis suchend an. »Aber was der Karl Lederer getan hat, das ist doch nicht Herrn Winklers Schuld. Ich meine, die vom Vorstand, die Familien von den Mädchen, die haben doch alle geschwiegen …«

Bedauerlicherweise, dachte Brander grimmig. »Es gibt neue Erkenntnisse zu den Fotos.« Er wollte die Kollegen nicht im Dunkeln lassen. Immerhin zeigte Winkler durch das Schreiben des Berichts, dass er bereit war mitzuarbeiten, hielt Brander ihm zugute. »Vermutlich handelt es sich bei den Bildern um Fotomontagen.«

»Gott sei Dank«, entfuhr es Vessler.

Sie errötete, als sie die konsternierten Blicke der Kommissare auf sich gerichtet sah. »Na ja, eine Fotomontage … Das heißt doch, dass er seine Tochter nicht missbraucht hat, oder?«

»Nein, das heißt es nicht«, erwiderte Brander. »Es bedeutet lediglich, dass das Foto Fake war, und wirft die Frage auf, warum so etwas auf dem Küchentisch von Karl Lederer lag.«

Nach dem Stopp im Polizeiposten fuhren Brander und Peppi zu Gottfried Bäuerle und erstellten mit ihm eine Liste aller Personen, die Zutritt zu seinem Haus hatten. Die Liste war überschaubar: seine Tochter, die Pflegerinnen der mobilen Altenpflege, der Nachbar. Einzig verdächtig schien Monika Lederer.

»Wohin als Nächstes?«, erkundigte sich Peppi, als sie wieder im Auto saßen. »Zu Merle Altmüller oder Mia Schöffel?«

Brander studierte die Adressen der Mädchen. Beide Familien wohnten auf der Ostseite des Dorfes in derselben Straße. »Gehen wir alphabetisch vor: Merle Altmüller.«

Im Gegensatz zu den Altbauten, die in diesem Dorf überwogen, war das Einfamilienhaus der Familie Altmüller groß und modern. Zweistöckig mit Flachdach, weiße Fassaden, bodentiefe Fenster mit dunklen Rahmen. Auch der Garten, der das Haus umgab, war modern und schlicht gehalten. Viel Gras, ein paar Sträucher. Ein mit dunklen Steinen gepflasterter Weg führte zur Haustür. Weder Moos noch Unkraut verstopften die Fugen zwischen den Steinen. Am Eingang stand eine Schale mit einem winterlichen Gesteck und einer Lichterkette.

Auf ihr Klingeln öffnete ihnen eine elegant gekleidete Frau, blonder Pagenschnitt, energische Gesichtszüge, deren schmale Lippen mit einem kräftigen Rot betont wurden. Sie hatte ein One-Ear-Headset auf dem Kopf und sah ihnen fragend entgegen.

Brander zeigte seinen Dienstausweis und stellte sich vor.

»Muss das jetzt sein?«, fragte die Frau, ohne dass er verraten hatte, warum er vor der Tür stand.

»Sie sind Frau Solveig Altmüller?«, erkundigte sich Brander.

»Ja. Wer denn sonst?«

Na gut, für eine Reinigungskraft war sie tatsächlich etwas overdressed, gestand er der Hausherrin zu. »Frau Altmüller, wir haben lediglich ein paar Fragen. Aber wir können gern einen Termin vereinbaren, und Sie kommen zu uns in die Dienststelle nach Esslingen«, erwiderte er mit charmantem Lächeln.

Sie sprach auf Französisch in ihr Mikrofon, drückte ein Knöpfchen und zog das Headset vom Kopf. »Ich war gerade in einem wichtigen Gespräch mit einem Kollegen in Marseille. Ich hoffe, es dauert nicht zu lang?«

»Dürften wir bitte einen Moment reinkommen?«

»Ja.« Sie warf einen Blick auf Branders und Peppis Füße. »Ziehen Sie bitte Ihre Schuhe aus. Da im Korb sind Pantoffeln.«

Während sie die Fußbekleidung wechselten, stöckelte die

Frau des Hauses durch den Flur. »Geradeaus, ich erwarte Sie im Wohnzimmer.«

Peppi warf Brander einen empörten Blick zu. Er schlüpfte achselzuckend in ein paar Filzpantoffeln und schlenderte über die blitzblanken weißen Fliesen durch den Flur.

Solveig Altmüller stand am Fenster und sah ihnen abwartend entgegen. Wie das Haus war auch das Interieur modern. Branders Blick glitt über eine helle, teuer anmutende Sofagarnitur mit Glastisch, dazu gab es passende helle Vitrinen und ein Sideboard an den Wänden. Vor der Fensterfront stand ein Gestell mit einem Rattan-Hängesessel, daneben eine große schlanke Giraffe aus dunkelbraunem Holz.

Für dezente Farbkleckse sorgten mit afrikanischen Motiven bemalte Schalen. Ein großer Druck in Beige- und Brauntönen, der die »Big Five« des afrikanischen Kontinents in Szene setzte, nahm einen Großteil der Seitenwand ein. In der Ecke war ein Kamin, gespaltene Holzscheite lagen ordentlich übereinander in einem Feuerholzkorb.

»Also?«, fragte Solveig Altmüller ungeduldig.

»Ist Ihr Mann auch zu Hause?«, erkundigte sich Brander.

»Markus ist im Winterurlaub. Warum? Was ist mit ihm?«

»Und Ihre Tochter?«

»Welche meinen Sie?«

»Merle.«

»Sie ist oben, in ihrem Zimmer.« Eine steile Falte bildete sich zwischen ihren Augenbrauen. »Hat sie etwas angestellt?«

Die Frage kam so souverän und unaufgeregt, dass Brander sich fragte, ob Frau Altmüller öfter wegen ihrer Tochter Besuch von der Polizei bekam. »Nein«, erwiderte er. »Es geht um den Vorfall vor anderthalb Jahren.«

Die Augen der Geschäftsfrau wurden zu schmalen Schlitzen, und sie sog hörbar die Luft ein. »Wir hatten Ihrem Kollegen damals gesagt, dass wir keine Anzeige erstatten werden«, zischte sie. »Für uns war die Angelegenheit damit erledigt, dass dieser Mann aus dem Verein entfernt wurde. Wir möchten nicht, dass unsere Tochter durch unangenehme Befragungen und reißerische Presseartikel weiter traumatisiert wird.«

»Uns interessiert dennoch, was damals geschehen ist. Wenn Sie uns bitte eine kurze Zusammenfassung Ihrer Sicht der Dinge geben würden?«

Solveig schnaufte erneut, ihre Stimme war leise und schneidend, als sie den Kommissaren antwortete. »Dieses kranke Individuum hat die Mädchen erpresst. Er hat von ihnen verlangt, dass sie ihm Nacktaufnahmen von sich schicken, sonst würde er sie nicht bei den Fußballturnieren spielen lassen.«

»Wie haben Sie davon erfahren?«

Sie presste die schmalen Lippen aufeinander. »Die Eltern von Merles Freundin haben uns informiert.«

Demnach hatte sich ihre eigene Tochter ihr nicht anvertraut. Das musste schmerzhaft für die Mutter gewesen sein, mutmaßte Brander. Allerdings wusste er, wie verstockt Teenager in der Pubertät sein konnten. »Und woher wussten die Eltern von Merles Freundin davon?«

Brander bemerkte, wie die Geschäftsfrau ihre steife Haltung verlor. Sie schien mit einem Mal um Fassung zu ringen.

»Nicole hat Mia ertappt, wie sie dabei war, Aufnahmen von sich zu machen.« Solveig Altmüller presste die Hand auf die Lippen und sog erneut die Luft tief ein. Ihre Augen bekamen einen verdächtigen Glanz.

»Möchten Sie vielleicht ein Glas Wasser?«, fragte Peppi anteilnehmend.

Die Mutter winkte ab und atmete bebend durch. »Es geht schon wieder.« Ihr Blick glitt an den Beamten vorbei. »Merle, mein Schatz.«

Brander wandte sich um und sah sich der jüngeren Ausgabe von Solveig Altmüller gegenüber. Statt Pagenschnitt hatte sie allerdings lange blonde Haare. Doch die Gesichtszüge mit den schmalen Lippen und den großen blauen Augen glichen denen der Mutter immens. Sie war eines der Mädchen, die am Morgen an der Absperrung zu Karl Lederers Haus gestanden und Handyaufnahmen von Monika Lederers Zusammenbruch gemacht hatten.

Sie starrte Brander feindselig an. »Ich hab die Aufnahme doch gelöscht.«

»Darum sind wir nicht hier.«

»Merle, es ging nicht um dich«, log Solveig ihrer Tochter ins Gesicht. »Die Kommissare hatten ein paar Routinefragen wegen des Feuers. Aber wir sind jetzt fertig, oder?« Ihr Blick duldete keinen Widerspruch. »Ich bringe Sie zur Tür.«

Sie strich ihrer Tochter im Vorübergehen liebevoll über die blonden Haare und dirigierte Brander und Peppi vor sich in den Flur und zur Tür hinaus.

»Was halten wir jetzt davon?« Peppi vergrub die Hände tief in den Jackentaschen, während sie neben Brander zum Haus der Familie Schöffel spazierte. »Hat sie die Erinnerung wirklich so mitgenommen, oder hat sie uns was vorgemacht?«

»Sie schien zumindest sehr darauf bedacht, dieses Thema von ihrer Tochter fernzuhalten.« Auch Brander waren diese abrupten Stimmungsänderungen von schwer beschäftigter Geschäftsfrau zu besorgter Mutter am Rande des Nervenzusammenbruchs und dann wieder strenger Hausherrin ein wenig überspitzt vorgekommen. War die toughe Tour Fassade, oder waren die Tränen in den Augen vorgegaukeltes Getue?

»Von was für einem Video hat Merle gesprochen?«

Brander berichtete Peppi von dem kurzen Intermezzo am Morgen in der Alemannenstraße, während sie auf das Haus der Schöffels zugingen. Es war nicht so neu und modern wie das der Altmüllers, es entsprach eher den gängigen Bauten der fünfziger Jahre, die in diesem Ort allgegenwärtig waren. Allerdings hatte man in Fenster, Türen und Dach investiert und, dem Kasten vor dem Haus nach zu urteilen, eine Luftwärmepumpe nachgerüstet.

Hinter den Scheiben war es dunkel, der Carport war verwaist. Brander klingelte dennoch an der Haustür. Ein fröhlicher

Schneemann aus Filz und Zweigen hing neben der Klingel und grinste sie an. Sie versuchten es mehrfach, aber die Bewohner waren allem Anschein nach ausgeflogen.

Als sie zu ihrem Wagen zurückkehrten, sahen sie Merle Altmüller eingemummt in eine helle Winterjacke und mit dickem Schal und Strickmütze das Haus verlassen. Das Mädchen bemerkte sie, vermied es aber, zu ihnen zu schauen, und marschierte mit hochgezogenen Schultern in die entgegengesetzte Richtung davon.

Brander setzte sich auf den Beifahrersitz und starrte grübelnd durch die Frontscheibe auf die inzwischen wieder verwaiste Straße. Ein Suizid. Man hätte den Fall zu den Akten legen können. Es gab genug andere Fälle, die sie zu bearbeiten hatten – allen voran die Messerstecherei am Esslinger Bahnhof, die Stephan Klein gerade mehr oder weniger im Alleingang bearbeiten musste.

Aber was war mit den Bildern, die sie in Lederers Küche gefunden hatten? Die Fotos waren Fake – dennoch konnte ein Missbrauch stattgefunden haben. Dem ersten Eindruck nach schien Jasmin definitiv psychisch belastet zu sein. Hinzu kamen die Anschuldigungen der Fußballmädchen.

Der mutmaßliche Täter war tot. Ihn konnten sie nicht mehr belangen. Gab es Mitwisser? Was wusste POK Christian Winkler? Was Lederers Ehefrau? Wenn sie Kenntnis von einem Missbrauch hatten, trugen sie eine Mitschuld.

Brander griff zum Handy und hatte kurz darauf den IT-Forensiker in der Leitung. »Hey, Jens, noch im Dienst?«

»Sonst hätte ich deinen Anruf nicht angenommen.«

Was hatte Clewer gesagt? Wiedereingliederung mit dreißig Prozent. Es war bald vier Uhr nachmittags. »Wann hast du heute angefangen?«

»Sitzt du neuerdings im Personalrat und willst meine Arbeitszeit kontrollieren?«

»Entschuldige, nein, du solltest aber darauf achten, nicht gleich wieder –«

»Andi, du rufst doch nicht an, um mit mir über meine Work-Life-Balance zu sprechen«, unterbrach Jens ihn. »Du willst Informationen.«

»Ja«, gestand Brander. »Hast du dir Lederers Smartphone schon angesehen?«

»Jep.«

»Hast du was Auffälliges gefunden?«

»Auf dem Apparat habe ich bisher keine Hinweise gefunden, dass der Mann sich in irgendwelchen einschlägigen Foren herumgetrieben hätte, falls du das mit ›auffällig‹ meinst. Es gibt keine Fotos in der Art der Ausdrucke, die ihr in seiner Wohnung gefunden habt. Es gibt eigentlich so gut wie gar nichts auf seinem Smartphone. Lediglich ein paar wenige Kontakte: seine Frau, seine Tochter, sein Arbeitgeber, dann noch die Telefonnummern von Hausarzt, einem Psychiater und der psychiatrischen Notfallklinik in Tübingen.«

»Sonst nichts?«

»Nein. Er hat Threema installiert, da aber die Einstellung sehr restriktiv gehalten und etliche Nummern gesperrt.«

»Weißt du, wessen Nummern das sind?«

»Nein, so weit bin ich noch nicht. Ich kann dir aber die Liste schicken.«

»Ja, mach das bitte.«

»Er hat offenbar täglich mit seiner Frau gechattet«, fuhr Jens fort. »Den Chatverlauf habe ich euch zugeschickt, ist nicht ganz uninteressant. Da steht immer mal wieder, dass irgendwer zu ihm kam: ›Sie waren wieder hier.‹ Auf die Schnelle konnte ich aber nicht rausfinden, wer mit ›sie‹ gemeint ist. Und noch eine Sache, ich weiß nicht, ob das für euch wichtig ist: Er hat das Smartphone anscheinend erst seit einem knappen halben Jahr in Gebrauch. Das heißt, es könnte einen anderen Apparat geben, aus dem vielleicht mehr rauszuholen wäre.«

»In seinem Haus haben wir nichts gefunden.«

»Habt ihr auch richtig gesucht?«

»Du kannst dich gern selbst umschauen.«

»Dazu fehlt mir die Zeit.« Der lockere Ton war augenblicklich verschwunden.

Es würde noch dauern, bis Jens das Trauma seiner Verletzung verarbeitet haben würde, ahnte Brander. Der Überfall auf ihn hatte während eines Außeneinsatzes stattgefunden. »Er hatte einen mittelalten Fernsehapparat, ansonsten gab es keine digitalen Geräte im Haus: keinen Laptop, keinen PC, kein gar nichts.«

»Drucker?«

»Nein.«

»Hm.«

»Hm – was?«, hakte Brander nach.

»Na ja, mir stellen sich gerade zwei Fragen. Erstens: Wie hat der Mann die Fotomontagen erstellt? Ich kann mir nicht vorstellen, dass er das mit seinem Smartphone so gut hingekriegt hat. Lederers Handy war kein Spitzengerät, das Display ist auch nicht besonders groß. Zudem hätte ich dann digitale Spuren auf dem Gerät finden müssen: irgendein Bildbearbeitungsprogramm, passende Fotomotive. Aber da ist nichts drauf. Die paar Bilder von seiner Tochter passen absolut nicht zu der ausgedruckten Fotomontage und gehen übrigens auch in eine ganz andere Richtung.«

»Welche Richtung?«

»Harmlos, fröhlich, unbeschwert. Das Mädchen ist auf den Fotos noch etwas jünger.«

»Und was fragst du dich außerdem noch?«, erinnerte Brander den Kollegen daran, dass er von zwei Fragen gesprochen hatte.

»Die Bilder, die ihr in seinem Haus gefunden habt, sind Ausdrucke. Aber in seinem Haus habt ihr keinen Drucker gefunden. Wie also hat er die Bilder ausgedruckt? Er wird dazu ja wohl kaum in einen Copyshop gegangen sein.«

»Das ist nicht zu vermuten.«

»Das heißt, irgendwo müssten ein Computer und ein Drucker stehen, mit denen er die Fotomontagen erstellt und dann ausgedruckt hat.«

»Das, oder es gibt eine andere Erklärung.«

»Welche?« Peppi, die über die Freisprechanlage das Telefonat mithörte, sah Brander fragend an.

»Jemand anders hat die Bilder erstellt.« Ihm kam die Anschuldigung in den Sinn, die Monika Lederer am Tag zuvor in den Raum gestellt hatte. Mia und Merle hätten ihm Bilder von sich zugeschickt, ihr Mann hätte das jedoch nicht gewollt.

»Warum sollte das jemand machen?«, fragte Peppi zweifelnd.

»Das weiß ich nicht. Wenn wir den- oder diejenige finden, können wir ja mal fragen.«

»Sehr witzig.«

»Macht ihr mal weiter eure Späße. Ich mach jetzt Feierabend«, verabschiedete sich Jens.

»Mach das.« Brander wollte schon auflegen, bremste sich jedoch. »Jens?«

»Ja?«

»Schön, dass du wieder an Bord bist.«

»Tja, ohne den Computerfuzzi geht's halt nicht.«

»Bis ans Ende meiner Tage wird er mir vorhalten, dass ich ihn mal so genannt habe«, kommentierte Peppi mit leidendem Grinsen, während Brander das Telefonat beendete. »Unterhalten wir uns noch mal mit Frau Lederer, oder fahren wir zurück nach Esslingen und tippen unsere Berichte?«

Brander sah auf die Uhr. Es war bereits nach vier. Den ganzen Tag war es nicht richtig hell geworden, und nun setzte in Kürze die Dämmerung schon wieder ein. »Lass uns mal in der Alemannenstraße vorbeischauen, ob Frau Lederer noch da ist.«

Der rote Kleinwagen von Monika Lederer stand nicht mehr vor dem Haus, als Brander und Peppi wenig später in die Alemannenstraße abbogen. Auch die Löschfahrzeuge waren verschwunden. Die Kriminaltechniker und der Brandsachverständige hatten sich ebenfalls ins Wochenende verabschiedet. Rot-weißes Absperrband verbot den Zutritt zum Gelände mit dem beschädigten Gebäude.

»Nach Herrenberg?«, schlug Peppi vor.

»Später.« Brander hatte den Dachdeckermeister im Hof der angrenzenden Werkstatt rumwerkeln sehen. »Lass uns noch mal mit dem Nachbarn sprechen.«

Jan Kittel war wenig erfreut über den erneuten Kripo-Besuch. Er war noch damit beschäftigt, mit seinem Sohn das Chaos der vergangenen Nacht zu beseitigen, und machte keine Anstalten, Brander und Peppi ins Haus zu bitten. Sie standen im zugigen Hof, zwischen Haus und Werkstatt. Wenige Meter entfernt lenkte Jonas Kittel routiniert einen Stapler und schichtete Holzbalken um.

»Was wollen Sie noch von uns?«, fragte der Chef ungehalten. »Ich habe Ihnen heute Morgen bereits alles gesagt.«

»Es geht nicht um den Brand von letzter Nacht. Ich würde gern mit Ihnen über eine Angelegenheit sprechen, die schon etwas länger zurückliegt. Wenn ich richtig informiert bin, sind Sie zweiter Vorsitzender des hiesigen Fußballvereins?«

»Ja-a.« Misstrauen schlich sich in Kittels Stimme.

»Und das waren Sie schon vor anderthalb Jahren, als Herr Lederer aus dem Traineramt und dem FC Aichheim entlassen wurde.«

Kittel zog die Augenbrauen zusammen. »Wie kommen Sie denn jetzt auf die alte Geschichte?«

So lange lag der Vorfall noch nicht zurück, fand Brander. »Wären Sie so nett, uns ›die alte Geschichte‹ zu erzählen?«

»Wozu?«

»Das lassen Sie mal unsere Sorge sein.«

Der Mann seufzte genervt. »Die Eltern eines Mädchens haben sich bei uns, also bei der Vorstandschaft des Vereins, gemeldet und gesagt, dass Karl von den Mädchen verlangen würde, ihm Nacktfotos zu schicken, ansonsten würde er sie an den Spieltagen nicht spielen lassen.«

»Von allen Mädchen?«

»Das weiß ich nicht.«

»Aber es war mehr als ein Mädchen, das diesen Vorwurf erhoben hat?«

»Wenn Sie es genau wissen wollen: Es waren zwei. Aber bereits eine wäre eine zu viel gewesen.«

»Was sagte Herr Lederer zu den Vorwürfen?«

»Na, was schon? Was alle Täter behaupten, wenn sie erwischt werden: Es würde nicht stimmen.«

»Das haben Sie ihm aber nicht geglaubt?«

»Natürlich nicht.«

»Gab es Beweise?«

Kittels Blick verfinsterte sich. »Wollen Sie etwa behaupten, die Mädchen hätten gelogen?«

»Ich behaupte gar nichts. Ich möchte lediglich wissen, ob es Beweise gab.« Brander fand es bemerkenswert, wie abweisend die Menschen reagierten, wenn er versuchte, mehr über den Vorfall von damals zu erfahren.

»Auf seinem Handy haben wir natürlich nichts gefunden. Dumm war der Kerl ja nicht. Hat die Bilder gelöscht oder – keine Ahnung, was er damit gemacht hat. Aber die Tatsachen sprachen doch für sich.«

»Welche Tatsachen?« Brander bemerkte kleine Schweißperlen am Haaransatz seines Gegenübers. Auch die Atmung ging etwas flacher. Der Mann stand unter Stress.

»Na, die Merle zum Beispiel. Die war eine hervorragende Spielerin. Eine Allrounderin, konnte man auf jeder Position einsetzen, sichere Torschützin. Tja, und der Karl lässt sie bei einem entscheidenden Spiel nicht mit auf den Platz. Das sagt doch alles.«

»Wieso ›war‹?«, hakte Peppi nach. »Spielt Merle nicht mehr?«

»Nach dem, was damals passiert ist, konnten wir so schnell keinen neuen Trainer finden. Die Mannschaft wurde kurz darauf aufgelöst.«

Weitreichende Folgen für das Team, stellte Brander fest. Eine große Auswahl an Alternativprogrammen gab es im Ort vermutlich nicht. »Wie ist der Vorfall mit den Mädchen damals aufgearbeitet worden?«

Kittel sah ihn verständnislos an. »Was soll man da aufarbeiten? Die Mädchen haben sich das nicht bieten lassen, haben sich ihren Eltern anvertraut, und wir haben die Konsequenzen gezogen und Karl aus dem Amt entlassen. Damit war die Sache erledigt.«

Und die Familie Lederer gebrandmarkt. »Warum haben Sie keine Anzeige erstattet?«

»Was hätte das gebracht, außer einer Menge Gerede und reißerischer Presse? Das wollte hier im Dorf niemand.«

»Nun ja, immerhin hat Herr Lederer, wie Sie gerade sagten, seine Unschuld beteuert.«

Kittel stieß verächtlich die Luft aus. »Kein Wunder, dass so viele Kriminelle auf freiem Fuß sind, wenn Sie so naiv sind!«

»Es wäre erfreulich, wenn wir sachlich bleiben könnten«, erwiderte Brander.

»Hätten Sie Karl gekannt, würden Sie nicht diese Fragen stellen. Die Mädchen haben sich das nicht ausgedacht.«

»Dann helfen Sie unserem Unwissen auf die Sprünge. Was war Herr Lederer denn für ein Mensch?«

Kittel wischte sich mit dem Handrücken über die Stirn. »Karl war schon immer ein seltsamer Typ. Der hatte schon früher in der Schule keine Freunde.«

»Aber er hat hier im Verein gekickt.«

»Jeder im Dorf hat bei uns im Verein gekickt. Es gab nichts anderes damals. Aber ein Teamplayer war er nie. Der war lieber für sich, strolchte stundenlang durch die Wälder. Weiß der Teufel, was er da getrieben hat.«

»Und trotzdem haben Sie ihn als Trainer für die Mädchenmannschaft engagiert«, stellte Peppi fest.

»Das hatte sich halt so ergeben«, erwiderte Kittel unwirsch. »Glauben Sie mir: Ich würde das gern ungeschehen machen.«

»Wie ist er denn zu diesem Amt gekommen?«

»Die Hannah hatte aufgehört, und die Mädchen hingen in der Luft.«

»Wer ist Hannah?«

»Hannah Röhm, sie war Sportstudentin in Tübingen und hat

mit den Mädchen trainiert. Als sie weg war, hat Karl angeboten, das Training zu übernehmen. Der hatte in seiner Jugend eine Zeit lang die Bambinis im Verein betreut ...« Kittel schnaufte grimmig. »Wer weiß, was er da schon mit den Kindern gemacht hat.«

»Ist denn aus der Zeit etwas bekannt? Ist er damals mal übergriffig geworden?«

Kittel schüttelte den Kopf. »Aber so im Nachhinein ... Er hat immer Kontakt zu den Mädchen gesucht, mal kurz den Arm um die Schultern gelegt, ›zufällige‹ Berührungen beim Training ...«

»Was für zufällige Berührungen?«

»Ich war nicht dabei. Fragen Sie die Eltern oder die Mädchen selbst«, relativierte Kittel seine Worte sogleich wieder.

Der Motor des Gabelstaplers erstarb, und Jonas sprang aus dem Fahrerhaus.

»Und niemand hat dazu etwas gesagt?«, hakte Peppi bei Jan Kittel nach.

»Das war halt damals, bevor das mit den Bildern bekannt wurde.«

Kittels Sohn trat zu ihnen. Er war ein sportlicher junger Mann, etwas größer als sein Vater, schlaksig, die braunen langen Haare hatte er am Hinterkopf zu einem Dutt zusammengebunden. »Welche Bilder?«

»Die Sache von früher, weißt schon ... mit Merle und Mia und so ...«

»Der Pädo gehörte eingesperrt.« In dem jungen Gesicht zeichnete sich deutlich Abscheu ab. »Ist gut, dass das Schwein tot ist.«

Jan Kittel sah betreten zu Brander. »Merle ist Jonas' Freundin.«

»Das geht die Bullen einen Scheißdreck an«, fuhr Jonas seinen Vater an.

»Das haben wir jetzt mal überhört«, brachte Brander dem jungen Mann in Erinnerung, dass die »Bullen« vor ihm standen.

»Sie haben Ihrem Vater heute Nacht geholfen, die Werkstatt auszuräumen?«

»Ja.«

»Ist Ihnen dabei oder vielleicht vorher etwas aufgefallen?«

»Nein. Meinetwegen hätte die Hütte komplett abfackeln können. Drecksloch.«

»Wo waren Sie, als das Feuer ausbrach?«

»Jonas lag im Bett und hat geschlafen«, kam Jan Kittel seinem Sohn zuvor. »Ich habe ihn geweckt, damit er mir hilft.«

Brander bemerkte ein kurzes irritiertes Aufflackern im Blick des jungen Mannes. »Sie haben geschlafen?«, hakte er nach.

»Ja«, erwiderte Jonas kurz angebunden.

»In welche Richtung geht Ihr Schlafzimmer raus?«

»Nach hinten«, antwortete Jan Kittel erneut für seinen Sohn. »Er hätte gar nichts bemerken können. Ich habe das Feuer entdeckt und gleich die Feuerwehr informiert.« Er deutete zu einem der Fenster in der oberen Etage des Gebäudes. »Da oben ist unser Schlafzimmer. Von dort konnte ich es erkennen.«

Hinter ihnen erklang Motorengeräusch. Der Kleinwagen von Monika Lederer fuhr vorbei und hielt vor dem abgesperrten Haus. Jan Kittel beobachtete die Ankunft mit zusammengekniffenen Augen. »Würde mich nicht wundern, wenn die oder ihre Tochter das Feuer gelegt hätte.«

Das war keine unerhebliche Verdächtigung, horchte Brander auf. »Wie kommen Sie darauf?«

»Die zieht bestimmt nicht wieder hierher, und so kann sie die Kohle von der Versicherung kassieren und das Grundstück verkaufen. Wenn Sie uns jetzt entschuldigen. Ich will hier fertig werden, bevor es dunkel wird.« Damit wandte Jan Kittel sich ab und zog seinen Sohn an der Schulter mit sich mit.

Monika Lederer stand vor der provisorisch verschlossenen und mit polizeilichem Siegel gekennzeichneten Hauseingangstür. Sie stellte die Klappbox, die sie mitgebracht hatte, neben sich auf den Treppenabsatz und versuchte, die Tür aufzuschieben.

Brander war mit Peppi von Kittels Grundstück zu ihr rübergegangen. »Frau Lederer«, sprach er sie an. »Was machen Sie da?«

Sie schaute über die Schulter zu ihm. Die geschwollenen Augenlider und rotblau verfärbten Tränensäcke zeigten an, dass sie geweint hatte. Ihr Blick wirkte gehetzt. »Ich gehe in mein Haus.«

»Das ist ein polizeiliches Siegel, das dürfen Sie nicht einfach zerstören. Das Haus wurde noch nicht wieder freigegeben.«

»Das ist mir scheißegal.« Sie wandte sich wieder der Tür zu.

»Ist es Ihnen auch egal, wenn das Haus über Ihnen zusammenbricht? Das Mauerwerk wurde durch den Brand in Mitleidenschaft gezogen. Die Statik muss geprüft werden, bevor Sie hier wieder ein und aus gehen.«

»Herrgott, ich will lediglich ein paar persönliche Dinge herausholen.«

»Das muss doch nicht unbedingt jetzt sein.«

»Doch, das muss es!«, brauste Monika Lederer auf. Sie drehte sich zu den Kommissaren um. Ihre Mimik war vor Zorn verzerrt. »Was denken Sie, was die heute Nacht hier machen? Der Dorfsheriff geht in den Feierabend, und es interessiert ihn einen Scheißdreck, wenn die Kids ins Haus einsteigen und randalieren und alles kaputt machen.«

»Welche Kids?«

»Die, die meinen Mann umgebracht und das Feuer gelegt haben!«

»Frau Lederer, jetzt mal langsam.« Brander hob beschwichtigend die Hände. »Wen genau beschuldigen Sie?«

»Warum fragen Sie? Sie unternehmen ja doch nichts.«

»Wir können nichts unternehmen, wenn Sie keine konkrete Aussage machen.« Brander spürte einen Blick in seinem Nacken. Als er sich umschaute, sah er Jonas Kittel im Nachbarhof stehen. Es behagte Brander nicht, dass er dieses Gespräch belauschte. »Frau Lederer, ich mache Ihnen einen Vorschlag: Wir fahren zum Polizeiposten, und da unterhalten wir uns in

Ruhe über alles, was geschehen ist. Sie wollten doch noch eine Anzeige erstatten. Soweit ich weiß, haben Sie das bisher nicht gemacht.«

»Wozu auch?«, zischte sie ihm wütend ins Gesicht und wandte sich der Tür wieder zu.

»Frau Lederer, dieses Haus ist ein Tatort, und solange es nicht von uns freigegeben wurde, werden Sie es nicht betreten.« Sein Ton war strenger geworden.

»Hauen Sie ab!« Die Frau schien in einem Tunnel zu sein. Ihr einziges Ziel war es, in das Haus zu gelangen und was auch immer herauszuholen.

»Was genau benötigen Sie aus dem Haus?«, versuchte Peppi zu vermitteln.

»Ich brauche die Papiere: Versicherungen, Bankunterlagen … Und saubere Kleidung. Er kann doch nicht in den Klamotten beerdigt werden, die er getragen hat, als er …« Bei den letzten Worten kippte ihre Stimme.

Versicherungen, Bankunterlagen. So kann sie die Kohle von der Versicherung kassieren, echoten Kittels Worte in Branders Kopf. War es möglich, dass Monika Lederer tatsächlich die Brandstifterin war? Aber dann wäre sie doch so vorausschauend gewesen, die Versicherungspolicen vorher aus dem Haus zu holen.

»Ich telefoniere mit den Kollegen, die heute Vormittag hier waren, und frage nach, ob das Haus einsturzgefährdet ist«, erklärte Peppi. »Und wenn dem nicht so ist, dann gehen wir gemeinsam hinein, und Sie holen sich, was Sie benötigen, okay?«

Monika Lederer nickte widerstrebend. Mit den Handrücken wischte sie sich energisch über die Augenwinkel.

»Wer hat die Scheibe im Gäste-WC eingeschlagen?«, erkundigte Brander sich, während Peppi telefonierte.

»Wer schon? Der Mob. Silvester sind sie hergezogen und haben Raketen auf das Haus geworfen. Die haben gesehen, dass Licht im Bad war, und dann haben sie einen Stein durch die Scheibe geworfen. Die wollten ihn da schon umbringen. Der Stein hat Karl am Kopf getroffen.«

Ihr Blick glitt zum Nachbargrundstück, wo Jonas Kittel noch immer stand und herüberstierte. »Ich weiß, dass ihr das gewesen seid!«, schrie sie unvermittelt zu ihm rüber. »Du und deine tollen Freunde. Verlogenes, feiges Pack!«

»Frau Lederer, bitte.« Brander deutete mit einer Geste an, dass sie sich mäßigen sollte.

»In der Hölle sollt ihr schmoren!«

Jonas wedelte mit der Hand vor seiner Stirn und verschwand aus ihrem Sichtfeld.

Brander wandte sich der Frau wieder zu. »Frau Lederer, was hat Ihr Mann mit dem Stein gemacht?«

»Was soll er damit gemacht haben?«

»Hat er ihn aufbewahrt?«

»Wozu?«

»Der Stein ist ein Beweismittel. Soweit ich weiß, hat Ihr Mann den Vorfall nicht angezeigt. Warum nicht?«

»Wo hätte er das denn anzeigen sollen?«

»Es gibt im Ort einen Polizeiposten.«

»Ja, den gibt es«, bestätigte Monika Lederer bitter. »Aber denken Sie ja nicht, dass Ihr werter Kollege auch nur einen Finger für Karl gerührt hätte! Die hätten ihm brennende Raketen ins Haus schießen können, da hätte niemand die Feuerwehr gerufen.«

»Ihr Nachbar hat heute Nacht die Feuerwehr gerufen, als er den Brand bemerkte«, erklärte Brander. »Ich denke, Sie können froh sein, dass das Feuer so frühzeitig entdeckt wurde.«

»Warum sollte ich froh sein? Weil das Haus jetzt ruiniert und nur noch halb so viel wert ist? Das läuft dem Jan doch nur rein, wenn ich nichts mehr für den Kasten krieg.«

»Warum sollte das gut für ihn sein?«

»Die wollten mir auch noch den letzten Rest an Erinnerungen zerstören«, überhörte sie seine Frage. Sie sah zu Peppi, die ihr Telefonat beendet hatte. »Kann ich jetzt endlich rein?«

Die Kollegen hatten grünes Licht gegeben. Brander und Peppi begleiteten Monika Lederer in das Haus. Der Brandgeruch hing in den Wänden, vermischte sich mit dem modrigen Klima, das von den durch das Löschwasser durchtränkten alten Möbeln und Teppichen ausging. Schwere Metallpfosten waren aufgestellt worden, um die Decke abzustützen. Brander hoffte, dass sie nicht allzu lange in dem Gebäude verweilen mussten. Er traute den Stützpfeilern und Mauern nicht.

Die Witwe ging ins Wohnzimmer, zog mehrere Ordner aus den Schränken und packte zwei davon in ihre Box. Dann nahm sie die Bilderrahmen aus dem Regal, bei einem Foto blieb sie hängen. Es zeigte die Familie vereint in glücklicheren Tagen, erkannte Brander aus der Distanz. Er war mit Peppi an der Tür stehen geblieben.

Monika Lederer strich mit dem Finger zärtlich über das gesprungene Glas. »Wir hätten niemals hierherziehen dürfen«, murmelte sie unbestimmt in den Raum. Wut und Zynismus waren aus ihrer Stimme verschwunden, hatten trauriger Resignation Platz gemacht.

»Warum sind Sie in das Elternhaus Ihres Mannes gezogen?« Peppi trat näher zu ihr.

In den Augen der Witwe schwammen Tränen, als sie aufsah. »Es ist schöner, in einem eigenen Haus zu leben als in einer kleinen Mietwohnung eines Mehrparteienhauses. Dazu noch in der Stadt. Karl kam mit den vielen Menschen und dem ständigen Lärm nicht zurecht. Und wir dachten, es wäre gut, wenn Jasmin hier am Rande der Natur aufwachsen könnte.«

Dass sich das erhoffte Landidyll zu einem Alptraum für die Familie entwickelt hatte, ließ ihre Züge wieder verbittern. Sie legte den Rahmen zu den Aktenordnern in ihrer Klappbox und sank auf das Sofa, ungeachtet der vom Löschwasser durchnässten Polster.

»Karl hatte schon Depressionen, als wir uns kennenlernten. Wir hatten gelernt, damit umzugehen. Es gab ja Zeiten, in denen es ihm gut ging. Aber zurück in sein Elternhaus zu kommen war ein Fehler. Die vielen Erinnerungen … Er hat nie viel über seine Kindheit gesprochen, aber es war wohl so, dass er schon sehr jung erwachsen werden musste. Das hat ihn überfordert.«

Sie strich über das feuchte Polster. »In Reutlingen war alles anonymer, niemand bekam mit, wenn Karl wochenlang nicht die Wohnung verließ. Und wenn er in der Klinik war, konnte ich sagen, er wäre auf Reisen oder zur Kur, das hat niemand hinterfragt. In einem Ort wie Aichheim funktioniert das nicht. Die Leute bekommen mit, was los ist. Viele kannten ihn ja auch von früher. Sie haben ihn von Anfang an schräg angesehen.«

»Woher nahm er dann die Kraft, eine Mädchenfußballmannschaft zu trainieren?« Es passte für Brander einfach nicht zusammen.

»Er hat es für Jasmin getan. Er war damals gerade aus der Klinik entlassen worden. Sie hatten ihn auf ein neues Medikament eingestellt, mit dem er gut klarkam. Und dann erzählte Jasmin, dass die Fußballmannschaft aufgelöst werden sollte, weil die Trainerin hingeschmissen hatte. Wir hatten gehofft, dass Jasmin durch den Sport leichter Anschluss im Dorf finden würde, und darum hat Karl angeboten, das Team vorübergehend zu trainieren. Er hatte das ja früher schon mal gemacht. In seiner Jugend. Er hat mir davon erzählt. Vielleicht wollte er den Leuten im Dorf auch beweisen, dass er ein ganz normaler Mann war. Verlässlich, engagiert … Ein guter Vater und ein wertvolles Mitglied für die Gemeinde.«

Sie starrte eine Weile auf die Schrankwand, in der die Bilder jetzt fehlten.

»Was ging schief?«, hakte Brander nach.

»Die Mädchen waren aufmüpfig, unzuverlässig … Sie kamen zu spät zum Training, taten nicht das, was er ihnen auftrug. So geht das aber nicht. In einem Team braucht es ein Mindestmaß an Disziplin.«

»Wie hat Ihr Mann darauf reagiert?«

Sie zuckte die Achseln. »Er hatte ja kaum eine Handhabe. An

den Spieltagen hat er sie sanktioniert. Wer nicht pünktlich zum Training kam, durfte nicht spielen. Damit brachte er dann auch die Eltern gegen sich auf. Ich merkte, wie es ihm von Woche zu Woche schlechter ging. Ich habe ihn gebeten aufzuhören, aber er sagte, er würde nicht aufgeben. Die Mädchen seien in der Pubertät, und in ein paar Monaten würde sich alles eingespielt haben.«

»Aber es spielte sich nicht ein, oder?«

»Nein … Sie kennen ja die Anschuldigungen gegen Karl.«

»Haben Sie je eines der Fotos gesehen, die die Mädchen an Ihren Mann geschickt haben?«

»Nein. Ich habe erst davon erfahren, als man ihn aus dem Verein entlassen hat.«

»Er hat Ihnen nichts davon gesagt?«

Sie schüttelte den Kopf. »Er hat die Bilder, die die Mädchen ihm geschickt haben, immer direkt gelöscht. Er wollte diesen Dreck nicht sehen.«

»Hat er denn nicht versucht, etwas dagegen zu unternehmen?«

»Einmal hat er wohl versucht, mit Merle zu sprechen, aber sie hat ihn angeschrien, er solle die Finger von ihr lassen. Dabei hatte er sie nur an der Schulter berührt.«

»Waren Sie dabei?«

»Nein, er hat es mir erzählt.« Ihre Augen funkelten ihn sogleich wieder zornig an. »Und ich glaube meinem Mann!«

»Er hätte zur Polizei gehen können.« Die Erstellung und Verbreitung jugendpornografischer Bilder waren strafbar. POK Christian Winkler hätte dem nachgehen oder es wenigstens weitergeben müssen.

»Natürlich!« Jetzt troff ihre Stimme vor Spott. »Und Sie hätten ihm ganz sicher geglaubt.«

»Ein klärendes Gespräch hätte vielleicht Licht in die Sache gebracht«, wich Brander einer konkreten Antwort aus. Die damals dreizehn- und vierzehnjährigen Mädchen hätte man für so eine Tat nicht belangen können, aber die Sache hätte im Dorf in einem anderen Licht gestanden. Wenn es denn stimmte, was Karl Lederer seiner Frau gesagt hatte – überzeugt war Brander nicht.

»Frau Lederer, hat Ihr Mann noch ein anderes Smartphone?«

»Nein.«

»Der Apparat, den er bei sich hatte, ist allem Anschein nach erst ein halbes Jahr alt. Was ist mit dem Vorgängermodell? Haben Sie oder Ihre Tochter das übernommen?«

Sie starrte ihn einen Moment lang mit leerem Blick an. »Karl hat das Ding in den Müll geworfen. Es war kurz nachdem ich ausgezogen war.« Sie presste die Lippen zusammen. Brander vermutete, dass sie sich Vorwürfe machte, weil sie ihren Mann verlassen hatte.

»Warum sind Sie ausgezogen?«

»Weil wir hier nicht leben konnten.« Sie starrte auf die Hände in ihrem Schoß. »Die Leute haben uns geschnitten. Mich haben sie nicht mehr angeguckt, aber immer gleich hinter meinem Rücken getuschelt. Karl haben sie auf der Straße angespuckt. Und Jasmin hat sich immer mehr von uns zurückgezogen, sie hat nichts mehr gegessen, hat nicht mehr mit uns gesprochen … Was hätte ich denn tun sollen?«

»Warum ist Ihr Mann hiergeblieben?«

Ihr Blick wanderte zum Fenster – die Aussicht wurde von den heruntergelassenen Rollläden versperrt. »Ich war am Ende mit meiner Kraft. Sie können sich nicht vorstellen, wie die letzten Jahre für mich waren. Ich musste hier raus, brauchte Abstand … Zu allem.«

»Aber Sie hatten Ihren Mann gebeten, sich täglich bei Ihnen zu melden.«

»Ja.«

»Warum?«

»Das sagte ich doch schon: weil ich mich um ihn sorgte!«

»Wenn es Ihrem Mann so schlecht ging, warum ist er nicht in die Klinik gegangen?«, fragte Peppi.

Monika sah resigniert zu ihr. »Weil es keinen freien Platz gab.«

»Für Notfälle –«

»In seiner Klinik gab es keinen Platz, und in eine andere wollte er nicht!«, herrschte die Frau Peppi an. »Was wollen Sie mir denn vorwerfen? Hätte ich ihn zwangseinweisen lassen sollen?«

»Niemand macht Ihnen einen Vorwurf«, beschwichtigte Brander sie. »Sie sagten gerade, Ihr Mann hat sein Smartphone, kurz nachdem sie ihn verlassen hatten, weggeworfen. War etwas vorgefallen?«

Branders Frage brachte die Frau gleich wieder in Rage. »Ich habe ihn nicht verlassen! Ich habe nur nicht mehr hier wohnen können. Ich ... ich konnte nicht mehr. Und ich musste doch auch an Jasmin denken!«

»War Ihr Mann wütend auf Sie?«

Sie schüttelte den Kopf. »Er war verzweifelt. Die haben einfach nicht aufgehört, ihn zu belästigen.«

»Die?«

»Die Mädchen. Die haben ihn angerufen und beschimpft, haben ihm böse Nachrichten geschickt. Sie haben ihn ständig tyrannisiert. Darum hat er das Ding weggeschmissen.«

Brander fluchte innerlich. Ohne das Smartphone würde es schwer werden nachzuvollziehen, ob Merle oder Mia oder sonst jemand aus dem Ort den Mann tatsächlich mit Nachrichten terrorisiert hatte. Vielleicht hatten sie eine Chance, die Einzelverbindungsnachweise vom Anbieter zu bekommen. »Haben Sie noch die Unterlagen von dem alten Vertrag?«

Monika Lederer stand auf und ging an den Schrank, aus dem sie bereits zwei Ordner genommen hatte. Die Rückseite ihrer Hose wies nasse Flecken auf. Sie zog einen schmalen Ordner hervor, blätterte durch die feuchten Seiten und entnahm einige Zettel, die sie Brander entgegenstreckte.

»Danke. Sie bekommen die Unterlagen natürlich zurück.«

»Die brauche ich nicht mehr. Der Vertrag ist gekündigt«,

erwiderte sie. »Das neue Handy habe ich Karl gekauft. Es läuft auf meinen Namen.«

»Besaß Ihr Mann einen Computer oder Laptop?«

»Nein.«

»Und Sie?«

»Ich habe einen Laptop. Was hat das mit Karl zu tun?«

»Besitzen Sie auch einen Drucker?«

»Ein altes Gerät, Jasmin muss manchmal was für die Schule ausdrucken. Warum wollen Sie das wissen?«

»War Ihr Mann auch mal bei Ihnen in Herrenberg?«

»Nicht oft … nein …«, erwiderte sie irritiert. »Warum?«

»Wenn Sie hier alles zusammengesucht haben, begleiten wir Sie nach Herrenberg. Wir müssen Ihren Laptop mitnehmen.«

»Warum das denn? Was wollen Sie denn darauf finden?«

»Ihr Mann ist tot, Frau Lederer. Wir suchen nach Hinweisen, die erklären, was genau geschehen ist.«

Auf irgendeinem Computer mussten die Fotomontagen von Jasmin und Karl Lederer gemacht worden sein.

***

Brander hatte den Laptop aus Monika Lederers Wohnung mitgenommen und gehofft, bei der Gelegenheit ein paar Worte mit ihrer Tochter sprechen zu können. Doch Jasmin war nicht zu Hause, und Monika Lederer konnte oder wollte ihnen nicht sagen, wo sie das Mädchen finden könnten.

Er fuhr mit Peppi nach Esslingen und brachte den Computer in die verlassenen Räume der IT-Forensiker. Auf dem Weg zurück stoppte er am Büro von Hans Ulrich Clewer. Trotz der späten Stunde war der Inspektionsleiter noch da. Er saß mit Stephan Klein zusammen.

»Na, du kommst gerade recht zur Feier«, grüßte Stephan gut gelaunt. »Ich habe unseren Messerstecher identifiziert.«

»Und?«

»Der Mustafa Hamid ist unser Mann. Er hat sich leider nicht

an seine Auflagen gehalten und ist untergetaucht. Fahndung läuft. Lust auf einen Ausflug ins Esslinger Nachtleben?«

Brander ahnte, dass Stephan die Suche nach dem Mann nicht allein den Kolleginnen und Kollegen von der Fahndung überlassen wollte. Er hatte viele Jahre als verdeckter Ermittler gearbeitet und nutzte jede Chance, die sich ihm bot, wieder ein wenig »undercover« zu ermitteln – wobei der bullige Mann mit den vielen Tätowierungen und immer etwas zu langen grauen Haaren in der Esslinger Szene inzwischen bekannt war wie ein bunter Hund. Esslingen war eben nicht Frankfurt.

Brander winkte ab. »Ich schreibe noch meine Berichte, und dann bin ich im Wochenende.«

Clewer hob zustimmend den Daumen. »Das wäre auch eine gute Alternative für dich, Stephan.«

Der Kollege zog eine abschlägige Grimasse. Er lebte allein. Seine Frau war vor einigen Jahren gestorben, Kinder hatte er keine. Er würde sich ins Nachtleben stürzen, das war besser, als zu Hause die Wände anzustarren.

»Gibt es Neuigkeiten im Fall Lederer?«, hakte Clewer nach.

»Laut rechtsmedizinischen Gutachten können wir aktive Fremdeinwirkung ausschließen.«

»Gab es eine passive?«

»Das wissen wir bisher nicht. Gottfried Bäuerle wurden zwei Gewehre gestohlen. Peppi hat die Theorie aufgestellt, dass jemand Lederer mit vorgehaltener Flinte zum Suizid gezwungen haben könnte.«

»Habt ihr Hinweise in der Richtung gefunden?«

»Nicht konkret, allerdings ist die Familie in dem Dorf ausgegrenzt worden. Und bei den Aussagen schwang sehr große Abneigung mit.« Brander gab den Kollegen eine knappe Zusammenfassung von den Gesprächen mit Winkler und den Dorfbewohnern. »Frau Lederer beschuldigt die Dorfjugend, das Fenster im Haus mit einem Stein eingeworfen zu haben – absichtlich und in dem Wissen, dass sich Karl Lederer in dem kleinen Raum aufhielt.«

»Da hätten wir vorsätzliche Sachbeschädigung in Tateinheit mit möglicherweise gefährlicher Körperverletzung«, überlegte Clewer. »Gibt es dazu Spuren?«

»Nein, und selbst wenn es die gab, wurden die vermutlich durch die Löscharbeiten am Haus zunichtegemacht. Allerdings hat die Obduktion ergeben, dass Lederer eine Kopfverletzung hatte, die bereits ein paar Tage alt war. Die könnte durch einen Treffer mit einem Stein verursacht worden sein.«

»Wäre schön, wenn wir den Stein hätten.«

»Wir können uns noch mal vor Ort umsehen, aber viel Hoffnung habe ich nicht.«

»Was ist mit der Missbrauchssache?«

»Da stochern wir im Nebel. Ich hoffe, dass unsere IT-Spezis etwas mehr Licht in die Geschichte bringen können. Wir brauchen unbedingt mehr Informationen über die Familie Lederer.«

»Montag sind die Ferien zu Ende, unterhaltet euch mal mit Jasmins Lehrerinnen. Vielleicht hat sie sich da jemandem anvertraut.«

Peppi saß am Telefon, als Brander in ihr gemeinsames Büro zurückkehrte.

»Marco wird den Fall übernehmen«, berichtete sie, nachdem sie aufgelegt hatte. Aichheim gehörte zum Tübinger Landkreis, und somit war die Tübinger Staatsanwaltschaft zuständig. Peppis Ehemann Marco Schmid war dort als Staatsanwalt tätig.

»Dann passt auf, dass ihr den Fall nicht mit nach Hause nehmt.«

»Das würde ich so oder so«, gestand Peppi. Sie lehnte sich zurück und strich sich die langen Locken aus dem Gesicht. »Was dagegen, wenn ich das Fenster aufmache?«

»Ja.«

Peppi öffnete es dennoch und blieb im eisigen Luftzug stehen. »Wir sehen so viel in unserem Job, aber so etwas … Das krieg ich nicht so einfach aus dem Kopf.«

Brander nickte zustimmend. Es fiel ihm leichter, Abstand zu dem Opfer der Messerstecherei beim Esslinger Bahnhof zu halten als zu den Fotomontagen von Jasmin und Karl Lederer.

»Es ist irgendwie so irreal, oder?«, fuhr Peppi fort. »Man kann es sich einfach nicht vorstellen, dass ein Pädophiler tatsächlich unbehelligt in unmittelbarer Nachbarschaft lebt.«

Aichheim zählte weder zu Peppis noch zu seiner unmittelbaren Nachbarschaft, aber er verstand, was sie meinte. »Es ist nicht sicher, dass das alles stimmt.«

»Was brauchst du noch? Er hat Nacktfotos von den Mädchen eingefordert. Er hat solche Bilder in seinem Haus.«

»Fotomontagen.«

»Die hätte er wegschmeißen oder verbrennen können, wenn sie nicht von ihm waren! Oder damit zur Polizei gehen können! Schau dir seine Tochter an. Völlig abgemagert und verstört.« Peppi schüttelte den Kopf. »Und niemand unternimmt etwas!«

»Das würde ich so nicht sagen.« Brander dachte an die eingeschlagene Scheibe. »Nur leider sind nicht die richtigen Leute aktiv geworden.«

»Was ist mit der Brandstiftung?«, grübelte Peppi. »Wer hat das Feuer gelegt? Warum? Ich meine, der Mann ist tot. Warum geht jemand zwei Tage später hin und zündet das Haus an?«

»Ich weiß es nicht«, erwiderte Brander ratlos. Jan Kittel hatte Lederers Ehefrau oder Tochter im Verdacht gehabt. Einen Versicherungsbetrug traute Brander Monika Lederer eigentlich nicht zu. Andererseits war ihr das polizeiliche Siegel an der Eingangstür auch gleichgültig gewesen.

Oder hatte Jasmin versucht, das Haus abzufackeln – den Ort ihrer Qualen? Was hatte sich tatsächlich in der Familie abgespielt?

Brander fiel Jens' Hinweis auf Karl Lederers Chatprotokolle ein. Vielleicht brachten die Licht in diese fürchterliche Geschichte. Er suchte auf seinem Rechner die Dokumente heraus, die Jens für die Ermittlungsgruppe abgelegt hatte, und überflog einige Nachrichten, die zwischen Karl und Monika Lederer verschickt worden waren.

Karl: »Gestern Abend waren sie wieder da.«
Moni: »Ist was passiert?«
Karl: »Sie waren laut. Haben Musik gehört, getrunken, geraucht und gelacht.«
Moni: »Ignorier sie einfach.«
Karl: »Sie lachen über mich.«
Moni: »Ignorier sie!«

Es folgten ein paar Chats mit kurzen, mehr oder weniger belanglosen Nachrichten:

Karl: »Guten Morgen. Die Nacht habe ich geschafft.«
Moni: »Gut. Danke für deine Nachricht. Bis später.«

Es waren die täglichen Nachrichten, die Monika Lederer von ihrem Mann verlangt hatte. Dann, ein paar Tage später, laut Chatprotokoll war es der 12. November:

Karl: »Sie waren wieder hier. Sie haben Tüten mit Hundescheiße an die Hauswand geworfen.«
Moni: »Sind sie noch da?«
Karl: »Nein, ich hab es erst heute Nacht gesehen, als ich von der Kanzel zurückkam.«
Moni: »Du musst das anzeigen.«
Karl: »Das bringt doch nichts.«
Moni: »Du kannst dir das nicht gefallen lassen.«
Karl: »Mir glaubt doch keiner.«

Laut Chatprotokoll dauerte es einige Minuten, bis Monika Lederer darauf reagierte: *»Ich glaube dir. Pass auf dich auf.«*

Zwölf Tage später:

Karl: »Sie sind ans Haus gekommen, schlagen gegen Türen und Fenster.«
Moni: »Ruf die Polizei an. Die müssen kommen.«
Karl: »Die machen doch nichts.«
Moni: »Versuch es wenigstens.«
Karl: »Ich kann nicht. Ich halte das nicht mehr aus.«
Moni: »Dann musst du dir eine andere Wohnung suchen.«
Karl: »Bitte, kannst du mich nicht zu euch holen?«
Moni: »Nein.«

Nur ein einziges Wort. Keine Erklärung für diese rigorose Ablehnung. Nein – weil sie Abstand brauchte? Abstand zu ihrem Mann?

Brander überflog die weiteren Chats. Die Belästigungen traten immer wieder auf. Die Abstände wurden kürzer. In der Woche nach Weihnachten stieg die Frequenz aufs Tägliche. Oder Nächtliche. Es war für Brander nicht eindeutig ersichtlich, ob die Personen tagsüber oder in der Nacht zu Karl Lederers Haus kamen.

Er hätte sich gewünscht, dass Lederer Namen genannt hätte, aber er sprach immer nur von »sie« oder »die«. Und egal, welchen Ratschlag seine Frau ihm gab, er schien keinen davon beherzigen zu wollen oder zu können. Es musste zermürbend für sie gewesen sein. Karl Lederer war offenbar gelähmt in seiner Angst, verhaftet in seiner Depression. Und Monika Lederer konnte ihn nicht da rausholen.

Karl: »Sie waren wieder da. Haben einen Stein durchs Fenster geworfen.«
Moni: »Oh Gott. Bist du verletzt?«
Karl: »Ein Kratzer am Kopf. Die wollen mich umbringen.«
Moni: »Du musst das anzeigen!!!«

Es kam anscheinend keine Antwort, denn der Chat wurde von Monika Lederer einige Minuten später fortgesetzt.

Moni: »Du musst endlich etwas tun!«
Karl: »Ich kann nicht. Ich habe Angst.«

Der Eintrag war vom Neujahrsmorgen. Auf den letzten Satz war keine Reaktion erfolgt. Danach kam nichts mehr. Brander schaute in den Ordner, ob es weitere Chatprotokolle gab. Aber es war nur diese eine Datei, in die Jens offenbar den gesamten Chatverlauf zwischen Karl und Monika Lederer der letzten zwei Monate gepackt hatte. Wo war der Chat vom 2. Januar?

Brander schaute in die Anrufliste, die Jens ebenfalls abgelegt hatte. Am Neujahrsmorgen hatte es nach dem Chat noch ein Telefonat zwischen Karl Lederer und seiner Frau gegeben. Das Gespräch dauerte nur wenige Minuten. Danach folgten drei unbeantwortete Anrufe von Monika am Morgen des 3. Januar. Da war Karl Lederer bereits tot gewesen.

Zu seiner Tochter schien er weder via Chat noch telefonisch Kontakt gehabt zu haben. Von wessen Seite war dieses Schweigen ausgegangen? Vom Vater oder von Jasmin?

Er griff zum Telefon und wählte Jens' Nummer. Der Anruf wurde auf den Anrufbeantworter umgeleitet. »Hey, Jens, danke für die Protokolle. Eine Frage: Laut Aussage von Frau Lederer hat ihr Mann sich täglich bei ihr gemeldet. In der Datei finde ich aber keinen Chat vom 2. Januar, und telefoniert haben sie anscheinend auch nicht an dem Tag. Kannst du das bitte noch mal prüfen?«

Brander brannte auf die Antworten, aber er würde sich gedulden müssen. Er wollte Jens nicht unter Druck setzen.

Ratlos starrte er auf den Monitor. Was, wenn Monika Lederer die Wahrheit sagte? Wenn die Mädchen aus der Fußballmannschaft tatsächlich gelogen und Karl Lederer derart in Verruf gebracht hätten? Aber hätten sie auch diese abartigen Fotomontagen angefertigt? Warum?

Es gab zu viele offene Fragen. Brander verfluchte die personelle Unterbesetzung. Er brauchte mehr Informationen. Er brauchte Aussagen der behandelnden Mediziner, ob Karl Lederer tatsächlich als suizidgefährdet eingestuft war. Vielleicht wussten die Therapeuten, ob der Mann pädophile Neigungen gehabt hatte.

Es war Freitagabend. Am Montag würde Fabio Esposito wieder im Dienst sein. Der Kollege mit italienischen Wurzeln vollbrachte mitunter wahre Wunder im Hinblick auf schnelle und gründliche Hintergrundrecherchen.

Brander rief sich die Gesichter der Jugendlichen aus dem Dorf ins Gedächtnis. Monika Lederer hatte Jonas Kittel beschuldigt, dass er und seine Freunde das Fenster eingeworfen hätten. Der Junge hatte aus der Abneigung gegen seinen Nachbarn keinen Hehl gemacht. Aber würde er tatsächlich so weit gehen, das Fenster einzuwerfen und dabei Gefahr zu laufen, den Mann ernsthaft zu verletzen?

Und was war mit den Fußballmädchen? Er war Merle und Mia nur kurz an der Absperrung begegnet, sodass er sich kein richtiges Bild von den beiden machen konnte, und so, wie er zumindest Merles Mutter einschätzte, würde es schwierig werden, mit der Tochter zu sprechen.

Er brauchte jemanden, der die Teenager kannte. Ihm kam die ehemalige Fußballtrainerin in den Sinn, die vor Lederer für den FC Aichheim tätig gewesen war. Wie hieß sie noch gleich? Hannah Röhm. Sportstudentin in Tübingen. Jan Kittel hatte gesagt, sie hätte aufgehört. Monika Lederer hatte davon gesprochen, dass sie die Tätigkeit »hingeschmissen« hätte. Er würde versuchen, sie ausfindig zu machen. Vielleicht konnte sie ein bisschen Licht in die Geschehnisse bringen.

***

Polizeioberkommissar Christian Winkler saß in seinem Wohnzimmer. Er hatte die Uniform gegen einen bequemen Jogginganzug getauscht. Im Fernsehen lief ein alter Actionfilm mit Arnold Schwarzenegger. Er hatte den Ton leise gestellt, schenkte dem Geschehen keine Aufmerksamkeit. Das Sofa, auf dem er saß, war in die Jahre gekommen, die Polster durchgesessen. Seine Füße lagen auf dem ovalen Couchtisch. Stefanie, seine Frau, war bereits zu Bett gegangen, sodass sie ihn nicht wegen seines ungehobelten Benehmens tadeln konnte.

Es war kurz vor Mitternacht. Seine Tochter Stella war noch mit ihren Freundinnen unterwegs. Freitagabend, Ende der Weihnachtsferien. Er fragte sich flüchtig, wo sich die Jugendlichen bei der Kälte herumtrieben. Aber vermutlich saßen sie bei irgendjemand im Partykeller, tranken und feierten, so, wie er es früher mit seinen Kumpels gemacht hatte.

Er war in einem ähnlich kleinen Ort wie Aichheim aufgewachsen. Gleich nach dem Abitur hatte er der Enge entkommen wollen – raus, in die Stadt, die große weite Welt. Aber in der Stadt konnte man sich selbst mit dem Gehalt eines Polizeibeamten im gehobenen Dienst nur mit Glück ein Eigenheim leisten. Also hatten Stefanie und er beschlossen, aufs Land zu ziehen. Dorfidylle mit der Universitätsstadt Tübingen vor der Tür. Die ausgeschriebene Stelle des Polizeipostenleiters in Aichheim schien wie ein Wink des Schicksals. Er bekam den Posten, und sie erwarben eine Doppelhaushälfte. Stella war anfangs nicht besonders glücklich über den Umzug gewesen, aber inzwischen hatte seine Tochter sich gut integriert.

Die Flasche war leer. Christian stemmte sich vom Sofa hoch, ging in die Küche und nahm ein frisches Bier aus dem Kühlschrank. Es war bereits das dritte an diesem Abend. Auch das hätte Stefanie nicht gutgeheißen. Aber heute musste das sein. Was für eine Scheißwoche.

Das Haus, in dem er mit Frau und Kind wohnte, lag nicht weit vom Polizeiposten entfernt. Als er zum Mittagessen heimgegangen war, hatte er durch das Küchenfenster den Wagen der beiden Kripo-Kollegen kommen sehen und beschlossen, dass er von den beiden für diese Woche genug hatte und seine Pause so weit hinauszuzögern, bis die zwei wieder verschwunden waren.

Dieser Wichtigtuer von Kriminalhauptkommissar ging ihm gehörig auf den Nerv. Was bildete der Glatzkopf sich ein? Ihm vorzuwerfen, er hätte seine Arbeit nicht ordentlich gemacht! Wenn er nicht so gut im Dorf vernetzt wäre, hätte er ja nicht einmal etwas von der Sache mit den Mädchen erfahren. Niemand war zu ihm gekommen und hatte Anzeige erstattet. Weder die Eltern noch der Vereinsvorstand.

Was hätte er tun sollen? Es gab keine Beweise. Die Betroffenen schwiegen. Solche Sachen regelte man unter sich, dazu brauchte man die Polizei nicht.

Er wusste, dass die Mädchen keine Unschuldslämmer waren, aber so was erzählte man nicht aus Spaß.

Die Mia hätte fürchterlich geweint, als sie ihren Eltern gegenüber erklärte, warum sie derart unanständige Fotos von sich gemacht hatte. Das wusste er von Gerlinde Schneckenbecher, die sich mit Mias Mutter einmal in der Woche zum Nordic Walking traf.

Er hatte Stella gefragt, ob Lederer auch von ihr solche Fotos verlangt hätte, schließlich hatte sie in derselben Mannschaft trainiert. Sie hatte verneint. Da war der Karl vorsichtig gewesen – die Tochter des Polizisten hielt er bei seinen perversen Spielchen fein raus.

Christian hatte Karl Lederer im Auge behalten. Aber der Mann hatte sich in den letzten anderthalb Jahren ohnehin kaum noch aus dem Haus, geschweige denn unter Menschen getraut. Die Leute wechselten die Straßenseite oder spuckten ihm vor die Füße. Niemand sprach auch nur ein Wort mit ihm.

Seit Monika ihn mit Jasmin vor einem halben Jahr verlassen hatte, zogen die Jugendlichen manchmal zu seinem Haus, beschimpften ihn, forderten, dass er verschwand, und warfen Tüten mit Hundekot in seinen Garten. Christian vermutete, dass einer von ihnen in der Silvesternacht das Fenster zum Gäste-WC eingeworfen hatte. Da Karl den Vorfall jedoch nicht der Polizei gemeldet hatte, war er dem nicht weiter nachgegangen. Wozu auch? Der Kerl hatte es nicht anders verdient!

Das Bild, dass die Kripo-Kollegin ihm am Tag zuvor gezeigt hatte, poppte wieder vor seinen Augen auf. Lederer, der seine Tochter brutal missbraucht. Das Gesicht des gequälten Mädchens tränenverschmiert. Christians Magen zog sich zusammen. Er trank eilig einen Schluck. Dieses Mädchen hätte auch seine Tochter sein können. Stella war im selben Alter wie Jasmin. Aber die Mädchen mochten sich nicht. Im Nachhinein war er froh darüber. So hatte nie die Gefahr bestanden, dass Stella in das Haus der Lederers ging.

Das Bild war eine Fotomontage, hatte Paula Vessler ihm mitgeteilt, als er am Nachmittag in die Dienststelle gekommen war. Einerseits war er erleichtert, andererseits fragte er sich, was für kranke Phantasien sich im Kopf des Mannes abgespielt hatten. Wie hatte Monika das nur all die Jahre mit diesem Schwein ausgehalten? Sie musste doch gemerkt haben, dass mit ihm etwas nicht stimmte.

Er mochte Monika. Und sie hatte ihn gemocht. Sie hatten eine Affäre miteinander gehabt, schon recht bald, nachdem Lederer mit seiner Familie ins Dorf gezogen war. Karl war in einer Klinik gewesen, sie war einsam, fühlte sich in dem Ort nicht wohl. Es war nicht leicht für Zugezogene, mit den Alteingesessenen warm zu werden. Dass der Karl schon früher als verweichlichter Sonderling gegolten hatte, machte die Integration nicht leichter.

Er habe Depressionen, hatte Monika ihm anvertraut. Wenn es zu schlimm wurde, ging er in die Klinik. Schon damals hatte er suizidale Gedanken gehabt. Im Nachhinein fragte Christian sich, ob die Depressionen seiner abnormalen Neigung geschuldet waren. Vermutlich hatte Lederer sich vor sich selbst geekelt.

Seine Klinikaufenthalte gaben Monika und ihm den Freiraum, sich zu treffen. Meistens verabredeten sie sich außerhalb des Dorfes, in einfachen Hotels, nur selten war er zu ihr ins Haus gekommen. Bei ihr fand er die Zärtlichkeit, die bei ihm und Stefanie im Laufe der Jahre abhandengekommen war.

Zwischen seiner Frau und ihm gab es keine Romantik mehr, kein aufgeregtes Herzklopfen, kein Begehren. Sie waren ein eingespieltes Team, der Sex war vertraut, aber leidenschaftslos.

Monika war eine feinfühlige Frau, nicht übermäßig attraktiv, aber der Reiz des Neuen und die geheimen Treffen hatten ihn stimuliert. Wie hatte sie nur die Augen vor dem verschließen können, was ihren Mann umtrieb? Stattdessen gab sie allen anderen die Schuld. Sah sie es denn nicht?

Er erinnerte sich an ihren verzweifelten Anruf vor anderthalb Jahren. Danach war ihre Affäre beendet gewesen.

Samstag

Nathalie war krank. Zumindest behauptete sie das am Morgen, als Brander an ihre Tür klopfte, weil sie nicht zum Frühstück erschienen war. Eigentlich hatten sie gemeinsam zum Neckarabschwimmen der Feuerwehrtaucher nach Tübingen fahren wollen. Aber das fiel dann wohl ins Wasser.

Seine Adoptivtochter war selten krank. Die paarmal, die sie einen grippalen Infekt gehabt hatte, seit sie mit vierzehn Jahren von Cecilia und ihm zunächst in Pflege genommen und später adoptiert worden war, konnte er an einer Hand abzählen. Wenn Nathalie sich unter der Bettdecke verkroch, hatte sie etwas auf dem Herzen. Meistens war dieses Kranksein einer tiefen Verunsicherung geschuldet.

Brander hätte gern mit ihr geredet. Aber er wusste, dass sie eher zumachte, wenn er sie auf ihre Sorgen ansprach, als sich ihm zu öffnen. Sie brauchte ihre Zeit. Also ließ er sie in Ruhe. Er erinnerte sich an den Mittwochabend, als sie von ihrer Verabredung mit Marvin Feldkamp nach Hause gekommen war. Schon da hatte er gespürt, dass etwas nicht stimmte.

»Weißt du, ob zwischen Nathalie und Marvin etwas vorgefallen ist?«, fragte er, als er an den Frühstückstisch zurückkehrte.

Cecilia sah verwundert auf. »Sie hat nichts gesagt. Wie kommst du darauf?«

»Nur so ein Gedanke.« Er setzte sich zu ihr. »Gehen wir trotzdem zum Neckarabschwimmen?«

»Ich weiß nicht. Einladend ist das Wetter heute nicht gerade«, wiegelte Cecilia ab.

Brander schaute zum Fenster. Der Himmel war grau, so richtig hell war es noch nicht, obwohl es bereits nach neun Uhr war. Sofawetter, ging es ihm durch den Kopf. Tee trinken, dösen, Zeitung lesen, fernsehgucken. Das wäre ein attraktives

Alternativprogramm. »Wie vertreiben wir zwei uns dann den Tag?«, erkundigte er sich.

»Ich werde gleich erst einmal einen Tee für unser krankes Kind kochen, und wenn du Lust hast, können wir danach einen Spaziergang machen.«

Der Vorschlag war Brander recht. Ein Spaziergang war okay, dann würde das schlechte Gewissen, wenn er den Rest des Tages faulenzte, nicht ganz so groß sein. Vielleicht konnte er die Zeit, in der Cecilia sich um Nathalie kümmerte, nutzen und versuchen, Hannah Röhms Kontaktdaten herauszufinden.

»Wir müssen noch einen Termin ausmachen«, wechselte Cecilia das Thema.

»Was für einen Termin?«

»Wir wollten nach einer neuen Sofagarnitur schauen.«

»Wollten wir?«

Seine Frau quittierte seine scheinheilige Frage mit einem tadelnden Blick. An Weihnachten hatten sie nach einem kleinen Rotweinfiasko beschlossen, das es nach zwanzig Jahren langsam Zeit wurde, das durchgesessene Stück im Wohnzimmer gegen ein neues zu tauschen.

»Du hast Glück, dass heute Feiertag ist, sonst hätte ich die Gunst der Stunde ergriffen«, sagte sie.

»Tja … unter der Woche wird es wohl nichts werden. Wir sind zurzeit unterbesetzt.«

»Du wirst doch mal einen halben Tag freinehmen können. Du hast Überstunden ohne Ende. Am Mittwoch wäre gut.«

Cecilia hatte also bereits konkrete Pläne geschmiedet. »Ich versuch's«, versprach er. »Hast du schon die Shoppingroute geplant?«

»Was denkst du wohl? Natürlich!«

Ihm stand ein Möbelhaus-Marathon bevor, ahnte Brander. Und er war eindeutig im Nachteil. Cecilia hatte sicher schon vorab im Internet nach Sofagarnituren geschaut und ganz genaue Vorstellungen.

»Ich denke, wir treffen am Mittwoch eine Vorauswahl«, fuhr

sie fort, »und am Samstag ziehen wir noch mal mit Nathalie los und entscheiden gemeinsam.«

»Wenn wir denn überhaupt was finden.«

»Da bin ich mir ganz sicher.«

Brander musterte Cecilia prüfend. Ihre Antwort kam so spontan und überzeugt, dass zu befürchten war, dass sie längst etwas ausgesucht hatte. Er war die ganze Woche bei der Arbeit gewesen. Was hatte sie in den letzten Tagen nach ihrer morgendlichen Meditation und der Schreibübung gemacht?

Vermutlich hatte sie in ihrem Notizblock Skizzen ihrer zukünftigen Sitzgarnitur angefertigt und direkt noch eine neue Raumaufteilung für das Wohnzimmer geplant. Womöglich kam sie auf die Idee, dass sie bei der Gelegenheit auch gleich die Wände streichen konnten – passend zum neuen Sofa. Er hoffte, dass Karsten Zeit hatte. Ein paar helfende Hände konnte er gebrauchen, wenn er die Möbel hin- und herrücken musste. Er wusste, dass Cecilia es nicht dulden würde, wenn er um die Schränke herumstreichen würde.

Ein frischer Anstrich wäre vielleicht gar nicht schlecht, überlegte er, die letzte Renovierung lag schon so lange zurück, dass er sich nicht mehr daran erinnern konnte. »Wir könnten eine Wand farbig streichen.« Das hatte er mal bei einer Zeugenbefragung in einer Wohnung gesehen. Eine Wand war in einem kräftigen Rotlilaton gestrichen, die anderen in einem abgetönten Weiß, passend zu den hellen Möbeln.

»Du willst streichen?«

Brander zog eine Grimasse. Hatte er den Gedanken laut ausgesprochen? »Was? Nein …«

»Ich hatte gar nicht an Renovierung gedacht«, ignorierte sie seine Antwort. »Aber du hast recht. Wann haben wir das letzte Mal gestrichen? Das ist eine sehr gute Idee von dir. Hach, wir bekommen ein ganz neues Wohnzimmer!« Cecilia strahlte.

***

Peppi fühlte sich gerädert. Sie hatte ewig nicht einschlafen können, sich unruhig im Bett hin- und hergewälzt. Der Fall Lederer beschäftigte sie. Nein, das war nicht ganz korrekt. Jasmin ging ihr nicht aus dem Kopf. Selbst wenn die Fotos nicht echt waren – was besagte das? Karl Lederer konnte seine Tochter trotzdem missbraucht haben.

Woher hatte er überhaupt das Bild der weinenden Jasmin? Man fotografierte sein Kind doch nicht, wenn es litt!

Jasmin war viel zu dünn, das war ihr nicht entgangen, als sie die Sechzehnjährige vor zwei Tagen gesehen hatte. Sie isst nicht. Sie spricht nicht mit uns, hatte Monika Lederer gesagt. Das Mädchen hatte offensichtlich psychische Probleme.

»Ein Dreivierteljahr verheiratet, und wir schweigen uns an.«

»Was?« Peppi blinzelte sich zurück an den häuslichen Küchentisch und sah sich Marcos traurigem Dackelblick gegenüber. Während er bereits ausgehfertig, ordentlich frisiert in Jeans und hellem Hemd, vor ihr saß, schlumperte sie noch im Jogginganzug herum, die langen Locken nur nachlässig gekämmt. »Entschuldige, ich war in Gedanken.«

»Was du nicht sagst.« Seine blauen Augen blitzten amüsiert auf, dann wurde seine Miene wieder ernst. »Der Fall Lederer?«

Sie hatte mit ihm über den Suizid und die Fotomontagen gesprochen. Marco hatte in seinem Büro mitbekommen, dass Peppi mit Brander vor drei Tagen zu dem Leichenfund im Schönbuch geschickt worden war, und den Fall übernommen, als dieser bei der Staatsanwaltschaft reinkam.

»Ich mache mir Sorgen um Jasmin Lederer. Ich glaube nicht, dass die Mutter ihr helfen kann. Sie scheint mir viel zu sehr mit sich, ihrer Trauer und der Wut beschäftigt zu sein. Aber irgendjemand muss sich um das Mädchen kümmern.«

»Aber nicht du. Wenn, dann ist das die Aufgabe des Jugendamts.«

»Die müssen ja erst einmal informiert werden.«

»Das kann man in die Wege leiten.« Marco trat an die Küchenzeile, auf der ein chromblitzender Kaffeevollautomat stand, und brühte einen frischen Kaffee. »Möchtest du auch noch einen?«

Sie streckte ihm ihre leere Tasse entgegen. »Danke, ja.«

Er betätigte erneut die Auswahltaste, die Maschine spuckte einen zweiten Kaffee aus. Er stellte sie vor ihr auf den Tisch und strich ihr zärtlich über die Schulter. »Ich verstehe, dass dich dieser Fall aufwühlt, aber du musst Abstand wahren, Peppi. Nur so kannst du sachlich neutral ermitteln.«

»Das sagt sich so leicht. Du hast das Mädchen nicht gesehen. So dünne Ärmchen.« Sie deutete mit Zeigefinger und Daumen einen kleinen Ring an. »Und diese Bilder ...« Peppi schüttelte gequält den Kopf.

»Wenn dich der Fall zu sehr belastet, dann gib ihn ab. Dafür wird jeder Verständnis haben.«

»Hier geht's doch nicht um mich!«, brauste Peppi auf. »Soll ich das Mädchen etwa auch noch im Stich lassen?«

»Wieso ›auch noch‹?«, fragte Marco unbeeindruckt von ihrem heftigen Aufbegehren.

Er war sieben Jahre jünger als sie, das war ein Grund gewesen, warum sie lange gezögert hatte, ihn zu heiraten. Sie war ein gebranntes Kind, geschieden, weil ihr erster Mann sich in eine jüngere Frau verliebt hatte. Das Gefühl wollte sie kein zweites Mal erleben.

Trotz des Altersunterschiedes zwischen ihnen hatte sie jedoch manchmal das Gefühl, dass Marco reifer war als sie. Er bewahrte die Ruhe, ließ sich weder von eigenen noch von fremden Emotionen aus dem Konzept bringen. Vielleicht lag es an seiner Vergangenheit. Sie hatte ihn kennengelernt, als er vor sechs Jahren ans Tübinger Landgericht gekommen war. Er hatte ihr einiges aus der Zeit davor erzählt, aber längst nicht alles, ahnte sie.

Als sie die ersten Male bei ihm gewesen war, hatte sie sich daran gewöhnen müssen, dass es rund ums Haus Videoüberwachung gab und eine Alarmanlage, die direkt mit der Polizei verbunden war. In jedem Zimmer gab es einen Notfallknopf.

Am Anfang hatte sie das für einen übertriebenen Sicherheitsspleen gehalten. Richter und Staatsanwälte in Mafiaprozessen trafen solche Vorkehrungen, aber doch nicht ein gewöhnlicher Staatsanwalt in einer Stadt wie Tübingen.

Marco setzte sich zurück zu ihr an den Tisch. »Was haben wir? Wir haben Bilder, von denen wir nicht wissen, wer die Fotomontagen erstellt hat. Nur weil sie im Haus von Karl Lederer gefunden wurden, muss er sie nicht gemacht haben.«

»Wer denn sonst?«

»Das weiß ich nicht. Warten wir ab, ob die IT-Forensiker etwas auf dem Laptop von Monika Lederer finden. Was dann aber auch nicht auf Karl Lederer deuten muss. Genauso gut könnten seine Frau oder Jasmin die Fotomontagen erstellt haben.«

Peppi zog zweifelnd die Nase kraus. »Warum sollten sie so etwas tun?«

»Um den anderen zu quälen«, schlug Marco vor.

»Unsinn.«

»Tu das nicht so ab. Was weißt du über Monika Lederer? Was weißt du von Jasmin?«

»Das, was ich dir erzählt habe.« Und bei genauer Überlegung war das nicht viel.

»Wir haben bisher nur die Aussagen von Außenstehenden«, fuhr Marco fort. »Von Lederers Frau, von den Nachbarn, von dem örtlichen Polizisten. Wir wissen nicht, was tatsächlich stattgefunden hat. Die Aussagen widersprechen sich, und weder für die eine noch die andere Beschuldigung gibt es bisher einen einzigen Beweis.«

»Das heißt, wir müssen die Fußballmädchen befragen, um mehr zu erfahren.«

»Darauf wird es wohl hinauslaufen.«

***

Der Himmel riss an diesem Dreikönigstag nicht auf. Ein eisiger Wind drückte die Kälte unter die Kleidung. Brander war froh, als er mit Cecilia von einem kurzen Winterspaziergang in die heimische Straße einbog.

Eigentlich bedauerte er nicht, dass das Zuschauen beim Neckarabschwimmen für sie ausgefallen war, nur für Marvin Feldkamp tat es ihm leid. Der Feuerwehrtaucher war vermutlich enttäuscht, dass Nathalie nicht gekommen war.

Während Cecilia noch einen Schwatz mit der Nachbarin hielt, flüchtete er in die warmen vier Wände ihres Hauses. Nathalie war aus ihrer Höhle gekrochen und hatte sich in eine Decke eingemummelt im Wohnzimmer aufs Sofa gelegt und schaute fern. Sie sah tatsächlich etwas blass aus, stellte Brander fest. Er ging zu ihr und strich ihr über die verschwitzte Stirn. »Na, Große, wie geht's?«

»Mh«, brummte sie unbestimmt. »War 'n Anruf für dich.« Sie deutete mit den Augen auf den Couchtisch, auf dem sein Handy lag. Er hatte es beim Spaziergang nicht mitgenommen.

»Von wem?«

»Weiß nicht, bin nicht ran.«

Er nahm den Apparat. Ein verpasster Anruf mit unterdrückter Rufnummer. Der Anrufer hatte keine Nachricht hinterlassen. So was konnte er leiden. Er legte das Smartphone zurück auf den Tisch. »Was machen wir jetzt mit dir?«

»Einfach in Ruhe lassen.«

»Soll ich dir einen Tee kochen?«

»Mhm.«

Brander ging in die Küche, schaltete den Wasserkocher ein und presste die zweite Hälfte der Zitrone aus, deren andere Hälfte Cecilia am Morgen für den ersten Tee verwendet hatte. Dann suchte er im Gemüsefach nach Ingwer. Wenn es Nathalie nicht gut ging, litt er mit. Nie hätte er für möglich gehalten, dass er für sein Adoptivkind so tiefe väterliche Gefühle haben würde.

Unweigerlich begann er über die Vater-Tochter-Beziehung von Karl und Jasmin Lederer nachzudenken. Wie war Jasmin mit den Depressionen ihres Vaters klargekommen? Wie mit den Anschuldigungen gegen ihn, wenn tatsächlich nichts dran war?

»Paps, dein Telefon«, rief Nathalie aus dem Wohnzimmer.

Er eilte zurück. Wieder unterdrückte Nummer. »Brander?«, meldete er sich forsch.

»Hannah Röhm, Sie hatten mir auf die Mailbox gesprochen.«

Brander hatte am Morgen die Handynummer der ehemaligen Fußballtrainerin herausgefunden und versucht, sie zu erreichen. »Danke, dass Sie zurückrufen. Haben Sie einen Moment Zeit?«

»Ja.«

Brander überlegte, ob er das Gespräch am Telefon führen sollte. Aber es war ihm lieber, das Gesicht seines Gegenübers zu sehen, und er verabredete sich mit der Sportstudentin am frühen Nachmittag im Tübinger Polizeihochhaus.

Waren die Büroräume aufgrund des Urlaubs- und Krankenstandes ohnehin in den vergangenen Tagen nur spärlich besetzt gewesen, herrschte an diesem Feiertag Totenstille. Brander wechselte seine Radkleidung gegen Jeans und Pulli und suchte einen neutralen Besprechungsraum für das Gespräch mit Hannah Röhm. Peppi kam kurz nach ihm in die Dienststelle.

»Sorry, dass ich dir den Feiertag versaut habe«, bedauerte Brander. Er hatte sie informiert, weil er das Gespräch mit der ehemaligen Fußballtrainerin nicht allein führen wollte, und war froh, dass sie Zeit hatte.

»Wir hatten keine Pläne«, winkte Peppi ab.

Hannah Röhm erschien wenig später in Funktionskleidung, den Fahrradhelm in der Hand, die langen blonden Haare zu einem Zopf geflochten. Die sportliche junge Frau strahlte eine enorme Energie aus, stellte Brander fest, als er sie am Empfang abholte.

»Sie sind Sportstudentin?«, begann er mit ein wenig Small Talk, während er mit ihr zusammen im Fahrstuhl zum Besprechungsraum hinauffuhr.

»Ich habe Sport und Mathe auf Lehramt studiert, bin gerade im Ref.«

»Hier in Tübingen?«

»Nein, leider nicht. Ich bin in Nagold.«

»Das ist auch nicht der nächste Weg.«

»Die Fahrerei jeden Tag ist schon nervig. Aber die Schule ist okay, und die Zeit ist ja absehbar.«

Brander blieb vor der geöffneten Tür stehen und ließ Hannah Röhm den Vortritt. »Können wir Ihnen was zu trinken anbieten? Kaffee, Tee, Wasser?«

»Danke, nein.«

Peppi stellte sich vor, und sie setzten sich an den Tisch.

»Es geht um Ihre Tätigkeit beim FC Aichheim«, beendete Brander das Vorgeplänkel. Er bemerkte, wie sich die gerade noch entspannten Gesichtszüge seines Gegenübers verhärteten.

»Da bin ich schon seit zwei Jahren nicht mehr.«

Und offensichtlich versetzte die Erinnerung sie nicht in Hochstimmung. »Sie haben dort eine Mädchen-Fußballmannschaft trainiert?«

»Ja, und die Kleinen, Bambini und F- und E-Jugend. Die Kleinen habe ich zusammen trainiert, weil es nicht genug Kinder in dem Dorf gibt.«

»Warum haben Sie aufgehört?«

»Das wurde mir alles zu viel neben dem Studium.«

Brander stützte die Ellenbogen auf den Tisch, kreuzte die Finger und legte das Kinn darauf ab. Einen Moment lang musterte er das Gesicht der Studentin schweigend. Sie wich seinem Blick unbehaglich aus.

»Gut, das ist die offizielle Version«, erkannte Brander. Er löste die Hände wieder, lehnte sich zurück. »Und warum sind Sie wirklich gegangen?«

»Weil's keinen Spaß gemacht hat. Für die Kleinen tat es mir leid, die waren süß. Aber die Mädchen …« Sie ließ die Luft hörbar zwischen den Lippen ausströmen. »Ich habe wirklich versucht, ein Team aus den Mädchen zu machen, aber das funktionierte einfach nicht. Da war eine ganz ungute Dynamik. Es gab ein paar, die waren echt motiviert. Die waren vielleicht nicht unbedingt begnadete Kickerinnen, aber die hatten Bock, und darauf kommt's doch an. Aber dann gab es welche, bei denen ich mich gefragt habe, warum die überhaupt in der Mannschaft waren.«

»Spielten die so schlecht?«

»Nein, eigentlich nicht, aber die ließen sich nichts sagen und schmissen mir damit jedes Mal das Training. Ich sitze zu Hause und bereite das Training vor, und dann schießen die nur dagegen. ›Wir wollen spielen und nicht zwischen den blöden Hüten herumhüpfen.‹ ›Das ist doof.‹ ›Das ist was für Babys.‹«, äffte sie eine aufmüpfige Stimme nach. »Da hatte ich echt keinen Bock drauf. Fußball ist ein Teamsport, da brauche ich keine Grazien, die meinen, sie müssten sich nicht an Regeln halten und hätten kein Training nötig.«

»Wie lange haben Sie mit den Mädchen trainiert?«

»Ein gutes Jahr. Ich hatte schon davor ein Jahr mit den Kleinen trainiert, das lief ganz gut. Dann kam der Vorstand auf mich zu, weil ein paar Mädchen aus dem Dorf gern kicken wollten. Ich habe mich gefreut. Ich habe ja selbst viele Jahre im Verein gespielt und geh immer noch zum Kicken, wenn ich mal am Wochenende zu Hause bin.«

»Wo haben Sie gespielt?«

»SC Sand in Willstätt.«

Peppi, die das Gespräch protokollierte, hob anerkennend den Blick. »Die spielen Zweite Bundesliga, oder?«

»Ja, aber ich hab nur bis Oberliga gespielt.«

Brander sah Peppi erstaunt an. Jetzt kannten sie sich schon so lange, aber dass sie sich für Frauenfußball interessierte, war ihm bisher völlig entgangen.

Sie grinste. »Marcos Einfluss.«

»Beim FC Aichheim lief es anders als in Ihrem Heimatverein?«, wandte er sich wieder an Hannah Röhm.

»Kann man wohl sagen. Ich weiß auch nicht … In dieser

Mannschaft stimmte die Chemie einfach nicht. Die waren kein Team. Ein paar hatten das Sagen, und die anderen haben die Klappe gehalten und gekuscht.«

»Wer waren denn die Rädelsführerinnen in der Mannschaft?«

Die ehemalige Aichheimer Trainerin rutschte unbehaglich auf dem Stuhl hin und her. »Ich möchte niemanden anschwärzen. Für mich ist das Kapitel abgeschlossen.«

»Warum haben Sie damals komplett als Trainerin in dem Verein aufgehört? Sie sagten vorhin, mit den Kleinen hätte es Spaß gemacht. Die hätten Sie doch weiter trainieren können?«

Hannah Röhm schüttelte den Kopf. »Ich hatte ehrlich gesagt die Schnauze voll. Ich habe keinen Rückhalt im Verein bekommen. Ich hatte mehrfach mit dem Vorstand gesprochen, weil ich zwei Mädchen aus der Mannschaft raushaben wollte. Aber davon wollten die nichts hören. Die Eltern von einem der Mädchen sind Sponsoren des Vereins, mit denen wollte man es sich nicht verscherzen. Die haben gemeint, die Mädchen wären in der Pubertät, und das würde sich mit der Zeit legen. Aber echt, das muss ich mir nicht geben. Gibt genug andere Vereine, die Trainerinnen suchen.«

»Wissen Sie von den Vorfällen, die es später mit der Mannschaft gab?«

»Sie meinen die Sache mit dem neuen Coach?«

»Kommt drauf an, welche Sache Sie meinen?«, hielt Brander sich bedeckt.

»Na, dass er die Mädchen sexuell belästigt haben soll. Das ist natürlich auch scheiße.«

»Kannten Sie Karl Lederer?«, fragte Peppi.

»Er ist der Vater von der Jasmin, oder?«

»Ja.«

»Der kam ab und zu mal zum Zugucken zum Training. Die Jasmin war ja in der Mannschaft. Aber zu tun hatte ich mit ihm nichts. Er stand meistens etwas abseits.«

»Abseits von wem?«

»Na ja, von den anderen Eltern, falls da mal jemand dabei war.

Manchmal haben ein paar Jungs zugeschaut oder mal jemand vom Vorstand. Wer halt gerade Zeit oder Langeweile hatte.«

»Trauen Sie Herrn Lederer zu, dass er die Mädchen sexuell belästigt hat?«

Hannah Röhm zuckte die Achseln. »Das kann ich nicht beurteilen. Er war ein ruhiger Typ. Hat zugeschaut, sich nicht eingemischt. Ich hab nie ein Wort mit ihm gesprochen. Der tauchte während des Trainings auf, und wenn das Training rum war, ist er mit seiner Tochter gleich wieder weg.«

»Wie war das Verhältnis zwischen ihm und Jasmin?«

»Das weiß ich nicht.«

»Wie war das, wenn ihr Vater beim Training auftauchte? Hat Jasmin sich gefreut?«, versuchte Peppi, der Frau doch eine Antwort abzuringen. »Oder schien ihr das eher unangenehm?«

»Puh, schwer zu sagen.« Sie richtete grübelnd den Blick in die Ferne. »Sie ist ein ruhiges Mädchen, kam mir relativ emotionslos vor.«

»Konnte sie gut kicken?«

Hannah Röhm verschränkte die Finger im Schoß und hob die Schultern. »Na ja, ging so … Sie kam etwas später dazu, da hatte ich schon ein paar Monate mit den Mädchen trainiert.«

»Wie kam sie in der Mannschaft zurecht?«

Die Sportstudentin dachte eine Weile nach, bevor sie antwortete. »Sagen wir mal so: Ich glaube, sie hatte es nicht leicht.«

»Weil?«

»Ich denke, sie wollte gern dazugehören, aber sie war einfach viel zu unsicher und dazu noch eine Zugezogene, das haben manche sie gern spüren lassen.«

»Manche – das waren die Rädelsführerinnen?«, hakte Brander nach.

»Mhm«, gab Röhm zu. »Ich sagte ja, die waren schwierig. Die haben sie manchmal ein bisschen gemobbt.«

»Wie hat sich das geäußert?«

»Dumme Sprüche auf dem Platz, beim Kicken haben sie sie nicht ins Spiel einbezogen. Ich hab wirklich versucht zu vermitteln. Aber wie gesagt, die beiden ließen sich von niemandem was sagen.«

»Die beiden«, wiederholte Brander nachdenklich. Er sah der jungen Frau prüfend ins Gesicht. »Das sind Merle Altmüller und Mia Schöffel, oder?«

Hannah Röhm erwiderte betreten seinen Blick. Sie wollte niemanden anschwärzen, aber sie wollte ihn auch nicht anlügen. Schließlich nickte sie stumm.

»Was bringt uns diese Information jetzt?« Peppi hatte im Besprechungsraum auf Brander gewartet, während er die Sportstudentin hinunter zum Eingang begleitet und wieder in die Freiheit entlassen hatte.

»Das weiß ich noch nicht.« Brander setzte sich zu ihr.

»Irgendwie ist mir das alles zu durcheinander. Was ermitteln wir eigentlich? Den Suizid? Den möglichen Missbrauch? Die Brandstiftung? Die mögliche Verleumdung der Fußballmädchen?«

»Ich vermute, das hängt alles zusammen«, erwiderte Brander. »Gehen wir doch mal ganz an den Anfang der Ereigniskette.«

Er suchte in dem Schreibtisch, an dem sie saßen, nach einem Zettel und einem Stift. Nachdem er fündig geworden war, zog er eine Linie auf dem Blatt. »Hier haben wir die Ausgangssituation: Karl Lederer zieht vor circa drei Jahren mit seiner Familie nach Aichheim, zurück in sein Heimatdorf ins Haus seiner Eltern.«

Er markierte den Punkt mit einem senkrechten Strich am Anfang seiner Linie. »Seine Ehefrau sagt aus, dass seine Depression relativ bald nach dem Einzug schlimmer wurde und er in die Klinik musste. Warum? Was verband er mit dem Haus? Mit seinen Eltern? Mit dem Dorf?«

»Wurde er vielleicht auch missbraucht?«, schlug Peppi vor. »Es ist ja nicht unbedingt ein Ausnahmefall, dass Menschen, die selbst Gewalt erfahren haben, diese später weitergeben.«

»Du meinst, Lederer wurde in seiner Kindheit oder Jugend missbraucht, und nun vergeht er sich an seiner Tochter?«

»Vielleicht nicht sofort … vielleicht hat er dagegen angekämpft. Aber wissen wir, ob seine Klinikaufenthalte tatsächlich seiner Depression geschuldet waren?«

»Dem sollten wir mal nachgehen.« Brander machte sich auf einem zweiten Zettel eine Notiz: »medizinischen Hintergrund von Karl Lederer recherchieren«.

»Okay, weiter: Wenige Monate nach dem Umzug fängt Jasmin an, im örtlichen Sportverein zu kicken. Auf eigenen Wunsch? Oder auf Wunsch der Eltern zur besseren Integration? Die scheint allerdings nicht allzu gut zu gelingen, wie Hannah Röhm beobachtet hat.« Ein zweiter Strich auf seiner Linie kennzeichnete den Zeitpunkt.

»Vor zwei Jahren beendet Röhm ihre Trainertätigkeit beim FC Aichheim. Karl Lederer übernimmt die Mannschaft. Laut Aussage von Monika Lederer ging es ihm zu dem Zeitpunkt psychisch gut. Aber so, wie sie sagte, haben die Mädchen ihm das Leben anscheinend genauso schwer gemacht wie zuvor Hannah Röhm, parallel dazu verschlechtert sich seine psychische Gesundheit.«

»Und dann verlangt er von den Spielerinnen Nacktfotos?« Peppi runzelte die Stirn. »Das passt für mich nicht zusammen.«

»Monika Lederer behauptet, die Mädchen würden lügen.« Brander setzte einen dritten Markierungsstrich auf die Linie für den Zeitpunkt vor knapp zwei Jahren, als Lederer das Fußballtraining übernommen hatte.

»Aber auch das ist doch irgendwie seltsam. Die Mädchen würden sich damit ja selbst demütigen.«

»Das ist ein Punkt, den wir klären müssen. Fakt ist, dass er die Mannschaft ein paar Monate trainiert hat und dann aufgrund dieser Anschuldigungen aus dem Verein geworfen wurde. Seither wird er im Dorf geächtet. Ebenso seine Frau und seine Tochter.« Brander zeichnete den nächsten Strich mittig auf der Linie und setzte einen weiteren vor das letzte Viertel. »Im August letzten Jahres zieht Monika mit ihrer Tochter aus.«

»Sie ist nach Herrenberg gezogen«, ergänzte Peppi. »Ist

die Frage: Warum Herrenberg? Damit muss zwangsläufig ein Schulwechsel für Jasmin verbunden gewesen sein.«

»Wenn sie in der Fußballmannschaft gemobbt wurde, dann vielleicht auch in der Schule. Auf welche Schule ging sie überhaupt?«

»Keine Ahnung.«

Brander ergänzte die Frage auf seinem zweiten Zettel.

»Kommen wir zu Lederers Suizid. Was ist dem vorausgegangen? Laut Chatprotokollen zwischen ihm und seiner Frau sind nach ihrem Auszug regelmäßig Personen vor seinem Haus aufgetaucht und haben ihn belästigt. Von verbalen Attacken bis hin zu Sachbeschädigung und Körperverletzung. Das Ganze hat sich im Laufe der Zeit zugespitzt, aber Karl Lederer hat nichts unternommen. Auch seine Frau hat offiziell nichts gemeldet.«

»Das müssen die Nachbarn doch mitbekommen haben«, überlegte Peppi.

Brander dachte an die Anschuldigungen von Monika gegen Jonas Kittel. »Wenn es ihre Kinder waren, die das gemacht haben, werden die uns nichts verraten.«

»Und der Winkler hat auch weggesehen. Wahrscheinlich war sein Töchterchen mit von der Partie.« Peppi zwirbelte grübelnd eine Locke um ihre Finger. »Wer war eigentlich Paula Vesslers Vorgänger? Der sollte doch auch was zu den Vorfällen wissen.«

»Sehr guter Punkt! Da hätte ich auch mal drauf kommen können.«

»Tja.« Peppi grinste selbstgefällig.

Brander notierte auch diesen Punkt auf Zettel zwei. »Und dann haben wir noch das Rätsel, wie Karl Lederer in den Besitz von Bäuerles Gewehr gekommen ist. Wer hat die Gewehre gestohlen? Wann? Und wo ist das zweite Gewehr geblieben?«

»Hier brummt was«, bemerkte Peppi.

»Oh, das bin ich.« Brander zog sein Smartphone aus der Jackentasche. Jens Schöne.

»Hey, Jens, willst du zum Kaffee kommen?«

»Ja, ich hab keine Freunde und rufe deshalb meine Kollegen

an«, erwiderte der Informatiker ironisch. »Ich hab was für euch. Ist vielleicht nicht ganz uninteressant.«

»Du weißt aber schon, dass heute Feiertag ist.«

»Nerv mich nicht. Du bist auch im Büro.«

Brander sah sich unwillkürlich um, ob irgendwo eine Kamera auf ihn gerichtet war. Woher wusste Jens, wo er steckte?

»Hab ich einen Treffer gelandet?«, fragte Jens in Branders verdutztes Schweigen.

»Ja. Aber ich stecke auch nicht in der Wiedereingliederung.« Das schlechte Gewissen nagte an ihm. Er hätte Monika Lederers Computer erst am Montag an die IT-Forensiker weitergeben sollen. Er wusste doch, wie ehrgeizig Jens war. »Und du hast dir also schon den Laptop angeschaut?«

»Was für einen Laptop?«

»Gar keinen«, beeilte Brander sich zu sagen. Er hätte sich ohrfeigen können. Anscheinend arbeitete Jens von zu Hause und hatte das Gerät noch gar nicht gesehen. Vermutlich rief er wegen Branders Nachricht vom Abend zuvor zurück. »Hast du mir die fehlenden Chatprotokolle geschickt?«

»Ich habe dir alle Chats geschickt, die auf dem Smartphone gespeichert waren. Ich kann mir den Apparat am Montag noch mal anschauen. Vielleicht wurden Nachrichten gelöscht. Mit etwas Glück und meinem brillanten Wissen kann ich die eventuell wiederherstellen.«

»Das wäre großartig. Hat aber Zeit bis nächste Woche.«

»Klar.« Jens lachte spöttisch auf. Sie arbeiteten lange genug zusammen – er wusste, wie ungeduldig Brander auf die Ergebnisse seiner Arbeit wartete. »Ich hab dir ein paar Screenshots per Mail geschickt. Schau dir die mal an.«

»Ähm …« Brander sah sich um. In dem Besprechungsraum gab es keinen Computer, auf dem er sich hätte einloggen können, aber Peppi hatte ihren Laptop dabei. »Hast du die Nachricht auch an Peppi geschickt?«

Er hörte Jens im Hintergrund tippen. »Jetzt ja.«

Brander stellte den Lautsprecher seines Smartphones ein und

legte den Apparat auf den Tisch. »Peppi, mach mal deine Mails auf.«

Sie tat, wie ihr geheißen.

»Ruf mich an« stand in der Betreffzeile. Kopfschüttelnd öffnete sie Jens' Nachricht. Sie enthielt einen Link und zwei Bildanhänge. »Solche Mails landen bei mir normalerweise unbeachtet im Spam«, kommentierte sie.

»Das ist sehr vernünftig«, lobte der Informatiker. »Aber die Mail habe ich gerade geschickt, und du kannst sie gefahrlos öffnen.«

»Ich weiß nicht, ob ich dir trauen kann. Vielleicht kommt jetzt deine Rache für den ›Computerfuzzi‹.«

»Die Gefahr besteht natürlich.«

Peppi klickte dennoch auf eine der Bilddateien, um sie zu öffnen. Es war die Aufnahme von Karl Lederer mit seiner Tochter. Peppi öffnete die zweite Bilddatei. Das Foto zeigte Karl Lederer, bekleidet mit einem Trainingsanzug. Dem Anschein nach war das Bild auf einem Sportplatz aufgenommen worden. Man erkannte einen Rasenplatz im Hintergrund. Lederer hielt einen Fußball auf Hüfthöhe vor sich.

»Dann erleuchte uns mal.« Brander fragte sich, was die Bilder miteinander zu tun hatten.

»Ich habe mich im Internet auf Bildersuche gemacht und dabei diesen Treffer gelandet.«

»Was für einen Treffer?«

»Nimm bitte die Fotomontage von Lederer und seiner Tochter und stell daneben das zweite Bild, das ich euch geschickt habe.«

Peppi befolgte seine Anweisungen.

»Und? Fällt euch was auf?«, fragte Jens.

»Na ja …« Brander verglich die beiden Bilder. »Das ist irgendwie die gleiche Körperhaltung.«

»Nicht nur irgendwie«, korrigierte Jens. »Das ist haargenau dieselbe Körperhaltung, weil der Ausschnitt aus dem Bild genommen und für die Fotomontage verwendet wurde. Die Handhaltung mit dem Ball hat prima gepasst. Der Ball ist rund, die Hüfte des Mädchens ist mehr oder weniger ebenfalls rund. Der Ball wurde wegretuschiert, und dann hat man Lederer in das Bild von Jasmin eingefügt.«

»Wer hat die Aufnahme gemacht?«

»Das weiß ich nicht. Ich habe es auf der Facebook-Seite des FC Aichheim gefunden, es wird kein Fotograf genannt. Anscheinend ist das Bild an einem Spieltag aufgenommen worden. Die Seite ist öffentlich, ihr braucht also keinen Account, um die Fotos anzuschauen. Ich habe euch den Link geschickt.«

Peppi klickte auf den Link in der Mail, und die Facebook-Seite des Sportvereins erschien auf dem Bildschirm.

»Wenn das öffentlich ist, kann sich also jeder das Foto aus dem Netz geholt haben?«, fragte Brander.

»Ja, allerdings werden die Bilddaten bei Einstellung in die Social-Media-Kanäle in der Regel heruntergerechnet, sodass das Bild nur mit geringer Qualität heruntergeladen werden kann. Für Onlinebilder ist das meist kein Problem. Wenn es eine scharfe Aufnahme ist, kannst du sie theoretisch trotzdem für alles Mögliche weiterverwenden. Für den Druck reicht die Qualität jedoch nicht aus, da wird der Ausdruck pixelig. Die Abbildung von Lederer in der Fotomontage ist aber nicht pixelig, daher gehe ich davon aus, dass hierfür ein Bild mit einer höheren Auflösung verwendet wurde.«

»Also hat die Fotomontage jemand gemacht, der auf die Originaldaten Zugriff hat«, schlussfolgerte Brander. »Bleibt die Frage, wer die Aufnahme von Lederer gemacht hat.«

»Der Admin-Account der Facebook-Seite läuft anonym unter FC Aichheim, da ist zwar der Vereinsvorstand im Impressum genannt, heißt aber nicht, dass die die Bilder und Beiträge selbst einstellen, meistens gibt es in Vereinen ja einen Ehrenamtlichen, der das übernimmt, manchmal teilen sich mehrere Leute die Aufgabe.«

»Jetzt mal langsam«, unterbrach Peppi. »Auf dem Sportplatzfoto hat Lederer seine Hosen an.«

»Auch das kann man mit ein paar Klicks leicht ändern. Ich

vermute, dass die nackten Beine nicht seine eigenen Beine sind, sondern von irgendeinem anderen Bild genommen wurden. Wahrscheinlich auch irgendwo aus dem Internet heruntergeladen, die sind nämlich im Verhältnis zum Oberkörper und dem Kopf etwas verschwommener im Ausdruck. Fällt beim ersten Betrachten nicht sofort ins Auge, aber wenn man genau hinschaut, sieht man diese Unstimmigkeit.«

»Hat man das bei dem Unterkörper von Jasmin auch so gemacht?«

Kurz herrschte Schweigen in der Leitung. »Nein, vermutlich nicht. Ich kann mich irren, aber meiner Meinung nach ist der Rest des Bildes nicht zusätzlich bearbeitet worden. Lederer wurde reinretuschiert, der Hintergrund etwas verwischt.«

Brander spürte einen Knoten im Magen. »Das heißt, jemand hat das Mädchen tatsächlich in dieser demütigenden Pose fotografiert?«

»Ich sag mal: zu neunundneunzig Prozent ja.«

Peppi biss die Zähne zusammen. Sie wandte sich ab, trat ans Fenster und riss es weit auf.

»Kursieren diese Fakebilder im Internet?« Brander erinnerte sich an einen Vorfall in Nathalies Jugend. Sie war von mehreren Mädchen verprügelt worden. Eines der Mädchen hatte es gefilmt und das Video online gestellt. Es war Jens zu verdanken, dass die Aufnahmen damals schnellstens wieder von den Portalen verschwunden waren.

»Ich habe bisher nichts in der Richtung gefunden«, erwiderte der IT-Forensiker. »Aber ich suche weiter.«

Brander betrachtete die Fotomontage. Der Hintergrund war stark verwischt. »Kannst du anhand der Aufnahme feststellen, wo sie gemacht wurde?«

»Nagel mich nicht fest, ich vermute, es ist ein Innenraum, beige Tapete oder Kacheln. Vielleicht ein Badezimmer.«

»Oder eine Mannschaftsdusche?«

»Auch das wäre eine Option. Was ist das für ein Laptop, von dem du vorhin gesprochen hast?«

»Der gehört Monika Lederer. Ihr Mann hatte darauf Zugriff, ebenso die Tochter.«

»Habt ihr auch die Log-in-Daten bekommen, oder muss ich mich einhacken?«

»Frau Lederer hat uns die Daten gegeben.«

»Okay, ich schau mir das Ding an.«

»Jens, mach langsam. Das kann doch Anita oder sonst jemand aus deinem Bereich übernehmen.«

»Lass mich mal machen. Ich weiß, wonach ich suchen muss.«

Sie beendeten das Gespräch. Peppi stand noch immer mit dem Rücken zu ihm und starrte aus dem Fenster. Brander musterte sie besorgt. »Alles okay?«

Peppi drehte sich zu ihm um. »Machst du Witze? Jens sagt, die Aufnahme von Jasmin ist echt. Was wurde diesem Mädchen angetan?«

»Ich weiß es nicht«, erwiderte Brander ratlos.

Peppi nahm die Brille ab und rieb sich über die Nasenwurzel. »Wer hat diese grauenvollen Fotomontagen erstellt? Warum? Und warum finden wir die auf Lederers Küchentisch?«

Brander zog seine Jacke an. »Lass uns nach Aichheim fahren und ein Schwätzchen mit dem Vereinsvorstand halten.«

***

Brander und Peppi hatten wenig Glück in Aichheim. Sie trafen weder den ersten Vorsitzenden Walter Gaul noch den zweiten Jan Kittel oder deren Familien zu Hause an. Erst bei der Kassenwartin Gerlinde Schneckenbecher wurde ihnen die Tür geöffnet.

Die Frau musterte sie mit ihren graublauen Augen misstrauisch und erkannte Brander von dem kurzen Intermezzo mit den Mädchen vor Lederers Haus am Tag zuvor wieder.

»Was wollen Sie?«, knurrte sie. Die Frau hatte Haare auf den Zähnen – oder zumindest über der Oberlippe.

»Haben Sie jemand anders erwartet?« Brander deutete auf die Geldbörse in ihrer freien Hand, die andere lag verborgen an der Innenseite der Tür, sie hatte die Haustür nur zur Hälfte aufgezogen. Ein feiner, kalter Nieselregen hatte eingesetzt und zog ihm in den Nacken.

»Die Sternsinger.«

Sie waren weder zu dritt, noch hatte Brander vor, das Haus und seine Bewohnerin zu segnen. »Bedaure«, erwiderte er. »Haben Sie einen Moment Zeit?«

»Was wollen Sie?«, wiederholte die Frau. Sie machte keine Anstalten, sie in Anbetracht des unwirtlichen Wetters in ihr Haus zu bitten.

»Sie sind im Vorstand des FC Aichheim?«

»Ich bin die Kassenwartin.«

»Schon lange?«

»Seit dreiundzwanzig Jahren.« Sie konnte nicht verhindern, dass leichter Stolz in der Stimme mitschwang. »Warum interessiert Sie das?«

»Sie waren also schon im Vorstand, als Karl Lederer vor anderthalb Jahren aus dem Verein entlassen wurde?«

Wenn es denn möglich war, verschloss sich ihre Miene noch mehr. »Ja.«

»Wie haben Sie damals davon erfahren, dass Herr Lederer die Mädchen genötigt hat, ihm Bilder zu schicken?«

»Ich möchte nicht darüber reden. Bitte gehen Sie.«

»Sie sind uns gleich wieder los, aber eine Frage haben wir noch: Wer betreut die Facebook-Seite des Vereins? Im Impressum ist der Vorstand genannt.«

»Ich stell da nix rein, das macht der Walter.«

»Und wo finden wir den heute?«

»Woher soll ich das wissen?« Mit diesen freundlichen Worten schlug die Kassenwartin ihnen die Tür vor der Nase zu.

Brander ging mit Peppi zu ihrem Wagen zurück. Bevor er die Beifahrertür öffnete, sah er sich noch einmal um. Die leichte Bewegung der Gardine verriet ihm, dass Gerlinde Schneckenbecher sie beobachtete. Sie wollte wohl sichergehen, dass sie ihnen nicht noch einmal versehentlich die Tür öffnete.

»Ist morgen nicht dieses Neujahrsessen im Sportheim?«, überlegte Peppi. »Vielleicht ist er da, um die Veranstaltung vorzubereiten.«

Einen Versuch war es wert.

Der Fußballplatz samt Sportheim lag am Ortsrand, entgegengesetzt zur Alemannenstraße. Das Gebäude war ein lang gestreckter, betagter Flachbau aus den siebziger Jahren. Schilder an der Fassade wiesen den Weg zu Umkleidekabinen, Toiletten und Gerätekammer.

Der Sportplatz war schlicht: ein mehr oder weniger gepflegter Rasen mit zwei Toren ohne Netze. Die Markierungen waren vom Regen weggewaschen und nur noch zu erahnen. Zu Beginn der Spielsaison würden sie wieder nachgezogen werden.

Vor dem Eingang zur Gaststätte parkte ein silbergrauer Mercedes. Brander ging zur Tür des Schankraums. Sie war nicht verschlossen, und er trat mit Peppi ein. Schummriges Licht empfing sie. Tische waren in zwei langen Reihen aneinandergestellt. Drum herum standen Holzstühle zu beiden Seiten in Reih und Glied. Am Ende waren zwei Tische quer gestellt, sodass sich ein U ergab. Die Regale hinter der Theke waren mit Gläsern und Steinkrügen gefüllt, die Hähne einer Zapfanlage lugten über den Tresen.

Aus einem Hinterraum kam eine Frau und blieb verwundert stehen, als sie Brander und Peppi erblickte. Sie mochte in den Siebzigern sein, das graue Haar sorgfältig frisiert, über Rock und Bluse trug sie eine blassrosa-blau geblümte Kittelschürze. »Es ist geschlossen«, erklärte sie.

»Brander, Kripo Esslingen«, stellte er sich vor. »Wir suchen Herrn Walter Gaul.«

»Walter!«, rief die Frau, ohne Brander aus den Augen zu lassen. »Die Polizei ist da.«

Ein Mann erschien – Halbglatze, grauer Hausmeisterkittel über Anzughose und Hemd, ebenfalls Mitte siebzig. Er hielt ein Geschirrtuch in Händen und rieb sich die Finger ab. »Ist was passiert?« Die Stimme war etwas kratzig, aber immer noch kräftig.

»Wir würden uns gern mit Ihnen über den Fall Karl Lederer unterhalten«, erklärte Brander.

»Ach herrje.« Der Alte seufzte schwer. »Können wir das hier machen, oder muss ich mit Ihnen mitkommen?«

»Ist außer Ihnen noch jemand hier?«

»Nein, nur meine Frau und ich. Wir bereiten gerade alles für das Neujahrsessen morgen vor.«

»Dann können wir gern im Sportheim bleiben.«

Walter Gaul deutete auf einen der Tische. »Setzen Sie sich bitte. Möchten Sie etwas trinken?« Ohne eine Antwort abzuwarten, wandte er sich an seine Frau. »Edeltraut, machst du uns bitte einen Kaffee?«

Während Edeltraut Gaul im Hinterzimmer verschwand, gesellte sich ihr Gatte zu Brander und Peppi an den Tisch. Der Mann kam direkt zur Sache. »Tragische Geschichte, aber es war zu erwarten, dass das kein gutes Ende nimmt.«

»Warum war das klar?«

»Dass mit dem Karl was nicht stimmt, war ja spätestens nach der Sache mit der Mia klar.«

»Was für eine Sache mit der Mia?«, stellte Brander sich ahnungslos.

»Na, die Sache mit den Fotos. Das hat Ihnen der Christian doch schon erzählt. Wir können nur froh sein, dass die Eltern das damals so schnell mitbekommen haben.« Gaul schüttelte den Kopf. »Eigentlich schade um den Mann. Es gibt heute nicht mehr so viele, die sich ehrenamtlich im Verein engagieren. Solche Vorfälle machen die Arbeit allerdings nicht leichter.«

»Sind Sie schon lange im Vorstand des Vereins?«

»Bald dreißig Jahre. Die ersten acht Jahre war ich zweiter Vorsitzender, und als der Erwin nicht mehr antreten wollte, habe ich seinen Posten übernommen.«

»Übernommen?« Peppi hob erstaunt die Augenbrauen. »Ich dachte, man wird in den Vorstand gewählt?«

»Wurde ich ja auch. Aber Sie wissen doch, wie es ist: Keiner will mehr ein Ehrenamt übernehmen, und wenn sich einer freiwillig meldet, wird der einstimmig genommen, weil alle froh sind, dass sie es nicht machen müssen.« Der Vorstandsvorsitzende seufzte schwer. »Früher hatte das Vereinsleben einen höheren Stellenwert, da hat man sich gemeinsam für die Sache engagiert. Aber wir hatten ja auch nichts. Heute wollen die Leute nur konsumieren. Keiner will mehr in seiner Freizeit ehrenamtlich Arbeitseinsätze ableisten, geschweige denn Verantwortung übernehmen.«

»Dreißig Jahre Vorstand«, griff Brander die Zahl auf, um eine Grundsatzdiskussion über das Ehrenamt zu bremsen. »Ich vermute, Sie sind hier im Ort aufgewachsen?«

»Da vermuten Sie richtig. Ich bin jetzt über siebzig Jahre im Verein.« Um seine Augen herum bildeten sich zahlreiche Fältchen, als er lächelte. »Mein Vater war Gründungsmitglied des FC Aichheim und hat mich gleich mit angemeldet. Damals war ich drei. Eigentlich bin ich inzwischen Ehrenmitglied, aber ich zahle immer noch meinen Vereinsbeitrag.«

Brander nickte anerkennend.

»Ich war auch seit Kindertagen bei unserer Freiwilligen Feuerwehr«, fuhr Walter Gaul fort. »Aber die gibt's leider nicht mehr im Ort. Zu wenig Freiwillige. Wenn's brennt, können wir nur hoffen, dass die Kameraden aus Pfrondorf oder Dettenhausen schnell genug hier sind.«

»Wenn Sie so lange Mitglied des FC Aichheim sind, dann kannten Sie Karl Lederer vermutlich auch seit Kindertagen?«, lenkte Brander das Gespräch erneut weg von der Ehrenamtsproblematik.

»Ja, schon.«

»Er hat in seiner Jugend im Verein Fußball gespielt?«

»Ja, aber eigentlich war er kein Vereinstyp. Er war damals dabei, weil jeder im Dorf im Verein war. Das gehörte sich so. Aber eigentlich blieb er lieber für sich.«

»Das wäre er auch besser geblieben.« Edeltraut Gaul kam

mit Tassen und Kaffeekanne beladen aus dem Hinterraum zu ihnen an den Tisch. »Dann wäre das alles gar nicht passiert.«

Sie verteilte den Kaffee und setzte sich ungefragt zu der Runde. »Der Karl war schon immer ein komischer Vogel. Hat keine einfache Jugend gehabt, das muss man schon sagen. Er blieb sich viel selbst überlassen, weil die Luise sich nicht um ihn kümmern konnte. Die musste arbeiten gehen, nachdem ihr Mann so früh gestorben war. Da stand kein warmes Essen auf dem Tisch, wenn der Junge aus der Schule kam. Geld hatten die auch keines. Das Haus war noch nicht abbezahlt, und die Luise wollte es unbedingt halten. Na ja, wo hätt sie auch sonst hinsollen? Das waren früher andere Zeiten. Als Alleinerziehende stand man am Rande der Gesellschaft.«

»In einem Dorf, wo man sich so gut kennt, da hätte ich doch gedacht, dass man sich gegenseitig hilft«, warf Peppi ein.

»Ja schon, aber eine Frau allein in dem Haus …« Edeltraut Gaul schüttelte missbilligend den Kopf. »Fürs Trauerjahr war es ja in Ordnung, aber die hätte sich wieder einen Mann suchen sollen. Das wäre auch besser für den Karl gewesen. So ein verweichlichtes Kind, dem fehlte einfach das männliche Vorbild.«

Offensichtlich hatte die Familie Lederer es bereits vor dem Vorfall vor anderthalb Jahren nicht leicht im Dorf gehabt. »Wenn ich richtig informiert bin, hat Karl Lederer in seiner Jugend die Bambinis im Verein trainiert?«, wandte Brander sich an Walter Gaul.

»Ja, mit den Kleinen kam er ganz gut klar. Im Umgang mit seinesgleichen war er allerdings völlig unsicher. Die anderen haben ihn natürlich gefoppt. Wie das halt so ist in der Jugend.«

Gefoppt. Brander fragte sich, ob der Ausdruck das Vorgängerwort für »gemobbt« war.

»Aber er war gut in der Theorie, konnte gut erklären«, fuhr Gaul fort. »Und er ging ganz rührend mit den Kindern um. Die haben ihn gemocht.«

»Rührend? Dieses Getue fanden wir damals alle schon etwas … nun ja, weibisch«, brachte die Frau des Vorstandsvorsitzenden eine andere Sichtweise ein. »Immer dieses Herzen von den Kleinen und sein ganzes Getue. Alle haben gedacht, der wäre schwul. Der hat ja auch nie eine Freundin gehabt. Aber dass der pädophil ist, nein, das … Also, damit hat hier wirklich keiner gerechnet. So was war damals ja noch kein Thema. Aber die Monika war auch nicht glücklich mit dem, sonst hätte sie sich ja nicht mit dem Christian eingelassen.«

»Edeltraut!«

»Christian?«, echote Brandner überrascht.

»Das ist nur ein dummes Gerücht!«, bemühte Walter Gaul sich um Schadensbegrenzung. »Da ist nichts dran.«

»Sie meinen aber nicht Christian Winkler?«, hakte Brander nach.

Edeltraut Gaul senkte errötend den Blick.

Das durfte doch wohl nicht wahr sein! Und der Kerl tat so, als ob er nichts mit der Familie zu schaffen gehabt hätte. Brander hatte Mühe, sich weiter auf das Gespräch zu konzentrieren. »Trotz dieses ›seltsamen Getues‹ von damals haben Sie ihn aber dennoch als Trainer für eine junge Mädchenmannschaft eingesetzt.«

»Na, warum denn nicht? Wenn der tatsächlich schwul gewesen wäre, hätten die Mädchen doch nichts zu befürchten gehabt!«, ereiferte sich Edeltraut Gaul. »Wie hätte Walter denn ahnen können –«

»Lass gut sein, Traudel.« Walter Gaul tätschelte besänftigend die Hand seiner Gemahlin. »Niemand von uns hätte mit so etwas gerechnet. Natürlich liest man immer mal wieder von solchen Vorfällen in den Zeitungen, und die Verbände versuchen, unsere Leute im Verein zu sensibilisieren. Aber man rechnet doch nie damit, dass so etwas in den eigenen Reihen vorkommt. Hier bei uns im Dorf!«

»Warum haben Sie damals keine Anzeige erstattet?«, fragte Peppi.

»Wir sahen keine Notwendigkeit.«

»Hat Herr Winkler Ihnen davon abgeraten?«

»Nein!« Walter Gaul konnte sich nicht verkneifen, seiner Frau einen ärgerlichen Blick zuzuwerfen. »Wir haben die Situation im Vorstand und mit den Eltern der betroffenen Mädchen besprochen und sind übereingekommen, dass wir Karl Lederer aus dem Traineramt entlassen und seine Vereinsmitgliedschaft auflösen. Niemand wollte, dass es großes Aufsehen um die Sache gibt, schon allein der Mädchen wegen.«

»Das klingt für mich so, als wäre das nicht der einzige Grund gewesen.« Brander sah dem Mann vor sich prüfend in die Augen.

Gaul seufzte. »Wir standen kurz vor unserem siebzigjährigen Vereinsjubiläum. Da will man doch nicht solche Schlagzeilen in der Zeitung lesen. Das hätte alles überschattet, nur wegen solch einer … Er hat die Mädchen ja nicht angefasst. Wir waren uns alle einig, dass das der beste Weg ist, mit der Sache umzugehen.«

Brander schüttelte innerlich den Kopf. So viel Ignoranz. »Sie betreuen die Facebook-Seite des Vereins?«

»Ja«, erwiderte Gaul, verdattert über den Themenwechsel.

»Machen Sie die Bilder, die Sie dort online stellen, selbst?«

»Nein, die bekomme ich von unseren Vereinsmitgliedern, die bei den Spielen dabei sind. Ich kann ja nicht immer dabei sein, und ich kann auch nicht gut fotografieren.«

»Es geht um ein bestimmtes Foto. Vielleicht können Sie uns sagen, von wem Sie das bekommen haben?« Brander nahm sein Smartphone und suchte das Foto heraus, das Jens ihm von Lederer auf dem Sportplatz geschickt hatte. Er hielt Walter Gaul das Display hin. Der schürzte grübelnd die Lippen, während er das Bild betrachtete.

»Das kann ich spontan nicht sagen.« Er schaute wieder zu Brander auf. »Von wann ist das denn? Ich kann in meine Mails schauen, vielleicht finde ich noch was in meinen Unterlagen. Ich dokumentiere immer, wer mir welche Bilder zur Verfügung stellt, wegen des Urheberrechts und Datenschutz und so.«

Brander nannte ihm das Datum. »Es wäre wichtig, dass Sie uns so schnell wie möglich Rückmeldung geben.«

Noch immer ging ein feiner Nieselregen, als Peppi vor der Tübinger Polizeidienststelle hielt. Sie hatten versucht, Christian Winkler zu finden. Der Polizeiposten war jedoch am Wochenende nicht besetzt, und zu Hause war die Familie nicht anzutreffen gewesen.

»Ich kann dich nach Hause fahren«, bot Peppi an.

»Danke, aber das bisschen Regen macht mir nichts aus«, lehnte Brander ab. Die Heimfahrt mit dem Rad durchs Ammertal würde ihm guttun und ihm Gelegenheit geben, seine Gedanken zu sortieren.

Wer war Täter? Wer Opfer? Und wie war Polizeioberkommissar Christian Winkler in die ganze Geschichte verstrickt? Nicht nur, dass er damals den Vorwürfen gegen Karl Lederer nicht gewissenhaft nachgegangen war, er hatte anscheinend eine persönliche Beziehung zu dessen Ehefrau gehabt und diese wohlweislich verschwiegen.

Brander wechselte in der Dienststelle seine Kleidung und schwang sich aufs Rad. Sollte er vielleicht doch versuchen, wieder einen Posten in Tübingen zu bekommen? Es gefiel ihm wesentlich besser, mit dem Fahrrad durch den Regen zu fahren, als mit dem Auto täglich auf dem Weg nach Esslingen im Berufsverkehr zu stecken. Er wäre wieder fitter und ausgeglichener.

Und Zeit würde er auch sparen. Zeit, die er mit Cecilia verbringen konnte – und mit Nathalie. Wie lange würde seine Tochter noch bei ihnen wohnen? In anderthalb Jahren würde sie ihre Ausbildung abschließen. Brander hegte keine Zweifel, dass sie die Prüfung schaffen würde, und die Übernahme durch den Betrieb stand außer Frage. Selbst wenn nicht: Berufskraftfahrer und -fahrerinnen wurden händeringend überall gesucht.

Auf dem Weg vom Polizeihochhaus zum Ortsausgang herrschte kaum Betrieb. Das kalte Schmuddelwetter lud nicht zu Feiertagsspaziergängen oder Radtouren ein, schon gar nicht in der Dunkelheit. Nachdem er die Stadt hinter sich gelassen hatte, legte er an Tempo zu. Der breite Landwirtschaftsweg führte schnurstracks zwischen Feldern und Wiesen entlang.

Der Schwärzlocher Hof war hinter der Nieselregenwand nur verschwommen zu erkennen.

Als er in Unterjesingen ankam, spürte er den Vibrationsalarm seines Smartphones in der Jackentasche. Er überlegte, den Anruf zu ignorieren, aber vielleicht war es wichtig? Er hielt an. Bis er den Apparat in der Hand hatte, war der Anrufer bereits auf seine Mobilbox umgeleitet worden. Er wählte die Rückruftaste.

Im nächsten Augenblick schrie ihm Karsten Beckmann hysterisch ins Ohr: »Ich hab gewonnen!«

Brander hielt das Telefon ein Stück weit vom Kopf entfernt. »Was?«

»Ich hab gewonnen!«

»Was hast du gewonnen?«

»Eine Reise!«

»Eine Reise?«

»Ja, ich habe da einfach mal mitgemacht. Im Internet, so eine Weihnachtsverlosung. Und ich hab gewonnen! Gewonnen! Gewonnen!«

Weihnachtsverlosung. Brander sah augenblicklich einen mit Rentnern gefüllten Bus vor sich, der zu einem Schwarzwald-Café fuhr und dort den glücklichen Gewinnern zu Kaffee und Kuchen Heizdecken oder Schaffelle feilbot. Butterfahrt nannte man das zu seiner Jugendzeit. Gab es das heute überhaupt noch?

»Sieben Tage Schottland. Flug, Unterkunft, alles inklusive«, kreischte Karsten ihm außer sich vor Freude ins Ohr. »Für zwei Personen.«

»Wo gewinnt man denn so was?«

»Ein neues Reiseportal im Internet. Man musste den Beitrag liken und sich für den Newsletter anmelden, und heute lese ich die Nachricht, dass ich gewonnen habe.«

»Heute ist Feiertag.«

»Die haben die Mail schon gestern geschickt. Mensch, Andi! Ich hab gewonnen! Wir fliegen nach Schottland!«

»Das freut mich für euch. Aber bist du sicher, dass das seriös ist?«

»Wieso ›euch‹? Andi! Du und ich! Schottland! Wir zwei auf dem Whiskytrail. Wir reisen von Destille zu Destille.«

Brander meinte, sich verhört zu haben. Sein Blick wanderte von vorn nach hinten – sollte er nach Hause oder zurück nach Tübingen fahren? Karsten war so überdreht, da half vermutlich nur ein persönliches Gespräch. »Bist du daheim?«

»Ja klar.«

»Ich komm vorbei, bin gerade mit dem Rad in Unterjesingen.«

»Wunderbar! Ich suche uns einen passenden Whisky raus. Einen richtig leckeren Tropfen. Oh, ich habe noch diesen neuen Glenmorangie! ›The Nectar‹, sechzehn Jahre, in verschiedenen Weinfässern veredelt. Ich glaube, das ist ein guter Opener. Was meinst du?«

»Klingt gut.« Den Whisky hatten er und Cecilia ihm zum Geburtstag geschenkt, aber daran wollte Brander seinen Kumpel jetzt nicht erinnern, dessen Hirn anscheinend gerade mit Glückshormonen überflutet war.

»Soll ich was zu essen bestellen? Nein, warte, ich mach uns Fish and Chips zur Einstimmung. Ich müsste noch was in der Truhe haben. Andi, ich freu mich so!«

Bevor Brander sein Rad wieder Richtung Tübingen wendete, rief er Cecilia an und erkundigte sich nach Nathalies Befinden.

»Ich glaube, sie hat sich wirklich was eingefangen. Sie hat Fieber bekommen und schläft schon den ganzen Nachmittag.«

»Ist es okay, wenn ich noch bei Karsten vorbeischaue?« Brander plagte das schlechte Gewissen. Aus den drei Stunden, von denen er mittags gesprochen hatte, waren mittlerweile fünf geworden. Er erzählte ihr von dem seltsamen Anruf seines Kumpels.

»Er hat eine Schottlandreise gewonnen?«

»Klang ganz danach.«

»Das ist ja großartig. Das müsst ihr feiern.«

Ob sie immer noch dieser Meinung war, wenn er ihr offenbarte, dass Karsten ihn und nicht Manuel auf die Reise mitnehmen wollte?

»Ich schau, dass es nicht so spät wird.« Mit gemischten Gefühlen radelte er zurück in die Universitätsstadt. Eine Schottlandreise. Dieser Gewinn musste doch einen Haken haben.

***

Stella Winkler lag auf ihrem Bett. Normalerweise traf sie sich abends mit den anderen. Aber heute hatte sie keine Lust. Nichts war mehr, wie es gewesen war. Die Stimmung in der Clique war ätzend. Es gab niemanden, gegen den sie ihre Wut richten konnten. Sie fragte sich, ob es das war, was sie zusammenhielt: die Wut.

Nein, da war noch mehr. Aber sie war unsicher, ob dieses »mehr« stark genug war. Was, wenn nicht? Wenn einer ginge? Wenn einer aus der Reihe tanzte?

Sie waren mit den Rädern in den Wald gefahren, hatten sich die Kanzel angeschaut. Aber da gab es nichts zu sehen. Lediglich ein Fetzen vom Absperrband hing noch in den Sträuchern. Merle hatte den Fetzen vom Busch gelöst. Das Band hochgehalten wie eine Trophäe. Dann hatte sie es in ihre Jackentasche gesteckt. Nun erinnerte gar nichts mehr an das, was dort geschehen war.

Das Opfer war tot.

Sie mussten sich jemand Neues suchen. Sie brauchten ein Ziel für ihre Wut. Wut ohne Ziel lief ins Leere, richtete sich irgendwann gegen einen selbst. Aber niemand wollte Opfer sein. Besser, man stand auf der Seite der Sieger, der Mächtigen. Das gab dem Leben einen Kick. Wie sollte sie dieses Gefühl beschreiben? Das Adrenalin in den Adern, das Kribbeln im ganzen Körper, das Herz, das bersten wollte, weil es raste wie bekloppt.

Es gab immer ein Opfer. Jemanden, der schwach war. Jemanden, der anders war. Jemanden, den man hassen konnte.

Opfer. Opfer. Opfer.

Was für ein blödes Wort.

Sie würde nie das Opfer werden. Das hatte sie sich geschworen. Sie war stark. Sie war angepasst. Sie gehörte zu denen, die nicht Opfer waren.

Sie fragte sich, was ihren Vater bewog, sich um die Opfer zu kümmern. Jemand, der stark war, wurde nicht Opfer. Nur Verlierer wurden Opfer.

Es geht um Gerechtigkeit, hatte ihr Vater mal gesagt. Aber das nahm sie ihm nicht ab.

Gerechtigkeit war ein hohles Wort. Eine Utopie. Nichts auf dieser Welt war gerecht. Wenn das Leben gerecht wäre, hätte er nicht mit dieser Schlampe gefickt. Unweigerlich spürte sie wieder den Knoten im Bauch, der alles zumachte. Das Blut schoss ihr heiß in die Wangen. Nein! Sie war kein Opfer.

Aber die Schlampe. Genau! Die war die Nächste. Die würden sie fertigmachen. Die hatte es verdient.

Sie nahm ihr Smartphone, wischte sich durch Hunderte Bilder, die sich darauf befanden. Welche Schlussfolgerungen konnte jemand aus den Fotos ziehen, die sie gemacht hatte? Sie selbst war nie auf den Fotos. Sie erstellte eine Chronik. Die Chronik ihrer Welt. Ihrer Wirklichkeit. Ihrer Wahrheit.

Was würde ihr Vater denken, wenn er es wüsste? Sie hatte ihn in der Hand. Wenn sie das eine Bild verschickte ... Sie besaß Macht!

Oder sollte sie die Fotos löschen? Aber es waren ihre Fotos. Ihre Erinnerungen. Wenn sie die Bilder löschte, gab es ihr Leben nicht mehr. Hatte sie keine Macht mehr.

Sie nahm den Teddy, den sie seit Ewigkeiten besaß. Ein altes zotteliges Ding. Sie lehnte ihn gegen ihr Kopfkissen, richtete die Kamera auf ihn. Dann schob sie ihren Mittelfinger ins Bild, betätigte den Auslöser.

***

Brander fror auf dem Heimweg, obwohl Karsten ihm seine Winterradjacke geliehen hatte. Die Temperaturen hatten angezogen, minus acht Grad. Die kalte Luft stach ihm in die Lungen. Die Pfützen waren zugefroren, und er war froh, dass er Spikereifen auf den Felgen hatte. Dennoch fuhr er vorsichtig, um nicht durch Unachtsamkeit ins Schlittern zu geraten. Ein Sturz war das Letzte, was er gebrauchen konnte.

Völlig durchgefroren kam er in der Nacht nach Hause. Cecilia war noch auf. Sie war im Bad und füllte eine Schüssel mit Wasser, um Nathalie kühlende Umschläge zu machen. Ihr Fieber war gestiegen, und sie hatte sich in ihr Zimmer zurückgezogen und den Bereich unter Quarantäne gestellt. Ein eilig gekritzeltes A4-Blatt hing an der Tür: »Quarantäne – Zutritt nur mit Mundschutz«.

»Hat sie Corona?« Er war an der Tür zum Badezimmer stehen geblieben.

Cecilia setzte sich auf den Wannenrand. »So schnell, wie das Fieber gekommen ist, wäre das gut möglich. Der Test war zwar negativ, aber das Verfallsdatum auch schon drei Monate überschritten. Wer weiß, wie genau der Test noch ist.«

»Der wird noch stimmen. Wie hoch ist denn das Fieber?«

»Vor einer Viertelstunde war es bei neununddreißig Komma eins. Sie hat schon zwei Laken durchgeschwitzt.«

»Dann schwitzt sie die Viren aus«, wertete Brander es als positives Zeichen. »Fühlst du dich noch gut?«

»Mhm. Und du?«

Er grinste verlegen. »Bisschen angetüdelt.«

»War es ein schöner Abend?«

Er trat ins Bad und setzte sich neben seine Frau auf den Wannenrand. »Ja. Der Whisky, den wir Karsten zum Geburtstag geschenkt haben, ist lecker. Der hätte dir auch geschmeckt.«

»Der Glenmorangie?«

»Genau, Aromen von Anis, Muskat, Honig und Orange, mhmmm …«, schwärmte er.

Cecilia grinste. »Klingt eher nach Weihnachtsgebäck.«

»Mit Schuss«, ergänzte er schmunzelnd. Er legte den Arm um ihre Schultern.

Sie schauderte. »Du bist eiskalt.«

»Ist auch kalt draußen.« Er küsste sie. Bei all dem Leid, das er in den letzten Tagen mitbekommen hatte, tat ihm die vertrauensvolle Beziehung zu seiner Frau gut. »Tut mir leid, dass du heute allein die Stellung halten musstest.«

»Schon okay. Jetzt erzähl mal, was ist das mit dieser Reise?«

»Das scheint tatsächlich seriös zu sein. Das ist ein Anbieter, der mit Kleinbussen Touren anbietet.« Den Aspekt hatte Karsten überlesen. Er würde die Reise nicht nach eigenem Gutdünken planen können, sondern wäre Teil einer achtköpfigen Touristengruppe. Der Reiseveranstalter bot Thementouren an, zu Karstens Bedauern keine reine Destillentour, aber er hatte beschlossen, mit dem Anbieter zu sprechen. Was es noch nicht gab, konnte man ja ins Programm aufnehmen.

»Er möchte die Reise mit mir zusammen machen.«

»Das ist toll!«

Brander sah seine Frau konsterniert an. »Willst du mich loswerden?«

»Natürlich nicht, aber ich freu mich für dich. Du liebst Schottland. Ihr beide liebt Whisky. Ihr versteht euch gut. Was spricht dagegen, dass ihr zusammen eine Woche verreist? Dazu noch umsonst!«

»Ich befürchte, Manu wird das nicht ganz so entspannt sehen.«

»Möglich, aber du hast die älteren Rechte.« Cecilia stand auf. »Ich schau jetzt mal nach unserer Patientin. Musst du morgen arbeiten?«

Brander verzog bedauernd das Gesicht. Er wollte Christian Winkler zusammen mit Peppi einen Besuch abstatten.

Sonntag

Minus neun Grad zeigte das Thermometer noch um acht Uhr morgens an, als Brander einen Blick darauf warf. Das Schmuddelwetter hatte sich über Nacht verzogen, der Himmel war wolkenfrei. Vermutlich würde es ein märchenhafter Wintertag werden. Cecilia hatte in der Nacht stündlich nach Nathalie gesehen. Das Fieber war zum Glück gesunken. Nun schlummerten beide Frauen erschöpft in ihren Betten.

Er hatte allein gefrühstückt und fuhr mit dem Auto nach Tübingen, um Peppi abzuholen. Sie wollten zeitig bei Winkler auf der Matte stehen, in der Hoffnung, ihn zu Hause anzutreffen.

Das frühe Aufstehen an diesem Sonntagmorgen wurde belohnt. Christian Winkler sah ihnen allerdings nicht besonders erfreut entgegen, als er in Jogginghose und Sweatshirt die Tür öffnete.

»Herr Winkler, wir müssen uns unterhalten«, erklärte Brander ihren Besuch.

»Heute?«

»Jetzt.«

»Es ist Sonntag.«

»Glauben Sie mir, ich hatte auch andere Pläne.«

Winkler schnaufte genervt. »Dann kommen Sie rein.«

»Nicht hier. Lassen Sie uns in der Dienststelle reden.« Brander wollte nicht, dass Winklers Frau oder Tochter Zeugen des Gesprächs wurden.

Der Polizeioberkommissar musterte ihn argwöhnisch. »Geben Sie mir ein paar Minuten, ich ziehe mich eben um.«

Eine Viertelstunde später schloss Christian Winkler die Tür zum Polizeiposten auf. Er hatte sich rasiert und die Freizeitkleidung gegen Jeans und einen Pulli getauscht. Sie setzten sich in den hinteren Raum. Die Heizung war heruntergedreht, und Brander behielt seine Jacke in dem ausgekühlten Raum an.

»Ich hoffe, es dauert nicht zu lange. Heute ist das Neujahrsessen vom Verein. Daran möchte ich mit meiner Familie teilnehmen.«

Der Mann wollte, dass sie schnell zur Sache kamen. Den Gefallen tat Brander ihm: »Herr Winkler, haben oder hatten Sie ein Verhältnis mit Monika Lederer?«

Dem Polizeioberkommissar schoss das Blut ins Gesicht. Eine Antwort blieb er ihnen schuldig.

»Ich werte das mal als ein Ja.« Branders Miene verfinsterte sich.

Winkler senkte den Blick. »Das ist schon lange vorbei.«

»Was heißt ›lange‹?«

»Anderthalb Jahre«, nuschelte er kaum hörbar.

»Wie lang ging dieses Verhältnis?«

»Ein paar Monate ... Es war nichts Ernstes.« Winkler wandte sich ihnen mit flehenden Augen wieder zu. »Bitte, kann das unter uns bleiben? Meine Frau ... meine Tochter ... Wir leben hier in einem Dorf!«

Das hätte der Kerl sich überlegen sollen, bevor er sich auf die Affäre einließ, dachte Brander grimmig. Ob er wusste, dass längst Gerüchte über ihn und Monika Lederer in Umlauf waren? »Haben Sie noch weitere Überraschungen für uns parat?«

Winkler schüttelte betreten den Kopf.

»Wer hat die Beziehung beendet?«

»Das ... das hat sich so ergeben ...«

»Was soll das heißen?«

»Es war halt einfach vorbei.«

»Wann war das? Vor oder nachdem die Anschuldigungen gegen Karl Lederer erhoben wurden?«, hakte Brander nach.

Der Mann starrte schweigend auf seine Hände, die mit gekreuzten Fingern vor ihm auf dem Tisch ruhten.

»Jetzt haben Sie den Mumm und schauen Sie uns an, Herrgott noch mal!«, forderte Peppi harsch. »Sie hatten ein Verhältnis mit Frau Lederer. Was hat sie Ihnen anvertraut? Was wissen Sie über die Familie?«

»Nichts … wir …«

Als Peppi ungeduldig schnaufte, erklärte er: »Sie hat mir mal erzählt, dass Karl Depressionen hat, dass er deswegen öfter in die Klinik musste. Sie sagte, um sich vor sich selbst zu schützen.«

»Vor sich selbst? Oder um seine Tochter vor ihm zu schützen?«

»Das weiß ich nicht. Er …« Winkler verstummte ratlos. »Es ging bei Moni und mir nur um Sex. Wir haben nicht über Persönliches gesprochen.«

Peppis Augen wurden zu schmalen Schlitzen. »Erzählen Sie uns doch nicht so einen Mist!« Sie schlug mit der Hand hart auf den Tisch – was eigentlich sonst Branders Part war, wenn ihm der Geduldsfaden riss.

»Peppi …«, mahnte er seine Kollegin.

»Sie lügen uns in einer Tour an«, wetterte sie unbeirrt weiter. »Sie verschweigen uns wichtige Informationen! Warum tun Sie das? Warum haben Sie damals nichts unternommen, als Sie von der Sache mit den Fotos Kenntnis erlangt haben? Herrgott, Sie haben doch selbst eine Tochter in dem Alter!«

Winkler strich sich durch die kurzen Haare und schaute zur Decke, als hoffe er auf himmlischen Beistand. Schließlich wandte er sich wieder den Kommissaren zu. Er schien in den letzten Minuten gealtert zu sein. »Ich habe Ihnen gesagt, dass die nicht wollten, dass ich in der Sache etwas unternehme, und das habe ich respektiert.«

»Sie sagten bei unserem ersten Gespräch, dass Sie Frau Lederer auf die Vorwürfe angesprochen haben. Wie hat sie reagiert? Und die Wahrheit bitte!«, forderte Brander.

»Ich … ich habe damals nur mit Karl gesprochen.« Winkler schluckte trocken. »Ich habe ihm gesagt, dass er ein perverses Schwein ist und dass ich ihn im Auge behalte.«

»Das ist ja großartig«, höhnte Peppi. »Das klingt nach richtig guter Polizeiarbeit!«

Brander warf ihr erneut einen mahnenden Blick zu. Er verstand ihre Wut, aber Zynismus war selten hilfreich, um an Informationen zu kommen. »Sie haben also nicht mit Frau Lederer über die Vorwürfe gegen ihren Mann gesprochen?«

»Monika rief mich am nächsten Tag an«, erklärte Winkler kleinlaut. »Sie war völlig aufgelöst. Sie sagte, die Mädchen würden lügen. Karl hätte so etwas nie verlangt. Aber die Mädchen, die Eltern, der Vorstand – alle wussten es doch! Sie verschloss die Augen vor der Realität.«

»Gab es Beweise? Zeugen?«

»Was denn für Beweise? Der hat die Mädchen doch nicht schriftlich gebeten, ihm die Bilder zu schicken! Und er hat das ganz sicher auch nicht vor versammelter Mannschaft von ihnen verlangt.«

»Wie dann?«

»Der wird die Mädchen einzeln zur Seite genommen und ihnen gedroht haben.«

»Vermuten Sie das, oder wissen Sie das?«

Der Kollege reagierte mit trotzigem Schweigen.

»Sie vermuten es also nur«, stellte Brander fest. »Was ist mit Jasmin? Haben Sie mit ihr gesprochen?«

»Wozu?«

Brander bemühte sich, ruhig zu bleiben, obwohl es auch in ihm inzwischen ordentlich brodelte. Wie konnte dieser Kerl nur so ignorant sein? »Ihnen ist nie der Gedanke gekommen, dass das Mädchen vielleicht Hilfe gebraucht hätte?«

»Monika war doch da. Sie hätte doch nie zugelassen …« Der Polizeioberkommissar wurde lauter. »Sie haben doch gesagt, dass das Fotomontagen waren! Er hat seine Tochter ja gar nicht missbraucht.«

Brander hob fragend die Augenbrauen. »Woher wissen Sie das?«

»Wie?« Der Kampfgeist erlosch sogleich wieder.

»Woher wissen Sie, dass Herr Lederer seine Tochter nicht missbraucht hat? Die Fotos sind Fake. Was besagt denn das? Haben Sie sich das Mädchen mal angesehen? Jasmin ist doch nicht erst seit gestern so dürr.«

»Die hat das eben auch alles mitgenommen.«

»Soweit wir wissen, wurde das Mädchen hier im Ort gemobbt und ausgegrenzt.«

»So ist das halt unter Jugendlichen. Es gibt immer welche, die von einer Gruppe nicht akzeptiert werden. Deswegen ist das doch nicht gleich Mobbing.«

Und dieser Mann warf Monika Lederer vor, die Augen vor der Wirklichkeit zu verschließen. Brander war mit seiner Geduld am Ende. Er atmete tief durch. Um ruhig zu bleiben, schlug er eine andere Gesprächsrichtung ein. »Wer hat die Scheibe im Haus von Karl Lederer eingeschlagen?«

»Woher soll ich das wissen?«

»Die Scheibe wurde in der Silvesternacht mit einem Stein eingeworfen. Der Stein traf Herrn Lederer mutmaßlich am Kopf und verletzte ihn.«

Winkler hob bockig die Schultern.

»Das war nicht nur Sachbeschädigung, das war vorsätzliche Körperverletzung.«

Ein unkontrolliertes Zucken der Augen verriet Brander, dass Winkler dieser Aspekt kurz erschreckte. Er hatte sich jedoch schnell wieder in der Gewalt. »Wieso vorsätzlich?«

»Weil wir davon ausgehen, dass Herr Lederer nicht im Dunkeln zur Toilette ging. Es war Nacht, und wenn dort Licht brannte, muss durch die Milchglasscheibe von außen die Silhouette des Mannes zu erkennen gewesen sein. Der Raum ist klein und schmal. Die Trefferwahrscheinlichkeit war also relativ hoch.«

»Ich habe keine Ahnung, wann das Fenster eingeschlagen wurde. Ob es Tag oder Nacht war. Karl hat keine Anzeige erstattet, und ich bin davon ausgegangen, dass er es selbst kaputt gemacht hat.«

»Sie möchten uns vermutlich auch sagen, dass Sie nichts von den Leuten wissen, die seit einem halben Jahr offensichtlich regelmäßig zu seinem Haus gegangen sind, ihn lauthals beschimpft, sein Haus mit Hundekot beworfen und ihn in anderer Weise bedrängt haben?«

»Wann soll denn das gewesen sein?«

»Zum Beispiel täglich in den Tagen zwischen Weihnachten und Silvester.«

»Bei mir hat sich niemand beschwert. Ich wohne nicht in der Straße, wie hätte ich das mitbekommen sollen?«

»Ernsthaft?« Peppi starrte den Kollegen ungläubig an. »Sie leben in diesem Dorf, Mann! Erzählen Sie uns doch nicht, dass Sie nichts von den Schikanen mitbekommen haben! Hat Ihre Tochter Ihnen nichts erzählt? Die hat doch auch Fußball gespielt. Die kennt die Clique. Ich denke, wir sollten mal mit ihr sprechen.«

»Lassen Sie Stella da raus!«, schnauzte Winkler sie an. »Sie hat nichts damit zu tun.«

»Nur weil sie die Tochter eines Polizisten ist, ist sie nicht über jeden Verdacht erhaben.«

»Was wollen Sie denn überhaupt?«, brüllte Winkler los. »Der Mann ist tot! Er hat sich umgebracht. Genau so steht es im rechtsmedizinischen Befund! Es gibt für Sie nichts mehr zu ermitteln!«

»Ob sich Karl Lederer tatsächlich selbst getötet hat, ist für mich längst nicht abschließend geklärt«, erwiderte Brander mit aller Ruhe, die er noch aufbringen konnte. »Es geht um das Wohl eines Mädchens. Es geht um das Erstellen von pornografischen Schriften, womöglich auch um das In-Umlauf-Bringen dieser Bilder. Ist es Ihnen tatsächlich so egal, ob und was diesem Mädchen angetan wurde?«

»Der Mann ist tot. Er kann Jasmin nichts mehr antun.«

»Es ist nicht geklärt, ob er die Fotomontagen überhaupt erstellt hat.«

»Wer denn sonst?«

Brander nahm sein Smartphone und zeigte Winkler das Bild von Karl Lederer auf dem Sportplatz. »Wer hat diese Aufnahme gemacht?«

»Was hat das denn jetzt mit Jasmin zu tun?« Winkler erkannte die Pose nicht.

»Derjenige, der dieses Foto gemacht hat, könnte auch die Fotomontage mit Jasmin erstellt haben.«

»Ach so?«, höhnte Winkler. »Und woher hatte derjenige dann das Bild von Jasmin?«

»Das würde uns auch brennend interessieren.«

»Das ist alles absurd! Karl Lederer hat diese Bilder gemacht. Der Mann war krank. Er hat sich mit einer Schrotflinte in den Kopf geschossen. Das ist für mich Beweis genug!«

»Wofür?« Brander fixierte Winkler mit dem Blick. »Dass ein Mann – schuldig oder nicht – systematisch in den Suizid getrieben wurde, weil Sie Ihrer Dienstpflicht nicht nachgekommen sind?«

***

Jasmin hockte zusammengekauert auf der Holzbank, die Knie zur Brust, die Jackenärmel über die Hände gezogen. Ihre Kleidung war durchgeschwitzt nach der langen Radtour. Jetzt hatte sie das Gefühl, dass der feuchte Stoff auf ihrer Haut gefror. Doch es war nicht nur die Kälte, sondern auch die Angst, die sie zittern ließ. Es war nicht ungefährlich hierherzukommen.

Aber sie hatte herkommen müssen. Ganz früh am Morgen war sie aufgestanden, hatte sich aus der Wohnung geschlichen. Ihre Mutter hatte es sicher trotzdem bemerkt. Aber sie war auf dem Sofa geblieben, hatte vorgegeben zu schlafen. Sie hatte aufgegeben.

Jasmin hatte ihr Mountainbike genommen und war losgeradelt. Am Anfang ging es ziemlich steil bergauf. Aber nachdem sie erst einmal oben am Naturpark angekommen war, wurde es besser. Doch die Tour war anstrengend und weiter, als sie gedacht hatte. Drei Stunden war sie unterwegs. Sie hatte versucht, sich mit der Karte auf ihrem Handy zu orientieren, aber das blöde Ding hatte immer wieder das Signal verloren, und sie war im Wald umhergeirrt und hatte gedacht, sie würde nie wieder herausfinden.

Irgendwann war es ihr jedoch egal gewesen. Es würde sie sowieso niemand vermissen. Sie konnte einfach in diesem Wald bleiben, sich irgendwo eine Hütte bauen und da leben. Zum Essen brauchte sie nicht viel. Sie konnte sich von Pflanzen und wilden Beeren ernähren. Oder sie würde bei irgendeinem Bauern was stehlen. Nur eine Kleinigkeit – so viel sie halt zum Überleben bräuchte.

Sie wäre das Waldmädchen. Eine unheimliche Gestalt, von der die Leute sich gruselige Geschichten erzählten. Sie würde die Sprache der Tiere lernen, und die Tiere würden ihre Freunde. Sie würden sie beschützen.

Sie würde stark werden durch das Leben in der Natur. Richtige Muskeln würde sie bekommen und einen stechenden Blick. Und dann würde sie sich rächen. An allen, die sie gedemütigt hatten. Sie würde keine Angst mehr haben. Niemand würde ihr mehr wehtun.

Die Kälte kroch ihr durch die Haut in die Knochen. Sie kauerte sich noch enger zusammen. Ihr Magen knurrte. Sie hatte nur eine trockene Scheibe Brot gegessen, bevor sie sich auf den Weg gemacht hatte. Ob es jetzt im Winter Nahrung im Wald gab? Sie nahm ihr Smartphone, um zu googeln. Der Akku war fast leer. Für den Rückweg würde es nicht reichen.

Ein Geräusch ließ sie zusammenzucken. Stimmen. Da kam jemand. Ihr Herzschlag beschleunigte sich. Die Augen huschten umher. Hier oben saß sie in der Falle. Sie wollte aufspringen, um sich zwischen den Bänken zu verstecken. Wenn sie sich ganz klein machte, würden sie sie vielleicht nicht entdecken. Aber sie war vor Angst gelähmt, starrte mit angehaltenem Atem zu der Öffnung in der Kanzel, die zur Treppe führte.

Das Holz knarrte, als jemand die Stufen hinaufstieg. Das Spray! Hatte sie das Spray dabei? Sie durchsuchte fieberhaft ihre Taschen, während die Schritte näher kamen. Sie fand die Dose, sprang auf. Sie hatte nur diese eine Chance. Sie stürmte aus der Kanzel auf die Treppe. Sprühte der Frau das Pfefferspray ins Gesicht. Die Frau schrie auf, strauchelte. Jasmin drängte an ihr vorbei, sah nicht, dass am Treppenabsatz noch jemand stand, der sie packte. Sie fiel zu Boden. Er war über ihr, drehte ihr die Arme auf den Rücken. Sie schrie und strampelte um ihr Leben.

***

Peppis Gesicht war gerötet, die Haut geschwollen, die Augen brannten. Ihre Kleidung war durchnässt. Sie hatte versucht, sich mit dem Wasser aus dem nahen Kirnbach das Pfefferspray aus dem Gesicht zu waschen. Im Nachhinein war sie froh, dass sie nicht über das Treppengeländer gestürzt war, als Jasmin sie zur Seite gestoßen hatte.

Brander hatte das Mädchen zu packen bekommen, als sie an ihm vorbeiwollte, dabei war er mit ihr die letzten drei Stufen hinuntergestürzt und hatte sich ordentlich Knie und Ellenbogen angeschlagen. Sie hatten keine Handschließen dabeigehabt, und er hatte Jasmin eine ganze Weile am Boden halten müssen, bis sie sich beruhigt hatte.

Der lange Weg zurück zum Auto war die Hölle für Peppi. Ihre Augen tränten unaufhörlich. Brander hatte ihr seinen Schal gegeben, den sie bei jeder Gelegenheit, die sich bot, in den Kirnbach tauchte, um mit frischem Wasser ihr Gesicht zu kühlen.

Brander kochte dermaßen, dass er trotz der Kälte schwitzte. Er hielt Jasmin fest am Arm, damit das Mädchen nicht auf die Idee kam, stiften zu gehen. Sie trottete mit hängendem Kopf und gebeugten Schultern neben ihm her.

»Ich bring dich in die Klinik«, erklärte Brander, während er Peppi die Autotür öffnete.

»Ist nicht nötig«, wehrte sie ab.

»Und ob das nötig ist. Deine Augen müssen überprüft werden.« Auch wenn Peppi eine Brille trug, war bei dieser kurzen Distanz eine Menge Reizstoff in ihre Augen gedrungen.

Peppi tastete ihr Gesicht und ihre Haare ab. »Verflucht, ich hab meine Brille am Bach liegen lassen.«

»Darum kümmere ich mich später.« Brander sah in den

Rückspiegel. Jasmin saß zusammengesunken auf dem Rücksitz. »Was zur Hölle hast du dir dabei gedacht?«

Er bekam keine Antwort. Er betätigte die Freisprechanlage des Smartphones über den Bordcomputer und wählte Corinna Tritschlers Nummer.

»Hey, And–«

»Ich brauch dich in der Dienststelle. Kannst du kommen?«

»Oha, was ist passiert?«

»Erzähl ich dir dann.«

»Okay, bin unterwegs.«

Als Nächstes rief er – unter Peppis Protest – Marco Schmid an und bat ihn, zur BG-Klinik nach Tübingen zu kommen, damit er Peppi in die Notaufnahme begleiten konnte.

Corinna Tritschler erwartete Brander bereits, als er mit Jasmin in der Dienststelle in der Konrad-Adenauer-Straße eintraf. Sie sah nicht mehr ganz so erkältet aus wie noch vor zwei Tagen. Er übergab Jasmin in die Obhut einer Kollegin von der Schutzpolizei, damit sie sich den Dreck von Gesicht und Händen waschen konnte, und setzte währenddessen Cory ins Bild.

Wenig später saßen sie zu dritt in einem Vernehmungszimmer.

»Jasmin, ich bin Corinna Tritschler von der Kriminalpolizei hier in Tübingen«, begrüßte sie das Mädchen. Brander hatte sie gebeten, die Gesprächsführung zu übernehmen. »Wie geht es dir?«, fragte Cory.

Die Antwort war ein Achselzucken.

»Hast du dich bei dem Sturz verletzt?«

Jasmin schaute auf ihre Handflächen, die an einer Stelle eine leichte Abschürfung aufwiesen, und schüttelte den Kopf.

»Wir haben deine Mutter informiert. Sie ist auf dem Weg hierher. Wir müssen dir ein paar Fragen stellen. Möchtest du, dass deine Mutter dabei ist?«

Das Mädchen antwortete mit einer Geste, die Brander zwischen »Nein« und »Mir scheißegal« einordnete.

»Jasmin, dein unvorhersehbarer Angriff mit Reizgas gegen Kriminalhauptkommissarin Pachatourides stellt eine gefährliche Körperverletzung dar. Dafür bekommst du eine Anzeige. Hast du das verstanden?« Cory musterte ihr Gegenüber prüfend, erhielt aber keine Antwort. »Das bedeutet nicht, dass du zwangsläufig angeklagt wirst. Vielleicht hattest du einen guten Grund, warum du meine Kollegin angegriffen hast?«

Jasmin schwieg weiter.

»Warum hast du das getan? Du kannst nicht einfach aus dem Nichts einem anderen Menschen Reizgas ins Gesicht sprühen.«

Doch auch darauf reagierte das Mädchen nicht.

»Das ist gefährlich und kann schwerwiegende gesundheitliche Folgen haben. Zudem hast du sie auf der steilen Holztreppe zur Seite gestoßen. Sie hätte hinunterstürzen können.«

Es war, als säßen sie vor einer Stoffpuppe. Jasmin hockte mit krummem Rücken auf dem Stuhl, das Becken vorgeschoben, den Kopf gesenkt, sodass ihr Kinn fast die Brust berührte und ihre Miene hinter den langen Haaren nicht zu erkennen war.

»Was hat Frau Pachatourides dir getan? Warum hast du Angst vor ihr?«

Nachdem eine weitere Minute in Stille vergangen war, sah Cory schulterzuckend zu Brander. Sie konnten das Mädchen nicht zum Reden zwingen.

»Jasmin, ich glaube nicht, dass du Angst vor meiner Kollegin hattest«, übernahm Brander. »Aber vor irgendwem hast du Angst. Vor wem? Vielleicht können wir dir helfen.«

Sie konnten fragen, was sie wollten, Jasmin machte den Mund nicht auf. Brander war froh, als der Diensthabende vom Empfang sich meldete und die Ankunft ihrer Mutter ankündigte.

Auf dem Weg von der Pforte zum Vernehmungszimmer erklärte er Monika Lederer, was geschehen war.

»Warum war Ihre Tochter bei der Wildbeobachtungskanzel?«, fragte er.

»Woher soll ich das wissen?«, erwiderte sie resigniert. »Ich komme schon lange nicht mehr an Jasmin ran.«

Sie sah ihn mit ausdruckslosen Augen an. Tränensäcke und Lider waren geschwollen, die Lippen blass und spröde, die Haare nachlässig frisiert. Sie sah ebenso fertig aus wie ihre Tochter. Der einzige Unterschied war, dass sie nicht so dünn war.

»Weiß sie, dass ihr Vater sich dort das Leben genommen hat?«

»Ja.«

»Haben Sie es ihr erzählt?«

»Sie wollte es wissen.«

Brander fragte sich, ob Monika Lederer ihrer Tochter genauso »feinfühlig« vom Tod ihres Vaters erzählt hatte wie von dem Verdacht, sie missbraucht zu haben.

»Wir haben die Chatprotokolle auf dem Handy Ihres Mannes gelesen«, erklärte er. »Sie wussten, was in Aichheim vor sich ging. Warum haben Sie keine Anzeige erstattet, wenn Ihr Mann nicht dazu in der Lage war?«

Zornesröte schoss ihr in die Wangen. »Machen Sie mir keine Vorwürfe wegen dem, was geschehen ist! Was wissen Sie denn schon? Ich habe getan, was ich konnte. Aber ich bin auch nur ein Mensch. Und jetzt möchte ich bitte zu meiner Tochter!«

Brander öffnete die Tür. Jasmin saß unverändert auf ihrem Platz. Sie hob nicht einmal den Blick, als ihre Mutter hereinkam.

Monika Lederer sah fragend zu Brander. »Können wir gehen?«

»Ja.«

»Komm, Jasmin. Wir fahren nach Hause.«

Jasmin stand auf. Monika eilte auf sie zu und schloss ihre Tochter in die Arme. Brander beobachtete, wie das Mädchen die Fürsorge steif und regungslos, ja fast abweisend über sich ergehen ließ. Die Mutter löste sich von ihr, legte einen Arm um Jasmins Schultern und schob sie Richtung Tür.

»Was passiert jetzt?«, fragte sie, als Brander die beiden hinunterbegleitete.

»Jasmin bekommt eine Anzeige wegen gefährlicher Körperverletzung. Es wird eine Anhörung geben, und je nachdem, aus welchem Grund sie gehandelt hat, wird der Richter entscheiden, ob es zu einem Verfahren kommt.« Er sah zu Jasmin. »Es wäre gut, wenn du uns erklären würdest, warum du das getan hast.«

Doch das Mädchen gab weiterhin keinen Mucks von sich.

»Hast du eine Idee, warum sie Peppi angegriffen hat?«, fragte Cory. Der Duft ihres Thymiantees durchströmte ihr Büro, in das sie nach der Vernehmung gewechselt waren.

Brander saß ihr gegenüber am Schreibtisch ihres Bürokollegen Hendrik Marquardt. »Ich weiß nicht, wen sie erwartet hat, aber höchstwahrscheinlich nicht Peppi oder mich. Sie hatte Angst, hat geschrien wie eine Irre, als sie aus der Kanzel geschossen kam. Ich bin froh, dass das Geländer gehalten hat, als sie Peppi dagegengestoßen hat.«

Brander rieb sich erschöpft über das Gesicht. Er hatte sich am Morgen nicht rasiert und spürte die rauen Bartstoppeln unter seinen Fingern.

Die Bilder der letzten Stunden flackerten vor seinem inneren Auge auf. Nach dem Gespräch mit Christian Winkler war Peppi aufgebracht gewesen. Um sich abzureagieren, hatte sie vorgeschlagen, einen Spaziergang – es war eher ein strammer Marsch geworden – vom Wanderparkplatz zur Wildbeobachtungskanzel zu machen. Es war ihm recht gewesen. Manchmal half es, an den Ausgangspunkt eines Geschehens zurückzugehen, um klarer zu sehen.

Und dann kam dieser Überfall! Jetzt, wo sich das Adrenalin aus seinen Adern verflüchtigt hatte, überkamen ihn im Nachgang Sorge und Entsetzen. Es hätte ganz anders ausgehen können. Peppi war fast oben auf der Kanzel gewesen. Bei einem Sturz von der steilen Treppe hätte sie sich leicht das Genick brechen können. Wovor hatte Jasmin Lederer so große Angst, dass sie blindlings auf jemanden losging?

Er loggte sich auf dem Computer ein, um den Bericht zu

schreiben. Das würde hoffentlich etwas Ordnung in seine Gedanken bringen. Auch die Aussage von POK Winkler musste er noch protokollieren. Gewohnheitsmäßig öffnete er nach dem Einloggen seine Mailbox. Vielleicht hatte Jens noch etwas herausgefunden?

Aber von dem IT-Forensiker gab es keine weitere Mail. Stattdessen fand er eine Nachricht von Walter Gaul. Der Vereinsvorsitzende hatte ihm am Abend zuvor geschrieben. Brander studierte die kurze Notiz. Er sah auf. »Hast du noch Zeit, Cory?«

»Warum?«

»Ich muss noch mal nach Aichheim.«

»Sollte ich eine Atemschutzmaske mitnehmen?«

Brander verzog gequält das Gesicht. »Ganz blöder Witz.«

Bevor er sich auf den Weg machte, rief er Marco Schmid an, um einen richterlichen Beschluss anzufordern.

Niemand öffnete ihnen, als Brander wenig später mit Corinna Tritschler vor dem Haus in der Alemannenstraße stand. Dann fiel ihm das Neujahrsessen ein. Sie fuhren zum Sportheim. Aus dem Inneren des Gebäudes drangen lautes Stimmengewirr und fröhliches Lachen, das abrupt erstarb, als Brander mit Cory den Raum betrat. Stephan Klein hätte jetzt seine Mundharmonika gezückt und den Titelsong aus dem Italowestern »Spiel mir das Lied vom Tod« angestimmt, ging es Brander mit einem Anflug von Galgenhumor durch den Kopf.

Sein Blick glitt über die vielen Gesichter. Alt und Jung, friedlich vereint. Doch die Mienen, die ihm entgegenstarrten, drückten Missfallen bis hin zu deutlich erkennbarer Ablehnung aus. Er erhaschte die Person, die er suchte, am Kopfende neben dem Dreigestirn des Vorstands.

»Jonas Kittel, würden Sie uns bitte nach draußen begleiten?«

Der junge Mann riss erschreckt die Augen auf. Er wollte aufstehen, aber da war sein Vater schon aufgesprungen und drückte ihn zurück auf den Stuhl. »Was soll das, bitte? Wir feiern hier ein Fest.«

»Das wir auch nicht länger als nötig stören möchten. Herr Kittel.« Er nickte dem Junior auffordernd zu.

»Du gehst nirgendwohin.« Jan Kittel sah zu Winkler. »Christian, jetzt sag du auch mal was!«

Der Polizeioberkommissar wandte sich unwohl den beiden Kripobeamten zu. »Worum geht es denn?«

»Möchten Sie wirklich, dass wir das hier in aller Öffentlichkeit besprechen?« Brander sah zu Jonas. »Wenn Sie uns bitte begleiten würden. Es dauert nicht lange.«

Jan Kittel schaute ratlos auf seinen Sohn hinab, der unsicher die Schultern hob. »Ich komme mit.« Er zog Jonas am Arm hoch und schritt an den Gästen vorbei, die neugierig ihre Köpfe drehten. Auch Christian Winkler erhob sich und folgte den beiden.

Zu fünft standen sie vor dem Sportheim, in dem die Gespräche nicht gleich wieder in Gang kamen. Brander nahm sein Smartphone und zeigte Jonas das Foto von Karl Lederer auf dem Sportplatz. »Haben Sie dieses Foto gemacht?«

Er hatte Jonas nicht aus den Augen gelassen, sodass ihm nicht entging, wie dem jungen Mann die Hitze in die Wangen stieg.

»Kann sein«, murmelte er.

»Wem haben Sie das Foto weitergegeben, außer Herrn Gaul?«

Jonas hob die Schultern. »Niemand.« Es klang eher nach einer Frage.

»Denken Sie noch einmal nach: Wem haben Sie dieses Foto weitergegeben?«

Die Antwort war erneut ein unsicheres Achselzucken.

Jan Kittel neigte sich vor, um auf das Display sehen zu können. »Was ist denn so besonders an diesem Foto, dass Sie unsere Feier stören müssen? Jonas macht öfter Fotos am Sportplatz. Da ist ja wohl nichts dabei.«

»Dieses Foto wurde verwendet, um jugendpornografisches Material zu erstellen«, erklärte Brander. »Wir möchten uns gern mit Ihnen unterhalten, Herr Kittel«, richtete er sich wieder an

Jonas und sah dann fragend zum örtlichen Polizeipostenleiter. »Können wir das in der Dienststelle machen?«

Während Winkler nickte, hob Jan Kittel bremsend die Hand. »Das vergessen Sie mal ganz schnell. Jonas, du gehst nirgendwohin. Das regeln wir über unseren Anwalt.«

»Soweit ich weiß, ist Ihr Sohn volljährig. Er kann selbst entscheiden, ob er mit uns reden möchte.«

»Sie platzen mitten in unsere Feier und behandeln meinen Sohn wie einen Schwerverbrecher. Das lassen wir uns nicht bieten!«

»Hier geht es nicht um eine Bagatelle. Dieses harmlose Sportplatzfoto wurde zur Erstellung von pornografischen Bildern verwendet!«

»Aber doch nicht von Jonas.«

»Das möchten wir gern klären.« Brander konzentrierte sich wieder auf den Junior. »Wir haben einen richterlichen Beschluss zur Beschlagnahme Ihres Smartphones sowie eines Laptops oder Computers, sofern Sie einen besitzen. Wenn Sie uns Ihr Smartphone bitte aushändigen würden?«

Waren Jonas Kittels Wangen gerade noch gerötet, wich dem Jungen nun das Blut aus dem Gesicht. »Wieso das denn?«

»Die Beschlagnahme dient der Beweismittelsicherung.«

»Beweismittelsicherung! So ein Schwachsinn!«, fuhr Jan Kittel erneut auf. »Was auch immer Sie für angeblich ›jugendpornografisches Material‹ entdeckt haben, damit hat Jonas ganz sicher nichts zu tun! Das ist ein Foto, das er auf dem Sportplatz gemacht hat, und zudem ist das schon ewig her! Sie machen sich lächerlich!«

»Herr Kittel, bitte mäßigen Sie Ihren Tonfall«, rügte Brander den aufgebrachten Mann. »Jonas Kittel, bitte, Ihr Smartphone.«

»Hab ich nicht bei.«

»Es steckt in Ihrer Gesäßtasche.« Cory deutete auf seine Rückseite und hielt ihm eine Plastiktüte entgegen.

Der Teenager zog den Apparat widerstrebend heraus und reichte ihn ihr.

»Christian!« Jan stieß den Polizisten an. »Jetzt mach was! Das ist doch pure Schikane, was deine Kollegen hier veranstalten!«

»Ich kann da nichts machen.« Winklers Stimme verriet Unsicherheit. »Wenn es einen Beschluss gibt, dann müsst ihr die Sachen rausgeben.«

»Besitzen Sie auch einen Laptop oder Ähnliches?«, ignorierte Brander den Disput.

»Du sagst gar nichts!« Jan Kittel nahm sein eigenes Smartphone. »Ich rufe unseren Anwalt an. Sie werden schon sehen, was Sie davon haben. Das gibt eine Beschwerde –«

»Jan, jetzt hör doch auf!«, bremste Christian Winkler ihn nun doch energisch. »Willst du, dass dein ganzes Haus durchsucht wird? Es gibt einen Beschluss. Ihr müsst die Sachen rausgeben. Die Kollegen gucken sich die Geräte an, und dann ist es gut. Ihr habt doch nichts zu verheimlichen, Mann!«

Jan Kittel starrte seinen Vereinskameraden wutschnaubend an, während Jonas nicht wagte, seinem Vater oder den Polizisten in die Augen zu schauen.

»Möchten Sie sich zur Sache äußern?«, fragte Brander Kittels Sohn.

Jonas schüttelte den Kopf.

»Dann begleiten Sie uns jetzt bitte zu Ihrem Haus und händigen Sie uns die digitalen Geräte aus.«

***

Nach schier endloser Warterei und ein paar Untersuchungen in der Unfallklinik war Peppi froh, zu Hause zu sein. Sie hatte geduscht, sich einen bequemen Hausanzug angezogen und mit kalten Umschlägen auf das Sofa verzogen. Die Augen brannten noch immer. Eine kühlende Lotion sowie die Kompressen brachten zumindest für ihre Haut Linderung. Die Ladung Reizgas hatte sie voll erwischt.

Marco betüterte sie dermaßen, dass sie ihn irgendwann angeschnauzt hatte, er solle sie entweder allein lassen oder sich hinsetzen und die Klappe halten. Er hatte sich für Letzteres entschieden, den Fernseher eingeschaltet und schaute irgendeine Doku über Südseefische. Sie war eingeschlafen und erwachte vom Brummen ihres Handys. Halb blind tastete sie auf dem Couchtisch danach.

»Lass es klingeln«, wagte Marco einzuwenden.

»Vielleicht ist es Andi.« Sie schob das feuchte Tuch von ihrem Gesicht und schaute auf das Display. Doch mit den gereizten Augen und ohne ihre Brille konnte sie die Angabe nicht entziffern. »Ja?«, murmelte sie mit belegter Stimme in den Apparat.

Am anderen Ende blieb es still, aber sie hörte den Atem eines Menschen.

»Wer ist da?«

Nachdem sie weiter nur den Atem hörte, wollte sie schon auflegen, als die Anruferin sich entschied, doch noch zu sprechen, leise, zaghaft, verängstigt. »Sind Sie Frau Pachatourides?«

Peppi zog irritiert die Augenbrauen zusammen. »Wer sind Sie?«

»Jasmin Lederer«, wisperte das Mädchen.

Peppi erinnerte sich, dass sie ihr bei ihrem ersten Treffen eine Visitenkarte mit ihrer Handynummer gegeben hatte. Jetzt war sie es, die stumm blieb. Wie sollte sie reagieren? Sie war wütend und gleichzeitig besorgt um das Mädchen.

»Ich … es tut mir leid, ich hab das nicht gewollt«, flüsterte Jasmin, nachdem Peppi nichts weiter sagte.

Dieses Gespräch erforderte mehr Aufmerksamkeit. Peppi richtete sich auf. »Und warum hast du das dann gemacht?«

Marco sah misstrauisch zu ihr rüber. »Wer ist das?«, fragte er tonlos.

Peppi hob abwehrend die Hand, sie musste sich auf Jasmin konzentrieren, die angefangen hatte zu weinen.

»Ich hatte so Angst.«

»Vor wem? Vor mir?«

»Vor den anderen.«

»Wer sind die anderen?«
»Die, die meinen Papa umgebracht haben.«
»Wie kommst du darauf, dass dein Papa umgebracht wurde?«
Das Mädchen weinte jetzt heftiger.
»Wo bist du? Soll ich zu dir kommen? Sollen wir uns irgendwo treffen?«
Abrupt wurde es still in der Leitung. Jasmin hatte aufgelegt.
»Verdammt!« Peppi starrte frustriert auf ihr Handy.
»War das diese Jasmin?«
»Ja.«
»Und?«
»Sie hat sich entschuldigt.«
»Na wenigstens das.« Marco war längst nicht so leicht versöhnt mit den Geschehnissen des Tages.
»Das Mädchen braucht Hilfe. Wir müssen mit dem Jugendamt reden.«
»Darum kümmern wir uns morgen. Und du schaltest jetzt ab.«
»Vielleicht sollte ich zu ihr fahren.«
»Du fährst heute nirgendwo mehr hin.«
»Sie klang so verzweifelt. Was ist, wenn sie sich etwas antut?«
»Hat sie etwas in der Art angedeutet?«
Peppi schüttelte den Kopf. »Könntest du mich nach Herrenberg fahren?«
»Ist sie dort?«
»Das weiß ich nicht.«
»Was willst du dann in Herrenberg? Wenn sie nicht zu Hause ist – wo willst du sie suchen? Wieder an der Kanzel, damit sie dich dieses Mal vollends hinunterstürzt?«
»Das war doch keine Absicht!« Sie verstand Marcos Bedenken, aber ebenso sorgte sie sich um Jasmin.
Marco stand von seinem Platz auf und setzte sich neben sie auf das Sofa. Er nahm ihre Hand. »Peppi, wenn das Mädchen nicht angedroht hat, sich etwas anzutun, dann wird sie es auch

nicht. Sie hat eine Anzeige bekommen, wahrscheinlich hat sie Angst, dass sie verurteilt wird und Jugendarrest bekommt.«

»Sie hat Angst vor den Leuten, die ihren Vater umgebracht haben.«

»Er hat sich selbst erschossen.«

»Können wir da so sicher sein?«

»Den Berichten von Rechtsmedizin und Spurensicherung nach zu urteilen, ja. Welche Umstände zu diesem Suizid führten, ist ein anderes Thema. Peppi, bitte versuch, ein bisschen abzuschalten. Dieser Fall geht dir viel zu nah.«

Damit hatte Marco dummerweise recht, musste sie sich eingestehen.

***

Merle Altmüller hockte auf dem Rand des Dorfbrunnens. Zwei auf alt getrimmte Straßenlaternen streuten warmes orangegelbes Licht über den leeren Dorfplatz. Rathaus und Polizeiposten lagen im Dunkeln. Auch aus den anderen Häusern, die um den Platz herumstanden, schimmerte kaum Licht. Die Anwohner hatten die Rollläden heruntergezogen.

Sie mochte den Winter nicht. Es wurde viel zu früh dunkel, es war rattenkalt, und kein Mensch war auf den Straßen. In diesem Kackdorf war eh nix los, aber der Winter war so richtig öde. Die Busse fuhren viel zu selten, und sie hatte keinen Bock, bei der Schweinekälte mit dem Rad nach Tübingen zu fahren. Sie hing hier fest, wie lebendig begraben.

Sie beneidete ihre Schwester, die es geschafft hatte, diesem beschissenen Leben zu entkommen. Elin wäre so klug und fleißig, hielt ihr Vater ihr immer vor. Ihre Schwester war eine Streberin, und sie hatte sie einfach zurückgelassen und war in die Staaten gegangen – so weit weg von zu Hause wie möglich. Das war doch die Wahrheit.

Merle kickte wütend einen Stein über den Platz. Nachdem die Bullen beim Neujahrsessen aufgetaucht waren, war die

Stimmung im Arsch gewesen. Die Leute steckten die Köpfe zusammen und tuschelten, richtig fröhlich war niemand mehr. Als Jonas mit seinem Vater zurückgekommen war, hatte er nicht gewagt, ihr ins Gesicht zu sehen. Erst als sich alle auf den Heimweg machten, hatte sie ihn zur Seite ziehen können.

»Was wollten die Scheißbullen?«

»Die haben mein Smartphone und meinen Laptop einkassiert.«

»Wieso das denn?«

Jonas hatte mit den Achseln gezuckt, als wäre das egal. Sie hatte ihn am Arm gepackt. »Wonach suchen die, Mann?«

»Die haben das Foto entdeckt.«

»Was für 'n Foto? Ey, laber doch nicht in Rätseln!«

»Das von dem Lederer, weißt schon.«

»Ja und?« Sie funkelte ihn zornig an.

»Ja nix ›ja und‹.« Dann hatte er ihren Arm abgeschüttelt und war davongestampft.

Jetzt hockte sie hier an diesem Scheißbrunnen und fror sich den Arsch ab. Das Misstrauen nagte an ihr. Jonas war so abweisend gewesen. Was konnten die Bullen mit dem Foto von dem Lederer anfangen? Was konnten sie auf Jonas' Smartphone finden? Nichts, gar nichts, sagte sie sich selbst.

Merle zog eine Flasche aus ihrem Rucksack. Orangensaft mit Wodka verdünnt. Sie nahm einen kräftigen Schluck, damit das Zeug sie wärmte.

Sie hoffte, dass sie nicht den ganzen Abend hier allein hocken musste. Es war ihr letzter Ferientag. Am nächsten Morgen musste sie wieder zur Schule. Da hatte sie jetzt schon keinen Bock drauf. Sie würde so tun, als wäre sie krank, beschloss sie. Regelschmerzen, da hatte die Mutter Verständnis für. Und ihr Vater ging eh früh aus dem Haus, der würde das gar nicht mitbekommen.

Endlich schlurfte Mia um die Ecke. Die Hände in den Jackentaschen vergraben, auf dem Kopf eine dicke rosa-weiß gestrickte Pudelmütze. Sah süß aus, fand Merle und lächelte ihr entgegen. »Hey, Sister, alles klar?«, rief sie über den Platz.

Mia zog eine Grimasse. »Rattenkalt. Kommt sonst noch wer?«

Merle hob die Schultern. »Jonas sicher nicht. Boah, dem sein Alter, der war ja so was von stinkig. Fuck-Bullen. Hoffentlich heizt der olle Kittel dem Glatzkopf mal richtig ein.«

Mia hockte sich neben sie auf die Brunnenkante. »Ist gerade irgendwie alles Scheiße.«

»Findste?«

»Ja, find ich.«

Merle trank von dem Wodka-O-Saft und hielt die Flasche ihrer Freundin hin. »Hier, nimm. Macht dich fröhlich.« Sie kniff ihr in die Wange, aber Mia stieß ihre Hand weg.

»Hey! Was zickst 'n so rum? Los, trink!« Merle streckte ihr erneut den Alkohol entgegen.

Mia nahm die Flasche, hielt sie sich an die Lippen und trank ein paar gierige Schlucke. Gut so, dann würde sie bald lustiger werden.

Merle zog ein Tütchen aus ihrer Jackentasche. Zwei bunte Pillen waren noch drin. Sie brauchte Nachschub, aber dazu musste sie aus diesem Kackdorf raus. Vielleicht konnte sie mit Jonas morgen Abend nach Tübingen fahren, wenn sein Alter ihm den Wagen gab. »Willste eine?«

Mia schüttelte den Kopf. »Morgen ist Schule.«

»Wen interessiert die Schule!«

»Ich will raus aus diesem Scheißdorf, und das geht nur, wenn ich einen Schulabschluss mach.«

»Blubb-blubb-blubb. Was blubberst du für eine Scheiße?« Merle legte sich eine Pille auf die Zungenspitze. »Küsschen?«, zischelte sie mit dem rausgestreckten Lappen und beugte sich zu ihrer Freundin. Die verschloss die Lippen. Die Droge verschwand in Merles Mund, und sie spülte die Tablette mit dem Alkohol herunter. Aus den Augenwinkeln sah sie Stella Winkler über den Platz schlendern.

»Guck mal, da kommt unser Sternchen.«

Stella hatte die Hände in den Jackentaschen ihres Parkas versteckt, die Schultern fröstelnd hochgezogen. Statt süßer Pudelmütze hatte sie die Kapuze ihrer Jacke über den Kopf gezogen. »Hey, was geht?«

Merle stieß Mia gackernd in die Seite. »Hey, was geht?«, imitierte sie die Polizistentochter. »Ey, bist du Proll, oder was?«

Stella quittierte es mit einem zornigen Funkeln. »Wenn dieser Kackbulle was rausfindet, sind wir am Arsch.«

»Jetzt bepiss dich mal nicht gleich, kleine Bullenstella.« Der Ton ihrer Freundin gefiel Merle überhaupt nicht. »Sag deinem Alten lieber mal, dass er sich ein paar Eier kaufen soll.«

»Sag du dem Jonas lieber, dass der sich nicht gleich nass machen muss, wenn ein Bulle auftaucht.«

Merle sprang auf und stieß Stella hart vor die Brust. Stella strauchelte zurück.

»Red nicht so über meinen Freund, sonst wirst du hier als Nächste gedisst! Kapiert?«, brüllte Merle ihr ins Gesicht. Sie stieß Stella noch einmal gegen die Brust, grätschte ihr gleichzeitig zwischen die Beine, sodass ihre Freundin auf den Hintern fiel. Doch die rappelte sich sofort wieder auf und ging auf sie los.

Mia sprang vom Brunnenrand und stellte sich zwischen sie. »Hey, hey, hey! Jetzt beruhigt euch mal wieder! Wir haben nix gemacht! Uns kann niemand was.«

»Und das Fenster?«, schrie Stella.

»Halt die Fresse, Bullenkind!« Merle machte einen Schritt auf sie zu, aber Mia stemmte die Hände gegen ihre Schultern und bremste sie.

»Traust du der da?« Merle starrte wütend an Mia vorbei zu Stella. »Fuck, ey, wenn du nicht die Fresse hältst, ich schwör, dann bist du tot.«

Die Worte saßen. Sie sah die Angst in Stellas Augen aufblitzen. Eine warme Welle strömte durch ihren Körper. Sie grinste.

»Red doch nicht so.« Auch in Mias Stimme schwang Unsicherheit mit, stellte Merle mit Befriedigung fest. »Hey, wir sind Schwestern.« Mia strich ihr besänftigend über die Schulter. »Wir halten zusammen.«

Merle grinste noch immer und kniff ihrer Freundin wieder in die Wange. »War nur Spaß, ey. Kannste keinen Spaß mehr ab?« Sie schob Mia zur Seite, packte Stellas Kopf mit beiden Händen und drückte ihr einen Kuss auf den Mund. »Ich lieb dich doch, mein süßes Sternchen.«

Sie sah zu Mia. War da ein Funke Eifersucht in ihren Augen? Merle kribbelte es inzwischen im ganzen Körper. Sie zog Mia an sich, küsste sie ebenfalls. »Dich lieb ich auch.« Sie riss euphorisch die Arme zum Himmel. »Ich lieb die ganze Welt, und dieses verfickte Scheißdorf kann mich mal!«

Sie schnappte sich die Flasche, und sie ließen sie zwischen sich kreisen, bis kein Tropfen mehr darin war. Sie mochte dieses diesige Gefühl, das sich in ihr ausbreitete, der Nebel, der durchs Gehirn waberte, dazu das geile Kribbeln im Körper von der Pille. So war das Leben viel erträglicher.

***

Brander hatte nach dem Besuch in Aichheim Peppis Brille bei der Wildbeobachtungskanzel gesucht. Er fand sie am Ufer des Kirnbachs und brachte sie zu seiner Kollegin. Von Marco erfuhr er, dass sie gerade schlief und er versuchen wollte, sie zu überreden, am nächsten Tag zu Hause zu bleiben. Brander ahnte, dass dieses Unterfangen aussichtslos war, dafür kannte er Peppi zu gut.

Er gab Marco die Brille und beschloss, noch am Abend nach Esslingen zu fahren, um Jonas Kittels Smartphone und Laptop an die IT-Forensiker weiterzugeben. Er war nur wenig überrascht, Jens Schöne in seinem Büro anzutreffen.

»Jens, es ist Wochenende«, grüßte er ihn kopfschüttelnd. »Willst du die dreißig Prozent deiner Wiedereingliederungszeit gleich in der ersten Woche für den gesamten Monat abarbeiten?«

Jens lehnte sich zurück und sah zu Brander auf. »Ihr kennt mich doch alle lange genug. Ich kann nicht nur dreißig Prozent geben. Ich war ewig außer Dienst. Hatte schon Angst, dass die anderen mich inzwischen abgehängt haben. Außerdem hatte ich heute eh keine anderen Pläne.«

Brander zog sich den Besucherstuhl ran und setzte sich zu Jens an den Schreibtisch. Er musterte den Kollegen etwas genauer. Die blonden Haare hatten sich seit jeher jedem Kamm und jeder Bürste widersetzt, aber die tiefen Schatten unter den Augen gefielen Brander nicht. »Wie geht es dir?«

»Gut.«

»Dafür siehst du aber ziemlich fertig aus.«

Jens wandte sich seinem Monitor wieder zu. »Willst du wissen, woran ich gerade arbeite?«

Nein, eigentlich wollte er wissen, ob er Jens irgendwie helfen konnte. Aber offensichtlich war jetzt nicht der richtige Moment für ein Gespräch. »Und?«, fragte er stattdessen.

»Du hattest mir Freitagabend auf den AB gesprochen, dass dir ein Chat vom 2. Januar fehlt. Ich habe mir Lederers Smartphone noch mal angeschaut. Im Chatverlauf wurde die letzte Kommunikation mit seiner Frau definitiv mit Datum vom Neujahrstag angezeigt.«

»Das ist seltsam. Die haben jeden Tag entweder gechattet oder telefoniert. Und einen Tag vor seinem Tod herrscht absolute Funkstille?«

»Hat mich auch ins Grübeln gebracht. Darum habe ich mir das Gerät mal genauer angeschaut. Es gibt ja Möglichkeiten, gelöschte Nachrichten wiederherzustellen. Und voilà …« Jens deutete auf seinen Monitor. »Es gab am 2. Januar eine Kommunikation zwischen Herrn und Frau Lederer.«

Brander beugte sich vor und las:

Karl: »Sie waren wieder da.«
Moni: »Geh zur Polizei. Zeig die an.«
Karl: »Ich schaff das nicht.«
Moni: »Wir können zusammen zur Polizei gehen.«
Karl: »Bitte, kann ich nicht zu euch kommen?«
Moni: »Es geht nicht. Wenn es dir so schlecht geht, ruf dir

ein Taxi, fahr in die Klinik. Ich muss jetzt zur Arbeit.«
Karl: »Bitte, Moni, ich brauche euch.«

Darauf folgte keine Antwort. Erst am Abend gab es einen erneuten kurzen Chat.

Moni: »Bist du in die Klinik gefahren?«
Karl: »Nein.«
Moni: »Warum nicht?«
Karl: »Ich kann nicht.«
Moni: »Wenn es dir so schlecht geht, musst du in die Klinik. ICH KANN DIR NICHT MEHR HELFEN!!!«
Karl: »Bitte, ohne dich schaffe ich es nicht.«
Moni: »Du musst! Ich kann nicht mehr, Karl. Ich habe keine Kraft mehr.«
Karl: »Wenn du schon keine Kraft mehr hast, wie soll ich es dann schaffen?!«
Moni: »Du musst! Vielleicht denkst du auch mal darüber nach, was du Jasmin und mir angetan hast. Ich muss jetzt an unsere Tochter denken!«

Brander sah stirnrunzelnd auf die Zeilen. »Wie meint sie das? Hat Karl Lederer seine Tochter tatsächlich missbraucht?«

Jens hob die Schultern.

»Warum hat er das gelöscht?«, grübelte Brander weiter. »Ertrug er diese unterschwellige Anschuldigung nicht?«

»Er hat den Chat nicht gelöscht.«

Brander sah Jens fragend an.

»Die Daten wurden am 3. Januar gelöscht, morgens um siebzehn Minuten nach zehn.«

»Bist du sicher?«

»Zweifelst du mein Genie an?«

»Niemals.« Zehn Uhr siebzehn – zu dem Zeitpunkt war Monika Lederer allein bei ihrem toten Mann in der Kanzel gewesen, kurz zuvor hatte sie POK Winkler angerufen.

»Kannst du mir den Chat ausdrucken?«

Jens wählte die Funktion im Menü aus. »Schon passiert.«

***

Die Autobahn war erfreulich staufrei. Statt an der Ausfahrt Herrenberg rechts abzubiegen, um nach Hause zu fahren, bog Brander links ab und fuhr zu dem Haus, in dem Monika Lederer mit ihrer Tochter wohnte. Es war nach neun, als er an der Wohnungstür klingelte. Licht, das durch die Ritzen der geschlossenen Jalousien drang, zeigte ihm an, dass jemand im Haus war.

Er musste sich gedulden, bis ihm geöffnet wurde. Monika Lederer trug einen Jogginganzug. Die zerzausten Haare hatte sie anscheinend auf dem Weg vom Sofa zur Tür nur flüchtig zurechtgezupft. Sie starrte ihn mit leerem Blick an.

»Frau Lederer, entschuldigen Sie die späte Störung. Können wir uns kurz unterhalten?«

Sie wich achselzuckend einen Schritt zur Seite.

»Ist Jasmin zu Hause?«

»Ja«, brachte sie kaum hörbar über die Lippen.

»Könnten Sie vielleicht zu mir rauskommen?« Die Wohnung war klein, und Brander wollte nicht, dass ihre Tochter das Gespräch mithörte. Er war sich nicht sicher, wie Monika Lederer auf seine Fragen reagieren würde.

Sie nickte, schlüpfte in ein Paar Stiefel und zog einen Mantel von der Garderobe.

Brander hatte vor dem Haus geparkt und ging mit ihr zu seinem Wagen. »Setzen wir uns rein.«

Er öffnete ihr die Beifahrertür und ging um den Wagen herum zum Fahrersitz. Er schaltete die Innenbeleuchtung ein, dann nahm er das gefaltete Papier aus seiner Jackentasche und reichte ihr den Zettel. Sie las stumm, hielt den Blick auf das Blatt gesenkt, auch nachdem sie die paar Sätze gelesen hatte.

»Sie haben uns damals gesagt, Sie hätten nichts am Fundort

verändert«, begann Brander. »Aber Sie haben diesen Chatverlauf auf dem Smartphone Ihres Mannes gelöscht.«

Sie starrte weiter stumm auf das Papier.

»Warum haben Sie die Zeilen gelöscht?«

Sie reagierte nicht.

»Was hat Ihr Mann Ihnen und Ihrer Tochter angetan?«

Endlich hob sie gequält den Blick. »Nichts. Er war einfach nur krank.«

»Hat er Jasmin missbraucht?«

Sie schüttelte den Kopf. »Nein.«

»Bitte, seien Sie ehrlich zu mir.«

»Ich bin ehrlich!« Die Verzweiflung trieb ihr die Tränen in die Augen. »Er hat ihr nichts getan. Er hatte Depressionen. Das hat unsere Ehe belastet. Und das hat auch unser Kind belastet. Ständig mussten wir Rücksicht nehmen. Jasmin kommt fröhlich nach Hause, und er sitzt in der Küche und bricht in Tränen aus. Was denken Sie denn, was das mit einem Kind macht? Und ich stand mit allem allein da. Sobald er unter Stress geriet, löste es den nächsten Schub aus. Ich habe versucht, alles von ihm fernzuhalten, was ihn aufregen könnte. Wir sind auf Zehenspitzen durch die Wohnung gelaufen, wenn es ihm schlecht ging. Und dann …«

Sie suchte in ihren Manteltaschen erfolglos nach einem Taschentuch. Brander fand eine Packung in der Seitenablage der Fahrertür und reichte sie ihr. Sie putzte sich die Nase.

»Wir hätten niemals nach Aichheim ziehen dürfen. Er hatte keine glückliche Kindheit. Zu Hause war er sich selbst überlassen, die anderen Kinder aus dem Dorf haben ihn gehänselt. Er war schon immer sensibel, und denen hat es Spaß gemacht, ihn zum Weinen zu bringen.«

»Warum sind Sie dann nach Aichheim zurückgezogen?«

»Ich habe das damals alles nicht gewusst. Er hat kaum über seine Kindheit gesprochen, und wenn wir mal im Dorf waren, um seine Mutter zu besuchen, waren alle ganz freundlich. Die sind ja auch erwachsen geworden. In der ersten Zeit haben sie uns ganz normal behandelt, aber nachdem sie mitbekamen, dass Karl immer wieder in die Klinik musste, fing das Getuschel an. Die Leute wurden komisch.«

»Wann begann das?«

»Das weiß ich jetzt nicht mehr. Das kam nach und nach …«

»Wann ungefähr?«

»Ich kann es nicht sagen … vielleicht, nachdem wir ein halbes Jahr dort gewohnt hatten … Vielleicht nach einem Jahr. Was spielt denn das noch für eine Rolle?«

»Ging es bei diesem Getuschel tatsächlich nur um Ihren Mann?«

Sie sah ihn irritiert an. »Worum denn sonst?«

»Sie hatten eine Affäre mit Christian Winkler.«

Sie riss die Augen auf. »Woher wissen Sie …?«

»Das ist unwichtig.«

»Aber das weiß doch niemand!«

In einem Dorf bleibt nichts verborgen, wusste Brander. Es war erstaunlich, was die Nachbarn so alles mitbekamen. Nur, wenn es darauf ankam, dann hatte niemand etwas gesehen.

Monika Lederer schnäuzte sich. »Ich wollte das nicht. Aber ich war so verflucht allein, und dann ist es irgendwie passiert. Er kam vorbei, fragte, wie es Karl ging. Ich hatte einen schwachen Tag. Karl hatte mich in der Klinik nicht sehen wollen, mit Jasmin war es schwierig, und Christian war da, hat mir zugehört und mir endlich einmal wieder das Gefühl gegeben, eine Frau zu sein. Nicht nur jemand, der funktionieren muss und für alle anderen zu sorgen hat.«

»Sie müssen sich nicht vor mir rechtfertigen.«

»Wir waren vorsichtig. Niemand hat von uns gewusst«, beharrte Monika Lederer.

»Sie sagten, die Dorfbewohner fingen an, Sie komisch zu behandeln. War Ihr Mann zu der Zeit schon Trainer der Mädchenmannschaft?«

»Nein, als er das Training der Mädchen übernommen hat, wurde es kurzzeitig sogar etwas besser. Die Leute waren froh, dass sie so schnell jemanden gefunden hatten. Aber dann … diese Mädchen … die haben ihn fertiggemacht.«

Sie schluckte trocken. »Und sie haben Jasmin gemobbt. Ich weiß nicht, was sie mit ihr gemacht haben. Sie redet nicht mit mir. Aber sie kam mehr als einmal weinend nach Hause. Sie begann, die Schule zu schwänzen, ging nicht mehr ins Training. Und als die Mädchen Karl dann auch noch beschuldigt haben …« Sie verstummte erschöpft.

»Ich weiß nicht, warum diese Mädchen so böse sind«, fuhr sie nach einer Weile fort. »Aber sie haben gelogen. Und niemand hat uns geglaubt. Ich habe weiß Gott versucht, Karl zu helfen. Ich habe mit dieser Mia gesprochen, mit ihren Eltern. Ich habe Mia angefleht, die Wahrheit zu sagen. Und wissen Sie, was das Mädchen gemacht hat? Sie hat mir ins Gesicht gespuckt.«

»Sie hätten Anzeige erstatten sollen. Bei einer polizeilichen Ermittlung wäre die Wahrheit ans Licht gekommen.« Was auch immer die Wahrheit war. Brander war hin- und hergerissen. Er wollte der Frau glauben, aber andererseits: Konnte sie so sicher sein, dass nicht doch etwas an den Worten der Mädchen dran war? »Warum haben Sie diesen letzten Chat gelöscht? Warum nicht den gesamten Chatverlauf?«

»Das musste stehen bleiben. Ich musste doch beweisen, dass die ihn in den Tod getrieben haben.«

»Sie hätten uns den Chatverlauf auch von ihrem Handy geben können.«

»Nein, den habe ich immer sofort gelöscht. Ich wollte nicht, dass Jasmin das zufällig mal auf meinem Handy findet.«

»Wollten Sie nicht, dass Jasmin wusste, dass Sie regelmäßig Kontakt zu Ihrem Mann haben?«

»Sie wusste, dass wir jeden Tag miteinander schreiben. Aber … Sie haben doch gelesen, was er geschrieben hat. Die haben ihn gequält. Sollte Jasmin das etwa lesen?«

***

Jonas lag auf seinem Bett und starrte an die Decke. Seine Wange glühte. Die Ohrfeige seines Alten hatte ihn voll erwischt. Sein Vater hatte ihn noch nie geschlagen, aber heute war er ausgetickt. Wobei … es war nur diese eine Klatsche, und er hatte sich sofort danach entschuldigt. Jonas strich sich über die Haut. Irgendwie war es gut gewesen. Befriedigend. Und irgendwie auch so richtig scheiße.

In seinem Kopf herrschte nur Chaos. Wie hatten die Bullen das mit dem Foto spitzgekriegt? Wenn die sich seinen Laptop anschauten, würden die Fragen stellen. Ganz klar. Fuck-Fragen, auf die er keine Antworten wusste. Vielleicht sollte er einfach packen und abhauen.

Sein Vater hatte wissen wollen, was mit dem Foto war, dass die Bullen gleich so eine Welle machten. »Nix«, hatte er schnodderig erwidert. Ging seinen Alten nichts an, was mit dem Foto war. Aber der hatte nicht lockergelassen. Wollte wissen, ob er mit dem Feuer bei dem Kinderficker was zu tun gehabt hätte.

»Was 'n für Feuer?«, hatte er sich dumm gestellt.

»Der Brand nebenan!«

Er hatte seinem Vater stumpf in die Augen gestarrt und gleichgültig mit den Achseln gezuckt. Da war dem Alten die Sicherung durchgeknallt. Bam! Der Schlag kam unerwartet. War seltsam, irreal. Er war so überrascht, dass er den Schmerz gar nicht fühlte. Erst später spürte er das Kribbeln der gereizten Haut.

Sein Vater hatte sich entschuldigt und weiter gefragt und gefragt und blöd rumgelabert. Sie dürften nicht mit den Vorfällen bei den Lederers in Verbindung gebracht werden. Das wäre schlecht fürs Geschäft. Was interessierte ihn die Scheißfirma seines Alten? Jonas hatte sich abgewandt und war in sein Zimmer gegangen. Er hatte die Tür verriegelt. Die sollten ihn alle in Ruhe lassen.

Das Schwein hatte es verdient. Er hatte es für Merle getan. Für Mia. Für seinen Vater. Ja, auch für seinen Vater, verflucht noch eins. Aber das kapierte der Alte nicht. Der Kinderficker hätte seinem Vater einfach das Haus verkaufen und sich aus Aichheim verpissen sollen.

Diese miese, dreckige, feige Ratte!

Er fragte sich, ob er das Video gelöscht hatte. Hatte er. Nein, hatte er nicht. Oder doch? Er war sich nicht sicher. Aber er hatte das Video ja nicht gemacht. Also konnten die ihm gar nichts. Merle würde vermutlich austicken, wenn sie das erfuhr. Er musste mit ihr reden. Und mit den anderen, damit die ihre Bilder und Videos löschten. Stella hatte immer alles fotografiert. Ausgerechnet die Bullentochter. Er sollte Merle sagen, dass sie sich Stella vorknöpfen mussten.

Und was war mit Mia? Seit der Lederer tot war, war die irgendwie komisch. Als täte es ihr leid, was geschehen war. Mia konnte echt sensibel sein. Scheiß drauf! Hatte der Wichser sich eben ’ne Kugel in den Kopf geschossen. Besser so. Pädos hatten kein Recht auf Leben! Die machten alles kaputt.

Was scherten ihn die Tussis? Er sollte echt abhauen. Vielleicht konnte er Merle überreden, mit ihm zu gehen. Merle war cool. Und die wollte auch weg aus diesem Kaff. Sie könnten zusammen irgendwo hingehen. Ins Ausland. Merles Schwester war in Amerika, hatte ’n Stipendium bekommen an irgend so einer Uni. Die Elin war schlau – ’ne Streberin, ätzte Merle, Papis Liebling. Er vermutete, dass sie eifersüchtig auf ihre Schwester war.

Aber vielleicht konnten sie bei Elin eine Weile unterkommen. Ein bisschen Geld hatte er gespart. Für zwei Flugtickets würde es reichen.

Aber andererseits: Er hatte zwar dieses Scheißvideo auf seinem Laptop, aber er hatte nichts verbrochen. Warum sollte er abhauen? In ein paar Monaten begannen die Abiprüfungen. Das würde er schon schaffen, und dann könnte er immer noch weg. Die Firma konnte sein Alter sich sonst wohin stecken. Er machte doch nicht sein Abi, um hier als Dachdecker zu versauern.

Er drehte sich auf die Seite, sah auf seine Pulsuhr. Kurz vor eins. Er sollte schlafen, damit er am nächsten Tag fit für die

Schule war. Stattdessen stand er auf, entriegelte leise die Tür, öffnete sie einen Spalt und lauschte in die Stille des Hauses. Seine Eltern schliefen. Abends halb elf war Schicht, da krochen die unter die Decke. Halb sechs aufstehen, zweiundzwanzig Uhr dreißig ins Bett. Dazwischen Arbeit. Verficktes, langweiliges Leben.

Er schlich die Treppe hinunter. Er musste kein Licht machen, in seinem Elternhaus fand er sich blind zurecht, kannte jede Stufe, jeden Zentimeter.

Er ging ins Wohnzimmer und trat ans Fenster. Die Straßenlaternen waren ausgeschaltet. Der abnehmende Mond spendete kaum Licht, dennoch erkannte er die schlanke Silhouette eines Menschen, der im Schutz der Dunkelheit an der Werkstattmauer lehnte und zu ihm herübersah.

Montag

Brander saß am Küchentisch vor Kaffee und Marmeladenbrot und genoss die morgendliche Ruhe. Es war kurz vor sechs. Cecilia schlief noch. Sie hatte erst später am Vormittag ihre ersten Praxistermine. Er schaltete sein Smartphone ein, um sich bei Peppi zu erkundigen, ob er sie zur Arbeit abholen sollte oder ob Marco das Wunder vollbracht hatte, sie zu einem Tag Auszeit zu überreden.

Karsten Beckmann hatte ihm in der Nacht geschrieben und fragte, ob sie sich abends treffen könnten. Brander schrieb ihm, dass er nach Feierabend bei ihm vorbeischauen würde. Das Geräusch schlurfender Hausschuhe ließ ihn aufblicken. Nathalie kam in Arbeitsmontur gekleidet in die Küche, sie war noch immer käsig im Gesicht.

Brander runzelte die Stirn. »Was hast du denn vor?«

»Arbeiten.«

»Das vergiss mal schnell wieder. Du hast das ganze Wochenende mit Fieber flachgelegen. Den einzigen Gang, den du heute machst, ist der zum Arzt.«

»Geht schon wieder.« Sie nahm ihren Thermobecher aus dem Schrank.

»Nathalie, du gehst heute nicht arbeiten«, wurde Brander strenger. »Meinst du, deine Kollegen freuen sich, wenn du total vergrippt da aufläufst und alle ansteckst?«

Sie sah ihn trotzig an. »Ich will aber arbeiten!«

Zu jedem anderen Zeitpunkt hätte er sie jubelnd in die Arme genommen und ihr zur Belohnung noch ein Butterbrot geschmiert, aber schniefend und mit fiebrigen Augen zur Ausbildungsstätte zu fahren war totaler Unsinn.

»Wenn du unbedingt arbeiten willst: Leg dich aufs Sofa, nimm deine Schulunterlagen und lern für deine Prüfungen.«

Er war sich sicher, dass sie innerhalb weniger Sekunden über ihren Notizen einschlafen würde. Sie hatte ja so schon Mühe, die Augen offen zu halten. Nathalie war mit ihrer Infektion längst noch nicht über den Berg.

»Zu Hause fällt mir aber die Decke auf den Kopf!«

»Keine Sorge, das Haus ist stabil, so schnell stürzt das nicht ein.«

»Boah ey«, stöhnte sie genervt über seinen schlechten Scherz.

»Nathi, sei bitte vernünftig. Du gehörst ins Bett. Leg dich wieder hin. Ich rufe in der Firma an und melde dich krank. Soll ich dir noch einen Tee kochen?«

Sie zog einen Flunsch und blieb mit hängenden Schultern im Raum stehen. Ein einziges Häufchen Elend.

»Na los, rauf, schlaf dich gesund.«

»Marvin geht nach Kanada«, platzte es aus ihr raus.

»Was?«

»Marvin geht nach Kanada«, wiederholte sie.

»Wie? Er wandert aus?«, fragte Brander perplex.

Sie zuckte die Achseln.

Liebeskummer und grippekrank. Welchen tröstenden Rat konnte er seiner Adoptivtochter geben? Ihm fiel nichts ein. Er stand auf und zog sie in seine Arme. »Ach Mensch, meine Kleine.«

***

Der Konferenzraum in der Esslinger Kriminalpolizeidirektion war endlich wieder gut besetzt, stellte Brander erfreut fest, als er mit Peppi und reichlich Verspätung zur morgendlichen Teamsitzung eintraf. Nathalies Gefühlsausbruch hatte zu einer verspäteten Abfahrt aus Entringen geführt, sodass er in den vollen Genuss des morgendlichen Berufsverkehrs gekommen war. Er hatte Peppi in Tübingen abgeholt, und schon auf dem Weg dorthin hatte sich vor Unterjesingen der Verkehr bis zum Bahnübergang zurückgestaut. Auch auf der B 27 herrschte Stop-

and-go-Verkehr. Wie schön war es doch, während der Ferienzeiten zur Arbeit zu fahren.

Fabio Esposito und die neue Kollegin Emilia Gorsky waren aus dem Urlaub zurückgekehrt. Beide wirkten gut erholt, und auch Peter Sänger war genesen. Seitens der IT-Forensik hatte sich Jens Schönes Kollegin Anita Stern eingefunden.

Stephan Klein schob den freien Stuhl zu seiner Rechten für Peppi zurück und musterte kritisch ihr Gesicht, als sie sich neben ihm niederließ. »Was ist denn mit dir passiert?«

»Nix.« Peppi hatte sich weder von Marco noch von Brander dazu überreden lassen, einen Tag zu Hause zu bleiben. Die Hautreizungen waren weitestgehend abgeklungen, aber die Augen waren noch gerötet. Doch nicht das allein bereitete Brander Sorgen. Er hatte das Gefühl, dass Peppi den Fall zu persönlich nahm, und das war nicht gut.

Inspektionsleiter Hans Ulrich Clewer stand vor dem Whiteboard. »Wir hatten es gerade von der Messerstecherei in der Silvesternacht am Esslinger Bahnhof. Der Hauptverdächtige konnte gestern Abend in der Wohnung seiner Eltern verhaftet werden. Stephan und ich übernehmen die Befragung heute Vormittag.«

Das waren doch mal positive Nachrichten zum Wochenstart. Brander hatte sich zwischen Peppi und Fabio gesetzt und bedauerte, dass er sich auf dem Weg zum Konferenzraum keinen Kaffee geholt hatte. Eine Dose mit Flachswickeln stand auf einem der Tische und lachte ihn an.

»Hatte ich noch vom Wochenende übrig«, erklärte Emilia, die seinen Blick bemerkt hatte. Die Zweiunddreißigjährige schob die Box mit dem Hefegebäck zu ihm rüber.

»Wie ist der Stand im Fall Lederer?« Clewer sah zu Peppi. »Da gab es gestern Ärger?«

Peppi schüttelte den Kopf. »Eine Verwechslung. Das Mädchen hat sich bei mir entschuldigt.« Gemeinsam mit Brander informierte sie das Team über die Ereignisse der vergangenen Tage.

Sie hatten gerade geendet, als Peppis Smartphone einen Anruf verkündete. »Das ist Greta von der KT.« Sie nahm das Gespräch entgegen. Nach einem kurzen Wortwechsel erklärte sie: »Ich stell dich mal laut.«

Der Gruß der Kriminaltechnikerin erklang aus dem Lautsprecher.

»Frau Mack, ich hoffe, Sie haben gute Neuigkeiten für uns?«, fragte Clewer hoffnungsvoll.

»Wie man es nimmt. Der Brandsachverständige hat bestätigt, dass das Feuer in dem Haus in Aichheim durch Brandstiftung ausgelöst wurde«, begann die Kollegin. »Wie schon vermutet, höchstwahrscheinlich durch das Ausbringen von Holzwolle im Flur, der Teppichläufer hat als Erstes gebrannt, und von da hat sich das Feuer in die anderen Räume ausgebreitet. Es war gut, dass der Brand so frühzeitig entdeckt wurde und die Feuerwehr schnell vor Ort war. Hätte es länger gedauert, wäre vermutlich auch das Stück Holzwolle, das der Täter unter dem WC-Fenster verloren hatte, verbrannt. In dem Fall hätten wir sicher länger gerätselt, wie es zu dem Brand kam.«

»Irgendwelche Hinweise auf den oder die Täter?«

»Wir gehen davon aus, dass der Täter oder die Täterin den Rollladen vor dem eingeschlagenen Gäste-WC-Fenster hochgeschoben und sich dann durch das kaputte Fenster Zutritt verschafft hat. Wir konnten Stofffasern und eine minimale Blutanhaftung am Fensterrahmen und an den Scheibenresten sichern. Es müsste für einen DNA-Befund reichen. Das Blut könnte von Karl Lederer stammen, aber es besteht die Möglichkeit, dass sich jemand anderes – im Idealfall unser Brandstifter – an der Scheibe geritzt hat. Das Fenster war schon seit ein paar Tagen kaputt, es hatte sich aber niemand die Mühe gemacht, die im Rahmen hängen gebliebenen Scheibenreste herauszunehmen. Der Täter oder die Täterin –«

»Bleiben wir doch einfach beim generischen Maskulinum, das spart uns Zeit«, bat Clewer.

»Okay, also, der Täter hat mutmaßlich von außen durch die

kaputte Scheibe gegriffen, um das Fenster zu öffnen. Dabei könnte er sich verletzt haben. Wir haben die Spur zur Auswertung weitergegeben.«

»Jetzt mal abgesehen davon, dass es seit Tagen saukalt ist«, unterbrach Stephan die Kriminaltechnikerin, »der wird doch zur dicken Winterjacke auch Handschuhe getragen haben – wenn nicht gegen die Kälte, dann zumindest, um keine Fingerabdrücke zu hinterlassen. So schlau sind doch heutzutage schon die meisten unserer Pappenheimer.«

»Ja, davon gehen wir aus«, erwiderte Greta. »Aber wenn der Täter mit seinem Ärmel am Rahmen hängen geblieben ist – worauf die Faserspuren hindeuten –, könnte der Ärmel dabei ein Stück hochgerutscht sein und der Täter sich beispielsweise im unteren Bereich des Unterarms oder am Handgelenk an den Glasscherben geritzt haben. Vielleicht war er nervös, hatte es eilig. Da passiert so was schon mal. Muss ja kein Profi-Feuerteufel gewesen sein.«

»Wir gehen davon aus, dass es sich um eine einmalige Aktion handelt, keine Brandstiftungsserie.« Clewer bat Brander mit einer Geste, ihm die Dose mit den Flachswickeln weiterzureichen. »Gab es weitere Spuren?«

»Zahlreiche, aber die lassen sich leider nicht der Tat zuordnen. Wir haben jede Menge Schuhabdrücke ums und im Haus gefunden, aber die werden in der Hauptsache von den Einsatzkräften stammen. Es sind Abdrücke von Schuhen mit starkem Profil, verschiedene Größen. Zudem ist zu beachten, dass am Tag davor und in der Nacht die Temperatur unter dem Gefrierpunkt lag. Der Boden war gefroren, er ist erst durch die Löscharbeiten aufgeweicht.«

»Schade«, bedauerte Clewer. »Sonst noch etwas, das uns weiterhelfen könnte?«

»Nein, leider nicht.« Greta Mack schnalzte unschlüssig mit der Zunge. »Obwohl … ich bin nicht sicher, ob es tatsächlich von Bedeutung ist. Es geht um die Wildbeobachtungskanzel und das für den Suizid verwendete Gewehr.«

»Raus mit der Sprache«, forderte Peppi.

»Wir haben am oberen Treppenabsatz eine schmale Schleifspur gefunden, die wir nicht zuordnen konnten.«

»Was für eine Schleifspur?« Brander konnte sich nicht erinnern, dass die Kriminaltechnikerin das am Tag des Leichenfunds erwähnt hatte, und ihm war nichts in der Kanzel aufgefallen.

»Die habe ich erst im Nachgang bei der Auswertung der Bilder entdeckt, die wir vor Ort gemacht haben. Die Spur ist teils verwischt, weil vermutlich jemand darübergelaufen ist.«

»Und wo genau verläuft diese Spur?«

»Sie führte vom Treppenabsatz ein kleines Stück ins Innere der Kanzel, ungefähr bis auf Höhe der Rückenlehne der vorderen Bank. Ein schmaler Streifen, der kaum zu erkennen war. Ich habe mich gefragt, was das gewesen sein könnte. Ich habe die Spur vermessen, um herauszufinden, von welchem Gegenstand sie stammen könnte. Dazu habe ich mir auch das Gewehr, mit dem sich der Mann erschossen hat, noch mal genauer angesehen. An der rechten Längsseite habe ich minimale Spuren von Moos und Holzanhaftungen entdeckt, die eigentlich nicht durch das Aufschlagen auf dem Holzboden nach dem Suizid dorthin gekommen sein können. Meine Vermutung ist, dass das Gewehr ein Stück über den Boden gezogen oder geschoben wurde.«

Brander schürzte grübelnd die Lippen. »So schwer ist das Gewehr nicht, dass er es über den Boden hätte schleifen müssen.«

»Den Anhaftungen nach zu urteilen, würde ich vermuten, dass er das Gewehr nicht am Lauf gehalten und dann hinter sich hergezogen hat. Es muss liegend über den Boden bewegt worden sein.«

»Vielleicht ist es ihm beim Hinaufgehen aus der Hand gerutscht, und er hat es mit dem Fuß vor sich her in die Kanzel geschoben.« Fabio sah auf seinen Tablet-PC, auf dem er die Fotos vom Leichenfundort aufgerufen hatte, um sich ein besseres Bild von der Örtlichkeit machen zu können.

»Das wäre eine Möglichkeit«, stimmte Greta zu. »Wie gesagt, ich bin selbst unsicher, was ich damit anfangen soll.«

»Jede Information ist wichtig, Frau Mack«, dankte Clewer der Kollegin.

»Ich gebe sofort Bescheid, sobald uns der DNA-Befund vorliegt.« Die Kriminaltechnikerin verabschiedete sich aus der Runde.

»Anita«, wandte der Inspektionsleiter sich an die IT-Forensikerin. »Hast du noch was für uns?«

»Ich habe mir den Computer von Monika Lederer angesehen. Das Gerät wurde laut Auskunft von Andi hauptsächlich von ihr und der Tochter Jasmin verwendet. Allerdings verwenden beide denselben Log-in. Es lässt sich daher leider nicht unterscheiden, wer was am Computer gemacht hat. Es gibt jeweils ein eigenes E-Mail-Konto, wobei das von Jasmin Lederer bemerkenswerterweise komplett leer ist.«

»Wie? Hat sie alle Mails gelöscht?«, fragte Brander.

»Entweder das, oder sie benutzt die E-Mail-Adresse nicht. In Monika Lederers Postfach gibt es hauptsächlich Schriftverkehr mit Ärzten, Krankenkassen und Kliniken, da geht es um medizinische Befunde und so was. Außerdem Mails mit ihrem Arbeitgeber – Schichtplan, Änderungen und so weiter. Sowie Mails mit der Schule. Die sind ein bisschen interessanter. Jasmin scheint eine Schulverweigerin zu sein, und das nicht erst, seitdem die Mutter mit ihr nach Herrenberg gezogen ist. Es gibt bereits Schriftverkehr mit der vorherigen Schule und mit dem Jugendamt, der auf gut zwei Jahre zurückgeht.«

»Wurde ein Grund genannt?«, fragte Peppi.

»Kann ich nicht sagen. Ich habe die Mails nicht im Detail gelesen, sondern nur die Betreffzeilen überflogen.«

»Kannst du mir Zugriff auf die Mails geben?«

»Ja klar.«

»Was hat das mit Lederers Suizid zu tun?« Clewer sah fragend zu Peppi.

»Das weiß ich nicht. Aber Fakt ist, dass das Mädchen vor

irgendwem Angst hat. Sie denkt, ihr Vater wurde umgebracht, und sie befürchtet, selbst ebenfalls umgebracht zu werden.«

»Das kann aber auch Einbildung sein. Laut Obduktionsbericht hat ihr Vater Suizid begangen.«

Das überzeugte Peppi nicht. »Warum spricht das Mädchen dann davon, dass er umgebracht wurde?«

»Weil sie es vermutlich nicht wahrhaben will.«

»Darf ich kurz weitermachen?«, unterbrach Anita die aufkeimende Diskussion. »Ich habe mir den Internetbrowserverlauf angesehen. Jemand – Monika, Jasmin oder wer auch immer – hat in der Vergangenheit nach Selbstmordforen gesucht. Es fand keine Kommunikation mit den Teilnehmern in den Foren statt, aber es wurde nach verschiedenen Selbsttötungsmethoden recherchiert.«

»Nach was für Methoden wurde gesucht?«, fragte Brander.

»So ziemlich alles: Tabletten, Pulsadern aufschneiden, von der Brücke oder einem Hochhaus springen, ertrinken, erschießen, auf Bahngleise legen bis hin zu verhungern. Aber wie gesagt: Ich kann nicht sagen, wer die Onlinesuche gemacht hat.«

Bei »verhungern« hatte Brander umgehend Jasmins abgemagerten Körper vor Augen. »Wie sieht es mit Bildmaterial aus?«

»Keine Fotos, die in die Richtung gehen, die ihr in Lederers Haus gefunden habt. Generell waren relativ wenige Bilder auf dem Laptop und die meisten davon schon älter.«

»Was heißt ›älter‹? Ein Jahr? Fünf Jahre? Zehn Jahre?«

»Bis vor circa zwei Jahren, seitdem gibt es nur noch sehr wenige Aufnahmen – die Klassiker: Weihnachten, Ostern, Geburtstage. Ich hatte noch keine Zeit, die Motive im Einzelnen zu durchforsten. Ich kann euch den Link schicken, wo wir die Daten abgelegt haben. Was ich gemacht habe, ist eine Bildersuche nach Motiven, die denen der Fotomontagen entsprechen, da habe ich jedoch keinen Treffer gelandet.«

»Also können wir ausschließen, dass jemand aus der Familie Lederer die Fotomontagen erstellt hat?«

Anita schürzte abwägend die Lippen. »Nach derzeitigem

Stand der Dinge lehne ich mich zumindest so weit aus dem Fenster zu sagen, dass die Fotomontagen nicht auf diesem Laptop angefertigt wurden. Oder jemand hat wirklich sehr, sehr sorgfältig seine Spuren verwischt.«

»Was für Jasmin sprechen könnte«, schlug Peter Sänger vor. »Ich sag nur: leeres E-Mail-Postfach.«

»Das halte ich für unwahrscheinlich«, widersprach Peppi. »Was ist mit Jonas Kittels Smartphone und Laptop?«

»Da hat sich Jens heute früh drangesetzt.«

Als hätte er auf sein Stichwort gewartet, platzte der Blondschopf in den Raum. »Sorry, Leute, aber das hier interessiert euch vermutlich.«

Die Augen der Ermittlungsgruppe richteten sich auf den schlaksigen Kollegen, der an den Tisch trat und seinen Laptop mit dem Beamer vernetzte.

»Das Foto, das als Basis für die Person von Karl Lederer diente, habe ich auf Jonas Kittels Smartphone und auf seinem Laptop gefunden«, berichtete er, während er mit dem Finger über das Mauspad huschte. Kurz darauf erschien sein Bildschirm für alle sichtbar an der Wand.

»Die Aufnahme wurde definitiv auf dem Sportplatz gemacht. Es gibt eine ganze Serie. Anscheinend beim Training der Mädchen aufgenommen. Zur gleichen Zeit wurden auch Fotos gemacht, auf denen die Mädchen kicken. Alle mit dem Zeitstempel April vor zwei Jahren.«

Der IT-Experte öffnete das bereits bekannte Foto, das Lederer mit einem Ball zwischen den Händen am Spielfeldrand zeigte. Jens sah auf und blickte in die gespannten Gesichter der Ermittlungsgruppe. »Für diejenigen von euch, die letzte Woche nicht da waren, ich zeig euch mal das Foto, um das es geht.«

Er stellte die Fotomontage, die Karl Lederer beim Sex mit seiner Tochter zeigte, neben das Sportplatzbild, zog den Mauszeiger jeweils von Kopf bis Hüfte über Karl Lederers Profil. »Exakt dieselbe Körperhaltung. Der Ausschnitt wurde aus diesem Bild extrahiert.«

»Wer macht denn so eine Schweinerei?«, fragte Emilia angewidert.

»Das versuchen wir gerade herauszufinden«, erwiderte Jens. »Jonas hat mehrere Bildbearbeitungsprogramme auf seinem Rechner: IrfanView, Gimp, dazu eine Freeware-Version von Photoshop. Und er hat einen Canva-Log-in, wie ich seinem Browserverlauf entnehmen konnte.«

»Canva?«, fragte Brander ratlos.

Jens grinste nachsichtig. Er wusste, dass Brander sich mit modernen Medien nicht besonders gut auskannte. »Das ist ein Online-Grafikdesigntool, wird verwendet, um Social-Media-Content zu erstellen – Instagram-Beiträge, Storys, Reels. Du kannst aber auch ganz normale Flyer oder andere Druckvorlagen mit dem Programm anfertigen. Jedenfalls zeigt es, dass Jonas Kittel zumindest technisch die Möglichkeit hat, Fotomontagen zusammenzubasteln. Ob er das Know-how hat, kann ich nicht sagen – theoretisch könnte auch jemand anderes an seinem Laptop gearbeitet haben.«

»Hast du auf seinem Rechner ein entsprechendes Foto gefunden, das er als Vorlage für Jasmin hätte nehmen können?«

Jens stieß die Luft aus den Lungen und nickte. »Ich denke, ja. Kleine Vorwarnung: Das wird jetzt ziemlich hässlich.«

Brander meinte zu spüren, wie die Luft im Raum zu vibrieren begann. Er versuchte, sich innerlich zu wappnen für das, was er gleich sehen würde.

Jens rief eine Videodatei auf und drückte auf »Play«. Das Bild wackelte, dann sah Brander Beine, Füße, einen dunkel gefliesten Boden, Gemurmel und Kichern waren im Hintergrund zu hören. Die Kamera schwenkte durch den Raum zu einer Bank, die in der Mitte des Raumes stand. Über der Bank verlief eine Leiste mit Kleiderhaken, an denen Taschen und Shirts hingen. Eine Umkleidekabine.

Zwei Personen standen auf der anderen Seite hinter der Bank und hatten der Kamera den Rücken zugewandt. Auf der Bank, in Blickrichtung der Kamera, saß Jasmin, die gerade ihre Sportschuhe ausziehen wollte. Ein Mädchen setzte sich neben sie. Brander meinte in ihr eine wenige Jahre jüngere Merle Altmüller zu erkennen.

»Riecht ihr das auch?« Merle rümpfte die Nase. »Hier stinkt's nach Scheiße.« Sie lehnte sich ein Stück zu Jasmin und schnupperte mit angewiderter Miene an ihr. »Boah, Lederer, wasch dich mal! Du stinkst wie ein Güllefass!«

Verhaltenes Kichern war zu hören.

Jasmin wollte aufstehen, aber Merle hinderte sie daran, indem sie ihr eine Hand auf die Schulter legte und anscheinend heftig zudrückte. Jasmin verzog schmerzhaft das Gesicht und versuchte, sich der Mannschaftskameradin zu entziehen.

»Stinker, heut ist Waschtag.«

Sie gab mit einem Kopfnicken jemandem ein Zeichen. Ein weiteres Mädchen, das nur von hinten zu erkennen war, kam ins Bild, verdeckte kurz die Sicht auf Jasmin. Sie packte Jasmin an den langen Haaren und zerrte sie nach vorn.

»Aua! Lass das!« Jasmin versuchte, sich aus dem Griff des Mädchens zu befreien, aber die zerrte nur umso heftiger.

»Scheißstinker, heul nicht!«, ätzte Merle. »Los, aufstehen, jetzt wirste gewaschen.« Sie stand auf, packte dabei Jasmins Handgelenk und drehte ihr den Arm auf den Rücken. »Steh auf, Fotze.«

»Hört auf! Lasst mich los!« Jasmin krümmte sich unter Merles Griff, während das andere Mädchen weiter an ihren Haaren zerrte, um sie von der Bank zu ziehen.

»Der Stinker hat Angst vor Wasser«, spottete Merle. Sie hielt sich die Nase zu und spuckte Jasmin in den Nacken. »Wir wollen kein Stinktier in unserem Team! Ey, Leute, sollen wir die Bitch waschen?«, rief sie zustimmungheischend in die Runde.

Das Kichern der anderen wurde lauter.

»Wa-schen! Wa-schen! Wa-schen!«, begann jemand zu skandieren, und die anderen fielen lauthals ein.

Merle riss Jasmins verdrehten Arm hoch, um sie so von der Bank zu zwingen.

»Aua! Hört auf! Nein! Hört auf!«

Doch die Mädchen zerrten sie an Haaren und Armen Richtung Mannschaftsdusche.

»Ey, willste etwa mit Klamotten duschen, Stinker?« Merle ließ ihren Arm los, war blitzschnell hinter ihr. Sie packte Jasmin an den Hüften und riss ihr die Hosen samt Unterhosen runter. Jasmin schrie panisch auf. Die anderen johlten.

»Boah, die Fotze stinkt aus dem Arsch!« Merle trat Jasmin in die Kniekehlen, sodass sie auf die Knie fiel. »Gib mal die Klobürste, dass wir die Scheiße hier wegkriegen!«

Tatsächlich reichte jemand Merle die Bürste, und sie begann, über die nackte Haut der wimmernden und sich windenden Jasmin zu schrubben.

Brander spürte, wie sich sein Magen verkrampfte.

»Putz ihr die Zähne!«, forderte jemand.

»Und die Muschi!«

Der Mob schien entfesselt. »Muschi schrubben! Muschi schrubben! Muschi schrubben«, schrien sie grölend im Chor.

Die Mädchen schaukelten sich gegenseitig hoch, malträtierten ihre Sportkameradin, die sich heulend am Boden wand. Merle stieß ihr gnadenlos die rauen Borsten der Toilettenbürste zwischen die Schenkel.

Obwohl es nur ein Video war, meinte Brander zu spüren, wie ihm die aufgeheizte, aggressive Atmosphäre aus dem Film entgegensprang.

Unter Gejohle und Geschrei zerrten sie Jasmin an Armen und Beinen in den Duschraum unter eine laufende Dusche, zogen ihr das Trikot über das Gesicht, sodass das Mädchen nichts mehr sehen konnte. Sie hielten sie fest, bespritzten sie mit Shampoo, das Merle mit der Toilettenbürste auf ihrem nackten Körper verteilte, wobei sie immer wieder ihre Geschlechtsteile malträtierte.

»Was ist denn hier –«

Das Video stoppte. Im Konferenzraum herrschte fassungsloses Schweigen.

Brander schlug das Herz bis zum Hals. Angesichts des Leids des Mädchens überkamen ihn Wut und Ohnmacht. Welcher Teufel hatte die Mädchen geritten, ihre Mannschaftskameradin derart brutal zu quälen und über ihre Pein zu lachen und zu grölen?

Er sah Merle Altmüller mit ihrer Freundin an der Absperrung vor Lederers Haus stehen, die Handykamera auf Monika Lederer gerichtet. Und er sah sie in ihrem Elternhaus: ein braves Schulmädchen, von der Mutter behütet. Offensichtlich war sie eine der Rädelsführerinnen bei dieser grausamen Aktion gewesen.

Jens, der die Bilder nicht zum ersten Mal gesehen hatte, räusperte sich. »Ich denke, der Ort des Geschehens ist relativ eindeutig«, erklärte er in die Stille. »Die Mädchen zu identifizieren dürfte nicht schwer sein. Die Frage ist: Wer hat das aufgenommen? War Jonas Kittel in der Umkleide dabei, oder hat ihm jemand das Video geschickt?«

»Warum tun die das?«, wisperte Emilia beklommen.

»Streit, Wut, Hass, Neid, Langeweile, Spaß.« Brander fragte sich, was auf Merle Altmüller zutraf. Was hatte er bei der Aktion in ihren Augen gesehen? Ablehnung. Macht. Sadismus.

»Wussten die Eltern davon?« Clewer sah fragend zu ihm.

»Monika Lederer hat nichts in der Richtung angedeutet. Sie sagte lediglich, dass sie schon seit Längerem nicht mehr an ihre Tochter rankommt. Ob ihr Vater davon wusste …« Brander hob ratlos die Schultern und wandte sich an Jens. »Von wann ist das Video?«

»Laut Metadaten wurde die Aufnahme im Mai vor gut anderthalb Jahren gemacht.«

»Also etwa einen Monat nachdem das Foto von Karl Lederer am Fußballplatz aufgenommen wurde. Das heißt, zu der Zeit war er bereits Trainer der Mannschaft«, stellte Peppi fest. »Hat der das denn nicht mitbekommen?«

»Als Mann wird er keinen Zutritt zur Mädchenumkleide gehabt haben«, gab Brander zu bedenken.

»Die waren laut. Das muss man draußen gehört haben.«

»In der Hauptsache hörte man Johlen und Lachen«, erwiderte Peter. »Wer auch immer das gehört hat, hat vielleicht gedacht, die Mädels haben einen Riesenspaß.«

»Aber es muss einen Zeugen geben«, beharrte Peppi. »Kurz bevor das Video stoppt, ruft jemand dazwischen. Jens, können wir da noch mal reinhören? Bitte nur den Schluss.«

Jens setzte den Cursor an die Stelle.

»Was ist denn hier ...«, erschallte es wieder über das Gekreische der aufgeputschten Mädchen.

»Das ist definitiv eine Frauenstimme.«

»Wer kommt da in Frage?«, fragte Clewer.

»Vielleicht irgendeine Mutter, die an dem Tag am Sportplatz war.« Brander überlegte, ob die Stimme zu Monika Lederer passte. Aber er hatte sie anders in Erinnerung.

»Wie gehen wir vor?« Clewer starrte einen Moment grübelnd auf seine Notizen. »Was hat das Ganze mit dem Suizid von Karl Lederer zu tun? Hat es überhaupt etwas damit zu tun?«

»Die Dorfbewohner haben die Familie systematisch fertiggemacht.« Peppi begann aufzuzählen: »Erst mobben und demütigen sie Jasmin, dann bringen sie ihren Vater in Verruf. Und die Mutter wurde auch geächtet. Wer weiß, was uns alles bisher noch nicht erzählt wurde.«

»Aber warum dieser Hass?« Emilia zwirbelte das Ende ihres blonden Zopfes durch die Finger.

»Ich hätte da einen Gedanken«, verkündete Stephan Klein.

»Schieß los«, forderte Clewer.

»Pass auf, es gibt die Aussage, dass Karl Lederer Nacktfotos von den Mädchen verlangt hätte.«

»Bisher haben wir das nur aus dritter Hand«, erwiderte Peppi.

»Was nicht heißen muss, dass es nicht stimmt. Dieses Video entstand im Mai – korrekt?«

Jens Schöne nickte.

»Da war noch Spielsaison. Nehmen wir mal an, der Karl

Lederer hat tatsächlich diese Nacktfotos als Obolus dafür verlangt, dass er die Spielerin am Spieltag auf den Platz ließ. Die Mädchen sind sauer, und dann liefern sie ihm Bilder … nur eben nicht von sich, sondern von seiner Tochter.«

Peppi schüttelte ungläubig den Kopf.

»Tu das nicht so ab, Persephone. Die Mädchen schicken dem Karl Bilder oder vielleicht auch das Video seiner zutiefst gedemütigten Tochter. Ein Racheakt. Und weil er vielleicht trotzdem nicht nachgibt, wenden die Mädchen sich schließlich doch noch an den Vorstand.«

»Und warum schicken die ihm jetzt diese Ausdrucke?« Peppi war nicht überzeugt von Stephans Theorie.

»Welche Ausdrucke?«

»Die wir in seiner Küche gefunden haben!«

»Woher willst du wissen, dass er die Bilder erst jetzt bekommen hat? Vielleicht hat er die schon anderthalb Jahre in der Schublade liegen.«

»Und dann schaut er sie sich jeden Morgen beim Frühstück an, oder was?« Peppi blies sich aufgebracht eine Locke aus der Stirn.

»Vielleicht stammen die Bilder nicht von den Mädchen«, erwiderte Stephan. »Jasmin hatte keinen Kontakt mehr zu ihrem Vater, oder?«

»Kaum«, bestätigte Brander. »Telefonate oder Chatnachrichten gab es anscheinend keine zwischen Vater und Tochter, und seitdem sie mit ihrer Mutter ausgezogen ist, war sie nur selten in Aichheim.«

»Jetzt erzähl mir nicht, dass Jasmin die Fotomontagen gemacht hat!«, zischte Peppi grimmig.

Stephan hob die Augenbrauen, was die zahllosen Falten auf seiner Stirn vertiefte. »Durch die Beschwerde der Mädchen hat sie erfahren, was ihr Vater von den anderen Mitspielerinnen verlangt hat. Und sie erkennt, dass sie diese Aktion«, Stephan deutete auf das Standbild des Videos, »ihm zu verdanken hatte. Was ist, wenn sie ihrem Vater das Gewehr besorgt hat?«

»Unsinn!«, widersprach Peppi energisch.

»Warum war die Jasmin gestern in dieser Kanzel im Wald?«

»Das wissen wir nicht«, antwortete Brander. »Sie hat keine Aussage gemacht.«

Stephan sah sich in seiner Theorie bestätigt. »Sie kannte die Gewohnheiten ihres Vaters. Vielleicht wusste sie von ihrer Mutter, dass dieser – wie heißt er? – Gottfried Bäuerle zwei Gewehre in seinem Haus verwahrt.«

»Wie hätte sie denn unbemerkt in das Haus kommen sollen?« Peppi missfiel Stephans Theorie sichtbar. Auf ihren Wangen zeichneten sich deutlich dunkelrote Flecken ab.

»Irgendein Vorwand findet sich immer.«

»Wir haben mit Bäuerle über die Lederers gesprochen. Der Mann hätte uns doch gesagt, wenn Jasmin bei ihm gewesen wäre!«

»Ist ja nur eine Theorie. Jetzt fang nicht gleich an, Feuer zu speien.«

»Es ist ja nicht deine Tochter, die misshandelt wurde!«

»Deine aber auch nicht«, konterte Stephan unbeeindruckt. Der Hüne hatte ein dickes Fell.

»Stopp!«, schritt Clewer ein. »Diese Geschichte ist tragisch und nimmt jeden von uns emotional mit. Aber wir bleiben bitte sachlich.« Er sah streng in die Gesichter seiner beiden Teammitglieder.

»Monika Lederer hat ausgesagt, dass die Mädchen ihren Mann gequält hätten. Sie hätten ihm Fotos geschickt, die er nicht wollte«, überlegte Brander. »Sie hat diese Bilder nie gesehen. Vielleicht waren es tatsächlich Aufnahmen aus diesem Video. Das könnte erklären, warum er seiner Frau die Bilder nicht gezeigt hat. Leider hat Karl Lederer das alte Smartphone vor einem halben Jahr entsorgt, sodass wir das Gerät nicht mehr untersuchen können.«

»Ihr sprecht noch mal mit Frau Lederer und Jasmin«, delegierte Clewer die Aufgabe an Brander und Peppi. »Anita, du hast gesagt, es gab Mailverkehr mit den Schulen?«

»Ja.«

»Peter, Emilia, ihr beide schaut bitte die Mails durch, setzt euch mit den Schulen und dem Jugendamt in Verbindung. Ich will wissen, ob es weitere Übergriffe auf das Mädchen gab oder andere Auffälligkeiten.«

»Es wäre interessant zu wissen, was POK Winkler von der Sache weiß.« Peppi hatte ihren inneren Aufruhr inzwischen wieder einigermaßen unter Kontrolle. »Seine Tochter hat doch auch gekickt.«

Brander nickte. »Mit ihm sprechen wir auch noch mal. Und mit dem Vereinsvorstand. Die sollen uns die Namen aller Mädchen aus der Mannschaft geben.«

»Was machen wir mit denen?«, wandte sich Peppi an Clewer. »Laden wir die alle vor?«

»Wir fangen mit Jonas Kittel und Merle Altmüller an.«

»Ich vermute, wir brauchen richterliche Vorladungen für die Befragungen, sonst kommen die nicht.« Brander kam noch ein anderer Gedanke. »Jens, kannst du uns aus dem Video Fotos rausschneiden, auf denen möglichst viel von den Haupttäterinnen zu erkennen ist?«

»Klar.«

»Leite die Bilder dann bitte an Cory weiter. Sie soll mit Hannah Röhm sprechen. Frau Röhm hat die Mädchen trainiert, vielleicht kann sie anhand von Trikotnummer oder Frisur oder was weiß ich die Täterinnen identifizieren.«

»Okay.«

»Soll ich zu den Beteiligten schon mal etwas Hintergrundrecherche betreiben?«, bot Fabio Esposito an.

»Ja«, stimmte Clewer zu.

»Vielleicht könntest du auch versuchen, mit Karl Lederers Ärzten zu sprechen«, bat Brander. »Mit Hilfe der Mails auf Monika Lederers Laptop müsste sich herausfinden lassen, wer Karl Lederer behandelt hat. Bisher haben wir nur die Aussagen von seiner Frau und POK Winkler, dass Lederer seit Jahren schwer depressiv war. Ich will wissen, ob er suizidgefährdet war, und vielleicht ist ja bekannt, ob er spezielle sexuelle Neigungen hatte.«

***

Mit den richterlichen Vorladungen für Jonas Kittel und Merle Altmüller in der Tasche machte Brander sich auf den Weg nach Aichheim. Peppi war von der Sitzung noch immer aufgewühlt. Daher hatte Brander entgegen ihrer sonstigen Gewohnheit den Platz hinterm Lenkrad übernommen.

»Was für ein beschissener Fall.« Peppi ließ sich seufzend auf dem Beifahrersitz nieder. Sie nahm eine Ampulle aus ihrer Handtasche, legte den Kopf in den Nacken und tröpfelte sich die Flüssigkeit in die Augen. »Ob Jasmins Vater tatsächlich von dem Übergriff gewusst hat? Vielleicht hat er diese Merle deshalb von den Spielen ausgeschlossen. Verdammt, warum ist mir das gerade in der Sitzung nicht eingefallen?«

»Wir werden herausfinden, wer was gewusst hat.« Brander startete den Motor und fuhr aus der Parklücke. Er steuerte die Ausfahrt an.

»Vermutlich die ganze Dorfjugend. Weißt doch, wie es ist: Wenn einmal jemand als Opfer auserkoren wurde, klinken sich alle mit ein, um ja nicht selbst zum Ziel der Übergriffe zu werden. Hast du die Augen von dieser Merle gesehen? Die war ja wie im Rausch. Völlig ekstatisch! Wäre da nicht jemand dazwischengegangen, die hätten Jasmin umgebracht.«

»Peppi –«

»Und niemand aus der Mannschaft hilft ihr! Alle haben mitgemacht.«

Das war die Gruppendynamik. Es war nicht das erste Mal, dass Brander so etwas erlebte. Er wusste, dass er Peppi das nicht erklären musste. Die Gruppenmitglieder peitschten sich gegenseitig hoch. Wer sich nicht entziehen konnte, machte mit, um nicht selbst Opfer zu werden. Grenzen verschwammen und wurden überschritten.

»Und dann nehmen die das auch noch auf! Was haben die mit dem Video gemacht? In ihren Gruppen geteilt? Online gestellt? Sich daran aufgegeilt?« Peppi schnaufte grimmig. »Man verliert den Glauben an die Menschheit.«

»Es sind nicht alle so.« Dicke Tropfen klatschten auf die Scheibe, als Brander aus der Tiefgarage fuhr. Er schaltete die Scheibenwischer ein. »Versuch, objektiv zu bleiben.«

»Ich bin objektiv.«

»Bist du nicht«, widersprach Brander.

»Ach ja? Nenn mir ein Beispiel!«

»Du verteidigst Jasmin, wo du kannst. Die Attacke gestern hätte anders ausgehen können, und du tust das mit einem ›war 'ne Verwechslung, sie hat sich entschuldigt‹ ab.«

»Sie hat sich entschuldigt! Herrgott, das Mädchen hat doch schon genug gelitten, da braucht sie nicht noch ein Gerichtsverfahren!«

»Sie sollte aber auch nicht durch die Gegend rennen und anderen Leuten Tränengas ins Gesicht sprühen.«

»Sie hatte Angst!«, beharrte Peppi. »Sie ist das Opfer, nicht die Täterin! Und ich sag dir, wie es ist: Die Mädchen kommen alle ungeschoren davon und suchen sich das nächste Opfer, während Jasmin fürs Leben traumatisiert ist.«

Brander warf seiner Kollegin einen Seitenblick zu. Er kannte sie lange genug, wusste Geschichten aus ihrer Vergangenheit, die sie ihm anvertraut hatte. Erlebnisse, die sie ohnmächtig gemacht hatten. Die der Grund waren, warum sie Polizistin geworden war. Sie wollte nicht mehr ohnmächtig sein, wollte denen helfen, die in Not waren.

»Lass diesen Fall nicht so nah an dich ran. Was Jasmin angetan wurde, ist nicht deine Schuld.«

»Das weiß ich selbst.«

Sie wusste es vielleicht, aber sie fühlte sich dennoch schuldig, ahnte Brander.

Peppi starrte eine Weile stumm aus dem Fenster, während er den Wagen über die Adenauerbrücke aus Esslingen lenkte.

»Ich bin sicher, dass Jasmin es war, die in den Selbstmordforen gestöbert hat. Wenn sich das Mädchen was antut, dann schmeiß ich hin. Dann kann ich nicht mehr, Andi, und dann will ich auch nicht mehr.«

Die Worte klangen erschreckend ernst. Brander warf seiner Kollegin einen besorgten Seitenblick zu. »Du kannst mich nicht einfach hängen lassen.«

Sie wandte sich ihm wieder zu und zwang sich ein erschöpftes Lächeln auf die Lippen. »Will ich auch nicht, aber ich bin es gerade alles so leid. Jeden Tag dieses ganze Elend. Und wir kommen immer zu spät.«

Der kräftige Schauer war in einen feuchtkalten Nieselregen übergegangen, als Brander vor dem Sportheim des FC Aichheim parkte. Der Sportplatz war verwaist, und im Gebäude war alles dunkel, doch als Brander und Peppi die Autotüren zuschlugen, kam Walter Gaul aus dem Schankraum. Sie eilten zu dem Vordach, unter dem der Vereinsvorsitzende auf sie wartete.

»Warum wollten Sie mich hier treffen?« Der Blick des Rentners war nicht mehr ganz so entgegenkommend wie bei ihrer ersten Begegnung, stellte Brander fest.

»Wir möchten einen Blick in die Umkleidekabinen Ihrer Sportler werfen.«

Gaul verzog verdutzt das Gesicht, wandte sich dann aber um. »Ich hol geschwind den Schlüssel.«

Wenig später schloss er eine Tür an der kurzen Seite des Gebäudes auf. Die Luft war kalt und abgestanden, dazu mischte sich der Geruch eines starken Reinigungsmittels. Abgewetzte Holzbänke, wie man sie aus den 1970er Jahren kannte, mit hohen Lehnen und Garderobenhaken, reihten sich an den Längsseiten aneinander und durchmaßen einmal die Mitte des Raumes. Neben der Tür und an der hinteren Wand standen Spinde, deren grüne Farbe zum Teil abblätterte und die mit Stickern verschiedener Erst- und Zweitligisten beklebt waren. Zwei Türen gingen von dem Raum ab. Eine führte zu den Toiletten, die andere in die Mannschaftsdusche mit beigen Kacheln und verkalkten Duschköpfen.

Brander nahm sein Smartphone und suchte eines der Fotos, die Jens ihm aus dem Video extrahiert hatte. Er verglich die Aufnahme mit dem Raum. Die Spinde auf dem Foto waren grau, nicht grün. Er wandte sich an Gaul. »Gibt es noch einen zweiten Umkleideraum?«

»Ja, der wird aber nur selten genutzt.«

»Wir würden ihn trotzdem gern sehen.«

Sie folgten dem Mann zur Rückseite des Gebäudes. Die Aufteilung dort glich der in der ersten Mannschaftsumkleide, allerdings war der Raum etwas kleiner. Und die Spinde waren grau.

»Welchen der beiden Räume hat Ihre Mädchenmannschaft damals genutzt?«

»Meistens den hier. Waren ja nicht so viele.«

Brander verglich das Inventar erneut mit dem Foto. Dies musste der Ort gewesen sein. »Herr Gaul, ist Ihnen bekannt, ob es damals innerhalb der Mädchenmannschaft Mobbing gab?«

»Wie meinen Sie das?«

»Wurde ein Mitglied der Mannschaft ausgegrenzt? Beleidigt? Gequält?«

»Nein«, erwiderte Gaul beinahe entrüstet. »So etwas gibt es bei uns nicht.«

»Wir haben mit der ehemaligen Trainerin gesprochen. Die sagt was anderes«, entgegnete Peppi scharf.

Walter Gaul schnalzte mit der Zunge. »Nur weil sich ein paar Mädchen mal streiten, ist das doch kein Mobbing. Auf dem Platz herrscht manchmal ein rauer Ton. Das sollte die Hannah eigentlich wissen.«

»Wir sprechen nicht von einem kleinen Streit, sondern von Mobbing. Uns liegen Bilder eines Gewaltexzesses vor, und der hat nicht auf dem Platz stattgefunden, sondern hier!« Peppi zog mit dem Arm einen weiträumigen Kreis.

»Ein Gewaltexzess?« Ein Hauch Betroffenheit gepaart mit

Unglauben legte sich auf das Gesicht des Vereinsvorsitzenden. »Nein, das kann ich mir nicht vorstellen.«

»Das müssen Sie sich auch nicht vorstellen. Wir können Ihnen gern –«

Brander bremste Peppi mit einem mahnenden Kopfschütteln. »Wir benötigen eine Auflistung aller Mädchen, die vor zwei bis anderthalb Jahren bei Ihnen im Verein gekickt haben«, wandte er sich an Gaul.

»Geht es um den Karl? Hat der sich also doch an den Mädchen vergriffen?«

»Nein, es geht nicht um Herrn Lederer«, stellte Peppi klar. »Es geht um ein Mädchen, das in diesen Räumen physisch und psychisch brutal angegriffen wurde.«

»Wer soll denn das gewesen sein? Wenn da etwas bei uns vorgefallen wäre, dann wüsste ich das doch!«

»Herr Gaul, zum Schutz des Mädchens können wir Ihnen zum gegenwärtigen Zeitpunkt keine weiteren Informationen geben«, übte Brander sich in Diplomatie. »Es wäre sehr entgegenkommend, wenn Sie uns eine Liste der damaligen Spielerinnen geben könnten.«

Brander machte mit seinem Handy für Jens zum Abgleich mit dem Video ein paar Aufnahmen von dem Umkleideraum, dann reichte er dem Vorsitzenden seine Visitenkarte. »Schicken Sie mir die Übersicht bitte so schnell wie möglich.«

Sie verabschiedeten sich und fuhren zu Gerlinde Schneckenbecher. Da in dem Video am Ende eine Frauenstimme zu hören gewesen war, lag die Vermutung nahe, dass diese zu der Kassenwartin des Vereins gehören konnte.

»Sag nichts«, knurrte Peppi auf dem Beifahrersitz, als Brander vom Platz fuhr.

»Ich sag doch gar nichts.«

»Es regt mich einfach so auf! Wusste der wirklich von nichts, oder hat der sich dumm gestellt?«

»Schwer zu sagen.« Brander war sich nicht sicher, wie er Walter Gaul einschätzen sollte.

»Irgendjemand muss mitbekommen haben, was in der Umkleidekabine vor sich gegangen ist. Der Raum grenzt direkt an den Schankraum. Das war laut. Jasmin hat geschrien, die Mädchen haben geschrien. Irgendjemand muss es gehört haben!«

»Deswegen sprechen wir jetzt mit Frau Schneckenbecher. Und wenn die von nichts weiß, befragen wir sämtliche Mütter der Mädchen.«

»Wenn es die Mutter von der Merle war, wird die nix sagen. Die betütert ihre Tochter ja wie ein rohes Ei.«

Brander lenkte den Wagen in die Dorfstraße und hielt wenig später vor dem Haus der Kassenwartin, aber es öffnete ihnen niemand. Peppi zog die Jacke fröstelnd enger um sich. »Jonas als Nächstes?«

Brander sah auf die Uhr. »Als Erstes fahren wir beim Polizeiposten vorbei und klären, ob wir die Befragungen von Jonas und Merle dort durchführen können, und dann schauen wir, ob die beiden schon aus der Schule gekommen sind.«

Paula Vessler öffnete ihnen auf ihr Klingeln hin freundlich grüßend die Tür und ließ sie eintreten. POK Christian Winkler sah ihnen weniger begeistert von seinem Schreibtisch aus entgegen. »Ermitteln Sie immer noch wegen dem Karl?«

»Auch.« Brander ließ sich ungebeten auf einem Besucherstuhl nieder.

»Was denn noch?«

»Da wäre die Brandstiftung im Hause Lederer, der Waffendiebstahl bei Gottfried Bäuerle, das Erstellen und die Verbreitung jugendpornografischer Schriften, jetzt haben wir noch Körperverletzung. Ist 'ne Menge los in ihrem kleinen Ort.«

Winklers Blick glitt zu Peppis Gesicht. »Ich dachte, das war die Jasmin? Die haben Sie doch gekriegt.«

»Darum geht es nicht«, erwiderte Brander. »Ihre Tochter hat auch beim FC Aichheim Fußball gespielt?«

»Ja.«

»Hat sie mal erwähnt, dass es in der Mannschaft Mobbing gab?«

Winkler verzog abschlägig den Mund. »Nein. Die Mädchen kennen sich doch alle von klein auf, da fangen die doch nicht mit Mobbing an.«

Alle kannten sich nicht von klein auf.

»Uns ist inzwischen bekannt, dass im Mai vor etwas mehr als anderthalb Jahren eine Mannschaftskameradin körperlich angegriffen worden ist.«

»Angegriffen?«, echote Winkler spöttisch. »Da gab es manchmal Gezicke. Vielleicht haben sich auch mal welche geschlagen. Wie das halt so ist unter pubertierenden Teenagern. Und überhaupt! Was hat denn das jetzt mit dem Karl zu tun?«

»Das wird sich zeigen. Wir benötigen einen Raum für die Befragung von Jonas Kittel. Können wir das bei Ihnen in der Dienststelle machen?«

Auf der Stirn des Mittvierzigers bildeten sich tiefe Furchen. »Hat das was mit gestern zu tun? Sie hätten den Jungen wirklich nicht so vorführen müssen. Was hat er denn jetzt angestellt? Hat er auch jemanden ›gemobbt‹?«

»Sie müssen uns Ihre Räume nicht zur Verfügung stellen«, ignorierte Brander die provokante Frage. »Wir können Jonas ebenso gut in Tübingen befragen.«

»Wenn hier in meinem Flecken irgendwas nicht stimmt, dann möchte ich das bitte wissen«, forderte Winkler energisch.

»Warum auf einmal so diensteifrig?« Peppi konnte den Zynismus nicht unterdrücken. »Es hat Sie doch auch nicht interessiert, wenn Jugendliche aus Ihrem Flecken Hundescheiße an fremde Hauswände geworfen haben.«

»Das ist doch eine leere Behauptung! Nur weil ein depressiver, pädophiler Mann sich das Leben nimmt, müssen Sie nicht das ganze Dorf unter Generalverdacht nehmen!«

»Herr Polizeioberkommissar Winkler«, Peppis Stimme bekam einen gefährlichen Unterton, »es gibt keinen einzigen Beweis dafür, dass Herr Lederer pädophil war. Es gibt aber Beweise dafür, dass ein Mädchen hier in Ihrem Flecken von mehreren Personen brutal körperlich angegangen und gedemütigt wurde, und offensichtlich hat niemand es für nötig befunden, diesem Kind zu helfen!«

»Ich weiß nicht, wovon Sie sprechen.«

Peppi verzog die Lippen zu einem kalten, schmalen Strich. »Warum wundert mich das nicht?«

»Jetzt hören Sie mal!« Winkler sprang von seinem Stuhl auf. »Ich lass mich von Ihnen nicht beleidigen.«

Es wäre besser gewesen, mit Corinna Tritschler nach Aichheim zu fahren, ärgerte Brander sich über sich selbst. Peppis Zynismus gegenüber dem Kollegen war wenig hilfreich.

»Herr Winkler, niemand will Sie beleidigen.« Er stand ebenfalls auf. »Alles, was wir versuchen, ist, die Umstände aufzuschlüsseln, die zu Karl Lederers Tod geführt haben, und dabei öffnen sich leider eine Menge Nebenschauplätze. Wir hatten auf etwas mehr Kooperation und Unterstützung vor Ort gehofft. Ich verstehe Ihre Situation. Sie leben hier, Sie sind mit den Menschen persönlich verbunden.«

Seine Worte schienen den Kollegen in einen inneren Konflikt zu bringen. Brander erkannte die Irritation in Winklers Gesicht.

»Wenn Sie etwas über den Vorfall in der Wildbeobachtungskanzel wissen oder über die Vorfälle in der Alemannenstraße, den Vandalismus, die Brandstiftung oder was auch immer, wären wir Ihnen dankbar, wenn Sie uns das mitteilen.« Brander sah dem Mann in die Augen. »Ich denke, ich muss Sie nicht an Ihre Dienstpflicht und Ihren Eid erinnern?«

Er nickte Peppi zu. »Lass uns gehen.« Er steuerte den Ausgang an.

»Was ist mit der Befragung?«, rief Winkler ihnen hinterher.

Brander wandte sich noch einmal um. »Die machen wir in Tübingen.«

»Das müssen Sie nicht. Natürlich können Sie das Gespräch hier führen.«

Für einen kurzen Moment war Brander geneigt abzulehnen,

allerdings würde es ihnen Zeit sparen, wenn sie nicht zwischen Aichheim und Tübingen hin- und herfahren mussten. »Danke, gern.«

Jonas Kittel war nach Aussage der Mutter gerade erst aus der Schule gekommen, als Brander und Peppi ihn zu Hause abholten. Sie versuchte erfolglos, die Kommissare abzuwimmeln.

Jonas hatte die Kapuze seines Hoodies über den Kopf gezogen und nahm sie auch nicht ab, als Brander ihn in den Nebenraum des Polizeipostens führte. Er saß mit krummem Rücken am Tisch, die Hände in den Taschen seiner Jeans vergraben, sein rechtes Bein wippte nervös.

Peppi nahm neben Brander Platz. Er hatte mit ihr vereinbart, dass er die Befragung durchführen und sie protokollieren würde.

Er musterte das Gesicht des jungen Mannes. Dunkle Ringe unter den blauen Augen ließen vermuten, dass er in der vergangenen Nacht wenig Schlaf bekommen hatte. Auf der linken Wange meinte Brander eine rötliche Schwellung zu erkennen. »Haben Sie sich geprügelt?«, erkundigte er sich.

»Hä?«

Brander tippte sich auf die eigene Wange. »Die Schwellung.«

Jonas hob mit einem desinteressierten »Pfff« die Schultern.

»Mit wem?«

Die Antwort war erneut ein Achselzucken.

Dann eben nicht. Brander beschloss, nicht weiter nachzuhaken. »Herr Kittel, uns interessieren die Daten auf Ihrem Laptop. Bevor wir mit der Befragung beginnen, weise ich Sie darauf hin, dass Sie aktuell als Zeuge befragt werden. Dieses Gespräch wird aufgenommen. Sie erhalten ein Protokoll der Befragung zur Unterschrift. Ich weise Sie außerdem darauf hin, dass Sie verpflichtet sind, als Zeuge die Wahrheit zu sagen. Sie können jedoch die Antwort verweigern, wenn Sie sich damit selbst belasten würden. Haben Sie das so weit verstanden?«

»Yes, Sir.«

»Ein einfaches Ja reicht.«

»Jep. Wann krieg ich meine Sachen wieder?«

»So schnell wie möglich.«

»Ich brauch mein Handy und den Rechner für die Schule. Ich steh kurz vorm Abi.«

»Wie gesagt: Sie bekommen beides so schnell wie möglich zurück. Sie kennen Jasmin Lederer?«

Jonas legte ächzend den Kopf in den Nacken. »Ließ sich nicht vermeiden.«

»Mögen Sie Jasmin nicht?«

»Die ist mir scheißegal.«

»Sie waren Nachbarn. Da haben Sie doch sicher mal miteinander gesprochen?«

»Nö.«

»Warum nicht?«

Jonas ließ seinen Kopf wieder nach vorn fallen und stierte ihn abschätzig an. »Die ist hässlich und dumm.«

»Wir haben Ihnen gestern ein Foto gezeigt, das Sie im April vor knapp zwei Jahren auf dem Fußballplatz des FC Aichheim aufgenommen haben.«

»Ja, und? Wenn Spieltag war, hab ich Fotos gemacht.«

»Sie haben also Fotos gemacht. Auch Videos?«

»Sie haben doch meinen Laptop, da wissen Sie das doch.«

»Das heißt, die Videos auf Ihrem Laptop sind alle von Ihnen?«

»Nee, nicht alle. Ich krieg auch Bilder und Videos zugeschickt.«

»Von wem?«

»Von Leuten.«

Brander fixierte den jungen Mann mit seinem Blick. Er wollte jede Regung mitbekommen. »Wir haben ein Video auf der Festplatte Ihres Computers gefunden, auf dem Ihre Nachbarin Jasmin Lederer von mehreren Mädchen der Fußballmannschaft körperlich misshandelt wird.«

Jonas Kittel starrte ihn mit ausdrucksloser Miene an, aber

Brander merkte, wie es hinter der Stirn arbeitete. So cool, wie er sich gab, war er nicht.

»Haben Sie das Video gemacht?«

»Keine Ahnung, wovon Sie sprechen.«

»Das heißt, Sie wissen nicht, dass sich dieses Gewaltvideo auf Ihrem Laptop befindet?«

Jonas hob die Schultern. »Was 'n für 'n Video? Ich sagte doch schon: Da sind viele drauf.«

Brander haderte mit sich. Sollte er Jonas mit dem Film konfrontieren? Oder konnte es möglich sein, dass er tatsächlich nichts von dem Video wusste? »Wer hat alles Zugriff auf Ihren Rechner?«

»Jeder, der will. Bin da nicht so eigen.«

Das konnte glauben, wer wollte. »Also auch Ihr Vater, Ihre Mutter …«

Die Schläfen des jungen Mannes überzog eine leichte Röte. Eine Antwort gab er nicht. Stattdessen zog er die Kapuze zurück, öffnete den Dutt an seinem Hinterkopf und strich sich mit den Fingern durch die dichten langen Haare, um die ihn sicher manche Frau beneidete. »Hatten Sie schon immer eine Glatze?«

»Wir werden Ihre Eltern zu diesem Video befragen.«

Jonas öffnete den Mund, als wollte er widersprechen, schloss ihn dann aber ratlos wieder.

»Wer hat sonst noch Zugriff? Freunde? Klassenkameraden?«

»Wieso wollen Sie das wissen?«

»Weil wir wissen wollen, wer das Video erstellt hat.«

»Warum is 'n das so wichtig?«

Statt einer Antwort nahm Brander ein leeres Blatt und einen Kuli und schob beides über den Tisch zu Jonas Kittel. »Wenn Sie so freundlich wären, uns aufzulisten, wer alles Zugriff auf Ihren Laptop hat.« Er wandte sich an Peppi. »Sagst du bitte Herrn Winkler geschwind Bescheid: Er soll, wenn möglich noch heute, einen Termin mit Herrn und Frau Kittel vereinbaren. Vielleicht können sie uns mehr über das Video sagen, wenn nicht, gehen wir morgen an die Schule und sprechen mit den Freunden von Herrn Kittel.«

»Hä?« Jonas sah verstört von einem zum anderen. Stift und Zettel hatte er nicht angerührt.

»Bitte?«

»Was soll 'n das jetzt? Wieso wollen Sie mit meinen Eltern sprechen?«

»Wie ich schon sagte, wir möchten wissen, wer dieses Video gemacht hat, und Sie können uns leider nicht weiterhelfen, daher müssen wir mit den Menschen sprechen, die Zugriff auf Ihren Rechner haben. Eine Liste wäre sehr hilfreich.« Brander deutete einladend auf den Zettel.

Jonas' Bein begann wieder, nervös zu wippen. »Das ... das ist doch nicht echt, das Video.«

»Ich kann Ihnen gerade nicht folgen«, sagte Brander arglos. »Von welchem Video sprechen Sie jetzt?«

»Na, das mit der Jasmin ...«

»Ich dachte, Sie kennen das Video nicht?«

»Nein ... doch ... klar. Ich dachte nur ... ich wusste nicht ...«

»Was dachten Sie?«

»Na ja, Sie sagten: Gewaltvideo. Das war doch nur Spaß.«

»Das Video, das wir gesehen haben, sah nicht nach Spaß aus.«

Jonas schwitzte. Er verknotete seine Haare wieder am Hinterkopf, löste den Dutt erneut. »Sie meinen doch das Video mit der Klobürste, oder?«

»Geht es etwas präziser?«

»Na ... das mit der Jasmin und den Mädels ... in der Umkleide ... das war Spaß.«

Unglaublich, was Jonas Kittel unter »Spaß« verstand. Brander fragte sich, ob er die Situation auch so lustig gefunden hätte, wenn er an Jasmins Stelle gewesen wäre. »Sie waren also dabei, als die Mädchen der Fußballmannschaft Jasmin Lederer körperlich verletzt und gedemütigt haben?«

»Nein, aber das war gar nicht so, wie das aussieht. Ich weiß das ...«

»Woher?«

»Das war ein Filmprojekt … Ist alles gespielt.«

Brander spürte, wie Peppi neben ihm vor Wut zu kochen begann. Er hoffte, dass sie die Kontrolle behielt. »Was für ein Filmprojekt?«, fuhr er fort. »Wofür?«

Jonas hob die Schultern. »Weiß ich nicht.«

»Wer hat die Aufnahme gemacht?«

»Keine Ahnung.«

»Herr Kittel, wir finden es so oder so raus.«

»Ich weiß es aber nicht!«

»Warum befindet sich das Video in Ihrem Besitz?«

Jonas flüchtete sich wieder in ein Achselzucken.

»Können Sie sich jetzt erinnern, von wem Sie dieses Video bekommen haben?«

»Nein.«

»Haben Sie das Video an jemanden weitergegeben?«

»Nee.«

»Sind Sie ganz sicher?«

»Jep.«

»Ich fasse mal kurz zusammen: Sie haben das Video nicht gemacht, und Sie wissen nicht mehr, von wem Sie es bekommen haben. Aber Sie wissen, dass es bei der Aufnahme um ein Filmprojekt ging.«

»Genau«, erwiderte Jonas Kittel beinahe erleichtert.

»Werden unsere IT-Forensiker noch weitere Spaß-Videos auf Ihrem Laptop oder Ihrem Smartphone finden? Gab es vielleicht auch ein Projekt mit Fotomontagen?« Brander hatte Mühe, ein sarkastisches »lustiges« vor dem Wort »Projekt« zu unterdrücken.

»Keine Ahnung.«

»Sie wissen nicht, was sich alles auf Ihren digitalen Geräten befindet?«

»Das ist so 'n Load, das kann ich mir doch nicht alles merken.«

Vergesslich schien der junge Mann in der Tat zu sein. Brander beschloss, dass es Zeit war für einen Themenwechsel.

»Haben Sie zufällig mitbekommen, wer in der Silvesternacht die Scheibe im Haus Ihres Nachbarn eingeworfen hat?«

»Nee, ich war auf 'ner Party.«

»Wo?«

»Bei Merle. Die haben 'nen geilen Partykeller.«

»Und da waren Sie die ganze Zeit, oder sind Sie vielleicht zwischendurch mal rausgegangen?«

»Um Mitternacht sind wir alle raus. Merles Vater hat ein Mega-Feuerwerk gemacht. Macht der jedes Jahr.«

»Wo hat er das Feuerwerk gemacht?«

»Beim Sportheim.«

»Und danach?«

»Haben wir weitergefeiert.«

»Im Sportheim?«

»Nein, wir sind zurück in den Partykeller.«

»Haben Sie auf dem Weg einen Schlenker gemacht? Vielleicht, um auch noch mit Ihren Eltern auf das neue Jahr anzustoßen?«

»Die waren mit den anderen Oldies im Sportheim.«

Auf dem Weg kam er nicht weiter. Wenn die Jugendlichen das Fenster bei Karl Lederer eingeworfen hatten, hatten sie sich wahrscheinlich hinterher abgesprochen, dass alle behaupten sollen, sie wären im Partykeller der Altmüllers gewesen. »Wann sind Sie nach Hause gegangen?«

»Gar nicht. Hab bei Merle gepennt.«

»Merle ist Ihre Freundin?«

»Jep.«

»Waren Sie auch schon damals zusammen, als der Vorfall mit Herrn Lederer bekannt wurde?«

»Nee … also noch nicht so richtig.«

»Hat Merle sich Ihnen damals anvertraut?«

»Nee, ich hab's erst erfahren, als die den Kinderficker aus 'm Verein gekickt haben. Ich wollte dem Arschloch die Fresse polieren. Merle wollte das nicht, fand's aber nice, dass ich sie verteidigen wollte.«

»Warum hat Ihre Freundin den Vorfall nicht der Polizei gemeldet?«

»Weiß nicht …« Zum ersten Mal zeigte sich in der ablehnenden Miene ein Hauch Anteilnahme. »Ich glaub, ihre Eltern wollten das nicht. Hatten Schiss wegen der Presse und so. Die hätte aber zur Polizei gehen sollen. Der Pädo wär so geil auf sie. Der hat sie nicht in Ruhe gelassen.«

Brander hob erstaunt die Augenbrauen. »Was heißt das: Er hat sie nicht in Ruhe gelassen?«

Jonas nickte grimmig vor sich hin. »Der hat ihr aufgelauert. Einmal hat er sie auf dem Heimweg abgepasst und an die Wand gedrückt und überall begrapscht.«

»Waren Sie dabei?«

»Dann hätte ich den umgehauen, ich schwör.«

»Woher wissen Sie von dem Übergriff?«

»Hat Merle mir erzählt. Sie hat ihm in die Eier getreten, damit er sie loslässt. Sie hat hinterher stundenlang geduscht, weil sie seinen Gestank nicht loswurde. Die war voll fertig.«

»Wann war das?«

»Irgendwann letztes Jahr im Spätsommer. Seine Alte war gerade ausgezogen.«

»So etwas geht gar nicht!« Peppi sah von ihren Mitschriften auf. »Sie hätte das anzeigen müssen.«

»Hab ich ihr auch gesagt. Wollte sie aber nicht.«

»Warum nicht?«

»Das sollte keiner wissen. Sie will nicht, dass die anderen sie für ein Opfer halten.«

»Und darum sind sie dann gemeinsam nachts losgezogen und haben Beutel mit Hundekot an seine Hauswand geworfen?«

Jonas Kittel starrte Peppi einen Moment lang schweigend an, dann zuckte er mit den Achseln. »Hat die Sau doch verdient.«

»Was hatte Herr Lederer Ihrer Meinung nach denn sonst noch verdient?«, fragte Brander.

Der junge Mann zog es vor, auf diese Frage nicht zu antworten.

»Was wissen Sie über die Brandstiftung?«

»Nix.« Jonas sah ihm so starr in die Augen, dass Brander sicher war, dass der junge Mann log. Wen deckte er? Oder hatte er womöglich selbst das Feuer gelegt?

Nachdem Jonas Kittel das Gesprächsprotokoll unterschrieben hatte, entließen sie ihn wieder in die Freiheit. Brander und Peppi zogen ihre Jacken an, um sich auf den Weg zu Merle Altmüller zu machen, als Branders Handy klingelte. Walter Gaul war am anderen Ende. Er bat Brander, zu ihm nach Hause zu kommen.

Walter und Edeltraut Gaul wohnten nur wenige Meter vom Polizeiposten entfernt, auf der anderen Seite des Dorfplatzes. Brander und Peppi eilten zu Fuß durch den andauernden Nieselregen hinüber.

Walter Gaul ließ sie von der feuchten Januarkälte in einen gut geheizten dämmrigen Flur treten. Ein dicker Teppich lag auf dem Boden. An der Garderobe hingen Wintermäntel, Schals und Mützen. Die Schuhe standen akkurat darunter in dunklen flachen Plastikwannen. Um mit ihren nassen Sohlen den Teppich nicht zu verdrecken, zogen Brander und Peppi ihre Schuhe aus.

Die Wände zierten zahlreiche Mannschaftsbilder und einige Urkunden für langjährige Mitgliedschaft und ehrenamtliches Engagement.

»Ich habe lange gespielt.« Gaul blieb vor der Fotowand stehen. »Da, schauen Sie mal das Foto. Da war ich noch ganz jung.« Er deutete auf eine Schwarz-Weiß-Aufnahme, die vermutlich in den 1960er Jahren aufgenommen worden war. »Stürmer war ich. Der Gaul war ein Rennpferd.« Er grinste spitzbübisch. Brander betrachtete das Foto pflichtschuldig.

»Und das da ist unser Feuerwehrtrupp, als wir in Aichheim noch ein Gerätehaus hatten.« Er deutete auf ein Foto, auf dem Männer in Feuerwehrmontur vor einem Löschwagen posierten. »Das waren gute Zeiten. Wir haben zusammengehalten.«

»Langweile die Leute nicht mit alten Geschichten.« Edeltraut

Gaul kam aus einer Tür in den Flur. Sie trug eine Kittelschürze, unter der ein bodenlanger Rock hervorlugte. Die Füße zierten dicke, selbst gestrickte Strümpfe. »Der Kaffee ist gleich fertig. Nehmen Sie schon mal Platz.«

Walter Gaul öffnete die Tür zum Wohnzimmer, das eine Mischung aus wuchtigen dunklen Schränken und hellen Sitzmöbeln war. Auch hier wärmte ein flauschiger braunbeiger Teppich die Füße. In der Luft hing der Duft eines deftigen Mittagessens, was Branders Magen aufbegehren ließ. Seine Pause war an diesem Tag wieder einmal ausgefallen.

Der Esstisch war eingedeckt. Das Porzellan erinnerte ihn an die Sammeltassen seiner Großmutter. Weihnachtsgutsle lagen auf einem Teller in der Mitte des Tisches. Adventskranz und andere Feiertagsdekoration waren bereits weggeräumt.

Walter Gaul schritt auf einen Stuhl zu, der, wie Brander vermutete, sein angestammter Platz war. Er deutete einladend auf die anderen Stühle. Neben Gauls Tasse lag ein zusammengefaltetes Blatt. Er nahm das Papier auf und streckte es Brander entgegen. »Die Liste, um die Sie gebeten hatten.«

»Sie hätten uns die Namen auch per Mail schicken können.« Brander entfaltete den Zettel. Zu seiner Erleichterung war es ein Computerausdruck. Er hatte schon befürchtet, unnötig Zeit damit verschwenden zu müssen, eine unleserliche Handschrift zu entziffern. »Nur neun Spielerinnen?«

»Ja, so groß ist Aichheim nicht. Die letzten vier auf der Liste kamen von außerhalb. Wenn ich mich richtig erinnere, waren das alles Schulkameradinnen.«

Brander gab das Blatt an Peppi weiter. »Kannst du das bitte einstecken?«

Peppi warf ebenfalls einen Blick auf die Liste. »Und mit nur neun Spielerinnen konnten Sie an den Spielrunden teilnehmen?«

»In den unteren Staffeln gibt es eine Runde, in der mit Siebener-Mannschaften gespielt wird. Die spielen dann auf einem kleineren Feld. Und wenn es am Spieltag doch mal zu wenige waren, haben wir aufgestockt mit Fußballerinnen aus den Vereinen in der Umgebung.«

Peppi verstaute die Liste in ihrer Handtasche.

Edeltraut Gaul gesellte sich zu ihnen und füllte Kaffee in die Tassen. »Bitte, bedienen Sie sich.« Sie deutete auf den Teller mit dem Gebäck. »Ich hätte auch noch etwas Kuchen vom Wochenende, wenn Sie möchten.«

»Machen Sie sich keine Umstände«, wehrte Brander ab. So nett das Angebot gemeint war, aber für ein Kaffeekränzchen fehlte ihm die Zeit. Ein Plätzchen zum Koffeingetränk musste reichen. Er nahm ein Vanillekipferl vom Teller und bemühte sich, nicht auf den Teppich zu krümeln. »Warum wollten Sie uns sprechen?«

Edeltraut Gaul ließ sich auf dem letzten freien Stuhl nieder und sah unsicher zu ihrem Mann.

»Na, jetzt erzähl es halt.« Walter Gaul schien das, was seine Gattin zu sagen hatte, für nicht besonders wichtig zu halten.

»Ja, ich weiß jetzt auch nicht.« Sie legte nervös die Hände ineinander. »Sie haben meinen Mann heute Mittag gefragt, ob es Mobbing in der Mädchenmannschaft gab.«

»Das ist richtig«, bestätigte Brander.

»Und Sie haben erzählt, dass es einen Vorfall in der Umkleidekabine gegeben hätte.«

»Ja.«

»Wann war denn das?« Sie blickte Brander unsicher an.

»Höchstwahrscheinlich im Mai vor gut anderthalb Jahren.«

»Ja«, murmelte Edeltraut gedehnt und verfiel in Schweigen.

»Frau Gaul, was haben Sie auf dem Herzen?«, versuchte Brander, das Gespräch voranzutreiben.

»Also, da gab es mal eine Situation. Ich weiß nicht mehr, ob das im Mai gewesen ist, aber es war ein Dienstagabend, da haben die Mädchen immer trainiert. Ich war auch dort. Wir hatten im Verein ausgemacht, dass immer eine Frau vor Ort sein sollte, wenn der Karl mit den Mädchen trainiert.«

»Warum?«

»Es hätte ja sein können, dass sich ein Mädchen beim Training verletzt, und dann wäre es besser, wenn eine Frau da ist, um zu helfen.« Sie trank einen Schluck Kaffee und behielt die Tasse zwischen den Händen. »Das Training war zu Ende, Karl war schon gegangen. Ich glaube, er hatte einen Termin, genau weiß ich es nicht mehr. Er war jedenfalls nicht mehr da. Ich habe im Schankraum gesessen und darauf gewartet, dass die Mädchen aus der Dusche kommen. An dem Tag dauerte es ewig lange, da bin ich schließlich nachsehen gegangen.«

»Waren Sie allein, oder waren noch weitere Erwachsene am Sportplatz?«, hakte Peppi nach.

»Ich war allein dort. Ich ging also um das Gebäude, und dann hörte ich schon von draußen diesen Höllenlärm.«

»Was für ein Lärm war das?«

»Wie junge Mädchen so sind: Gekreische, Gelache. Das hat mich geärgert. Ich meine, ich habe auch Besseres zu tun, als zu warten, bis die Fräuleins endlich fertig sind und ich alles abschließen kann. Ist ja nicht so, dass ich nichts zu tun hätte, nur weil ich in Rente bin. Ich bin reingegangen, und da schlugen mir Lärm und eine feuchte Hitze entgegen. Ich musste schreien, damit die mich überhaupt bemerken.« Bei der Erinnerung legte sich ein ärgerlicher Zug auf ihr Gesicht.

»Und was haben Sie gesehen?«, fragte Peppi.

»Nicht viel. Ich bin an der Tür stehen geblieben. Die Mädchen waren im Duschraum. Zwei von ihnen standen im Durchgang und schauten mich erschreckt an. Dann drängte sich die Mia zwischen den beiden durch. Ich hab sie gefragt, was sie da in der Dusche veranstalten.«

»Mia Schöffel?«, vergewisserte Brander sich.

»Ja.«

»Und was hat Mia gesagt?«

»Verlegen gegrinst hat sie und behauptet, sie würden eine Schaumparty feiern.«

Filmprojekt, Schaumparty. Was kam als Nächstes? »Fanden Sie die Erklärung plausibel?«, fragte Brander.

»Damals schon, ja.«

»Haben Sie in den Duschraum geschaut?«

»Nein, da kam ich gar nicht hin. Die Mia hat mich quasi aus dem Umkleideraum rausgeschoben. Ich habe ihr gesagt, dass ich nicht hinter ihnen herwische und sie die Sauerei wieder sauber machen sollen. Ich hab gedacht, die hätten sonst was in der Dusche angestellt.«

Das hatten sie allerdings.

»Haben die Mädchen sauber gemacht?«, fragte Peppi.

»Na ja, wie die jungen Dinger eben sauber machen. Es hat ewig gedauert, bis sie endlich alle rauskamen.«

»Was war mit Jasmin?«

»Die kam völlig verhuscht aus der Kabine, war total verheult, ihre Kleidung völlig durchnässt.«

»Kam Ihnen das nicht seltsam vor?«

»Nein. Die war eh immer so ängstlich. Ich dachte nur, geschieht ihr recht, wenn sie da mitmacht. Soll sie sich ruhig schämen. Ich war wirklich sehr verärgert.« Sie schaute unsicher zwischen Brander und Peppi hin und her. »Was ist denn tatsächlich damals passiert?«

»Darüber können wir Ihnen keine Auskunft geben.«

»Das sind so liebe Mädchen. So schlimm wird es doch nicht gewesen sein?«

»Wie gesagt …« Brander schüttelte den Kopf.

»Die Mia ist so ein liebes, fleißiges Mädchen. Ich kann mir nicht vorstellen, dass die einer Kameradin etwas Böses getan hat. Sie trägt schon seit sie vierzehn ist das Wochenblatt aus, ganz zuverlässig ist sie. Und für den Herrn Bäuerle geht sie regelmäßig einkaufen. Der ist ja leider nicht mehr so gut zu Fuß.«

Brander horchte auf. »Gottfried Bäuerle?«

»Ja, genau, der Friedel. Wir haben keinen Laden mehr im Ort, und darum macht die Mia einmal in der Woche die Einkäufe für ihn. Die ist wirklich ganz eine Liebe.«

»So langsam weiß ich nicht mehr, was ich glauben soll«, gestand Peppi, als sie mit Brander über den Dorfplatz zurück Richtung Polizeiposten ging. »Wenn die Mädchen einen Film für ein Projekt gedreht haben, warum haben sie das Frau Gaul nicht gesagt? Was soll die Lüge mit dieser Schaumparty?«

»Wenn es denn tatsächlich ein Filmprojekt gab.« Brander schlug den Kragen seiner Jacke hoch. Der Wind trieb den Regen von hinten in seinen Nacken. »Dafür fand ich die Szenen ziemlich heftig und erschreckend real.«

»Wohl wahr«, stimmte Peppi zu.

»Es passt für mich auch nicht, dass Jasmin hinterher heulend in nassen Klamotten nach Hause geht, wenn das alles nur ein spaßiges Filmprojekt war.«

»Zumindest wissen wir, dass auch Mia Schöffel bei der Aktion in der Umkleidekabine dabei war.«

»Und dass sie regelmäßig Zutritt zu Gottfried Bäuerles Haus hat«, ergänzte Brander.

»Wir sollten uns ihre Fingerabdrücke besorgen. Die Spurensicherung hat doch Abdrücke am Waffenschrank gefunden, die sie nicht zuordnen können.«

Brander nickte. »Lass uns mal bei Herrn Bäuerle vorbeischauen. Ich will wissen, wer sonst noch so alles für ihn sorgt.«

»Wahrscheinlich darf ich ihm erst mal wieder einen Kaffee kochen.« Peppi zog eine Leidensmiene.

Als Gottfried Bäuerle ihnen die Tür öffnete und sie in sein Haus ließ, war genau das tatsächlich der erste Wunsch, den er äußerte.

Peppi tat ihm den Gefallen, und Brander folgte dem alten Mann in sein Wohnzimmer.

»Mei Dochder war am Wochenende da.« Bäuerle ließ sich mit einem Seufzen auf seinem Sofa nieder.

Der Couchtisch war aufgeräumt. Zeitungen waren fein säuberlich zu einem Stapel zusammengeschoben worden. Eine Flasche Wasser und ein Glas standen auf Untersetzern. Eine Illustrierte lag aufgeschlagen neben dem Medikamentenspender.

Ein zum Teil ausgefülltes Kreuzworträtsel war mit der Verheißung des Gewinns einer Kreuzfahrt überschrieben.

Unwillkürlich kam Brander Karstens gewonnene Schottlandreise in den Sinn. Er fragte sich, worüber sein Kumpel am Abend mit ihm reden wollte. Hatte er es sich doch anders überlegt und wollte die Reise lieber mit seinem Lebensgefährten antreten? Er gönnte es Manu, aber insgeheim hatte er sich schon auf die Tour mit Karsten gefreut.

»G'schimpft hat se mit mir, als wär i oin kleiner Bua, wega dem G'wehr«, fuhr Bäuerle unterdessen fort. »I kann mir des gar nedd erklära, wie der Karl an mei' G'wehr komma isch. Der war doch nie bei mir.«

»Sind Sie sicher?«, nahm Brander den Faden auf.

»Ha jo, i han mit dem Karl ja gar nix zum schaffa g'hett. Die Moni, die war da, aber die klaut doch koine G'wehr.«

»Wir haben gehört, dass Mia Schöffel regelmäßig für Sie einkaufen geht.«

»Die Mia, ja, des stimmt. Mei' Dochder hat se g'fragt. Sonst hat die Moni mir ja emma mal ebbes mit'bracht, aber die isch ja nemme da. Und die andere von dem Pflegedienst, die senn nedd von hier. Die machet ihr Arbeit, und des war's. Die henn alle koi Zeit.«

»Seit wann macht Mia Schöffel die Einkäufe für Sie?«

»Seit dem Sommer. Hat sich g'freut, des Mädle, dass sie sich a bissle ebbes dazuverdiena ka'.«

»Und sie bringt Ihnen die Einkäufe ins Haus?«

»Ja natürlich, sie räumt au' alles ei'. Wenn se Zeit hat, trenket mir no' an Kaffee. Also, den Kaffee trink i, die Mia mag koin Kaffee.«

Brander ärgerte sich, dass der Mann ihm diese Information nicht schon bei seinem ersten Besuch gegeben hatte, aber er blieb im freundlichen Plauderton. »Das ist ja nett, da haben Sie ein bisschen Abwechslung.«

»Ha jo, manchmal bringt se ihr Freundin mit, dann wird's lustig. No spiele mir Karta.« Bäuerle zwinkerte ihm konspirativ zu. »Und unter uns: Oin klois Schnäpsle henn die Mädle au' schon mal g'kriegt.«

Brander runzelte die Stirn. »Die Mädchen sind noch nicht volljährig.«

»Nur a winzig's Schlückle.« Bäuerle deutete mit Daumen und Zeigefinger die Menge an. »I han früher selbst 'brannt. An guata Zwetschgenschnaps. I han a Stückle g'habt. Wellet Se oin probiere?«

»Danke, nein, ich bin im Dienst«, lehnte Brander ab.

Peppi kam mit dem frisch gebrühten Kaffee herein.

»Möchtet Se a Schnäpsle?«

»Was?«, fragte sie überrascht. »Nein danke.«

»Aber i hätt jetzt gern oin. Guckat Se mal da in dem Schrank, da links, da müsst' no' a Fläschle sei'.«

Peppi öffnete die Tür der Schrankwand und entnahm eine Flasche. »Da ist aber kaum noch was drin.«

»Tätet Se mir an G'falla? Im Keller senn no' Flascha. Bringet Sie mir bitte eine rauf? Des Regal isch glei' onda an der Trepp.«

Während Peppi sich ihrem Schicksal des neuen Hausmädchens ergab, musterte Brander den Mann auf dem Sofa. »Hat Mia Ihnen auch hin und wieder eine Flasche Schnaps aus dem Keller geholt?«

»I denk scho …« Bäuerle hob die Schultern. »An Schnaps oder G'selz. I han ja no' G'selz in der Truhe von meiner Helga. Da reicht mei' Leba nedd, om des älles zom esse und zom trinka.«

Peppi kehrte mit einer Flasche selbst gebranntem Zwetschgenschnaps zurück.

»Wunderbar.« Bäuerle strahlte. »Seiet Se so guat, schenket Se mir a Glässle ei'.«

Peppi deutete mit zweifelnder Miene auf die Medikamentenbox auf dem Tisch. »Dürfen Sie überhaupt Alkohol trinken?«

»Wisset Se, i bin jetzt sechsaachtzig. I han mei' Leba g'lebt. Mei' Helga isch jetzt seit zwoi Jahr dod. I komm kaum no' naus. Wenn i mir da nedd hin und wieder an Obstler gönn, was bleibt dann no' vom Leba?«

Die Einsamkeit, die das Alter mit sich brachte. Aber immerhin hatte er noch weitestgehend seine Unabhängigkeit. Brander nickte verständnisvoll. »Sie sagten vorhin, dass Mia manchmal eine Freundin mitbrachte. War das die Merle Altmüller?«

»Die war au' mal dabei, aber meistens kommt die Stella mit, die Dochder von Ihrem Kollega, dem Christian Winkler.«

»Wann waren Stella und Mia denn zuletzt bei Ihnen?«

»Ha, d' Mia hat letzte Woch für mich ei'kauft. Am Freitag war se da.«

»Und davor?«

Bäuerle grübelte kurz. »Zwischa de Feierdag, da waret se sogar zwoimal da. D' Mia hat g'wisst, dass mei Dochder im Urlaub war, und da henn die Mädle 'dacht, sie leistet dem alten Greis a bissle Gesellschaft.« Bäuerle führte das Glas mit dem Zwetschgenbrand an seine Lippen, nippte daran und schmatzte genießerisch. »Der isch guad.«

***

Die Gespräche mit Merle, Mia und Stella verschob Brander auf den nächsten Tag. Ebenso die Fahrt nach Herrenberg, um mit Monika und Jasmin Lederer zu reden. Er musste die neuen Informationen erst einmal sortieren und auswerten. Sie fuhren zurück nach Esslingen, sodass sie dieses Mal pünktlich zur abendlichen Sitzung der Ermittlungsgruppe kamen. Corinna Tritschler war wieder via Videocall zugeschaltet.

»Fabio, was hast du für uns?«, erteilte Clewer dem Mittdreißiger das Wort.

»Ich fang mit Karl Lederer an. Ich habe mit seinem Hausarzt und mit einem der behandelnden Ärzte von der Klinik gesprochen, in der Lederer öfter war«, begann Fabio. »Beide bestätigen, dass Lederer seit vielen Jahren wegen schwerer Depressionen in Behandlung war. Seit anderthalb Jahren hatte sich sein Zustand stark verschlechtert. Er war seit Februar letzten Jahres arbeitsunfähig. Beide hielten ihn für suizidgefährdet.«

»Und warum war er dann nicht in der Klinik?«, fragte Stephan.

»Er war von April bis Mitte Juni letzten Jahres in stationärer Behandlung, wurde dann auf eigenen Wunsch entlassen. Seine Frau hatte versucht, im Dezember einen Platz für ihn zu bekommen, aber in der Klinik war nichts frei. Sein Psychiater hat ihn zuletzt im Juli vergangenen Jahres gesehen. Das Problem war, dass Lederer sich anscheinend tagsüber nicht mehr aus dem Haus gewagt hat.«

»Also ist es sehr gut möglich, dass der Leidensdruck so groß wurde, dass er sich in der Nacht vom 2. auf den 3. Januar das Leben genommen hat«, überlegte Clewer.

»Aber wie ist er an das Gewehr gekommen?«, fragte Peter Sänger.

»Dazu sollten wir noch mal seine Frau befragen.« Clewer sah zu Brander. »Sie hatte ja, zumindest als sie für den ambulanten Pflegedienst Gottfried Bäuerle noch betreut hat, Zutritt zu seinem Haus.«

»Das stimmt, aber wir haben eine neue Information bekommen, die auch eine andere Option zulässt«, erwiderte Brander. Er berichtete von den Gesprächen mit Edeltraut Gaul und Gottfried Bäuerle.

»Denkst du, die Mädchen haben die Waffen aus Bäuerles Haus gestohlen?« Clewer hob zweifelnd die Augenbrauen.

»Sie hatten zumindest die Möglichkeit«, erwiderte Brander.

»War der Waffenschrank nicht abgeschlossen?«

»Doch, aber der Schlüssel hängt frei zugänglich in einem Schlüsselkasten im Flur«, erklärte Peppi.

»Und dann?« Noch immer schwangen Zweifel in Clewers Stimme mit. »Wie ist Karl Lederer in den Besitz der Waffe gekommen? Die Mädchen werden ja wohl kaum an seiner Tür geklingelt und ihm die Gewehre überreicht haben.«

»Sie könnten ihm die Waffe vor die Tür gelegt haben«, schlug Peppi vor.

»Und das hat niemand mitbekommen?«

»Die Nachbarn haben ja auch nicht mitbekommen, dass laut Aussage von Monika Lederer und dem Chatverlauf zwischen ihr und ihrem Mann die Jugendlichen immer wieder vor seinem Haus aufgetaucht sind, die Wände mit Hundekot beworfen und eine Scheibe eingeschlagen haben.«

»Dass jemand aus der Clique das Fenster eingeworfen hat, ist nicht belegt«, bremste Clewer Peppi. »Jonas Kittel hat gesagt, sie hätten in der Nacht, als es passiert ist, bei Merle Altmüller gefeiert. Das ist auf der anderen Seite des Dorfes, oder?«

»Es muss ja nicht stimmen, was der Junge sagt.«

»Es könnte aber auch die Wahrheit sein. Was ist mit der Brandstiftung? Sind wir da weiter?«

»Nein«, erwiderte Brander. »Wir warten noch auf die DNA-Auswertung der Blutspur.«

»Emilia, Peter, habt ihr bei den Schulen was erreicht?«, wandte Clewer sich an die beiden Kollegen.

»Mia, Merle und Stella besuchen alle drei dasselbe Tübinger Gymnasium«, ergriff Emilia das Wort. »Jasmin ist später durch den Umzug von Reutlingen nach Aichheim in die Klasse gekommen. Wir haben mit der Klassenlehrerin und einer Schulsozialarbeiterin gesprochen.«

Emilia scrollte auf ihrem Laptop durch ihre Notizen. »Sie beschrieben Jasmin als sehr zurückhaltend. Der Schulwechsel sei ihr wohl nicht leichtgefallen. Vom Leistungsniveau war sie mittelmäßig. Sie fand nur schwer Kontakt zu ihren Mitschülerinnen. Es gab mehrfach Vorfälle von verbalen und wohl auch körperlichen Attacken, wobei sie Letzteres nur vom Hörensagen wussten. Jasmin selbst hat sich dazu nie geäußert, stattdessen blieb sie immer häufiger dem Unterricht fern.«

»Was wurde unternommen?«, fragte Clewer.

»Man hat das Thema Mobbing mit der Klasse besprochen. Die Klassenlehrerin hat das Gespräch mit Jasmins Eltern gesucht. An Jasmin selbst kam sie nicht ran. Nachdem die Schulschwänzerei immer mehr zunahm, hat man den Eltern einen Schulwechsel empfohlen.«

»Und was sagen die Lehrer über die Mobberinnen?«, fragte Brander.

»Konkret nach Merle, Mia und Stella gefragt, war die Aussage, dass alle drei gute Schülerinnen seien, aus guten Elternhäusern kämen und nicht auffällig wären«, ergänzte Peter die Informationen seiner Kollegin. »Die Mädchen sagten der Klassenlehrerin, dass Jasmin sie provozieren würde, wenn niemand hinsah, aber bei den Lehrern immer auf lieb Kind mache.«

»Und das haben die geglaubt?« Peppi verzog skeptisch das Gesicht.

»Das Problem war, dass Jasmin selbst sich nie dazu geäußert hat, da war sie total verstockt. Dazu kam ihre Schulschwänzerei. Ihre Leistungen verschlechterten sich. Man nahm an, dass das Mädchen mit der schwierigen Situation zu Hause nicht klarkam. Es war dem Schulpersonal bekannt, dass der Vater psychisch erkrankt war. Und so kam schlussendlich die Empfehlung für den Schulwechsel zustande, in der Hoffnung, dass sich Jasmin in einer neuen Umgebung besser einfügen würde.«

Brander sah Jasmin Lederer nach der Reizgasattacke gegen Peppi vor sich. Stumm wie ein Fisch. Kein Wort, dass es ihr leidtäte, keine Erklärung für den Angriff. Und dann rief sie abends Peppi an und entschuldigte sich. War die Reue ehrlich gemeint gewesen, oder versuchte das Mädchen, Peppi zu manipulieren?

Auf der anderen Seite gab es das Video, das zeigte, wie Jasmin von den anderen Mädchen gedemütigt und misshandelt worden war. Hannah Röhm hatte ausgesagt, dass die Mannschaftskameradinnen sie beim Spiel ausgegrenzt hätten. »Cory, hast du Hannah Röhm erreicht?«, wandte er sich an die Tübinger Kollegin.

»Ja, ich habe ihr die Bilder gezeigt, die Jens mir geschickt hatte«, berichtete Corinna Tritschler. »Sie hat Mia Schöffel als diejenige identifiziert, die Jasmin an den Haaren von der Bank gezogen hat. Dann kam eine Vivien Gutleben dazu, die Mia geholfen hat, Jasmin in die Dusche zu zerren. Vivien kam ebenfalls aus Aichheim, die Familie ist aber vor anderthalb Jahren nach Saarbrücken gezogen. Ich habe das recherchiert, weil der Name bisher noch nicht bei uns aufgetaucht ist.«

»Danke, gute Arbeit«, lobte Clewer.

»Ich habe mir erlaubt, Frau Röhm eine kurze Frequenz aus dem Video vorzuspielen, da darin eine Stimme immer wieder relativ deutlich zu hören ist. Ich vermute, dass die Stimme zu der Person gehört, die die Aktion gefilmt hat. Frau Röhm meint, dass das die Stimme von Stella Winkler sei, ganz sicher war sie sich allerdings nicht. Im Übrigen war sie sehr entsetzt über das Geschehen.«

Stella Winkler – zum zweiten Mal an diesem Tag tauchte der Name im Zusammenhang mit dem Fall der Familie Lederer auf.

***

Wann hatte das alles angefangen? Vor einem halben Jahr? Vor einem Jahr? Schon früher? Mit der ersten Lüge? Lügst du einmal, dann musst du immer wieder lügen, damit die Wahrheit nicht ans Licht kommt. Doch manchmal war die Wahrheit schlimmer als die Lüge. Da war es besser zu schweigen.

Mia Schöffel stand in ihrem Zimmer. Es war ein kleines Zimmer, nicht so groß wie das von Merle. Auch die Möbel waren nicht so chic und modern und teuer wie die von ihrer Freundin. Ihre Möbel hatten gar nichts gekostet, sie hatten ihrer Oma gehört. Sogar das Bettgestell war von ihr. Nur die Matratze hatten sie damals neu gekauft. Auf der Frisierkommode standen allerlei Kosmetika. Fotos von ihrem und Merles Gesicht umrahmten den runden Spiegel.

Mia hatte ihre langen Haare sorgfältig frisiert und sich geschminkt. Der hellrosa Lippenstift, den Merle ihr geschenkt hatte, stand ihr gut. »Du bist so rosa-süß«, hatte Merle gesagt und sie geküsst. Bei der Erinnerung spürte sie wieder kurz eine wohlig warme Welle im Unterleib.

Mia nahm ihr Smartphone, hielt den Arm schräg von sich

gestreckt und posierte in die Kamera. Ernster Blick, leichter Schmollmund, damit der neue Lippenstift gut zur Geltung kam.

Sie machte ein paar Selfies, veränderte den Winkel, hielt den Kopf leicht schräg, zupfte die Haare zurecht, sodass die blonden Strähnen ihr Gesicht in sanften Wellen perfekt umrahmten. Tipp, tipp, tipp. Die nächsten Selfies.

Sie setzte sich auf die Bettkante, scrollte durch die Bilder. Sie wählte ein Foto aus, zog es größer, bis ihre Augen die Breite des Displays ausfüllten. Sie hielt sich das Handy vors Gesicht, sah sich selbst in die hellbraunen Augen.

Sie habe schöne Augen, sagte Merle. Sie selbst fand ihre Augen auch schön. Aber heute leuchteten sie nicht. So war das mit der Lüge. An manchen Tagen gelang es ihr nicht, die Augen davor zu verschließen und weiter zu strahlen.

An anderen Tagen war die Lüge ihre Wahrheit. Manchmal war sie sich gar nicht mehr sicher, was Wahrheit und was Lüge war.

Sie streckte den Arm erneut von sich, dieses Mal ohne ihr Smartphone, und betrachtete ihre flache Hand. Die Finger zitterten. Das war manchmal so. Wenn die Angst zu groß wurde. Scheißangst.

Am Nachmittag war sie bei Merle gewesen. Merle war nicht in die Schule gekommen. Stattdessen hatte sie neue Kosmetika gekauft. Sie hatten sich geschminkt und Fotos gemacht.

In Merles Zimmer hing ein Air-Yoga-Tuch von der Decke, da legten sie sich rein und posierten mit laszivem Blick, nur mit BH und Slip bekleidet, in erotischen Stellungen. Sexy Bilder, wie bei »Germany's Next Topmodel«.

Dann war Jonas gekommen. Er war voll Adrenalin. Die Bullen hatten ihn in die Mangel genommen. Hatten Fragen gestellt. »Die haben das Video gefunden«, hatte er gebeichtet.

Mia hatte gespürt, wie Merle innerlich explodierte, während sie äußerlich ganz ruhig blieb. Merle war so cool.

»Ich hab denen gesagt, dass das 'n Filmprojekt war. Alles nur Spaß.«

»Haben die's geschluckt?«, hatte Merle gefragt.

Jonas hatte selbstbewusst gegrinst. »Klar.«

Mia war ganz elend geworden. Bei der Erinnerung verstärkte sich das Zittern ihrer Finger.

Filmprojekt. Jonas wusste von nichts. Aber wenn die Bullen mit der Edeltraut Gaul sprachen, würden sie schon kapieren, dass Jonas gelogen hatte. Die waren ja auch nicht doof. Schaumparty. Das hatte die alte Gaul ihr damals schon nicht richtig abgekauft. Und jetzt erzählte Jonas, dieser Honk, was von Filmprojekt!

Merle war damals voller Respekt für sie gewesen. Schaumparty – was für eine geile Idee! So cool, so abgezockt hätte Mia reagiert, als die Gaul plötzlich im Umkleideraum aufgetaucht war. Richtig euphorisch war sie auf dem Heimweg gewesen. Dann hatte Merle sie zum ersten Mal geküsst, so richtig, mit Zunge. BFF – best friends forever.

»Was ist, wenn die Bullen bei Jasmin nachhaken?«, hatte sie Merle gefragt, nachdem Jonas gegangen war.

»Der Stinker hält die Klappe. Weißt doch.« Merle hatte grinsend mit den Fingern eine Pistole imitiert. »Sonst ist die tot.«

Nach der Sache mit dem Lederer nahm Mia diese Sprüche nicht mehr so locker. Sie war nicht so cool und abgezockt, wie Merle dachte. Doch sie durfte jetzt nicht die Nerven verlieren.

Wenn man lange genug mit einer Lüge lebte, wurde sie am Ende zur Wahrheit. Sie musste nur fest genug daran glauben. Sie starrte auf ihre Finger, die nicht aufhören wollten zu zittern.

Ein Klopfen an ihrer Zimmertür ließ sie zusammenzucken. Mia setzte sich aufrecht auf die Bettkante, klemmte die Hände unter den Po. So konnten sie nicht mehr zittern.

»Mia?« Ihre Mutter wartete die Antwort nicht ab, kam einfach herein. Sie blieb an der Türschwelle stehen, eine Hand auf der Klinke, als wolle sie gleich wieder gehen. »Alles klar?«

»Mhm.« Mia sah ihre Mutter an. Sie trug noch ihre Arbeitskleidung von der Gärtnerei, in der sie arbeitete. Ihre Mutter war nicht so schön und auch nicht so elegant wie Merles Mutter. Sie war ungeschminkt, die Frisur altbacken, die Klamotten sowieso. Aber ihre Mutter war real. Und ehrlich. Statt gleich wieder zu gehen, sah sie ihr prüfend ins Gesicht.

Mia spürte, dass ihre Ohren heiß wurden. Scheiße. Die Lügerei musste endlich aufhören. Sie konnte das nicht mehr. Sie musste mit Merle reden. Es war besser, die Wahrheit zu sagen, als an der Lüge zu krepieren.

»Du bist so still in letzter Zeit.«

Mia zuckte die Achseln.

Ihre Mutter lächelte ihr aufmunternd zu. »Wie war's in der Schule?«

Wen interessierte die Scheißschule! Sie hatte doch ein Leben. Wenn auch ein beschissenes. Mia haderte mit sich, suchte das bisschen Mut, das gerade noch in ihr war, zusammen. »Wenn ich was richtig Schlimmes gemacht hätte«, sie sah ihrer Mutter forschend ins Gesicht, »hättest du mich dann immer noch lieb?«

Kleine Falten bildeten sich zwischen den Augenbrauen. »Wieso fragst du das?«

»Warum antwortest du nicht einfach?«

»Ich …« Ihre Mutter zog die Schultern hoch. »Natürlich hätte ich dich dann immer noch lieb.«

Sie hatte viel zu lang gezögert. Mia glaubte ihr nicht. Sie konnte nicht mit ihr reden.

»Was ist denn los, Mia? Du bist seit Tagen so … anders.«

Mias Handy vibrierte. Eine Nachricht von Merle: »Sehen wir uns?«

»Ich treffe mich noch mit den anderen.« Sie stand auf, ging an ihrer Mutter vorbei und eilte die Treppe hinunter. An der Garderobe hielt sie kurz inne, spürte den fragenden Blick ihrer Mutter im Nacken. Dann nahm sie Jacke und Mütze und huschte aus dem Haus.

***

Brander hatte Peppi zu Hause abgesetzt und war bereits auf dem Heimweg, als ihm einfiel, dass er Karsten versprochen hatte, nach der Arbeit bei ihm vorbeizuschauen. Er bog in einen Seitenweg der Bundesstraße ab und fuhr wieder zurück nach Tübingen. Er hoffte, dass ihn der Abend mit seinem Kumpel auf andere Gedanken bringen würde.

Der Fall nahm ihn mit, das konnte er vor sich nicht leugnen. Das Video, in dem die Mädchen ihre Mitspielerin quälten, ließ ihn nicht los. Er hatte in seinen vielen Dienstjahren schon Schlimmeres gesehen. Und dennoch.

Vielleicht lag es daran, dass ihn die Szene an Nathalie erinnerte, die von ihren Schulkameradinnen gemobbt worden war. Sie war damals in einem ähnlichen Alter wie Jasmin gewesen. Vielleicht machte er diesen Job aber auch einfach schon zu lange.

Peppis Worte kamen ihm in den Sinn. »Wir kommen immer zu spät. – Wenn sich das Mädchen was antut, dann schmeiß ich hin. Dann kann ich nicht mehr.« Er musste nicht nur auf sich, sondern auch auf seine Kollegin achtgeben, dass sie nicht ausbrannten.

Ja, sie kamen immer zu spät. Sie trafen ein, wenn das Verbrechen geschehen war. Sie recherchierten nach einer Messerstecherei, nach einer Vergewaltigung, nach einem Tötungsdelikt. Aber ihre Arbeit war wichtig. Es machte die Tat nicht ungeschehen, aber wo käme die Gesellschaft denn hin, wenn keiner dem mehr nachgehen würde?

In seinem Job bekam er viel Leid mit, sah in Abgründe, die sich kaum einer vorstellen konnte, und musste versuchen, dabei menschlich zu bleiben und gleichzeitig sachliche Distanz zu wahren. Angesichts der gegenwärtigen Entwicklung der Gesellschaft war das nicht leicht. Er hatte mehr und mehr das Gefühl, dass Respekt und höflicher Umgang miteinander keine unbedingt erstrebenswerten Tugenden mehr waren. Das eigene Ich war wichtig. Aber ohne Werte war das schwer zu definieren.

Brander stöhnte laut auf. Schluss mit diesen pessimistischen

Gedanken. Er durfte die Erfahrungen seiner täglichen Arbeit nicht auf die gesamte Menschheit übertragen.

Er bog in die Hechingerstraße ab, zockelte durch die Dreißigerzone. Der Fahrer hinter ihm begann zu drängeln, fuhr so dicht auf, dass die Frontscheinwerfer nicht mehr im Rückspiegel zu erkennen waren. Brander spürte erneut Ärger in sich aufsteigen und reduzierte unwillkürlich sein Tempo. Was Unsinn war. Er sollte den Fahrer hinter sich nicht animieren, ihn in diesem Wohngebiet zu überholen.

Schließlich erreichte er die Katharinenstraße, in der Karsten wohnte. Er suchte eine freie Parklücke. Ein Lotteriespiel in dem zugeparkten Lorettoviertel, zumal die Volkshochschulkurse noch liefen, sodass die Autos der Teilnehmer jede kleinste Parklücke besetzt hatten.

Als er eine zweite Runde um den Block drehte, hatte er Glück, dass eine junge Frau mit ihrem E-Auto einen Stellplatz freigab. Nach mehreren Anläufen gelang es ihm, seinen Wagen in die Lücke zu zwängen.

»Spät kommt Ihr, doch Ihr kommt«, grüßte Karsten ihn gut gelaunt mit einem Schiller-Zitat.

»Lass dir mal 'nen neuen Spruch einfallen.«

»Oh, er ist grantlig.« Karsten ließ ihn herein. »Du hast sicher Hunger. Wir haben dir was übrig gelassen. Geh schon mal durch.«

Brander zog seine Schuhe aus und ging ins Wohnzimmer. Zu seiner Überraschung saß nicht nur Karstens Lebensgefährte Manuel am Esstisch, sondern auch Cecilia.

»Hallo, Manu. Hey, mein Schatz.« Er beugte sich zu seiner Frau und gab ihr einen Kuss. »Was machst du hier?«

»Karsten hat mich eingeladen. Er möchte seinen Gewinn gebührend feiern. Es gibt Haggis mit Kartoffel- und Rübenpüree und Salat. Mit dem Nachtisch haben wir auf dich gewartet.«

»Wie geht es Nathalie?«

»Sie ist deprimiert. Der Arzt hat sie die komplette Woche krankgeschrieben.«

»Früher hätte sie das gefeiert.«

Karsten kam aus der Küche und servierte einen Teller mit dem traditionellen schottischen Gericht.

»Selbst gemacht?«, fragte Brander.

»Nur das Püree. Das Haggis habe ich einfliegen lassen.«

Brander sah seinen Kumpel stirnrunzelnd an.

»Kann man online bestellen. Einen Whisky dazu? Ich habe einen Craigellachie, Armagnac Cask Finish, dreizehn Jahre.«

»Ich bin mit dem Auto da.«

»Was denkst du denn wohl, warum dein bester Freund mich zu diesem schottischen Dinner eingeladen hat?«, fragte Cecilia mit gespielt vorwurfsvoller Miene.

»Du fährst?«

»Du bist mit dem Kopf noch bei der Arbeit, was? Ja, ich fahre.«

Karsten kredenzte ihm einen doppelten Scotch. Brander bemerkte erst beim Essen, wie hungrig er war. Nachdem er den letzten Rest vom Teller gekratzt hatte, widmete er sich dem Whisky.

»Armagnac ist ein Weinbrand, der in der Gascogne hergestellt wird«, erklärte Karsten. »Im Gegensatz zum Cognac wird er nur einmal destilliert.«

Manuel verdrehte die Augen, was Karsten nicht entging.

»Das ist der Grund, warum ich mit Andi nach Schottland fahre und nicht mit dir.« Er richtete den Zeigefinger anklagend auf seinen Lebensgefährten. »Andi weiß einen guten Scotch zu schätzen und hat auch Interesse an den Hintergründen zu jedem Whisky.«

»Schottland besteht ja nicht nur aus Whiskydestillerien«, schnappte Manuel zurück.

»Ach, und was interessiert dich mit einem Mal so besonders an Schottland?« Die Süffisanz in Karstens Stimme war nicht zu überhören.

»Ich will doch nur etwas Zeit mit dir verbringen.«

»Das kannst du auch hier. Dazu musst du mir nicht meinen Hauptgewinn verderben.«

So, wie die beiden sich gegenseitig angingen, schwelte der Streit schon länger zwischen ihnen. »Bitte.« Brander hob flehend die Hände. »Ich habe genug Trouble bei der Arbeit, da brauche ich das nicht noch nach Feierabend.«

»Du hast leicht reden. Dich nimmt er ja mit.« Manuel war offensichtlich mächtig gekränkt, dass Karsten nicht ihm den Vorzug gegeben hatte.

»Weil ich weiß, dass Andi nicht die ganze Woche rumjammern wird, weil es ihm zu kalt oder zu nass ist. Und er wird auch nicht versuchen, irgendeinem Schotten unter den Rock zu gucken.« Karsten sah zu ihm. »Oder?«

»Hatte ich nicht im Sinn«, bestätigte Brander. Er beschloss, sich aus dem Streit rauszuhalten, und konzentrierte sich auf seinen Whisky. Er roch an dem Destillat. Die fruchtige Brandynote stieg ihm in die Nase. Dazu kam ein floraler Duft. Heide? Er probierte einen Schluck, entdeckte Orangenaromen gepaart mit Zitrusnoten und milder Vanille. Den Nachklang spürte er angenehm wärmend im Bauch.

Cecilia hatte ihn beobachtet und schmunzelte. »Ein Fest, dir zuzuschauen, wie du einen Whisky genießt.«

»Leider ist der gleich schon leer«, bedauerte Brander.

»Oh, da kann ich Abhilfe schaffen. Aber erst gibt es Nachtisch.« Karsten verschwand in der Küche.

Manuel blieb schmollend am Tisch sitzen. »Ich finde das nicht fair. Du hättest gar nicht zusagen dürfen!«

»Ich kann dich hören«, rief Karsten aus der Küche.

»Ich kann dich hören«, äffte Manuel ihn tonlos nach. Er wandte sich Cecilia zu. »Was hältst du denn davon, dass dein Mann die wenigen Urlaubstage, die er hat, nicht mit dir verbringen will?«

»Zum einen verbringt Andi nicht seinen gesamten Jahresurlaub mit Karsten, sondern nur eine Woche, und das gönne ich den beiden. Und außerdem machen wir andere schöne Sachen. Am Mittwoch suchen wir zum Beispiel gemeinsam ein neues Sofa aus.«

Autsch. Brander zuckte innerlich zusammen. Das hatte er total verdrängt. Er zwang sich ein zuversichtliches Lächeln auf die Lippen. Mittwoch. Das war übermorgen.

Bevor das Thema vertieft werden konnte, kam Karsten glücklicherweise aus der Küche zurück. Er trug ein Tablett mit vier Kristallschalen, in denen das Dessert aus Crème fraîche, geröstetem Hafermehl, Honig, Himbeeren und einem guten Schuss Whisky appetitlich angerichtet war.

»Cranachan«, erklärte er stolz. »Einmal alkoholfrei.« Er deutete mit den Augen auf eines der Gläser, damit Cecilia sich ihre Portion nehmen konnte. »Und jetzt ist Schluss mit der Diskussion. Deine Eifersucht nervt, Manu! Andi ist nicht nur mein bester Freund, er ist meine Familie. Ich mache die Schottlandreise mit ihm. Basta.«

Brander spürte den Alkohol im Körper und im Kopf, als er sich mit Cecilia auf den Heimweg machte. Sie gingen die Katharinenstraße entlang zu seinem Wagen. Im Gebäude der Volkshochschule auf der anderen Straßenseite brannte vereinzelt Licht hinter den Scheiben. Eine Gruppe junger Frauen kam fröhlich schwatzend um die Hausecke.

Eine der Frauen verabschiedete sich von den anderen und überquerte die Straße. Sie trug Sportkleidung. Die Kapuze ihrer Jacke hatte sie aufgesetzt. Als sie auf den Fußweg wenige Meter vor ihm trat, schaute sie überrascht zu ihm. »Herr Brander?«

»Andi«, korrigierte er. Mit drei Whiskys im Blut fiel ihm das Duzen leichter.

»Wohnen Sie … ähm, wohnst du hier?«, fragte die Polizistin verdutzt.

»Nein, wir waren bei Freunden.« Brander stellte Cecilia und Paula Vessler einander vor.

»Ich wohne da vorn, zwei Straßen weiter. War gerade beim Yoga.«

Ein Stichwort, das Cecilia sofort aufgriff. Die beiden Frauen fachsimpelten kurz über Hatha, Vinyasa und sonstige Yogaformen und wie gut es half, den Kopf freizubekommen.

Ganz so frei war Paula Vesslers Kopf aber anscheinend doch nicht. »Könnte ich dich mal kurz unter vier Augen sprechen?«

»Klar.« Brander gab Cecilia den Wagenschlüssel, damit sie nicht in der Kälte auf ihn warten musste.

»Ich hab da heute was mitbekommen«, erklärte sie unsicher.

Der Alkohol verschwand augenblicklich aus Branders Blut. Er konzentrierte sich voll und ganz auf die Kollegin vor sich.

»Jan Kittel ist heute kurz vor Dienstschluss zu uns gekommen. Da waren Sie schon weg. Er war ziemlich sauer und hat Herrn Winkler gesagt, dass wir seinen Sohn in Ruhe lassen sollen. Der Lederer wäre krank gewesen, und im Übrigen hätten die sich das alles selbst zuzuschreiben. Er hätte damals, als seine Mutter – also die von Herrn Lederer – gestorben ist, das Haus an ihn verkaufen sollen, damit wäre allen gedient gewesen, und dieses ganze Drama wäre nie passiert.«

»Hat er das wörtlich so gesagt?«

Paula Vessler nickte. »Und dann hat er gesagt, bevor wir weiter seinen Sohn schikanieren, solle Herr Winkler lieber vor seiner eigenen Tür kehren.«

Und das war an diesem Tag bereits der dritte – wenn auch nur indirekte – Verweis auf Stella Winkler, stellte Brander fest.

Dienstag

Brander hatte sich und Peppi von der morgendlichen Teamsitzung abgemeldet. Stattdessen holte er Peppi in aller Frühe ab und fuhr mit ihr nach Aichheim. Er wollte Jan Kittel erwischen, bevor er sich auf den Weg zu einer seiner Baustellen machte.

Der Mann machte keinen Hehl daraus, dass ihm der Besuch der beiden Kripobeamten gehörig gegen den Strich ging. »Ich habe jetzt keine Zeit für Sie.« In der morgendlichen Kälte erzeugte sein Atem kleine Wölkchen.

»Wir haben lediglich ein paar Fragen, aber ich kann Sie auch gern zu uns in die Esslinger Dienststelle vorladen«, erwiderte Brander.

»Wozu? Ich habe Ihnen gesagt, dass wir keinen Kontakt zu der Familie Lederer hatten. Karl ist tot. Damit haben wir nichts zu tun, und ebenso wenig haben wir sein Haus in Brand gesetzt!«

»Sie hatten Interesse an Herrn Lederers Haus?«

Es schien den Dachdeckermeister zu überraschen, dass Brander davon wusste, aber er hatte sich schnell wieder in der Gewalt. »Ist das verboten? Ich will expandieren und habe ihm damals, als er das Haus erbte, ein sehr gutes Angebot gemacht.«

»Es muss Sie geärgert haben, dass er nicht verkaufen wollte.«

»Und deswegen bringe ich ihn drei Jahre später um, oder was wollen Sie mir unterstellen?« Jan Kittel schnaubte aufgebracht. »Herrgott, der Karl war noch nie einer von uns. Warum musste er wieder zurückkommen? Niemand wollte ihn hier haben, und das wusste er.«

»Und trotzdem haben Sie ihn als Fußballtrainer engagiert.«

»Der größte Fehler, den wir machen konnten.«

Branders Blick glitt vom Hof der Werkstatt zu Lederers Haus. »Weiß Frau Lederer, dass Sie ein Kaufinteresse haben?«

Er wandte sich Kittel wieder zu. »Oder hat sich das zwischenzeitlich erledigt?«

»Wenn Monika verkaufen will, mache ich ihr gern ein Angebot. Aber ich habe noch nicht mit ihr darüber gesprochen. Ob Sie es glauben oder nicht: Pietät ist für mich kein Fremdwort. Der Karl ist ja noch nicht einmal unter der Erde. Wenn ich jetzt bitte meiner Arbeit nachgehen dürfte? Ich muss mit meinen Leuten raus auf die Baustelle.«

»Danke für Ihre Zeit.« Brander wandte sich zum Gehen.

Peppi blieb noch stehen. »Herr Kittel, soweit wir wissen, sind Sie schon seit Längerem im Vorstand des FC Aichheim. Wussten Sie von dem Gewaltexzess vor anderthalb Jahren, den es in der Mädchenfußballmannschaft gegeben hat?«

»Was denn für ein Gewaltexzess?«

»Ein Mädchen ist von seinen Mannschaftskameradinnen in der Umkleidekabine brutal gequält worden. Es gibt ein Video dazu, das wir auf dem Laptop Ihres Sohnes gefunden haben. Wir suchen denjenigen, der es aufgenommen hat.«

»Was auch immer das für ein Video ist, ich habe das sicher nicht aufgenommen.« In Kittels Stimme hatte sich Verunsicherung geschlichen.

»Das haben wir uns schon gedacht«, erwiderte Peppi gnädig. »Irgendeine Idee, wer das Video aufgenommen haben könnte?«

»Wenn es in der Mädchenmannschaft vorgefallen ist, wird es wohl eines der Mädchen gewesen sein.« Sein Blick glitt flüchtig an Peppi vorbei, dann konzentrierte er sich wieder auf die Kommissarin. »Sprechen Sie mit der Stella. Die war in der Mannschaft, und sie filmt alles, was ihr vor die Linse kommt.«

Brander war dem Blick des Mannes gefolgt. Er sah Jonas Kittel im Haus verschwinden. Verdammt. Wenn der Junge die letzten Worte seines Vaters mitbekommen hatte, bestand die Gefahr, dass er Stella mit einem Anruf warnte. Er wollte ihr so wenig Zeit wie möglich geben, ihre Daten zu löschen, wenn sie tatsächlich irgendetwas aufgenommen hatte.

»Vielen Dank, Herr Kittel. Wir wollen Sie nicht länger aufhalten.« Er zog Peppi am Ellenbogen mit sich.

»Was hast du's auf einmal so eilig?«, fragte sie konsterniert.

»Wenn wir Glück haben, ist Stella noch zu Hause.«

Christian Winkler empfing sie in Uniformhose und T-Shirt an der Haustür. Durch den kalten Luftzug, der von draußen in den Flur strömte, stellten sich die Härchen auf seinen Unterarmen auf. »Was wollen Sie schon wieder so früh hier?«, fragte er unwirsch.

Brander versuchte, an dem Polizeioberkommissar ins Innere der Doppelhaushälfte zu schauen. »Ist Stella schon in der Schule?«

»Nein, was –«

»Wir müssen mit ihr reden. Sie bekommt eine Entschuldigung für den Unterricht von uns. Stellas Handy ist beschlagnahmt. Einen offiziellen Beschluss reichen wir Ihnen nach.«

»Sind Sie noch bei Trost?«

»Ich bitte Sie, unsere Ermittlungen nicht zu behindern.«

»Sie können meine Tochter nicht einfach so vernehmen.«

Brander bedachte den Kollegen mit einem strengen Blick. »Herr Winkler, Sie wissen ganz genau, was wir können und was nicht.«

Winklers Ehefrau Stefanie erschien im Hintergrund. »Was ist denn los, Christian?«

»Nichts, Steff, ist was Dienstliches.« Er wartete darauf, dass sie in die Küche zurückging, dann drehte er sich wieder zu Brander und Peppi um. »Ich ziehe mich an und treffe Sie in der Dienststelle.«

»Vorher händigen Sie uns bitte das Smartphone Ihrer Tochter aus.«

»Aber –«

»Herr Winkler, dieser Vorgang dient der Sicherung von Beweismitteln!« Branders Stimme wurde scharf. Er konnte verstehen, dass Winkler seine Forderung nicht gefiel, aber auf persönliche Befindlichkeiten konnte er keine Rücksicht nehmen. »Das Smartphone bitte. Sofort.«

Winkler funkelte ihn wütend an und wandte sich ins Innere seines Hauses. »Stella? Komm mal bitte.«

»Gleich.«

»Nein, jetzt!«

Das Mädchen kam kauend in den Flur. Anscheinend hatten sie die Familie beim gemeinsamen Frühstück gestört. »Was 'n?«

»Gib mir bitte dein Handy.« Winkler streckte fordernd die Hand aus.

»Nee.«

»Stella, gib mir dein Handy.«

Das Mädchen bemerkte Brander und Peppi vor der Haustür und blinzelte nervös. »Das ist mein Handy!«

»Du kriegst es ja wieder.«

»Nein!« Sie verschränkte trotzig die Arme vor der Brust.

»Kann mir mal bitte einer erklären, was los ist?« Winklers Frau war wieder in den Flur zurückgekehrt.

»Meine werten Kollegen von der Kripo glauben, dass sich auf dem Smartphone unserer Tochter wichtige Beweise befinden, die den Tod von Karl Lederer erklären können.« Christian Winklers Worte trieften vor Hohn.

Indessen riss seine Tochter entsetzt die Augen auf und schnappte hörbar nach Luft.

»Nun gib das blöde Ding schon her.«

Statt ihrem Vater zu gehorchen, schnappte sich Stella ihre Jacke von der Garderobe. »Ich muss zur Schule.«

Sie wollte sich bücken, um in ihre Stiefel zu schlüpfen, aber Winkler packte sie am Arm. »Jetzt mach nicht so ein Theater!«, herrschte er sie an.

Ihr Gesicht war zornesrot. Tränen schwammen in ihren Augen. »Du bist so ein Arschloch!« Mit einem Ruck riss sie sich los und flüchtete zurück ins Innere, die Treppe hinauf.

Winkler starrte seiner Tochter perplex hinterher. Eine Tür

schlug zu. Stefanie bedachte ihren Mann mit einem verständnislosen Kopfschütteln und folgte dem Mädchen.

Peppi drängte an ihm vorbei in den Flur. »Wo ist Stellas Zimmer?«

»Treppe rauf, rechts«, antwortete Winkler automatisch, noch immer von dem Ausbruch seiner Tochter überrumpelt.

Während Peppi die Stufen hinaufeilte, trat auch Brander in den Flur und schloss die Haustür. »Wir benötigen dringend das Handy Ihrer Tochter.« Er befürchtete, dass das Mädchen bereits dabei war, etwaige kompromittierende Daten zu löschen. »Und wir müssen mit Stella reden. Sie können gern bei dem Gespräch dabei sein oder einen Anwalt verständigen. Es handelt sich zunächst lediglich um eine Zeugenbefragung. Sollte sich im Laufe der Befragung ein Verdacht –«

»Was denn für ein Verdacht?«, erwachte Winkler aus seiner Erstarrung. »Stella hat nichts getan!«

Das würde sich noch zeigen. Ihr Gebaren ließ anderes vermuten. Brander folgte den Frauen in die obere Etage. Stellas Zimmer hatte keinen Schlüssel, sodass sie sich nicht hatte einschließen können. Sie saß auf ihrem Bett, ihre Mutter hatte schützend den Arm um ihre Schultern gelegt.

Peppi stand vor ihr. »Gib mir bitte dein Smartphone«, forderte sie das Mädchen auf.

Stella hielt das Gerät krampfhaft in ihren Händen an die Brust gedrückt und schüttelte den Kopf.

»Warum willst du es nicht hergeben?«

»Das ist meins!«

»Das bleibt es auch«, erwiderte Peppi. »Sind da Bilder drauf, die wir nicht sehen sollen?«

»Das ist mein Leben! Das geht Sie gar nichts an. Hauen Sie ab.«

»Stella! So redest du nicht mit meinen Kollegen!« Christian Winkler war hinter Brander in den Raum getreten. Der Ärger darüber, dass Stella derart rebellierte, stand ihm deutlich ins Gesicht geschrieben. »Jetzt rück das verfluchte Handy raus!«

»Nein!« Stella presste den Apparat fester an sich. Winkler war in zwei Schritten an Brander vorbei, packte den Arm seiner Tochter und entriss ihr das Gerät.

Stella sprang kreischend auf. »Gib das her!« Sie begann, wie von Sinnen auf ihren Vater einzuschlagen.

»Hey, stopp!« Peppi zerrte das Mädchen von Winkler weg.

»Das ist mein Handy!«, schrie Stella außer sich. »Du Arschloch! Gib mir das wieder!«

Winkler reichte Brander das Gerät. Sein Gesicht war aschfahl. Er hob drohend den Zeigefinger zu seiner Tochter. »Das hat Konsequenzen, mein Fräulein! So redest du nicht mit mir. Ich bin immer noch dein Vater!«

»Ich hasse dich!«, brüllte sie wie von Sinnen. »Ich hasse dich! Ich hasse dich!«

Stefanie Winkler starrte entsetzt auf die Szene. »Was zur Hölle ist hier eigentlich los?«, fuhr sie ihren Mann nun auch noch an.

»Ich weiß es nicht! Frag deine Tochter!« Winklers Nerven lagen blank.

»Herr Winkler, vielleicht warten Sie einen Moment im Flur.« Branders Stimme war ruhig, duldete jedoch keinen Widerspruch. Verstört verließ der Kollege den Raum. Brander schloss die Tür und wandte sich Stella zu, die ihre Gegenwehr gegen Peppis Griff aufgegeben hatte und Rotz und Wasser heulte.

»Dein Vater macht nur seinen Job.« Brander sah sich im Zimmer um, nahm eine Packung Kosmetiktücher von dem Schreibtisch, auf dem mehr Schminkutensilien als Schulsachen lagen. Als er ihr die Schachtel entgegenhielt, riss sie wütend zwei Tücher heraus und rieb sich zornig über das Gesicht.

»Stella, was ist denn los?«, fragte ihre Mutter betroffen. »So kenne ich dich gar nicht.«

Statt einer Erklärung stand das Mädchen mit hängendem Kopf schniefend und trotzig schweigend im Raum.

»Stella, ich vermute, du weißt, wonach wir suchen«, erklärte

Brander. »Wir müssen mit dir reden. Das Gespräch müssen wir in der Dienststelle führen, weil deine Aussage protokolliert wird. Wenn du möchtest, kann deine Mutter dich begleiten.«

Stefanie Winkler stand auf. »Natürlich begleite ich dich, mein Schatz.« Sie berührte ihre Tochter sanft an der Schulter, aber Stella schüttelte sie ab.

Sie hob den Blick, starrte mit feindseliger Miene zur Tür. »Papa soll mitkommen.«

***

Brander hatte entschieden, die Befragung in der Tübinger Polizeidienststelle durchzuführen. Der Aichheimer Polizeiposten war Stella vertraut, und er wollte sie aus ihrer Komfortzone holen, damit sie den Ernst der Situation erkannte. Corinna Tritschler hatte ihnen einen Raum zur Befragung organisiert.

Winkler saß neben seiner Tochter, die ihn keines Blickes würdigte. Er war mindestens so erstaunt gewesen, dass sie um seine Begleitung gebeten hatte, wie Brander und Peppi. Nach dem Theater hatten sie alles erwartet, nur das nicht.

Stellas Smartphone lag vor Brander auf dem Tisch. Da das Mädchen ihr Passwort nicht preisgeben wollte, beschloss er, sie mit dem Video aus der Mannschaftskabine zu konfrontieren. »Vor anderthalb Jahren gab es einen Vorfall beim FC Aichheim. Und wir denken, dass du dabei warst.«

Brander drehte den Bildschirm eines Tablet-PCs so, dass Vater und Tochter, die ihm gegenübersaßen, das Display sehen konnten. Er spielte die ersten Sekunden des Videos an, stoppte an der Stelle, an der Mia Jasmin an den Haaren packte und versuchte, sie von der Bank zu zerren. Stella konnte den Schreck nicht verbergen, ebenso wenig wie ihr Vater, der sprachlos auf den Bildschirm starrte.

»Was … was ist das?«, fragte er unheilahnend.

»Willst du was dazu sagen, Stella?«, fragte Brandner.

Sie presste die Lippen zusammen. Brander ließ das Video

gnadenlos weiterlaufen. Als ein Mädchen »Putz ihr die Zähne« rief, zuckte Winkler zusammen und sah ungläubig zu seiner Tochter.

Stella verweigerte den Blick auf das Display. Sie hielt den Kopf gesenkt und schaute auf die verschränkten Finger in ihrem Schoß.

Das Video lief weiter. »Muschi schrubben«, hallte es aus dem Lautsprecher.

»Machen Sie das aus, verflucht!«, forderte Winkler erschüttert.

Brander betätigte die Pausentaste.

»Warst du dabei?«, fuhr er seine Tochter an. »Hast du da mitgemacht? Hast du das etwa gefilmt?«

Stella starrte weiter stumm vor sich hin.

»Herr Winkler«, versuchte Brander, den Mann zu beruhigen, aber der Kollege nahm ihn nicht wahr.

»Antworte, verflucht noch mal! Hast du bei dieser Scheiße da mitgemacht? Wie kannst du nur –«

Stella riss den Kopf hoch. »Das ist alles deine Schuld!«, brüllte sie zurück.

»Was –«

»Wenn du die Bitch nicht gefickt hättest, wäre das alles nie passiert!«

Er riss entsetzt die Augen auf. »Ich hab doch mit Jasmin nicht …«

»Ich red doch nicht von der blöden Kuh! Du hast der ihre Mutter gefickt!«

»Ich hab …?« Winkler fiel die Kinnlade herunter. »Wie kommst du –«

»Ey, Scheiße! Tu doch nicht so! Ich hab Beweise! Ich hab Fotos!« Sie streckte energisch die Hand nach ihrem Smartphone aus. »Ich kann Ihnen die Pornos zeigen«, schrie sie Brander an. »Die Mutter von der Jasmin ist eine verlogene Scheißnutte!«

»Stella!«

»Du bist genauso ein verlogenes Arschloch!«

»Wa…«

»Geben Sie her!« Stella hielt die Hand nach ihrem Smartphone weiter ausgestreckt. »Geben Sie her!«

Brander schob den Apparat über den Tisch. Sie entloggte das Display und wischte auf der Fläche hin und her. Dann hielt sie ihrem Vater wutschnaubend das Handy entgegen. »Da! Erzähl mir nicht, dass du die nicht gefickt hast.« Sie wischte von einem Bild zum nächsten. »Da! Da! Und da! Schau es dir an, Papa! Du hast Mama betrogen! Du hast uns beide betrogen. Mit dieser hässlichen alten Bitch!«

Zum zweiten Mal an diesem Tag wich dem Polizeioberkommissar sämtliche Farbe aus dem Gesicht. »Woher hast du diese Fotos?«

»Ist doch scheißegal!«

»Hast du die gemacht?«

Sie starrte ihn mit finsterer Miene an.

»Woher hast du die Bilder, verflucht?«

Stella schwieg weiter. Brander nahm ihr das Smartphone aus der Hand. Winkler warf ihm einen nervösen Blick zu.

Die Fotos waren anscheinend von draußen durch ein Fenster aufgenommen worden. Das Smartphone reflektierte schwach in der Scheibe. Brander erkannte die Küche in Karl Lederers Haus. Monika Lederer lag bäuchlings auf dem Küchentisch, das Kleid zur Hüfte hochgeschoben. Christian Winkler stand hinter ihr. Er trug seine Uniform, hatte die Hose jedoch bis zu den Knöcheln heruntergelassen und ihre Hüfte umfasst. Die Pose war eindeutig und erinnerte Brander unangenehm an die Bilder, die Peppi in Lederers Küche von Jasmin und ihrem Vater gefunden hatte.

Konnten das ebenfalls Fotomontagen sein? Er schaute zu dem Polizeioberkommissar. »Sind das reale Aufnahmen?«

Winkler deutete ein kaum erkennbares Nicken an, vermutlich froh darum, dass seine Tochter ihn keines Blickes würdigte.

»Stella, hast du diese Fotos gemacht?«, wandte Brander sich an das Mädchen. Aber auch er erhielt keine Antwort.

»Weiß Mama davon?« Winklers Stimme war nur ein unsicheres Hauchen.

Seine Tochter funkelte ihn zornig an und verschanzte sich dann wieder hinter stoischem Schweigen, die Augen auf ihren Schoß konzentriert.

Ein wenig erinnerte das Mädchen Brander an die junge Nathalie. Seine Adoptivtochter war am Anfang sehr verstockt und aggressiv gewesen, hatte ihre verletzten Gefühle hinter Gewalt und Kraftausdrücken versteckt. Aber Nathalie hatte Vertrauen zu ihm gefasst und sich ihm geöffnet, zugelassen, dass er hinter die wütende Fassade schauen konnte.

»Stella, wir haben einige Fragen an dich. Möchtest du, dass dein Vater weiterhin anwesend ist, oder hättest du lieber jemand anderen an deiner Seite? Wir können deine Mutter verständigen oder eine andere Vertrauensperson.«

Stella zuckte gleichgültig die Achseln.

»Hast du deinen Vater und Frau Lederer fotografiert? Wenn du die Fotos nicht gemacht hast, dann musst du uns das sagen. Du bist als Zeugin zur Wahrheit verpflichtet.«

Er bemerkte, dass sie an ihrer Unterlippe nagte, wertete es als Zeichen, dass sie innerlich mit sich haderte.

»Wir müssen wissen, wer die Bilder gemacht hat. Es besteht die Möglichkeit, dass derjenige die Fotos nicht nur an dich weitergeleitet hat, sondern auch an andere Personen. Schon allein das Erstellen dieser Aufnahmen ist verboten. Man darf nicht einfach durch die Scheibe eines fremden Hauses fotografieren. Und man darf schon gar nicht derartig intime Aufnahmen ohne Einwilligung der abgebildeten Personen erstellen und verbreiten.«

Stella gab ein abfälliges »Pfff« von sich.

»Gleiches gilt für das Video, dass du von Jasmin gemacht hast, als sie von deinen Freundinnen gequält wurde.«

Sie hob trotzig den Kopf. »Das war nur Spaß.«

Was kam jetzt, Filmprojekt oder Schaumparty? Worauf hatten sich die Mädchen geeinigt?

»Für Jasmin war das ganz sicher kein Spaß«, erwiderte Peppi bitter. »Sie hat vor Schmerzen geschrien.«

»Die fand das geil.«

»Stella!«, brüllte Winkler seine Tochter wütend an. »Hör doch auf, uns Märchen zu erzählen! Warum habt ihr dieses Mädchen so gequält? Warum machst du bei so etwas überhaupt mit?«

Stella stierte ihn feindselig an. »Weil du mit der ihrer Mutter gefickt hast!«

»Das war doch nicht Jasmins Schuld! Das war eine Sache zwischen Monika und mir.«

»Du kapierst es nicht, oder? Wenn die nicht unbedingt bei uns hätte mitkicken wollen, dann wäre ihr Pädo-Vater nie unser Trainer geworden, und dann hättest du nicht mit der Bitch ficken können, weil der Alte zu Hause gewesen wäre! Die war schuld! Die sollte leiden ...«

Ein Klopfen unterbrach sie. Brander fluchte innerlich. Endlich hatten sie Stella ein Stück aus der Reserve gelockt, doch die Störung gab ihr Zeit, sich wieder zu sammeln und sich in ihr Schneckenhaus zurückzuziehen.

Cory steckte den Kopf herein. »Kann ich einen von euch beiden kurz sprechen.«

»Ist gerade ganz schlecht«, erwiderte Brander verärgert.

»Ist aber dringend.«

Seufzend stand er auf und folgte Cory in den Flur. »Was gibt's?«

»Paula Vessler hat gerade angerufen. Frau Schöffel ist bei ihr. Mia ist verschwunden.«

»Seit wann?«

»Seit gestern Abend.«

»Und das merken die Eltern erst jetzt?«

»Ich weiß nichts Genaues, aber ich denke, Frau Vessler braucht Unterstützung vor Ort.«

Brander stöhnte entnervt auf. Was war das jetzt wieder? »Lass mich mit ihr reden.« Er ging mit Cory in ihr Büro und rief die Aichheimer Kollegin an.

»Paula, was ist los?«

»Nicole Schöffel ist bei mir. Ich denke, es ist besser, du sprichst direkt mit ihr. Ich stell dich auf Lautsprecher.«

»Frau Schöffel? Mein Name ist Brander. Sie sagten meiner Kollegin, dass Ihre Tochter verschwunden sei?«

»Ja«, erwiderte Nicole Schöffel.

»Könnte sie bei einer ihrer Freundinnen sein?«

»Ich habe schon überall herumtelefoniert, und in der Schule ist sie auch nicht.«

»Wann hatten Sie zuletzt Kontakt zu Ihrer Tochter?«

»Gestern Abend. Mia ist gegen halb acht gegangen. Sie hat sich mit ihrer Freundin Merle getroffen. Später schrieb sie mir eine WhatsApp, dass sie bei Merle übernachten würde.«

»Wann war das?«

»Kurz nach zehn. Sie schrieb, dass es Merle nicht gut ginge und sie bei ihr bleiben wolle. Ich hatte erwartet, dass Mia heute früh nach Hause kommt, um ihre Schulsachen zu holen. Als sie nicht kam, habe ich versucht, sie anzurufen, aber da schaltet sich gleich die Mailbox auf ihrem Handy ein.«

»Kommt es öfter vor, dass Mia spontan bei ihrer Freundin übernachtet?«

»Hin und wieder, deswegen hatte ich mir gestern Abend nichts dabei gedacht, als die Nachricht kam. Aber sie hat gar nicht bei Merle geschlafen. Ich habe Merles Mutter angerufen, nachdem ich Mia nicht erreichen konnte. Solveig wusste nichts davon, dass Mia bei ihnen übernachtet hätte. Und Merle auch nicht. Sie sagt, sie hätte Mia gestern Abend auf dem Dorfplatz getroffen, und sie wären beide gegen zehn nach Hause gegangen.«

»War noch jemand dabei?«

»Danach habe ich nicht gefragt«, erwiderte Nicole Schöffel verzweifelt.

»Könnte sie bei jemand anderem übernachtet haben?«

»Ich wüsste nicht, bei wem.«

»Andere Freundinnen?«

»Sie ist mit Stella Winkler befreundet. Ich habe ihre Mutter angerufen, aber da war sie nicht. Außerdem hätte Mia mir doch schreiben können, wenn sie dort war.«

»Hat sie einen Freund?«

»Nein ... ich glaube nicht. Sie hat zumindest nie einen Jungen erwähnt.«

Das musste nicht heißen, dass es nicht doch jemanden gab. Brander haderte mit sich. Wie ernst musste er die Situation nehmen?

»Hatten Sie oder Ihr Mann gestern oder in den letzten Tagen Streit mit Mia?« Manchmal hatte das Verschwinden von Teenagern relativ triviale Gründe, und die Jugendlichen konnten schnell gefunden werden oder kehrten nach Hause zurück, wenn der Hunger den Ärger überwog.

»Nein.«

»Sie haben nicht zufällig eine Tracking-App auf dem Smartphone Ihrer Tochter installiert?«

»Nein, Mia wollte das nicht.«

Das wäre wohl zu einfach gewesen. »Frau Schöffel, wir benötigen Mias Handynummer, und wenn Sie die IMEI hätten, könnte uns das bei der Handyortung helfen. Und wir brauchen ein möglichst aktuelles Foto Ihrer Tochter. Geben Sie das alles bitte an meine Kollegin Frau Vessler. Und geben Sie ihr eine genaue Beschreibung der Kleidung, die Mia gestern trug, als sie aus dem Haus ging.«

Brander hörte, wie die Frau bebend die Luft einsog. Er wollte sie nicht mit beruhigenden Floskeln in falscher Sicherheit wiegen. In dem Dorf war einiges im Argen. Vielleicht war Mia abgehauen, weil sie etwas über die Vorgänge und den Suizid von Karl Lederer wusste? Wenn der Mann sich denn tatsächlich selbst erschossen hatte.

»In welcher Stimmung war Mia gestern, als sie aus dem Haus ging?«

»Ich kann es gar nicht genau sagen«, erwiderte die Frau ratlos. »Mia war in letzter Zeit insgesamt irgendwie anders ... so still und in sich gekehrt.«

»Was heißt ›in letzter Zeit‹? Können Sie das genauer eingrenzen?«

Sie überlegte einen Moment. »Seit Anfang des Jahres ungefähr.«

»Haben Sie Mia darauf angesprochen?«

»Ja, gestern Abend, kurz bevor sie gegangen ist. Ich habe sie gefragt, was mit ihr los sei.«

»Was hat sie gesagt?«

»Sie hat mich was Seltsames gefragt.« Der Stimme war anzuhören, dass die Frau um ihre Fassung kämpfte. »Sie wollte wissen, ob ich sie immer noch lieb hätte, auch wenn sie etwas Schlimmes getan hätte.«

Brander hatte Cory gebeten, die Suchaktion in die Wege zu leiten. Dann kehrte er in das Vernehmungszimmer zurück. Während Peppi und Winkler ihm fragend entgegenblickten, starrte Stella weiter stumpf vor sich hin.

Brander setzte sich zu den dreien an den Tisch. »Stella, du bist mit Mia Schöffel und Merle Altmüller befreundet?«

»Mhm.«

»Wann hast du die beiden zuletzt gesehen?«

Statt zu antworten, hatte Stella beschlossen, sich wieder in Schweigen zu hüllen. Die Unterbrechung war nicht gut gewesen.

»Deine Freundin Mia Schöffel wird seit gestern Abend vermisst. Weißt du, wo sie sein könnte?«

Stella hob irritiert den Blick. »Wie? Vermisst?«

»Sie kam gestern Abend nach eurem Treffen am Dorfplatz nicht nach Hause.«

»Ich war gestern Abend nicht am Treff.«

»Warum nicht?«

»Keinen Bock.«

»Hattest du Streit mit den anderen?«

»Es war saukalt. Ich hatte einfach keinen Bock!«

Brander sah, wie Winkler bereits wieder Luft holte, um seine

Tochter zurechtzuweisen, dass sie nicht in so einem schnoddrigen Ton mit seinen Kollegen sprechen sollte. Er warf dem Mann einen mahnenden Blick zu. Es war nicht hilfreich, wenn er sie ständig mit Vorwürfen traktierte. »Wo könnte Mia sein?«, wandte er sich Stella wieder zu.

Das Mädchen zuckte gleichgültig die Achseln.

»Weißt du, ob Mia einen Freund hat, bei dem sie übernachtet haben könnte?«, hakte er nach.

Sie hob erneut desinteressiert die Schultern.

»Stella, ich denke, Mia ist deine Freundin? Sie könnte in Gefahr sein«, versuchte Brander, sie auf emotionaler Ebene zu erreichen. »Wenn du also eine Ahnung hast, wo sie sich aufhalten könnte, dann solltest du uns das sagen. Wir müssen das abklären. Wenn sie nicht dort ist, müssen wir eine Suchaktion starten.«

Doch sie schwieg trotzig weiter.

»Wer hat die Gewehre versteckt, die ihr bei Herrn Bäuerle gestohlen habt?«, fragte Peppi unvermittelt, als gäbe es keinen Zweifel daran, dass Stella von dem Diebstahl wusste. Ihre Worte verfehlten ihre Wirkung nicht. Das Mädchen sog hörbar die Luft ein.

»Wo habt ihr die Gewehre versteckt?«, setzte Peppi nach.

»Was reden Sie denn da?«, fauchte Winkler sie an.

»Ich denke, Stella weiß sehr genau, wovon ich rede. Ein Gewehr haben wir gefunden. Damit hat Karl Lederer sich mutmaßlich erschossen. Herrn Bäuerle sind jedoch zwei Jagdgewehre gestohlen worden.«

»Meine Tochter stiehlt doch keine Gewehre!«

Das Mädchen wagte es nicht, ihrem Vater ins Gesicht zu sehen.

»Warum habt ihr ihm die Gewehre gestohlen?«, fuhr Peppi unbeirrt fort. »Einem alten, gutgläubigen Mann, der sich über eure Gesellschaft gefreut hat. Wir wissen, dass du ihn mit Mia zwischen den Feiertagen mehrmals besucht hast.«

»Du sagst gar nichts.« Winkler wandte sich an Brander und

Peppi. »Ich möchte mit meiner Tochter unter vier Augen sprechen.«

»Das war's dann wohl.« Peppi war mit Brander in Corys leeres Büro gegangen. Die Kollegin war bereits auf dem Weg nach Aichheim, um Paula Vessler bei der Suche nach Mia Schöffel zu unterstützen. »Der Winkler wird seiner Tochter raten, nichts mehr zu sagen, und einen Anwalt hinzuziehen.«

Das befürchtete Brander ebenfalls. »Denkst du, sie hat tatsächlich die Waffen gestohlen?«

»Wenn sie es nicht selbst war, dann weiß sie zumindest, wer dahintersteckt. Die Schuld stand ihr dermaßen ins Gesicht geschrieben.« Peppi blies sich eine dunkle Locke aus der Stirn. »Wie machen wir weiter?«

»Als Erstes muss dieses Gerät an unsere IT-Forensiker.« Brander deutete auf Stella Winklers Smartphone. Das Display war wieder gesperrt, und Brander war sicher, dass das Mädchen ihr Passwort weiterhin nicht herausrücken würde. Er fragte sich, was für Aufnahmen sie noch auf dem Apparat finden würden. »Und dann fahren wir nach Aichheim.«

»Was machen wir mit Stella?«

»Die müssen wir erst einmal wieder gehen lassen. Wir haben weder ein Geständnis von ihr noch einen Beweis dafür vorliegen, dass sie die Gewehre tatsächlich aus Bäuerles Haus gestohlen hat.«

»Lassen wir Fingerabdrücke nehmen?«

Brander nickte.

Sie übergaben die Tochter in die Obhut einer Kollegin, die die erkennungsdienstlichen Maßnahmen durchführen sollte. Während Christian Winkler, der mit seinem eigenen Auto nach Tübingen gefahren war, auf seine Tochter wartete, machten sie sich auf den Weg nach Aichheim.

***

Zwei Streifenwagen und Corys Dienstwagen standen vor dem Aichheimer Polizeiposten. Einige ältere Dorfbewohner beobachteten auf dem Platz beim Brunnen das Kommen der vielen Beamten neugierig. Brander erkannte unter ihnen Edeltraut Gaul. Er stieg aus dem Wagen und marschierte zu der kleinen Gruppe.

»Guten Tag, zusammen. Brander, Polizei Esslingen.« Er hielt seinen Dienstausweis hoch. »Wir suchen Mia Schöffel. Ich denke, Sie alle kennen das Mädchen. Sie wird seit gestern Abend vermisst. Hat jemand von Ihnen Mia in den letzten achtzehn Stunden gesehen?«

»Gestern Abend war sie mit Merle hier auf dem Platz«, antwortete Edeltraut Gaul. »Die treffen sich immer am Marktbrunnen.«

»Wann genau haben Sie die Mädchen gesehen?«

»Wann sie hergekommen sind, kann ich Ihnen nicht sagen. Ich habe gegen acht in der Küche den Rollladen heruntergelassen, da standen sie hier zusammen.«

»War noch jemand dabei?«

»Der Jonas. Jonas Kittel, vom Jan der Sohn.«

»Wie lange waren die drei hier?«

»Das weiß ich nicht. Walter und ich haben ferngesehen, unser Wohnzimmer geht nach hinten raus.«

»Danke, Frau Gaul.« Er wandte sich an die Umstehenden. »Hat sonst irgendjemand etwas mitbekommen?«

Die Leute antworteten mit bedauerndem Kopfschütteln.

»Sollten Sie Mia sehen oder Hinweise über ihren Verbleib haben, informieren Sie bitte umgehend Frau Vessler vom hiesigen Polizeiposten. Ebenso, wenn Ihnen gestern Abend oder in der Nacht etwas aufgefallen ist, wenn Sie irgendetwas gehört oder gesehen haben.«

Brander wandte sich ab und lief zurück über den kleinen Dorfplatz. Als er die Tür zum Polizeiposten öffnen wollte, kam Christian Winkler um die Ecke geeilt. So schnell hatte Brander ihn nicht in Aichheim erwartet. Er hielt inne und wartete, bis der Kollege bei ihm war. »Was wollen Sie hier?«

»Ein Mädchen in meinem Flecken ist verschwunden. Ich helfe bei der Suche.«

»Wenn Sie helfen wollen, dann bringen Sie Ihre Tochter dazu, mit uns zu reden.«

Winkler zog eine Grimasse. »Ich glaube, ich bin der letzte Mensch, der dazu im Moment in der Lage ist.«

Da hatte der Polizeioberkommissar bedauerlicherweise wohl recht, ahnte Brander. »Dann kommen Sie. Frau Tritschler koordiniert die Suchaktion.«

Der kleine Raum war mit neun Beamten mehr als voll.

»Mia Schöffel wurde vor circa zwölf Stunden zuletzt gesehen. Merle Altmüller hat Mias Mutter gesagt, dass sie beide kurz nach zehn nach Hause gegangen sind«, erklärte Cory den Kolleginnen und Kollegen. »Die Mädchen waren zu Fuß unterwegs. Sie wohnen in derselben Straße. Allerdings wohnt die Familie Schöffel etwas weiter am Ende der Straße, sodass Mia das letzte Stück allein gegangen ist. Wir befragen die dortigen Anwohner. Vielleicht war in der Nacht jemand mit seinem Hund unterwegs und hat sie gesehen oder etwas beobachtet. Das übernehmt ihr beide bitte.« Sie deutete auf zwei Männer, die links der Schreibtische standen.

»Was ist mit der Handyortung?«, fragte Brander.

»Ist in Arbeit.«

»Es sollte auch jemand zur Wildbeobachtungskanzel rausfahren«, schlug Peppi vor. »Vielleicht ist sie dort.«

»Was soll sie denn da?«, fragte ein Kollege skeptisch.

»Das weiß ich nicht. Sie ist ein Teenager. Die handeln nicht nach Logik, sondern nach Emotionen.« Peppi wechselte einen kurzen Blick mit Brander, bevor sie weitersprach. »Es steht der Verdacht im Raum, dass sie mit einer Komplizin zwei Jagdgewehre gestohlen hat.«

»Das ist ja wohl nicht erwiesen!«, widersprach Winkler.

»Mit einem der Gewehre hat Karl Lederer mutmaßlich Suizid begangen. Das zweite Gewehr konnte bisher nicht gefunden werden«, ignorierte Peppi den Einwand. »Es besteht die Möglichkeit, dass Mia im Besitz des zweiten Gewehrs ist. Seid also bitte vorsichtig.«

Winkler schnaufte empört. »Das ist lächerlich! Ich fahre zur Kanzel. Frau Vessler.« Er deutete mit einem Kopfnicken an, dass sie mit ihm kommen solle.

»Frau Vessler bleibt hier«, bremste Cory ihn. »POK Özlü wird Sie begleiten.« Sie wandte sich den anderen wieder zu. »Ich habe einen Hundeführer angefordert. Vielleicht kann der Hund Mias Fährte von dem Punkt aufnehmen, an dem sie sich von Merle verabschiedet hat.«

»Peppi und ich sprechen mit Merle«, meldete Brander an. »Ist sie in der Schule?«

»Nein, zu Hause«, erwiderte Paula Vessler, deren hochroter Kopf ihre Anspannung zeigte.

Wie bei ihrem ersten Besuch öffnete Solveig Altmüller die Tür, dunkles Businesskostüm, Headset auf dem Kopf, gestresster Blick. »Sie schon wieder?«

»Wir müssen mit Ihrer Tochter sprechen.«

»Warum das denn?«

»Es geht um Mia Schöffel.«

»Was ist mit ihr?«

»Das Mädchen ist verschwunden. Frau Schöffel hat doch heute Morgen mit Ihnen telefoniert«, erwiderte Brander konsterniert.

Solveig Altmüller schnaubte abfällig. »Die wird sich irgendwo einen lauen Lenz machen.«

»Ihre Tochter hat Mia als Letzte gesehen. Wir müssen mit Merle sprechen. Ist sie zu Hause?«, beharrte Brander.

Die Geschäftsfrau zog genervt den Kopfhörer von den Ohren und bat sie herein. »Bitte ziehen Sie die Schuhe aus. Ich hole meine Tochter.«

»Das ist nicht nötig«, wehrte Peppi ab, während sie den Reißverschluss ihrer Stiefel öffnete. »Wir können zu ihr gehen. Wo ist ihr Zimmer?«

Es gefiel der Hausherrin nicht, aber sie fügte sich dennoch und schritt ihnen voran durch den Flur. Vor einer geschlossenen Tür blieb sie stehen und klopfte. »Merle?«

Sie musste zweimal kräftig klopfen, bevor eine Antwort kam. Frau Altmüller öffnete die Tür. »Hier sind zwei Polizeibeamte, die dich wegen Mia befragen möchten.«

Sie stieß die Tür weiter auf, sodass Brander und Peppi in das Zimmer gehen konnten. Sie selbst blieb am Türrahmen stehen. Ihr Blick deutete an, dass sie das Erscheinen der Polizei für Zeitverschwendung hielt und Wichtigeres zu tun hatte.

Das Jugendzimmer war groß und stilsicher eingerichtet. Auf dem Parkettboden lag ein heller, flauschiger runder Läufer in der Zimmermitte. Ein wandhoher Kleiderschrank aus weißem Holz mit Türspiegel nahm die rechte Seite ein, eine Frisierkommode im selben Design stand neben dem Fenster. Vor einer mintgrün gestrichenen Wand befand sich ein höhenverstellbarer Schreibtisch, von der Decke hing an einem stabilen Haken und dicken Stricken ein Air-Yoga-Tuch über dem Teppichläufer.

Merle lag im Jogginganzug bäuchlings auf ihrem Queensize-Bett. Sie hatte die Stöpsel ihres Smartphones im Ohr und sah fragend zu ihnen auf.

»Kannst du die Kopfhörer bitte rausnehmen«, forderte Peppi.

Merle setzte sich im Schneidersitz auf das Bett und zog die Stecker aus den Ohren.

»Wir brauchen deine Hilfe, Merle. Es geht um deine Freundin Mia. Wie du weißt, ist sie seit gestern Abend verschwunden.«

Das Mädchen sah Peppi unsicher an, als wüsste sie nicht, wie sie auf diese Nachricht reagieren sollte.

»Du hast sie vermutlich als Letzte gesehen. Wann und wo genau habt ihr euch verabschiedet?«

»Sie musste doch nur die paar Häuser weitergehen«, wisperte Merle. Ihre Unterlippe zitterte, die Augen bekamen einen feuchten Glanz.

Brander versuchte, diesen verhuscht wirkenden Teenager

mit dem Mädchen zusammenzubringen, das Jasmin Lederer vor anderthalb Jahren brutal mit einer Klobürste misshandelt hatte. Es wollte ihm nicht gelingen.

»Wo genau habt ihr euch verabschiedet?«, fuhr Peppi fort.

»Vor dem Haus. Ich habe ihr noch zugewunken, bevor ich reingegangen bin.«

»Hat Mia angedeutet, dass sie noch etwas anderes vorhätte? Wollte sie jemanden treffen?«

Merle schüttelte den Kopf.

»Hat sie einen Freund, bei dem sie übernachten wollte?«

»Mia hat keinen Freund. Sie steht nicht auf Jungs.«

»Dann vielleicht eine Freundin?«

»Nein, wenn sie nicht zu Hause schlafen wollte, hat sie bei mir gepennt. Sie findet es schöner bei uns.«

Brander meinte einen Hauch Selbstgefälligkeit aus der Wisperstimme herauszuhören. »War irgendetwas anders gestern?«, fragte er. »War sie in schlechter Stimmung? Hatte sie Sorgen?«

»Nein, es war alles wie immer. Wir haben Musik gehört, TikTok geguckt, herumgealbert.«

»Ist euch auf dem Heimweg jemand begegnet?«

»Ich kann mich an niemanden erinnern.« Die erste Träne kullerte über ihre Wange. »Denken Sie, dass Mia etwas passiert ist?«

»Das können wir im Moment nicht sagen.«

Nun gab es kein Halten mehr. »Mama«, schluchzte Merle hilfesuchend auf. Ihre Mutter eilte zu ihr und setzte sich auf die Bettkante.

Merle kuschelte sich in ihre Arme. »Ich will nicht, dass Mia was passiert ist.«

»Es geht ihr sicher gut.« Während Solveig Altmüller tröstend über den Rücken ihrer Tochter strich, warf sie Brander und Peppi einen verärgerten Blick zu. »Sie finden allein raus?«

»Ich habe noch eine Frage.« Brander versuchte, Merles verstecktes Gesicht zu sehen. »Merle, wusstest du, dass Mia Herrn Bäuerle zwei Jagdgewehre gestohlen hat?«

»So etwas würde Mia nie machen«, quälte sie sich heraus und begann, herzerweichend zu schluchzen.

»Schauspielunterricht braucht das Mädchen nicht mehr«, befand Brander, als er mit Peppi wieder auf der Straße stand.

»Denkst du, sie weiß, wo Mia ist?«

»Da bin ich überfragt. Aber sie wusste von den Gewehren.« So gut hatte Merle Altmüller sich nicht in den Armen ihrer Mutter verkriechen können, dass er nicht bemerkt hatte, wie sie bei seiner Frage zusammengezuckt war.

Brander hob den Blick zum bewölkten Himmel. Es sah nach Regen aus, die kalte, feuchte Luft zog ihm unter die Jacke. Das Wetter konnte wirklich langsam mal etwas freundlicher werden. »Lass uns mit Jonas Kittel reden.«

»Es ist halb zwölf. Der wird in der Schule sein.«

»Merle ist auch nicht in der Schule. Vielleicht haben wir Glück.«

Sie waren gerade ins Auto eingestiegen, als die Haustür geöffnet wurde und Solveig Altmüller ihnen zuwinkte. Brander stieg aus und ging erneut den gepflasterten Weg zum Eingang.

»Merle ist noch etwas eingefallen«, erklärte sie im Flüsterton, als wollte sie verhindern, dass ihre Tochter mithörte. »Als sie abends mit Mia am Dorfplatz war, haben sie Monika Lederers Wagen gesehen. Sie ist zu ihrem Haus in der Alemannenstraße eingebogen.«

»Wann genau war das?«

»Kurz bevor die Mädchen sich auf den Heimweg gemacht haben. Merle hat Angst, dass Frau Lederer Mia etwas angetan haben könnte.«

»Wie kommt sie darauf?«

»Sie haben die Frau doch erlebt«, erwiderte Solveig kühl. »Sie gibt den Mädchen die Schuld daran, dass herausgekommen ist, dass ihr Mann pädophil ist. Sie können sich nicht vorstellen, wie sehr Merle unter dem, was damals geschehen ist, leidet.«

Brander kam Jonas Kittels Aussage wieder in den Sinn. Lederers sexueller Übergriff gegen Merle vor knapp einem halben Jahr. »Hat Merle Ihnen gegenüber mal geäußert, dass Herr Lederer ihr nach seiner Entlassung aus dem Verein weiterhin nachstellen würde?«

Sie fasste sich entsetzt ans Herz. »Um Gottes willen! Was wollen Sie denn damit andeuten?«

»Ich deute nichts an. Ich möchte nur wissen, ob Merle diesbezüglich etwas zu Ihnen gesagt hat.«

»Nein«, erwiderte die toughe Geschäftsfrau verunsichert.

Merle hatte sich auch vor anderthalb Jahren nicht ihren Eltern anvertraut, als Lederer angeblich die Nacktfotos von ihr verlangt hatte. Brander fragte sich, warum sie nicht mit ihren Eltern sprach.

Brander und Peppi trafen weder Jonas noch Jan Kittel in der Alemannenstraße an. Lediglich Kittels Frau Klara war im Haus. Sie ließ die Kommissare eintreten und führte sie durch den Flur in einen mit Schreibtischen und Aktenschränken gefüllten Raum. Brander war bei seinem letzten Besuch entgangen, dass sich die Büroräume des Unternehmens im Wohnhaus befanden.

»Jonas hat heute lange Schule, vor vier wird er nicht zu Hause sein«, erklärte Klara Kittel. »Geht es um Mia?«

»Ja.«

»Das ist so fürchterlich. Nicole hat mich heute früh angerufen. Ich mache mir solche Sorgen.« Sie strich sich durch die halblangen blondierten Haare. »Und dabei hatte ich so gehofft, dass hier endlich wieder Ruhe einkehrt, nachdem die da weg sind.«

Die da. Damit meinte sie die Familie Lederer. »Sind Sie gebürtig aus Aichheim?«, erkundigte sich Brander.

»Nein, ich komme aus Dettenhausen. Bitte, nehmen Sie Platz.«

Brander setzte sich auf einen durchgesessenen Drehstuhl, der an der Wand stand.

»Sind Sie mit Familie Schöffel befreundet?« Peppi war stehen geblieben. Sie hatte ihren Wintermantel ausgezogen und über den Arm gelegt.

»Mein Mann und Mias Vater kennen sich seit Ewigkeiten, wie das in einem Dorf eben so ist. Als Jonas klein war, habe ich viele Stunden auf dem Spielplatz verbracht, und mit Nicole habe ich mich von Anfang an gut verstanden.« Sie lächelte gedankenverloren. »Jonas und Mia mochten sich auch. Jonas hat immer auf Mia aufgepasst. Sie war seine Sandkastenliebe.«

»Hat er heute Morgen mitbekommen, dass Frau Schöffel ihre Tochter sucht?«

»Ja.«

»Hatte er eine Idee, wo sie sein könnte?«

»Nein. Er wollte gleich los und sie suchen, aber das habe ich nicht zugelassen. Dafür sind schließlich Sie zuständig. Jonas soll sich auf sein Abitur konzentrieren.«

»Soweit wir wissen, hat Jonas sich gestern Abend mit Merle und Mia getroffen. Wann ist er nach Hause gekommen?«

»Gegen neun oder halb zehn muss das gewesen sein. Genau kann ich es nicht sagen, ich habe nicht auf die Uhr gesehen.«

»Haben Sie noch mit ihm gesprochen?«

»Er hat kurz Bescheid gesagt, dass er da ist, und ist dann gleich in seinem Zimmer verschwunden.«

»Haben Sie zufällig mitbekommen, ob Frau Lederer gestern Abend in ihrem Haus war?«

Klara Kittel verzog abfällig die Lippen. »Was da drüben vor sich geht, interessiert mich nicht.«

»Das heißt, Sie haben Frau Lederer nicht gesehen?«

»Denken Sie, ich habe nichts Besseres zu tun, als am Fenster zu sitzen und die Nachbarn zu beobachten?« Sie hielt inne, als käme ihr plötzlich eine Erinnerung. »Allerdings … Ich habe einen Knall gehört. Laut und irgendwie dumpf.«

»Um wie viel Uhr war das?«

»Ich war im Bad … Ich schätze, es muss zwischen zehn und halb elf gewesen sein.«

»Und dann?«, fragte Peppi.

»Dann bin ich ins Bett gegangen.«

»Haben Sie sich nicht gefragt, was das war?«

»Kurz, ja ...« Sie zuckte die Achseln. »Aber dann habe ich nicht weiter drüber nachgedacht. Es war danach alles wieder still.«

»Hat Ihr Mann diesen Knall auch gehört?«

»Das weiß ich nicht. Ich habe ihn nicht gefragt.«

Brander ging mit Peppi über den Hof der Dachdeckerfirma zu ihrem Wagen. Er öffnete die Beifahrertür, blieb stehen und sah zu Karl Lederers Haus. Das Absperrband hatte sich vom Wind gedehnt und hing schlaff herab. Sein Blick glitt über die Fassade, blieb bei dem Toilettenfenster hängen.

»Hat da niemand das Rollo runtergezogen, nachdem die mit der Spurensicherung fertig waren?«

»Weiß nicht.« Peppi war ebenfalls vor der geöffneten Fahrertür stehen geblieben.

»Haben wir noch den Schlüssel von dem Haus?«

»Nicht hier. Warum? Willst du noch mal rein?«

»Ja.«

»Denkst du, Mia ist ausgerechnet in Lederers Haus?«

»Ich weiß nicht.« Brander schlug die Wagentür wieder zu und marschierte auf den Hauseingang zu. Das Siegel war zerrissen. War Monika Lederer noch einmal unbefugt in dem Haus gewesen? Er spürte ein unbehagliches Kribbeln im Nacken. Irgendetwas stimmte nicht.

Er legte das Ohr ans Türblatt, lauschte ins Innere. Von drinnen drang kein Geräusch heraus. Er betrachtete prüfend das Schloss. »Die Tür ist eh kaputt, oder?«

»Was hast du vor?«

»Ich will ins Haus.«

»Dazu werden wir aber nicht die Tür eintreten. Die KT war als Letzte hier. Ich rufe Greta an, vielleicht haben sie den Schlüssel noch.«

Während Peppi telefonierte, umrundete Brander das Gebäude auf der Suche nach einer anderen Möglichkeit, ins Haus zu gelangen. Die Rollläden waren an sämtlichen Fenstern heruntergelassen, mit Ausnahme des Toilettenfensters. Er musterte prüfend die Größe der Öffnung. Er konnte sich dort hindurchhangeln, was jedoch die Gefahr barg, Spuren zu verwischen, falls sich tatsächlich erneut jemand auf diesem Weg Zutritt zum Haus verschafft hatte.

»Schlüssel kommt«, rief Peppi ihm zu.

Brander betrachtete grübelnd die Fassade. Was für einen Knall hatte Klara Kittel in der Nacht gehört? Laut und dumpf. Ein Schuss? Hatte jemand in dem Haus geschossen? Wer? Merle hatte Monika Lederers Wagen am Abend zuvor gesehen. Was, wenn Lederers Witwe die Waffen bei Bäuerle gestohlen hatte? Hatte sie erst ihrem Mann zum Suizid verholfen und sich nun selbst ein Ende gesetzt? Ein flaues Gefühl machte sich in seinem Magen breit.

Eine Streifenwagenbesatzung brachte ihnen den Hausschlüssel. Brander und Peppi positionierten sich seitlich des Eingangs. Brander schloss auf und stieß die Tür mit dem Fuß zurück.

»Polizei! Ist jemand im Haus?«

Drinnen blieb alles still. Er linste um die Ecke in einen dunklen leeren Flur. Er ging rein.

Sie arbeiteten sich von Tür zu Tür. Wohnzimmer, Küche, Bad, Abstellraum, Schlafzimmer – sowohl obere Etage als auch Erdgeschoss waren verwaist. Hatte sein Gefühl ihn getäuscht?

Was blieb, war der Keller. Die Tür war verriegelt, aber der Schlüssel steckte von außen im Schloss. Er öffnete die Tür und betätigte den Lichtschalter, doch es blieb dunkel. Der Strom war seit dem Brand abgestellt. »Ich brauche eine Taschenlampe.«

Einer der Kollegen der Streifenwagenbesatzung reichte ihm seine. Brander leuchtete eine steile Stiege hinab. Am Fußende lag ein Gewehr.

Sein Pulsschlag beschleunigte sich. Mit der Waffe im Anschlag schlich er die Treppe hinunter. Das Gewehr lag wie achtlos hingeworfen am Boden. Wenige Schritte entfernt entdeckte er dunkle Flecken. Blut? An den rau verputzten Wänden hingen Spinnweben. Auch hier entdeckte er im Lichtstrahl der Taschenlampe ein paar verschmierte Spuren.

Drei Räume gingen vom Flur aus ab. Zwei waren durch Holztüren verschlossen, die dritte Zarge war ein türloser Durchgang zu einem Wäschekeller. Durch ein vergittertes Oberlicht drang der schwache Schein des trüben Wintertages in den Raum.

Während die zwei uniformierten Kollegen oben blieben, folgte Peppi ihm in den Keller. Brander deutete schweigend auf die Blutflecken. Dann öffneten sie die erste der zwei geschlossenen Türen. Ein Vorratsraum, der ein paar wenige Konserven beherbergte.

Es war immer die letzte Tür, ging es ihm durch den Kopf. Peppi drückte die Klinke. Die Tür war abgeschlossen, aber auch hier steckte der Schlüssel von außen. Sie drehte ihn herum, wollte die Tür aufdrücken, doch sie wurde von der anderen Seite blockiert.

»Polizei! Ist da jemand drin?«, rief Brander.

Er bekam keine Antwort.

Brander rief erneut, ohne dass eine Reaktion erfolgte. Sie lauschten angestrengt ins Innere des Raumes. Brander schob Peppi zur Seite, drückte die Klinke und stemmte sich gegen die Tür. Es gelang ihm, sie ein Stück weit aufzuschieben. Der Raum dahinter war stockfinster. Er leuchtete mit der Taschenlampe hinein. »Polizei! Ist hier jemand?«

Es blieb still. Mit einer Kopfbewegung gab er Peppi zu verstehen, ihm zu helfen. Gemeinsam gelang es ihnen, die Tür weiter aufzuschieben. Brander ließ den Lichtkegel seiner Taschenlampe suchend umhergleiten. »Verfluchter Mist«, entfuhr es ihm.

An der Wand hinter der Tür lag ein Mädchen zusammengekauert auf dem Boden.

***

Mia Schöffel war nicht bei Bewusstsein. Sie hatte eine Schusswunde am Oberschenkel und eine Platzwunde am Kopf. Während sie auf dem Weg ins Krankenhaus war, rückten die Kriminaltechniker an und nahmen den Keller in Beschlag.

Ein umgekipptes Regal hatte das Öffnen der Tür erschwert. Die Blutspuren, die Brander auf die Schnelle entdeckt hatte, ließen vermuten, dass Mia selbst das Regal umgestoßen hatte. Hatte sie sich in dem Kellerraum verbarrikadieren wollen? Oder war das versehentlich geschehen? Auf jeden Fall hatte sie sich dadurch selbst eine Fluchtmöglichkeit nach draußen versperrt. Ein Fenster gab es nicht.

Zudem hatte der Schütze den Raum von außen verschlossen, sodass sie – selbst wenn sie sich nicht verbarrikadiert hätte – nicht herausgekommen wäre.

Monika Lederer war im Dienst. Eine Streife beendete ihre Schicht und brachte die Witwe zur Befragung nach Tübingen.

Bevor Brander dorthin fuhr, machte er mit Peppi einen Stopp beim Aichheimer Polizeiposten.

»Bei dem Gewehr handelt es sich definitiv um die zweite Waffe, die Gottfried Bäuerle gestohlen wurde«, hatte Paula Vessler in Erfahrung gebracht.

»Ich verstehe es nicht.« Winkler saß zusammengesunken an seinem Schreibtisch. »Das hätte ich Moni niemals zugetraut.«

»Es ist nicht sicher, dass Frau Lederer auf Mia Schöffel geschossen hat«, erwiderte Brander.

»Wer denn sonst?«

Brander dachte an Jasmins panische Attacke auf Peppi. War Jasmin im Haus ihres Vaters gewesen? Hatte sie Mia unter einem Vorwand dorthin gelockt? Oder war Mia aus welchem Grund auch immer in das Haus eingedrungen, und Jasmin hatte in Panik auf sie geschossen?

Monika Lederer trug die Kleidung des Pflegedienstes, für den sie arbeitete. Sie war grau im Gesicht, wirkte müde und entkräftet.

»Ich war zuletzt mit Ihnen gemeinsam in Karls Haus. Seither

bin ich nicht wieder dort gewesen«, erklärte sie Brander und Peppi. »Ich weiß nicht, wie das Gewehr in das Haus gekommen ist, und ich weiß auch nicht, wie Mia in das Haus gekommen ist.«

»Sie waren gestern Abend in Aichheim«, erwiderte Peppi. »Dafür gibt es Zeugen.«

»Das kann gar nicht sein, weil ich nicht in Aichheim war. Wann soll denn das gewesen sein?«

»Zwischen halb zehn und zehn.«

»Das stimmt nicht. Zu der Zeit lag ich längst im Bett. Ich hatte heute Frühschicht.«

»Haben Sie dafür Zeugen?«

»Wen hätten Sie denn gern? Herrn Winkler?«, fragte sie bissig.

»Was ist mit Jasmin?«, hakte Brander nach. »Wo war Ihre Tochter gestern Abend?«

»Zu Hause.« Sie hatte nicht den Mut, ihm in die Augen zu schauen.

»Dann hätten Sie ja eine Zeugin.«

»Ja«, wisperte sie erschöpft.

Es musste nicht zwangsläufig Monika Lederer hinterm Steuer gesessen haben, überlegte Brander. »Kann Jasmin Auto fahren?«

Die Frau starrte Brander gequält an. »Ich weiß es nicht. Ich weiß überhaupt nichts mehr über meine Tochter. Was soll ich denn noch machen? Ich muss arbeiten, ich muss Geld verdienen für uns. Ich muss mich um alles kümmern. Ich kann einfach nicht mehr!« Sie begann zu weinen.

»War Jasmin gestern Abend zu Hause?«, wiederholte Brander seine Frage.

»Ich weiß es nicht. Sie schleicht sich rein und raus. Sie ist nur noch ein Schatten.«

»Wussten Sie, dass Jasmin von ihren Mannschaftskameradinnen damals beim Fußball massiv gemobbt wurde?«

»Sie hat nie etwas gesagt. Aber ich habe es vermutet. Das war ein Grund, warum ich aus Aichheim fortwollte. Ich hatte gehofft, mit einem Neuanfang würde es besser werden, aber …« Sie vergrub schluchzend das Gesicht in den Händen. »Bitte, ich kann nicht mehr.«

»Wir unterbrechen die Befragung.« Brander stoppte das Aufnahmegerät.

»Du willst doch wohl nicht ernsthaft behaupten, dass Jasmin auf Mia geschossen hat?«, schimpfte Peppi, als Brander mit ihr durch den Flur zu Corys Büro ging.

»Es könnte möglich sein.«

»Und woher hatte sie das Gewehr?«

»Sie könnte von ihrer Mutter erfahren haben, dass Herr Bäuerle Gewehre besitzt.«

»Und dann nimmt sie heimlich den Schlüssel ihrer Mutter, schleicht sich in Bäuerles Haus und stiehlt die Waffen?« Peppi schüttelte den Kopf. »Warum hätte sie das tun sollen?«

»Um sich nach der Mobbingattacke zu schützen oder zu rächen …«

»Andi! Du hast das Mädchen doch gesehen!«

»Ebendrum.«

»Jens hat angerufen«, unterbrach Cory ihre Diskussion, als sie das Büro der Kollegin betraten. »Er hat Stellas Handy gehackt und euch die Daten auf den Server gestellt. Er sagt, ihr sollt euch die Videos anschauen, die er im Ordner ›Anschauen‹ abgelegt hat.«

»An welchen Rechner kann ich?«

»Nimm den von Hendrik.« Sie deutete auf den Schreibtisch ihr gegenüber.

»Hat der immer noch Urlaub?«, fragte Brander verwundert.

»Nö, hat sich beim Skifahren einen Kreuzbandriss zugezogen.«

Brander verzog anteilnehmend das Gesicht. Er schaltete den Computer ein und meldete sich an. Jens hatte ihm eine Mail geschickt, in die er den Pfad zu den Daten kopiert hatte. Peppi zog sich den Besucherstuhl heran.

Brander öffnete den Ordner »Anschauen«. Er klickte sich durch die Videodateien. Es waren Sequenzen, die die Aktionen vor Karl Lederers Haus dokumentierten. Das Werfen von roten Hundekottüten gegen die Hauswände. Das Schlagen mit Stöcken gegen die heruntergelassenen Rollläden, dazu Schlachtgesänge, deren Inhalt es war, Karl Lederer als Pädophilen zu beschimpfen und mit Geschlechtsamputationen und einem qualvollen Tod zu drohen.

Die Täterinnen waren unverkennbar Merle Altmüller und Mia Schöffel. Auf manchen Videos war auch Jonas Kittel in Aktion zu sehen. Manchmal weitere Jungen und Mädchen, deren Namen noch identifiziert werden mussten.

Brander wählte die Telefonnummer des IT-Forensikers. »Danke, Jens, gute Arbeit«, lobte er. »Du hast nicht zufällig auch ein Video von der Silvesternacht gefunden?«

»Ich habe was Besseres. Warte, ist gleich in deinem Ordner.«

Brander startete das neue Video. Es war nicht allzu viel zu erkennen. Die Aufnahme war offensichtlich in stockfinsterer Nacht gemacht worden. Mit Mühe konnte er schemenhaft Konturen erkennen. Waren das Bäume? Das Bild wackelte, als würde sich jemand unruhig vorwärtsbewegen. Man hörte leises Atmen. Zwischendurch ein unterdrücktes Kichern. Ein Zweig knackte. Schotter unter Schuhsohlen, die sich bemühten, möglichst lautlos voranzukommen.

Er erkannte einen großen viereckigen Kasten auf Stelzen, der sich gegen die Dunkelheit abzeichnete. Die Kamera blieb auf diesen Kasten gerichtet, zoomte zum Treppenaufgang. Unvermittelt erschallte aus der Dunkelheit ein verzerrter Ruf. »Verrecke!«

***

Brander hatte umgehend eine Telefonkonferenz mit dem Staatsanwalt und Käpten Huc einberufen.

»Das war kein freiwilliger Suizid«, erklärte Brander. »Ich

will einen Haftbefehl. Und dazu zumindest eine richterliche Vorladung für Stella Winkler. Das Video ist auf ihrem Handy. Sie war dabei!«

»Was ist mit Mia Schöffel?«, fragte Marco.

»Sie ist noch nicht vernehmungsfähig.« Brander wandte sich an seinen Inspektionsleiter. »Hans, jemand muss das restliche Material von Stellas Smartphone sichten. Sie hat offensichtlich alles Mögliche aufgezeichnet.«

»Ich setze Fabio und Emilia dran«, versprach Clewer.

Während Cory sich wenig später mit einem Kollegen auf den Weg machte, Stella Winkler abzuholen, fuhr Brander mit Peppi zum Haus der Altmüllers. Dieses Mal öffnete ihnen der Vater des Mädchens die Tür. Er war groß und schlank, trug Anzug und Krawatte und einen akkuraten Seitenscheitel. Es hatte den Anschein, als sei er gerade von der Arbeit gekommen.

Brander zeigte ihm Dienstausweis und Haftbefehl. »Ist Merle zu Hause?«

»Ja, aber …« Patrick Altmüller sah konsterniert auf das Schreiben. »Was soll denn das bedeuten?«

»Ihre Tochter wird beschuldigt, Karl Lederer zum Suizid genötigt zu haben.«

»Das ist absurd!«

»Das wird ein Richter ent…« Ein Geräusch ließ Brander innehalten. Er sah Merle aus den Augenwinkeln aus dem Fenster springen.

Peppi hatte es ebenfalls bemerkt und sprintete dem Mädchen bereits hinterher. Brander spurtete ihr nach. Noch bevor Merle das Ende des Vorgartens erreicht hatte, war Peppi bei ihr und riss sie zu Boden. Das Mädchen strampelte und schrie aus Leibeskräften.

»Was tun Sie denn da?«, brüllte Patrick Altmüller über den Rasen.

Peppi drehte dem sich wie toll gebärdenden Mädchen die Hände auf den Rücken und legte ihr Handschließen an. Brander half ihr, sie auf die Füße zu stellen. Merle beschimpfte sie, trat um sich und spuckte ihm ins Gesicht. Brander wischte sich fluchend mit einem Taschentuch die Spucke von der Wange.

»Merle!« Altmüller war bei ihnen und gab seiner Tochter so unvermittelt eine Ohrfeige, dass weder Brander noch Peppi ihn bremsen konnten.

»Hören Sie auf!« Brander zog Altmüller von dem Mädchen weg, bevor er erneut zuschlagen konnte.

Solveig kam von dem Lärm alarmiert aus dem Haus.

»Mama, die wollen mich einsperren«, heulte Merle auf. »Hilf mir, bitte, bitte, hilf mir!«

Sie hatte wieder die Klein-Mädchen-Stimme eingesetzt. Ihre Mutter nahm ihr Handy zur Hand. »Lassen Sie meine Tochter sofort los! Ich rufe unseren Anwalt an. Merle, du sagst nichts! Hast du verstanden? Kein Wort!«

Patrick Altmüller stand wutschnaubend zwischen Ehefrau und Tochter. »Ich habe dir gesagt, dass das irgendwann so enden wird!«, zischte er mit zusammengebissenen Zähnen.

Brander und Peppi übergaben Merle in Tübingen den Kollegen zur erkennungsdienstlichen Behandlung. Im Anschluss sollte sie in eine Gewahrsamszelle verbracht werden, da sie das Mädchen nicht ohne Anwalt befragen durften und der noch nicht in der Dienststelle eingetroffen war.

Stella Winkler hatte sich, so berichtete Cory, weitaus weniger wild gebärdet. Sie hatten das Mädchen zu Hause angetroffen. Aus dem rebellischen Teenager vom Morgen war ein eingeschüchtertes Kind geworden. Brander vermutete, dass ihr Vater und vielleicht auch die Mutter ihr ins Gewissen geredet hatten. Sie hockte Brander und Peppi mit hängenden Schultern im Vernehmungszimmer gegenüber. Stefanie Winkler war bei ihr.

Brander ließ das Video laufen, das Jens auf ihrem Smartphone sichergestellt hatte. »Hast du diese Aufnahme gemacht?«, fragte er schließlich.

Sie sah unsicher zu ihrer Mutter, die Mühe hatte, ihre Miene unter Kontrolle zu halten. Sie nickte steif. Das Entsetzen über das Gesehene und insbesondere das Gehörte stand ihr ins Gesicht geschrieben.

»Ihre Tochter muss nichts sagen, womit sie sich selbst belastet«, wies Peppi Frau Winkler noch einmal auf die Rechte des Mädchens hin.

Es blieb einen vagen Moment lang still im Raum.

»Ich habe das Video gemacht«, erklärte Stella schließlich leise. »Das … das war alles nicht so. Wir konnten doch nicht wissen, dass der tatsächlich …« Sie verstummte unsicher.

»Fangen wir mal ganz von vorn an«, half Brander ihr, Ordnung in ihre Gedanken zu bringen. »Wie seid ihr in den Besitz der Gewehre gekommen?«

»Mia und ich haben die organisiert. Mia hat Herrn Bäuerle abgelenkt, und ich habe die Waffen aus dem Schrank genommen.«

»Woher wusstest du, wo der Schlüssel ist?«

»Das hatte Merle bei einem Besuch ausgekundschaftet. Sie hat mir das genau erklärt. Es ging alles ganz leicht. Ich hab die Gewehre in eine Decke gewickelt. Merle hat hinterm Haus gewartet, und ich habe ihr die Waffen aus dem Kellerfenster rausgegeben.«

»Wann genau war das?«

»Am 29. Dezember.«

»Woher wusstet ihr überhaupt von den Gewehren?«

»Mia hatte uns davon erzählt.«

»Uns?«

»Na, in der Clique halt. Sie geht immer für Herrn Bäuerle einkaufen, und als sie mal bei ihm war, hat sie den Waffenschrank entdeckt. Sie sollte irgendwas für ihn aus dem Keller holen. Sie fand das voll krass, weil sie das nicht kennt. Ich kenn das, weil Papa Jäger ist, darum haben wir auch Waffen im Haus.«

»Ordnungsgemäß verschlossen«, ergänzte Stefanie Winkler.

»Ihr habt also die Gewehre aus Herrn Bäuerles Waffenschrank entwendet. Was hattet ihr damit vor?«

»Wir wollten den Druck erhöhen«, murmelte sie verschämt.

»Was für einen Druck?«

»Auf den Pädo … der sollte aus unserem Dorf verschwinden. Wer will schon neben einem Pädo wohnen? Außerdem blockiert sein Haus die Expansion von Jonas' Vater seinem Betrieb.«

»Wolltet ihr Herrn Lederer mit den Gewehren aus dem Dorf jagen, oder wie muss ich mir das vorstellen?«

»Nein, die Gewehre waren zu unserem Schutz. Wir hatten erst so versucht, den zu vergraulen. Haben Hundekacke an sein Haus geworfen und so … Aber der hat sich einfach nur verkrochen. Dann hat Jonas vor ein paar Monaten mitbekommen, dass der sich nachts immer rausschleicht und mit dem Rad wegfährt. Wir wollten wissen, was der macht, und haben ihm nachspioniert.«

»Wie habt ihr das gemacht – mitten in der Nacht?«

Erneut sah Stella schuldbewusst zu ihrer Mutter. »Wir haben bei Merle gepennt, die hat ihr Zimmer unten und ihre Eltern oben. Die kriegen das nicht mit, wenn sie sich mal nachts rausschleicht. Jonas konnte bei sich vom Wohnzimmer aus das Haus vom Lederer beobachten und hat uns Bescheid gegeben, wenn der nachts los ist. Der ist ja immer mit dem Fahrrad los, da konnten wir den prima verfolgen.«

»Und er hat euch nicht bemerkt?«

»Glaub nicht. Der ist immer zu dieser Kanzel im Wald gefahren. Hat vor sich hin gesummt und mit sich selbst gesprochen. Voll gaga.« Sie wedelte mit der Hand vor ihrem Gesicht. »Und dann haben wir gedacht, wenn der da in der Kanzel hockt, dann sitzt er in der Falle. Dann machen wir den fertig.«

Stefanie Winkler schluckte trocken. Sie musste entsetzt sein über ihre Tochter, ahnte Brander, und dabei war der Höhepunkt noch nicht erreicht.

»Und dazu brauchtet ihr die Gewehre?«

»Ja … nein … Merle meinte, wir sollten bewaffnet sein, damit wir uns verteidigen können, wenn der uns angreift, und da hat sie sich daran erinnert, dass Mia von dem Waffenschrank beim Bäuerle erzählt hatte, und gesagt, dass wir die Gewehre brauchen. Ich hab ihr erklärt, dass die Waffen nicht geladen wären, weil man Munition und Waffen getrennt voneinander aufbewahren muss. Das wusste ich von Papa.«

»Und was hat Merle dazu gesagt?«

»Die hat gemeint, es würde reichen, wenn wir ihm das Gewehr vor die Nase halten, dann würde der sich gleich vor Schiss in die Hose machen.«

»Was genau ist in der Nacht vom 2. auf den 3. Januar passiert?«

»Ich war mit Merle und Mia im Wald. Da gibt es eine Grillhütte, die ist nicht so weit weg von der Kanzel.«

Die Hütte, in der Greta Mack leere Flaschen sichergestellt hatte, vermutete Brander.

»Jonas hat Lederers Haus beobachtet. Er sollte Merle Bescheid geben, wenn der das Haus verlässt. Das hat ewig gedauert. Uns war kalt, wir haben bisschen was getrunken. Merle hatte die Gewehre mitgebracht.«

»Merle hatte also die Gewehre nach dem Diebstahl für euch aufbewahrt?«

»Wir mussten die ja irgendwo verstecken. Bei Mia oder mir ging das nicht. War zu gefährlich, dass unsere Eltern die finden.«

Stefanie Winkler zog tief atmend die Augenbrauen hoch.

»Merles Eltern haben hinten im Garten eine Hütte, da geht im Winter niemand rein. Da konnten wir die Dinger prima verstecken.«

»Ihr hattet in der Nacht also die Gewehre bei euch. Wie ging es weiter?«

»Wir haben gewartet, haben Schützengraben gespielt, mit den Gewehren auf den Weg gezielt und uns vorgestellt, wie es wäre, den Pädo zu erschießen.«

»Ihr alle drei?«, hakte Brander nach.

»Eigentlich nur Merle und ich«, gab Stella zu. »Mia hatte zu viel Schiss. Aber das war ja alles nicht ernst. Wir wollten den ja nicht wirklich erschießen.«

Brander wurde es ganz anders bei dem Gedanken, dass die

Mädchen so unbedarft und mit Alkohol im Blut mit den Jagdgewehren im Wald gespielt hatten. »Wie ging es weiter?«

»Irgendwann kam die Nachricht von Jonas, dass der Pädo unterwegs sei. Wir sind zur Kanzel und haben uns da versteckt, bis der kam. Da war alles irgendwie noch Spaß, einfach total aufregend …« Sie hielt inne, nagte nervös an ihrer Unterlippe.

»Wir hatten alles vorbereitet«, fuhr sie schließlich fort. »Mit Sprachverzerrer und Bluetoothboxen haben wir den beschallt. Haben ihm gesagt, dass er verrecken soll. Der ist voll panisch geworden … Aber dann ist alles irgendwie schiefgegangen.« Sie begann zu weinen.

Stefanie Winkler legte eine Hand auf die ihrer Tochter, drückte sie sanft.

»Merle hat sich mit dem Gewehr raufgeschlichen«, schniefte Stella. »Als sie oben war, hat sie ihm das Gewehr zugeschoben und gesagt, er soll sich erschießen. Wollte der natürlich nicht. Der war fix und fertig, hat geheult und gefleht. Und dann … dann hat Merle gesagt, dass wir Jasmin umbringen würden, wenn er sich nicht erschießen würde. Wir würden sie zu Tode quälen. Sie hat ganz üble Sachen gesagt … Aber das war irgendwie alles wie im Film, Nervenkitzel pur, nicht echt. Wir wollten den doch nur erschrecken, damit der endlich verschwindet.«

Brander konzentrierte sich auf Stella, aber ihm entging nicht, wie ihre Mutter sich zurücklehnte und mit ihren Gefühlen kämpfte, während ihre Tochter vorgebeugt auf dem Stuhl saß und verzweifelt die Hände knetete.

»Und dann gab's 'nen Knall, und der war tot.«

»Was habt ihr denn erwartet, was der Mann macht, wenn ihr ihn so unter Druck setzt?« Peppi konnte ihre Fassungslosigkeit nur mühsam unter Kontrolle halten.

Stella zog heulend den Rotz hoch. Ihre Mutter reichte ihr ein Taschentuch. »Ich hab doch nicht gewusst, dass das Gewehr geladen ist«, jammerte ihre Tochter. »Wir haben gedacht, der drückt ab, pisst sich ein, und wir lachen uns 'nen Ast.«

Stefanie Winkler konnte ihre Emotionen nicht mehr unter

Kontrolle halten. Sie schlug sich die Hand vor den Mund, schluchzte entsetzt auf.

Stella wandte den Blick betreten zu ihrer Mutter. »Es tut mir so leid, Mama.«

»Ich versteh das nicht, Stella«, flüsterte Stefanie Winkler. »Wieso macht ihr so etwas? Warum machst du bei so etwas mit?«

»Das hat alles damit angefangen, dass ich so scheißwütend auf Papa war. Als ich die Bilder gesehen hab, von ihm und dieser Fotze –«

»Bitte red nicht so.«

»Wer hat dir die Bilder geschickt?«, fragte Peppi.

»Weiß nicht mehr«, murmelte Stella.

Brander war sich sicher, dass sie es sehr genau wusste, den Namen aber nicht preisgeben wollte.

»Ich bin damals einfach durchgedreht, als ich die Fotos gesehen hab. Und dann hockt die Jasmin da, und ich wusste, dass das der ihre Schuld war.«

»Das stimmt doch nicht«, widersprach Stefanie Winkler.

»Doch! Wenn die nicht bei uns mitgekickt hätte, hätte Papa nie …« Stella verstummte schniefend. »Die war schuld!«, fuhr sie dann trotzig fort. »Die Jasmin war sowieso von Anfang an ein Opfer. Als die da nackt in der Dusche rumheulte, hab ich mir vorgestellt, das ist die Alte selbst. Das war meine Rache. Die sollte leiden, die sollte meinen Schmerz spüren! Dann kam noch die Scheiße mit dem Lederer dazu. Erst die Sache mit Papa, und dann schleicht sich der Pädo bei uns als Trainer ein.«

»Du hättest mit uns reden sollen. Wenigstens mit mir.«

»Klar, ich sag dir, dass Papa die Lederer fickt! Und du lässt dich scheiden. Ich will kein Opfer sein! Ich will, dass alles wieder so wird, wie es war, bevor die Asis nach Aichheim gezogen sind.«

Stefanie Winkler presste die Lippen zusammen und senkte den Blick. Ihre Welt war an diesem Tag nicht nur aufgrund der Taten ihrer Tochter aus den Fugen geraten.

»Stella«, ergriff Brander das Wort, »soweit wir wissen, waren die Gewehre von Herrn Bäuerle nicht geladen. Lag in dem Waffenschrank Munition, die du mitgenommen hast?«

Sie schüttelte den Kopf, die Tränen waren versiegt, das Make-up verschmiert.

»Woher hattet ihr die Patronen?«

»Keine Ahnung. Ich wusste nicht, dass die Scheißdinger geladen waren. Ehrlich, ich wusste das nicht!«

»Was habt ihr mit dem zweiten Gewehr gemacht, nachdem Karl Lederer sich erschossen hatte?«

»Weiß ich nicht mehr.«

»Stella«, mahnte ihre Mutter.

»Ich weiß es wirklich nicht mehr. Ich war voll geschockt. Wir sind abgehauen. Ich dachte, das läge noch irgendwo im Wald.«

Hatten die Mädchen es nach Lederers Suizid tatsächlich achtlos liegen gelassen? Aber dann hätten die Kriminaltechniker es finden müssen. Greta Mack und ihre Kollegen waren sehr gründlich bei der Spurensicherung gewesen. Allerdings lagen zwischen dem Suizid und der Meldung des Leichenfundes einige Stunden. Und außer den drei Mädchen war mindestens eine weitere Person dort gewesen. Sie hatte den Leichenfund jedoch nicht umgehend gemeldet.

***

Brander war müde und hätte gern Feierabend gemacht, stattdessen suchte er im Anschluss an Stellas Vernehmung mit Peppi Corys Büro auf. Die Kollegin war nicht allein. Staatsanwalt Marco Schmid leistete ihr Gesellschaft. Der Mittvierziger trug Anzug und Hemd, hatte sich jedoch seiner Krawatte entledigt. Er gab Peppi einen flüchtigen Kuss zur Begrüßung.

»Kleine Stärkung?« Marco deutete auf eine Bäckertüte.

»Danke, die kann ich brauchen.« Brander nahm eine Butterbrezel heraus.

»Wie ist es gelaufen?«

»Stella hat den Diebstahl der Gewehre zugegeben, behauptet jedoch, nicht gewusst zu haben, dass sie geladen waren.«

»Glaubhaft?«

Brander hob die Schultern. »Wir behalten sie über Nacht in Gewahrsam. Ich will nicht, dass sie sich mit den anderen abspricht.« Er setzte sich an den freien Schreibtisch und rief im Polizeiposten Aichheim an. Paula Vessler nahm ab, obwohl sie eigentlich längst Dienstschluss gehabt hätte. Er bat sie, Gottfried Bäuerle noch einmal zu befragen. Er musste wissen, wie sicher der Rentner sich war, dass seine Gewehre tatsächlich ungeladen im Waffenschrank gelegen hatten.

»Frau Vessler, ist Herr Winkler noch da?«

»Ja.«

»Geben Sie ihn mir bitte mal.«

Die Polizistin reichte den Hörer weiter.

»Herr Winkler, Sie sind Jäger, habe ich gerade erfahren.«

»Ja.«

»Wer im Ort ist noch in der Jägerschaft oder im Schützenverein?«

Winkler stieß hörbar die Luft aus. »Soll ich Ihnen jetzt alle aufzählen?«

»Was ist mit Familie Kittel, Familie Altmüller, Familie Schöffel?«

»Die Schöffels: nein. Jan Kittel und Patrick Altmüller sind beide im Schützenverein.«

»Und Jonas?«

»Er hat mal als Sechzehnjähriger mit Luftgewehr angefangen, aber schnell wieder aufgehört. Der hatte kein Interesse.« Winkler seufzte unentschlossen. »Müssen Sie Stella wirklich über Nacht dabehalten?«

Anscheinend hatte seine Frau ihn bereits über Branders Entscheidung informiert. »Herr Winkler, Sie wissen, wie es läuft.«

Der Kollege legte grußlos auf. Brander quittierte es mit einem Stirnrunzeln und wandte sich an Marco. »Gibt es Neuigkeiten von Mia Schöffel?«

»Sie hat einen Streifschuss abbekommen, der Blutverlust war nicht lebensbedrohlich. Sie musste allerdings operiert werden, um das Schrot vollständig aus dem Bein zu entfernen. Hinzu kommen eine Platzwunde am Kopf und eine Gehirnerschütterung. Wir können sie frühestens morgen vernehmen.«

»Wir müssen dafür sorgen, dass niemand außer ihren Eltern Zutritt zu ihrem Zimmer bekommt.« Brander nahm einen Kuli und skizzierte grübelnd ein Jagdgewehr auf der Schreibtischunterlage. Wer hatte das zweite Gewehr an sich genommen? Eines der Mädchen? Monika Lederer? Welche Option blieb noch?

»Ist Frau Lederer noch hier?«

»Nein«, erwiderte Cory. »Sie hat das Gesprächsprotokoll unterschrieben, und nach den neuesten Entwicklungen gab es keine Veranlassung, sie länger hierzubehalten.«

»Kannst du morgen noch mal mit ihr sprechen? Sie soll dir ganz genau schildern, wie sie ihren Mann in der Kanzel gefunden hat. Nimm das Gespräch auf und gleich es mit der ersten Aussage ab, die wir von ihr bekommen haben.«

»Warum das?«

»Ich will wissen, ob sie sich widerspricht. Die Mädchen hatten beide Gewehre mit zur Kanzel genommen. Stella sagt, sie hätten beide dort zurückgelassen. Als wir kamen, war nur das Gewehr da, mit dem sich Lederer erschossen hat.«

»Oh.«

Brander aß grübelnd seine Brezel, während er eine Wildbeobachtungskanzel neben dem Jagdgewehr skizzierte. »Was ist mit Jasmin?«

»Was soll mit ihr sein?«, fragte Peppi misstrauisch.

»Bisher sind wir davon ausgegangen, dass Monika Lederer ihren Mann gefunden hat.«

»Und?«

»Es könnte möglich sein, dass Jasmin ihn gefunden hat. Anscheinend schafft sie ja die Radtour von Herrenberg zur Wildbeobachtungskanzel.«

»Selbst wenn – was würde das für einen Unterschied machen?«

»Jemand muss das zweite Gewehr an sich genommen haben.«

Peppi starrte ihn empört an. »Jetzt fang nicht schon wieder an!«

»Es ist eine Möglichkeit«, erwiderte Brander entschieden. »Sie könnte vor ihrer Mutter am Leichenfundort gewesen sein und das zweite Gewehr dort gefunden und mitgenommen haben.«

»Sie hat nicht auf Mia geschossen!«, widersprach Peppi.

»Warum nicht?«, fragte Marco. »Ich finde Andis Gedanken gar nicht so unlogisch.«

»Diese drei Mädchen haben Jasmin gequält. Die haben ihren Vater in den Tod getrieben. Die –«

»Schatz, du lieferst keine Argumente, die für Jasmins Unschuld sprechen«, unterbrach Marco sie.

»Wenn – und ich betone dieses ›Wenn‹! –, wenn sie tatsächlich auf Mia geschossen hat, dann in Notwehr.«

»Geschossen hätte sie aber trotzdem.«

Peppi funkelte ihren Mann zornig an und stampfte wutschnaubend aus dem Büro.

Brander warf Marco einen mitleidigen Blick zu. »Falls es ein Trost ist: Sie beruhigt sich meistens schnell wieder, nachdem sie erst mal Dampf abgelassen hat.«

»Ich weiß«, erwiderte der Staatsanwalt leichthin.

»Ist Merles Anwalt inzwischen da?«

»Er hat Akteneinsicht gefordert«, erklärte Marco. »Vor morgen wird es nichts mit der Vernehmung.«

»Dann nehme ich mir Jonas Kittel noch mal vor. Er war in die Sache involviert, und er weiß mit einem Gewehr umzugehen.« Brander stand auf und machte sich auf die Suche nach Peppi.

Jonas Kittels Bein wippte nervös. Eine Polizeistreife hatte ihn zu Hause abgeholt und ins Kriminalkommissariat nach Tübingen gebracht. »Was ist mit Mia?«, fragte er besorgt, als Brander mit Peppi hereinkam.

»Sie ist im Krankenhaus.« Brander nahm ihm gegenüber Platz und musterte den jungen Mann aufmerksam. »Wissen Sie, warum Mia im Haus Ihres Nachbarn war?«

»Nein.«

»Sie haben Mia gestern Abend gesehen. Hat sie angedeutet, dass sie noch etwas vorhat?«

Jonas schüttelte den Kopf.

»Ist Ihnen gestern Abend, als Sie mit Merle und Mia zusammen auf dem Dorfplatz waren, etwas aufgefallen?«

»Was soll mir denn aufgefallen sein?«

»War außer Ihnen noch jemand da?«

»Nein. War Scheißwetter, da war niemand unterwegs.«

»Wann sind Sie nach Hause gegangen?«

»Gegen halb zehn.«

»Wie war die Stimmung in der Clique?«

Jonas zuckte die Achseln. »Mia war schlecht drauf. Deswegen bin ich früher weg. Merle wollte mit ihr allein sprechen. So von Frau zu Frau.«

Merle hatte behauptet, die Stimmung wäre wie immer gewesen, erinnerte sich Brander an das Gespräch mit dem Mädchen. »Warum war Mia schlecht drauf?«

»Weiß ich nicht.« Er wich Branders Blick aus.

»Sie sind also gegen halb zehn gegangen«, wiederholte Brander. »Haben Sie etwas Ungewöhnliches bemerkt, als Sie zu Hause waren?«

»Nein.«

»Ihre Mutter sagt, sie hätte zwischen zehn und halb elf einen Knall gehört.«

»Hab gezockt, da hab ich Kopfhörer auf. Was denn für 'n Knall?«

»Auf Mia wurde geschossen.«

Jonas Kittels Bein kam zum Stillstand. »Was? Wann?«, fragte er perplex.

»Gestern Abend. Sie können mit einem Gewehr umgehen, wie wir erfahren haben.«

Der junge Mann blinzelte überrumpelt. »Ich schieß doch nicht auf Mia!«

»Das habe ich auch nicht gesagt. Ihre Freundinnen haben zwei Gewehre gestohlen. Jemand muss sie geladen haben.«

»Aber nicht ich!« Das Bein begann wieder, nervös zu wippen.

»Wir haben eine Videoaufnahme von der Nacht, in der Karl Lederer sich erschossen hat, und wir wissen, dass Sie Ihre Freundin Merle in der Nacht informiert haben, dass Herr Lederer auf dem Weg zu der Kanzel im Wald war. Was haben Sie danach gemacht? Sind Sie ihm gefolgt?«

Jonas starrte ihn sprachlos an.

»Die Mädchen haben Herrn Lederer ein Gewehr gegeben, das sie zuvor einem Rentner gestohlen hatten.«

»Das stimmt doch gar nicht.«

»Was stimmt nicht?«

»Ich war nicht im Wald, und die anderen auch nicht.«

»Wie ich schon sagte: Uns liegt ein Video vor.«

»Glaub ich nicht. Das ist Fake. Das Scheißgewehr hat der doch selbst geklaut!« Jonas' Blick glitt unruhig umher. »Sie wollen uns was anhängen.«

»Die Gewehre, die aus Herrn Bäuerles Waffenschrank entwendet wurden, waren nicht geladen«, wiederholte Brander. »Jemand muss Patronen besorgt und eingelegt haben. Waren Sie das?«

»Ey, geht's noch?«, fuhr der junge Mann auf. »Einen Scheiß hab ich!«

»Herr Kittel, bitte.«

»Ich lass mir doch keinen Mord anhängen! Ich geb ja zu, dass wir den 'n bisschen gedisst haben. Das war ein Pädo! Ein Kinderficker. Ich hab dem 'n Sack Hundescheiße an die Hauswand geworfen, aber ich erschieß den doch nicht! Mann, ey!« Er sprang wütend auf.

»Setzen Sie sich bitte wieder hin«, forderte Brander.

»Nee, ich will jetzt nach Hause.«

»Laut Chatprotokoll Ihres Smartphones haben Sie Merle Altmüller in der Nacht vom 2. auf den 3. Januar kurz vor Mitternacht eine Nachricht geschickt.« Peppi schaute auf den Computerbildschirm vor sich. Jens hatte ihnen den Chatverlauf geschickt. »›Bin unterwegs‹«, las sie vor. »Wohin sind Sie so spät noch gegangen?«

»Zu Merle.«

»In den Wald?«

»Nein, zu ihr nach Hause.«

»Da war sie aber nicht. Merle Altmüller war zu der Zeit mit Mia Schöffel und Stella Winkler im Wald in einer Grillhütte.«

»Wer sagt das?«

»Wenn Sie etwas Handfestes wollen: Wie wäre es mit den GPS-Daten der Smartphones. Das ist der Nachteil an unserer modernen Welt. Wenn man online kommunizieren möchte, kann man sich nur schwer verstecken.«

Es hatte den Anschein, als hätte jemand aus einer Luftmatratze den Stöpsel gezogen. Jonas Kittel sank zurück auf den Stuhl. »Ich will 'nen Anwalt.«

»Den bekommen Sie. Allerdings wird das heute nichts mehr«, erklärte Brander. »Sie dürfen bei uns übernachten.«

»Wieso das denn?«

»Verdacht auf Verabredung zu einem Verbrechen.«

»Ey, ihr tickt doch nicht sauber!«, stieß Jonas fassungslos aus.

Brander hob die Augenbrauen. »Beamtenbeleidigung käme jetzt noch dazu.«

***

Marco und Cory hatten sich in den Feierabend verabschiedet, während Brander und Peppi ihre Berichte noch tippen mussten. Das Piepen von Peppis Smartphone unterbrach die konzentrierte Stille.

Peppi sah stirnrunzelnd auf den Apparat und nahm das Gespräch an. »Pachatourides.«

Sie lauschte kurz, dann legte sie den Finger an die Lippen und schaltete den Lautsprecher ein, sodass Brander mithören konnte.

»Mama hat gesagt, dass die Mia angeschossen wurde. Sie sagt, Sie denken, ich wäre das gewesen«, erklang Jasmins Stimme aus dem Apparat.

»Niemand denkt das, Jasmin. Aber wir müssen mit dir reden. Wo bist du?«

»Ist Mia tot?«

»Nein.«

»Ich war das nicht.«

»Das glaube ich dir, Jasmin. Aber sag mir bitte, wo du bist.«

»Sie wollen mich einsperren.«

»Niemand sperrt dich ein.« Peppi suchte fieberhaft nach Worten. »Aber wir müssen verstehen, was deinem Vater passiert ist. Bitte, du musst uns helfen.«

In der Leitung blieb es still, lediglich Jasmins zitternder Atem war zu hören.

Das Mädchen fror, vermutete Brander. »Kanzel?«, schrieb er eilig auf einen Zettel und hielt ihn Peppi hin.

»Bist du wieder in der Wildbeobachtungskanzel? Ich komme dahin, okay? Es wird alles gut, Jasmin. Ich möchte nur mit dir reden.«

Das Mädchen drückte das Gespräch weg.

»Mist!«

»Lass uns hinfahren.« Brander speicherte seine Datei und schaltete den Computer aus.

Peppi hatte Brander den Platz hinter dem Lenkrad überlassen. Sie war zu angespannt. Beim Wanderparkplatz Eichenfirst öffnete sie das Wildgatter, und Brander fuhr hinein. Zu Fuß hätte der Weg zur Kanzel zu lange gedauert. Sie befürchtete ohnehin, dass Jasmin längst fort war – wenn sie überhaupt dort gewesen war.

Die Strecke zog sich dennoch, da sie in der Dunkelheit auf den schmalen Waldwegen nicht schnell fahren konnten. Zu groß war die Gefahr, dass Rotwild oder andere Tiere unvermittelt vors Auto sprangen. Endlich erreichten sie die Kanzel. Nachdem Brander die Scheinwerfer ausgeschaltet hatte, umgab sie finstere Nacht.

Sie nahmen die Taschenlampen und stiegen aus. Über den schmalen Trampelpfad gelangten sie zur Kanzel. Jasmins Fahrrad lehnte an einem der Pfosten. Peppi blieb an der Treppe stehen. Sie gab Brander mit Zeichensprache zu verstehen, dass sie allein hinaufgehen wollte, dann wandte sie sich dem Aufgang zu.

»Jasmin?«, rief sie hinauf. »Ich bin es. Kommissarin Pachatourides. Ich komme jetzt zu dir.«

Das Herz schlug ihr hart in der Brust, während sie die Stufen erklomm, in der Hoffnung, nicht im nächsten Augenblick erneut eine Ladung Pfefferspray ins Gesicht zu bekommen. Sie schwitzte, und gleichzeitig war ihr kalt. Ausnahmsweise war das dieses Mal keine Folge der nervigen Wechseljahre. Brander hatte darauf bestanden, dass sie eine schusssichere Weste überzog.

Sie hatte den obersten Treppenabsatz erreicht, leuchtete mit der Taschenlampe ins Innere. Das Mädchen saß zusammengekauert auf der vorderen Bank, die Beine eng umklammert zur Brust gezogen, das Kinn auf den Knien abgelegt.

»Hey.« Peppi setzte sich neben sie und überließ es Jasmin, das Gespräch zu eröffnen. Die Kälte kroch ihr in die Knochen, während sie schweigend wartete. Allmählich gewöhnten sich die Augen an die Dunkelheit, sodass sie schemenhaft einige Umrisse in der Umgebung wahrnehmen konnte.

»Hier bin ich Papa am nächsten«, murmelte Jasmin nach einer Weile.

Am Ort seines Sterbens. Peppi lief ein Schauer über den Rücken. »Gibt es dafür keinen schöneren Ort?«

»Das war der schönste Ort. Papa hat mich oft hierhin mitgenommen. Das waren die besten Momente. Meistens sind wir hergekommen, wenn Mama Nachtschicht hatte. Sie wollte das nicht, weil ich dann am nächsten Tag zu müde für die Schule war.«

Peppi spürte, wie das Mädchen neben ihr vor Kälte zitterte. Sie ärgerte sich, dass sie keine Decke mitgenommen hatte. »Was habt ihr nachts hier gemacht?«

»Tiere beobachtet. Füchse, Vögel, Fledermäuse, Hirsche. Ein Reh ist nicht die Frau vom Hirsch. Rehe sind viel kleiner als Hirsche. Die Frau vom Hirschbock ist eine Hirschkuh, die kann bis zu einhundert Kilo schwer werden. Und es gibt ganz viele verschiedene Fledermausarten: die Mopsfledermaus, die Nymphenfledermaus, die Bechsteinfledermaus. Papa wusste alles über die Tiere. Wenn er hier war, war er ein ganz anderer Mensch. Nicht so traurig und nicht so ängstlich.«

Hatte sie gerade noch voller Wärme gesprochen, wurde ihre Stimme jetzt hart. »Aber nachdem Merle und Mia so eine Scheiße über meinen Vater erzählt haben, wollte er nicht mehr mit mir hierhin. Er wollte nirgendwo mehr hin.«

»Haben dir die Ausflüge mit deinem Papa gefehlt?«

»Mhm.«

Waren die nächtlichen Ausflüge in den Wald tatsächlich nur harmlose Vater-Kind-Unternehmungen gewesen? »Was habt ihr sonst so gemacht, wenn ihr hier wart?«

»Wie?«

»Na ja, war es nicht langweilig auf Dauer, die ganze Nacht dazusitzen und nur zu gucken?«

Jasmin wandte den Blick zu ihr. Misstrauen legte sich in ihre Worte. »Sie sind wie die anderen. Sie denken, er hat mich missbraucht.«

»Ehrlich gesagt, ich weiß nicht, was ich denken soll.«

»Mein Papa hat mich nicht missbraucht.« Ihre Stimme brach, und sie vergrub das Gesicht in den Armen. »Sie können mich ja untersuchen lassen. Er hat mir nie was getan.«

Peppi grübelte, wie sie weiter vorgehen sollte. »Bei einer

Untersuchung würde der Arzt aber deine Unterernährung bemängeln.«

»Je dünner ich werde, desto weniger sehen die anderen mich. Ich will, dass mich niemand mehr sieht. Am liebsten würde ich hier im Wald leben. Nur mit den Tieren.«

»Hättest du keine Angst so allein im Wald?«

»Nein.« Jasmin hob den Kopf wieder. »Papa passt auf mich auf. Er ist überall hier. In den Bäumen, in den Blättern, in den Sträuchern.«

Wie zur Bestätigung ging ein Windhauch durch die Bäume und ließ das vom Winter vertrocknete Laub rascheln.

»Jasmin … Wir haben ein Video gefunden, das zeigt, wie Merle und die anderen Mädchen deiner Fußballmannschaft dich quälen.« Sie spürte, wie sich das Mädchen neben ihr versteifte. »Wusste dein Vater davon?«

In der Dunkelheit meinte Peppi ein Kopfschütteln wahrzunehmen.

»Wusste sonst jemand davon? Deine Mutter vielleicht?«

»Nein«, wisperte sie. »Niemand.«

»Warum hast du dich niemandem anvertraut?«

»Weil die mich dann umbringen.« Sie zog den Rotz hoch. »Außerdem glaubt mir eh keiner. Genauso wenig, wie sie meinem Vater geglaubt haben.«

»Ich glaube dir, Jasmin.« Und sie hatten den Beweis auf Video. »Du solltest diese Mädchen anzeigen.«

»Nein«, erwiderte Jasmin entschieden. Sie stellte die Füße auf den Boden, kramte in ihrer Jackentasche und holte ein Smartphone hervor. Sie hielt es Peppi hin. »Das gehörte meinem Papa.«

»Woher hast du das?«

»Papa hat es weggeworfen, kurz nachdem wir ausgezogen sind.«

»Warum hat er es weggeworfen?«

»Wir waren bei ihm, und Mama hat ihm Vorwürfe gemacht, weil er sich nicht regelmäßig bei ihr gemeldet hat. Er hat gesagt, er hätte das Handy in den Müll geworfen, er könne mit dem

Scheißding nicht telefonieren. Die haben gestritten. Ich hab's aus der Tonne geholt, weil es von Papa ist. Ich weiß nicht, was drauf ist, es ist gesperrt.«

»Weiß deine Mutter, dass du das Handy an dich genommen hast?«

»Nein. Sie hat ihm ein neues gekauft.« Jasmin stand auf und wollte gehen.

Peppi stellte sich ihr in den Weg. »Wohin willst du?«

»Weg.«

»Ich bin mit dem Auto da. Ich kann dich nach Hause fahren«, versuchte Peppi, Zeit zu gewinnen. Sie hoffte, dass Brander ihre Taktik verstand und sich zurückzog, damit Jasmin ihn nicht sah und sich dadurch ausgehorcht fühlte.

»Nein.«

»Verrate mir noch eins: Dein Vater hatte doch ein neues Handy. Warum hast du seit eurem Auszug nicht mit ihm telefoniert oder gechattet?«

»Weil ich sauer auf ihn war, weil … Er hat sich voll von mir zurückgezogen!« Sie zuckte hilflos die Achseln. »Und jetzt kann ich nie wieder mit ihm reden!« Sie drängelte tränenblind an ihr vorbei zur Treppe.

Peppi hielt den Atem an, aber alles, was sie hörte, waren Jasmins eilige Schritte die Holzstufen hinunter und wenig später das Knirschen von Fahrradreifen.

***

Sie hatten das Smartphone noch in der Nacht nach Esslingen gebracht, damit Jens sich das Gerät gleich am Morgen ansehen konnte. Brander fragte sich, was sie darauf finden würden.

Nathalie schlief bereits, als er nach Hause kam. Cecilia lag ebenfalls im Bett und las noch. Er ging zu ihr ins Schlafzimmer und setzte sich auf die Bettkante. Er hatte das Gefühl, in seinem Kopf stauten sich die Gedanken, sodass er die Informationen der letzten Tage nicht in die richtige Reihenfolge bekam.

Zudem nagte das schlechte Gewissen an ihm. So, wie es um die Ermittlungen stand, würde er am nächsten Tag auf keinen Fall den Nachmittag freinehmen können.

Cecilia hob den Blick von ihrem Buch und schaute ihm prüfend in die Augen. Er fand keine Worte, wollte sie nicht enttäuschen. Er hatte genug damit zu tun, sich bei den Ermittlungen nicht von seinen Emotionen übermannen zu lassen.

Sie legte ihre Hand auf seine. »Freitag?«

Er nickte und hoffte, dass er das Versprechen halten konnte.

Mittwoch

»Emilia und ich haben gestern einen Foto-und-Video-Abend gemacht«, berichtete Fabio in der morgendlichen Sitzung. Brander und Peppi hatten sich von Tübingen aus zugeschaltet, um Fahrtzeit zu sparen.

»Auf Stella Winklers Handy sind unzählige Dateien. Viele Aufnahmen wurden dem Anschein nach eher heimlich gemacht. Interessanterweise ist sie auf keinem Bild selbst mit drauf. Selfies scheinen nicht so ihr Ding zu sein.«

»Habt ihr etwas Interessantes gefunden?«, erkundigte sich Brander.

»Einige Aufnahmen, die beweisen, dass die Jugendlichen den Bereich um Karl Lederers Haus immer wieder belagert haben. Und es gibt ein Video von der Silvesternacht. Da hat Jonas Kittel gelogen, als er behauptet hat, er wäre die ganze Zeit mit den anderen in Altmüllers Partykeller gewesen. Das Video zeigt, wie er höchstpersönlich unter lautem Gejohle der Clique den Stein durch das Toilettenfenster wirft.«

Endlich ein handfester Beweis, atmete Brander auf. »Wer war noch dabei?«

»Wie es ausschaut, die ganze Partygesellschaft.«

»Auch die Eltern?«

»Nein, zumindest nicht im Video zu sehen, nur die Jugend.«

»Okay, dann knöpfen wir uns Jonas Kittel noch einmal vor.«

»Fahrt vorher in die Klinik«, delegierte Clewer. »Mia ist wach und kann befragt werden.«

Nicole Schöffel saß neben Mias Bett, als Brander mit Peppi das Krankenzimmer betrat. Mutter und Tochter wirkten erschöpft und übernächtigt.

Brander blieb am Fußende des Bettes stehen. »Wie geht es dir, Mia?«

»Geht so.«

»Wir müssen dir ein paar Fragen stellen. Ist das okay? Du kannst jederzeit sagen, wenn es dir zu viel wird.«

»Mhm.« Sie sah ihn aus ihrem blassen Gesicht mit großen dunklen Augen an.

Ungeschminkt wirkte sie um Jahre jünger und wesentlich weniger selbstbewusst, stellte Brander fest. »Kannst du dich erinnern, was in der Montagnacht passiert ist?«

Sie deutete ein zaghaftes Nicken an.

»Würdest du es uns erzählen?«

Sie räusperte sich. Ihre Augenwinkel glitzerten feucht. »Ich krieg das Geräusch nicht mehr aus dem Kopf.«

»Welches Geräusch?«

»Den Schuss. Der hallt immer wieder in meinem Kopf. Ich höre immer wieder den Schuss.«

»Welchen Schuss meinst du? Den von Montagabend oder den Schuss auf der Wildbeobachtungskanzel?«

Sie zog eine gequälte Grimasse. »Wir wollten den doch nicht umbringen.«

»Lass uns zunächst bei Montagabend bleiben. Merle sagt, ihr habt euch kurz nach zehn auf den Heimweg gemacht und vor ihrem Elternhaus getrennt. Wohin bist du dann gegangen?«

Mia zog die Augenbrauen zusammen. »Ich hab Angst. Sie hat gesagt, sie bringt mich um.«

»Wer hat das gesagt? Frau Lederer? Jasmin?«

Als Mia ihn verwirrt ansah, ergänzte er: »Merle hat gesagt, ihr hättet den Wagen von Frau Lederer am Montagabend in Aichheim gesehen. Hat Frau Lederer dich in das Haus gebracht?«

Der Blick des Mädchens wanderte hilflos zur Decke.

»Wer hat dir gedroht? Wir können dir nur helfen, wenn du mit uns sprichst, Mia.«

»Es ist alles gelogen«, brach es unvermittelt aus ihr heraus. »Alles. Alles. Alles.« Die Tränen strömten über ihre Wangen.

Nicole Schöffel stand auf. »Ich glaube, das ist im Moment zu viel für meine Tochter.«

Er nickte bedauernd. »Es wäre gut, wenn Mia uns den Namen des Schützen nennen könnte. Ob es Frau Lederer war oder Jasmin. Wir möchten verhindern, dass es weitere Opfer gibt.«

»Ich rede mit ihr, wenn sie sich wieder etwas beruhigt hat.«

»Danke.« Brander suchte eine Visitenkarte in seinen Jackentaschen. »Rufen Sie mich an, sobald sie –«

»Merle«, stieß Mia zwischen zwei Schluchzern hervor.

Brander drehte sich im Reflex zur Tür, weil er dachte, ihre Freundin hätte das Krankenzimmer betreten. Was unlogisch war, denn Merle befand sich in Untersuchungshaft. Er wandte sich Mia wieder zu. »Was ist mit Merle?«

»Ich … ich hab ihr gesagt, dass ich nicht mehr lügen will«, stammelte Mia, mühsam nach Luft japsend.

Peppi, die neben Brander stand, musterte das von Weinkrämpfen geschüttelte Mädchen. »Hat Merle auf dich geschossen?«

Mia nickte schluchzend. »Sie sagte, sie hätte das Gewehr in Lederers Haus versteckt, das … das müssten wir rausholen und zurück zu Herrn Bäuerle bringen, und dann wäre alles vorbei. Keine Lügen mehr. Sie wollte mit mir weggehen. Zu ihrer Schwester nach Amerika. Wir wollten Models werden«, stolperten die Worte aus ihrer Kehle.

Nicole Schöffel setzte sich wieder und nahm die Hand ihrer Tochter zwischen ihre eigenen. »Du kannst doch nicht einfach weggehen.«

Mia schien sie gar nicht zu hören und redete stockend weiter. »Merle hat gesagt, es wäre gar nicht alles gelogen. Sie hätte Lederers Keller gesehen, den sollte ich mir angucken, damit ich mich nicht mehr so schlecht fühlte. Ich hatte Schiss. Wir haben was getrunken, und Merle hat mir eine von ihren Pillen gegeben. ›Eine Mut-Pille‹, hat sie gesagt. Davon ist mir ganz komisch geworden. Wir sind durch das Fenster in das Haus, und Merle hat mich zu der Kellertür gedrängt. Ich hab überall Schatten gesehen. Ich hatte solche Angst. Ich dachte, der Lederer sitzt da unten mit weggeschossenem Kopf und wartet auf uns.«

Sie presste die Handballen auf die Augen, als hätte sie auch jetzt das Bild vor Augen. Es dauerte eine Weile, ehe sie weitersprechen konnte.

»Wir sind zusammen runter in den Keller. Merle ging vor mir, sie hielt meine Hand ganz fest, als wollte sie mich beschützen. Als wir unten waren, hat sie auf eine Tür gezeigt. In den Raum sollte ich schauen. Aber da war nichts, und dann hatte Merle mit einem Mal das Gewehr in der Hand und hat auf mich geschossen. Ich hab gar nicht gemerkt, dass sie mich getroffen hatte.«

Die Schockreaktion, vermutete Brander.

»Ich bin in den Kellerraum geflüchtet und hab das Regal umgestoßen. Und dann bin ich wohl umgekippt. Als ich zu mir kam, war mir ganz schlecht. Mein Kopf tat weh und mein Bein. Es war stockdunkel. Ich bin auf allen vieren umhergekrochen, aber ich kam nicht raus. Und dann bin ich wieder ohnmächtig geworden.«

Mia schloss erschöpft die Augen. Die Tränen waren versiegt, aber das junge Gesicht war von Angst und Schuldgefühlen gezeichnet.

Nicole Schöffel strich ihrer Tochter über die verschwitzte Stirn. »Du kannst doch nicht einfach abhauen, nur weil der Mann sich erschossen hat. Es ist doch nicht deine Schuld.«

Mia hob die Lider, Verzweiflung lag in ihrer Stimme. »Wir haben gelogen, Mama. Es war alles gelogen. Verstehst du das denn nicht? Alles!«

»Was war gelogen, meine Kleine?«

»Alles. Ich … wir …« Mias Unterlippe begann zu zittern, sie begann erneut zu weinen. »Der Lederer wollte gar keine Fotos von uns. Wir … wir haben uns das alles nur ausgedacht.«

Nicole Schöffel biss sich auf die Lippe. Sie beugte sich rasch über das Bett, zog ihre Tochter fest in die Arme. Brander vermutete, dass sie verhindern wollte, dass Mia oder die Kommissare sahen, wie sehr die Worte sie entsetzten.

***

»Was heißt das: Es war alles gelogen?«, schallte Marco Schmids Stimme aus dem Tischmikrofon.

Brander war mit Peppi nach der Vernehmung im Krankenhaus zurück ins Kriminalkommissariat gefahren. Sie saßen in einem Konferenzzimmer und hatten den Staatsanwalt angerufen.

»Mia und Merle wollten Karl Lederer eins auswischen«, erwiderte Peppi. »Lederer hatte damals, als er das Training der Mannschaft übernommen hat, gesagt, dass nur diejenigen an Spieltagen auf den Platz dürfen, die auch regelmäßig und pünktlich zum Training kommen. Das traf auf Merle und Mia nicht zu. Also ließ er die Mädchen nicht mitkicken. Die beiden waren sauer. Als Erstes nahmen sie sich Jasmin vor, und als das nicht half, haben sie sich die Geschichte mit den Nacktfotos ausgedacht.«

»Ich dachte, die Attacke gegen Jasmin ging von Stella Winkler aus?«

»Wie man's nimmt«, erwiderte Brander. »Merle hatte Wind von dem Verhältnis zwischen Monika Lederer und Christian Winkler bekommen. Von wem, weiß Mia angeblich nicht, aber ich habe Jonas Kittel stark in Verdacht. Einer von ihnen hat dem Pärchen aufgelauert und Fotos gemacht, und dann haben Mia und Merle die Bilder Stella gezeigt und die verquere Logik aufgestellt, dass das alles Jasmins Schuld wäre.«

»Jasmin kam nach der Attacke gegen sie zwar nicht mehr zum Training«, übernahm Peppi wieder, »aber beim letzten Spieltag durfte Merle dennoch nicht mitspielen.«

»Was ja nicht verwunderlich ist, wenn die Mädchen seine Tochter derart malträtieren«, schnaubte Marco.

»Der wusste vermutlich gar nichts davon. Merle hat Jasmin gedroht, dass sie sie umbringen würden, wenn sie auch nur ein Wort davon verrät, was sie mit ihr gemacht haben.«

»Du liebe Güte.«

»Um ihre Geschichte glaubhaft zu gestalten, hat Mia in ihrem Zimmer Nacktaufnahmen von sich gemacht, und zwar zu einem

Zeitpunkt, zu dem ihre Mutter nach Hause kommt. Nicole Schöffel hat die Angewohnheit, nach der Arbeit kurz an Mias Tür zu klopfen und dann hereinzukommen, ohne eine Antwort abzuwarten. So hat sie ihre Tochter quasi in flagranti erwischt, und Mia hat ihr tränenreich erklärt, dass Karl Lederer sie und Merle zwingen würde, diese Aufnahmen zu machen und ihm zu schicken. Weil sie sich bisher geweigert hätten, durften sie nur so selten an den Spieltagen mitkicken.«

»Und das hat Nicole Schöffel fraglos geschluckt?«

»Was würdest du denken, wenn deine Tochter dir so etwas heulend wie ein Schlosshund erzählt – dazu splitternackt mit der Kamera zwischen den Beinen?« Peppi ging zum Fenster und öffnete es. Ein eisiger Luftstrom wehte herein.

»Das hätte ich umgehend angezeigt«, entgegnete Marco.

»Das hatten die Mädchen einkalkuliert.« Brander zog fröstelnd seine Jacke, die er über die Stuhllehne gehängt hatte, wieder an. »Sie haben ihre Eltern bekniet, nicht zur Polizei zu gehen, weil sie sich so schämten und gedemütigt fühlten.«

»Was ist mit den anderen in der Clique? Wussten die, dass Mia und Merle sich das mit den Fotos nur ausgedacht hatten?«

»Angeblich nicht.«

Marco seufzte grübelnd. »Wie glaubhaft ist Mias Aussage?«

»Es klang plausibel, aber andererseits – ich traue keinem der Mädchen«, seufzte Peppi.

Brander strich sich nachdenklich über das Kinn. »Es ist Winter, da hat Merle sicherlich Winterjacke und Handschuhe getragen. Wenn sie mit dem Jagdgewehr auf Mia geschossen hat, sollten wir auf der Kleidung Schmauchspuren finden.«

»Okay, die KT soll sich die Kleidung anschauen«, stimmte Marco zu.

»Die sollen auch den Waffenschrank von Patrick Altmüller unter die Lupe nehmen. Vielleicht hatte Merle die Munition für die Gewehre von ihrem Vater.« Brander wandte sich Peppi zu. »Und wir unterhalten uns derweil noch mal mit Jonas und Stella.«

Brander hatte gerade veranlasst, dass Jonas zur Vernehmung gebracht wurde, als Jens anrief.

»Das war mal ein Volltreffer«, erklärte er.

»Was jetzt genau?«, fragte Brander.

»Das Smartphone, das ihr mir gestern Abend hingelegt habt. Da hat jemand den Mann fertiggemacht.«

»Geht's ein bisschen konkreter?« Brander schaltete den Lautsprecher ein, damit Peppi mithören konnte.

»Lederer wurde mit Nachrichten bombardiert. Er hat sie zwar gelöscht, aber wir konnten einiges wiederherstellen. Die Nachrichten kamen von einem Prepaidhandy. Wir versuchen herauszufinden, wer dahintersteckt. Es gab Beschimpfungen wie Kinderficker, Pädo-Schwein bis hin zu Drohungen, dass man ihn kastrieren oder gleich umbringen wolle.«

Brander stieß die Luft laut aus den Lungen. »Warum hat er das nicht angezeigt?«

»Keine Ahnung, aber das ist noch nicht alles. Es wurden ihm Fotos mit kinderpornografischen Darstellungen zugeschickt. Wir müssen noch checken, ob es sich hierbei um echtes Bildmaterial oder Fotomontagen handelt. Und sie haben ihm Ausschnitte aus dem Video geschickt, in dem sie Jasmin gequält haben.«

Brander spürte Wut in sich aufsteigen. Mit diesen Daten hatte Merles Drohung in der Wildbeobachtungskanzel, dass sie Jasmin quälen und töten würden, noch mehr Nachdruck erhalten. »Ruf mich an, sobald du weißt, wem das Prepaidhandy gehört.«

Eine Nacht in Polizeigewahrsam konnte manchmal Wunder bewirken. Brander hoffte, dass es bei Jonas Kittel der Fall war und der junge Mann zu einer ehrlichen Aussage bereit war. Brander und Peppi saßen dem Sohn des Dachdeckermeisters in einem Vernehmungszimmer gegenüber. Eine Anwältin war bei ihm.

»Meier, von Meier und Meier und Co«, stellte sich die junge Frau forsch und mit festem Händedruck vor.

Ihr letztes Staatsexamen lag noch nicht lange zurück, schätzte Brander. »Sie hatten bereits Akteneinsicht?«, erkundigte er sich.

»Ja.« Sie strich sich eine blonde Strähne aus dem Gesicht. »Aber was werfen Sie meinem Mandanten eigentlich konkret vor?«

»Verabredung zu einem Verbrechen zusammen mit seiner Freundin Merle Altmüller sowie den gemeinsamen Freundinnen Mia Schöffel und Stella Winkler im Hinblick auf den mutmaßlichen Suizid von Karl Lederer.«

»Wir wollten den nicht umbringen. Der sollte einfach nur weg«, warf Jonas Kittel ein.

»Was soll das heißen: ›weg‹?«, fragte Brander. »Schloss das die Möglichkeit seines Todes mit ein?«

»Ist doch nicht unsere Schuld, wenn der sich erschießt!«

»Bei dem Gewehr, das Herr Lederer benutzt hat, handelt es sich um eine Waffe, die Ihre Freundinnen Herrn Gottfried Bäuerle gestohlen haben.«

»Wer erzählt so einen Scheiß?«

»Uns liegen zwei Geständnisse vor.« Auch Mia Schöffel hatte am Vormittag zugegeben, gemeinsam mit Stella und Merle die Waffen gestohlen zu haben. »Die Frage ist: Woher kamen die Patronen, mit denen die entwendeten Gewehre geladen wurden?«

»Woher soll ich das wissen?«

»Sie haben Zugriff auf Jagdmunition?«

»Nein.«

»Ihr Vater ist Jäger.«

»Er bewahrt sein Zeug im Schützenheim auf, weil meine Mutter keine Waffen im Haus haben will.«

»Wir haben heute Vormittag mit Mia Schöffel gesprochen«, schlug Brander ein anderes Thema an.

Jonas verlor augenblicklich seine ablehnende Haltung. »Wie geht es ihr?«

»Den Umständen entsprechend.«

»Aber sie kommt durch, oder?«

»Davon gehen wir aus«, blieb Brander absichtlich vage. Jonas' Reaktion war interessant. Obwohl er mit Merle zusammen war, schien er Mia zumindest freundschaftlich sehr verbunden zu sein. Er erinnerte sich an das Gespräch mit Klara Kittel – von Sandkastenliebe hatte sie gesprochen.

Er öffnete ein Gesprächsprotokoll auf dem Monitor seines PCs. »Sie haben uns erzählt, dass Karl Lederer Ihre Freundin Merle Altmüller vor einigen Monaten sexuell belästigt hat.«

Jonas nickte. »Hat er Mia auch –?«

»Nein.« Brander suchte auf dem PC die Mitschrift des Gesprächs. »Sie sagten vor zwei Tagen: ›Der hat ihr aufgelauert. Einmal, da hat er sie auf dem Heimweg abgepasst und an die Wand gedrückt und überall begrapscht.‹« Brander sah wieder zu Jonas. »Wo genau hat Herr Lederer Ihrer Freundin aufgelauert?«

»Das weiß ich nicht.«

»Haben Sie Merle nicht danach gefragt?«

Jonas hob die Schultern. »Sie wollte nicht darüber reden.«

»Sie war auf dem Heimweg. Woher kam sie? Welche Wände gibt es dort?«

»Das weiß ich nicht«, erwiderte Jonas gereizt. »Sie hat nur gesagt, dass der sie überfallen hat. Sie wollte, dass wir was unternehmen, damit der verschwindet. Deswegen die Sache mit der Hundescheiße.«

»Was ist mit den pornografischen Bildern, die Herrn Lederer geschickt wurden? Den Beschimpfungen und Drohungen? Waren Sie das?«

Jonas zog es vor zu schweigen.

Brander fixierte das Gesicht seines Gegenübers. Er wollte verhindern, dass ihm eine Regung in Jonas' Miene entging. »Mia Schöffel hat heute Vormittag gestanden, dass die Geschichte von der sexuellen Belästigung komplett erfunden war.«

»Hä?« Der junge Mann starrte ihn baff an.

»Haben Sie sich die Story gemeinsam mit Mia und Merle ausgedacht?«

Jonas sah hilflos zu seiner Anwältin. »Erfunden? Was heißt 'n das?«

Anscheinend hatte Mia die Wahrheit gesagt – sie hatten die anderen Cliquenmitglieder nicht in ihren perfiden Plan eingeweiht.

Rechtsanwältin Meier wandte sich Brander zu. »Was genau hat Mia Schöffel gestanden?«

»Genau das, was ich gerade gesagt habe: Es gab seitens Karl Lederer niemals eine Forderung nach Nacktfotos oder andere sexuelle Belästigungen. Mia hat erklärt, dass sie sich die Geschichte ausgedacht haben, weil sie wütend auf Karl Lederer waren, weil er Merle Altmüller am letzten Spieltag damals nicht hatte mitspielen lassen.«

»Das kann doch nicht sein«, hauchte Jonas fassungslos.

»Im Übrigen, Herr Kittel«, wandte Brander sich ihm wieder zu, »konnte ein Video sichergestellt werden, das eindeutig belegt, dass Sie in der Silvesternacht gezielt einen Stein durch das Toilettenfenster in Karl Lederers Haus geworfen haben. Das ist Sachbeschädigung in Tateinheit mit gefährlicher Körperverletzung.«

»Das kann nicht … Ausgedacht? Das kann doch nicht …« Jonas Kittel biss sich auf die Knöchel seines Daumens. »Scheiße, Scheiße, Scheiße«, zischte er kaum hörbar.

»Wir konnten in Herrn Lederers Haus Fotomontagen sicherstellen, die ihn beim Sex mit seiner Tochter zeigen. Die Aufnahmen seiner Tochter stammen aus dem Video, das wir auf Ihrem Laptop sichergestellt haben. Ebenso wurde der Ausschnitt, der Herrn Lederer zeigt und in das Bild reinretuschiert wurde, von einem Foto verwendet, das Sie laut eigener Aussage gemacht haben«, fuhr Brander fort. »Die Erstellung und Verbreitung dieser Bilder ist strafbar.«

Jonas beugte den Oberkörper vor und raufte sich durch die langen Haare.

»Zudem gibt es Aufnahmen von Monika Lederer beim Geschlechtsverkehr mit Christian Winkler, die heimlich von außerhalb durch das Küchenfenster von Herrn Lederers Haus gemacht wurden. Haben Sie die Aufnahmen gemacht?«

Jonas hob den Kopf. Bevor er jedoch etwas sagen konnte, streckte Frau Meier bremsend die Hand vor. »Ich möchte mit meinem Mandanten unter vier Augen sprechen.«

»Eine Frage noch.« Erneut nahm Brander den jungen Mann ins Visier. »Besitzen Sie ein Prepaidhandy?«

Die Röte schoss ihm in die Wangen, aber er schüttelte den Kopf.

Eine fuchsteufelswilde Solveig Altmüller erwartete Brander und Peppi in Corinna Tritschlers Büro.

»Wie kommen Sie dazu, einen Haftbefehl gegen meine Tochter zu erwirken und mein Kind dann auch noch über Nacht einzusperren?«, fuhr sie Brander an, kaum dass er das Zimmer betreten hatte. »Und dann auch noch eine Hausdurchsuchung! Was denken Sie eigentlich, wer Sie sind?«

»Ich habe Frau Altmüller darüber informiert, welche Vorwürfe gegen Merle erhoben werden«, erklärte Cory mit einer bewundernswerten Ruhe.

»Meine Tochter ist das Opfer!«, wetterte Solveig Altmüller unbeirrt weiter. »Und Sie tun so, als hätte sie diesen verfluchten Kerl umgebracht.«

»Ihr Mann ist Sportschütze, haben wir erfahren«, ignorierte Brander die Tirade. »Langwaffen oder Kurzwaffen?«

»Was weiß ich, was Lang- oder Kurzwaffen sind! Er hat Gewehre, ja und? Was hat das mit dem Lederer zu tun?«

»Hat Ihre Tochter Merle Zugriff auf die Munition?«

»Was …?« Sie stockte. »Ich sage überhaupt nichts mehr! Und meine Tochter wird auch nichts aussagen.« Sie zeigte energisch mit dem Finger auf die drei anwesenden Kommissare. »Das wird noch ein Nachspiel haben. Ihre Pension können Sie vergessen!«

Sie wollte aus dem Zimmer stolzieren, aber Brander bremste sie. »Warten Sie bitte einen Moment.«

Ein triumphierendes Lächeln legte sich auf die Lippen der Geschäftsfrau.

»Cory, kannst du bitte das Video von der Nacht auf den 3. Januar abrufen?«

Die Kollegin betätigte mit ihren rot lackierten Fingernägeln die Maus. Dann drehte sie den Monitor so, dass Solveig Altmüller den Bildschirm sehen konnte, und ließ den Film laufen.

»Was soll das sein?«, zischte Altmüller ungeduldig.

»Schauen Sie sich das Video bitte genau an und achten Sie auf die Stimmen.« Brander zog einen Stuhl heran. »Vielleicht möchten Sie sich setzen.«

Sie blieb stehen. Wenig später erschallten die verzerrten Stimmen: »Verrecke! Drecksau! Verrecke!«

Solveig Altmüller verschränkte die Arme eng vor ihrer Brust.

Auf dem Bildschirm stieg eine schattenhafte schlanke Gestalt durch die Dunkelheit die Treppe zur Kanzel hinauf, im Hintergrund war unterdrücktes Kichern zu hören. Dann erklang unverkennbar Merles Stimme, die Karl Lederer aufforderte, sich selbst zu erschießen. Die IT-Forensiker hatten ihre technischen Möglichkeiten ausgeschöpft, um das Beste aus Ton und Bild herauszufiltern.

Die Mutter sank nun doch auf den Stuhl. Cory wollte das Video stoppen, aber Brandner unterband es mit einer Geste. Solveig Altmüller sollte die Seite ihrer Tochter kennenlernen, die ihr bisher offensichtlich entgangen war.

»Wer hat dieses Video gemacht?«, fragte sie weitaus weniger forsch als wenige Minuten zuvor.

»Eine der Mittäterinnen.«

»Das ist doch nicht echt!«

»Zum einen liegt uns ein Geständnis vor, zum anderen haben unsere Techniker das Video überprüft. Sie können gern einen Spezialisten beauftragen und ein externes Gutachten anfordern.«

Die Sicherheit, die in Branders Stimme mitschwang, nahm der Frau den Wind aus den Segeln. »Ab sofort kommunizieren wir mit Ihnen nur noch über unseren Anwalt. Sie werden meine Tochter auf keinen Fall ohne die Anwesenheit ihres Rechtsbeistandes befragen. Haben Sie das verstanden? Wo kann ich bitte ungestört telefonieren?«

»Ich bringe Sie gern nach draußen vor die Tür«, bot Peppi an.

»Vorher will ich mit Merle sprechen.«

Cory informierte Peppi, in welchem Vernehmungszimmer sie Merle Altmüller untergebracht hatte. Nachdem die beiden Frauen das Zimmer verlassen hatten, wandte sie sich an Brander. »Wir haben Merles Jacken und Handschuhe an die KT weitergegeben. Erkennungsdienstlich wurde sie ja gestern bereits erfasst. Die Kollegen gleichen gerade ihre Fingerabdrücke mit denen auf Bäuerles Waffenschrank ab. Vielleicht finden sich auch noch Spuren an dem zweiten Gewehr.«

»Danke.« Brander ließ sich an Hendriks Schreibtisch nieder und betrachtete die Skizzen, die er am Tag zuvor auf der Schreibtischunterlage hinterlassen hatte. War es wirklich möglich, dass diese drei Mädchen den Mann in den Tod getrieben hatten? Alles eine Lüge. Die Wahrheit schien so ungeheuerlich – wenn Mia denn tatsächlich die Wahrheit gesagt hatte.

»Ich habe mit Frau Lederer gesprochen«, durchbrach Cory seine Grübeleien. »Ich habe keine Abweichungen zwischen ihrer ersten und der heutigen Aussage feststellen können. Andere Worte, aber derselbe Inhalt. Ich habe sie auch gefragt, ob sie weiß, wo ihre Tochter in der Nacht war, als ihr Mann den Suizid beging. Sie sagt, Jasmin wäre zu Hause gewesen. Beweisen kann sie es allerdings nicht.«

»Nach aktuellem Stand, würde ich sagen, sind die beiden raus aus der Geschichte.«

Cory studierte ihre Notizen. »Dann noch eine Info von POK Winkler. Er war gestern Abend zusammen mit Frau Vessler bei Gottfried Bäuerle. Der Mann schwört bei allem, was ihm lieb ist, dass er keine Munition mehr im Haus hatte und die Gewehre nicht geladen waren. Frau Vessler hat heute Vormittag mit seinen Kindern telefoniert. Sie bestätigen die Aussage. Bäuerles Sohn war, solange er in Aichheim gelebt hat, ebenfalls Mitglied im Schützenverein. Er hat erklärt, dass er selbst sich damals davon überzeugt hat, dass keine Patrone mehr im Lauf war.«

»Warum kann er sich so gut erinnern?«

»Die Kinder waren in Sorge, dass der Vater nach dem Tod der Mutter seinen Lebensmut verlieren könnte, und wollten verhindern, dass er sich mit den Gewehren etwas antut.«

»Er machte nicht den Eindruck, in irgendeiner Weise gefährdet zu sein.«

»Tja«, erwiderte Cory resigniert. »Wer zeigt der Polizei gegenüber schon sein wahres Gesicht?«

Peppi kehrte ins Büro zurück. »Frau Meier hat mich gerade informiert, dass Jonas Kittel eine Aussage machen möchte.«

»Sie möchten uns etwas sagen?« Brander saß mit Peppi im Vernehmungszimmer und sah dem jungen Mann gespannt entgegen.

Jonas strich sich die langen Haare aus der Stirn und atmete tief durch. »Ich gebe zu, dass ich mit Freunden hin und wieder zu Herrn Lederers Haus gegangen bin, dass wir ihn beschimpft und Hundekot an seine Hauswand geworfen haben.«

Er holte erneut tief Luft. »Außerdem gebe ich zu, dass ich Fotomontagen von Herrn Lederer und Jasmin erstellt und ausgedruckt und diese Bilder Herrn Lederer in den Briefkasten geworfen habe.«

Er sah zu seiner Anwältin, die ihm auffordernd zunickte.

»Die Nachrichten, die Herr Lederer auf seinem Smartphone bekommen hat, haben wir zum Teil gemeinschaftlich verfasst und ihm geschickt.«

»Wer ist ›wir‹?«, unterbrach Brander.

»Wir alle … Merle, Mia, ich …«

»Was ist mit Stella Winkler?«

»Die gehörte nicht zum engen Kreis.«

Das war interessant. Ob das Mädchen das wusste? »Warum nicht?«

»Weil ihr Vater Polizist ist. Die sollte nicht so viel wissen.«

»Wem gehört das Handy, mit dem die Nachrichten verschickt wurden?«

»Merle. Ihre Schwester hat es ihr zum Geburtstag aus den USA geschickt.« Jonas fand den Mut, Brander ins Gesicht zu sehen. »Ich habe ehrlich gedacht, der Lederer wäre pädophil, sonst hätte ich da doch nie mitgemacht! Aber ich bin kein Mörder. Damit will ich nichts zu tun haben.«

Ganz so leicht würde er sich dennoch nicht aus der Affäre ziehen können.

»Ich war nicht dabei, als der Lederer sich erschossen hat«, fuhr Jonas fort, nachdem weder Brander noch Peppi etwas sagten. »Merle hat gesagt, es sei ein Unfall gewesen. Sie hätten nicht gewusst, dass das Gewehr geladen war. Ich bin später mit ihr noch mal in den Wald, um das zweite Gewehr zu holen. Merle wollte es Herrn Bäuerle zurückbringen.«

»Sie wussten also von dem Diebstahl der Gewehre?«

Jonas nickte. »Aber ich hab die Dinger nicht geklaut und auch nicht geladen. Ich hab erst davon erfahren, nachdem das alles passiert war.« Er sah Brander verzweifelt an. »Hat Merle auf Mia geschossen?«

»Wie kommen Sie darauf?«

»Sie war in der Nacht davor bei mir. Sie hat gesagt, Mia wäre ein Risiko. Wir müssten dafür sorgen, dass sie die Klappe hält. Ich hab ihr gesagt, sie soll Mia in Ruhe lassen. Mia würde schon nichts sagen.«

»Und wie hat Merle reagiert?«

»Ich weiß nicht … Merle ist … weiß auch nicht. Ich hätte nie damit gerechnet, dass sie Mia was antut. Die beiden sind so.« Er verkreuzte Zeige- und Mittelfinger miteinander.

»Was ist mit der Brandstiftung? Haben Sie damit etwas zu tun?«

»Nein, aber ich war in der Nacht noch auf, ich war im Wohnzimmer und hab rausgesehen. Manchmal kam Merle nachts vorbei, wenn sie Bock hatte.«

»Bock? Worauf?«

»Ja, worauf wohl?« Jonas sah ihn an wie einen Hinterwäldler, dann wurde seine Miene wieder ernst. »Jedenfalls hab ich gesehen, wie Merle aus Lederers Haus kam. Sie hat mich auch gesehen. Sie hat mir eine Kusshand zugeworfen, ist dann aber gleich abgeschwirrt. Sie hat das für mich getan. Damit mein Vater expandieren kann. Und ich fand's okay. Ich dachte, wenn das Haus nicht mehr da steht, dann wird sie auch nicht mehr an dieses pädophile Schwein erinnert. Ich wusste doch nicht …« Er brach ab. »Sie haben mich reingelegt, oder? Merle und Mia haben nicht gelogen, oder?«

»Doch, das haben sie.«

Staatsanwalt Marco Schmid wollte die Vernehmung von Merle Altmüller persönlich übernehmen. Es war später Nachmittag, bis der Anwalt des Mädchens eintraf. Wie sich herausstellte, handelte es sich erneut um einen Vertreter der Sozietät Meier und Meier und Co. Dieses Mal hatten sie es mit Meier senior zu tun. Vielleicht hatten sich die Familien Kittel und Altmüller abgesprochen.

Peppi wollte nicht an der Befragung teilnehmen, daher nahm Marco Cory hinzu. Brander bot sich als Protokollant an, um bei dem Gespräch dabei zu sein.

»Frau Altmüller, Sie werden folgender Vergehen verdächtigt: Nötigung und Körperverletzung gegen Jasmin Lederer. Außerdem gemeinschaftliche Sachbeschädigung des Hauses von Karl Lederer durch Werfen von Kot, Einschmeißen einer Fensterscheibe und Brandstiftung«, begann Marco mit der Aufzählung der Tatvorwürfe. »Verleumdung im Falle Karl Lederer im Hinblick auf die Einforderung jugendpornografischer Bilder. Gemeinschaftlicher Diebstahl zweier Gewehre – mutmaßlich mit Mia Schöffel und Stella Winkler – in Verbindung mit dem unerlaubten Erwerb und der Weitergabe einer Schusswaffe an einen nicht Berechtigten, namentlich Karl Lederer. Nötigung in Form der Aufforderung zur Selbsttötung unter Zuhilfenahme von erpresserischen Mitteln. Androhung, der Tochter des Verstorbenen schwerwiegende Verletzungen zuzufügen, bis hin zur Mordandrohung, sollte Karl Lederer sich nicht selbst erschießen.«

Brander beobachtete Merle Altmüllers reglose Miene, während der Staatsanwalt die schier endlose Liste der ihr zur Last gelegten Taten vorlas. Er fragte sich, was in dem Kopf des Mädchens vor sich ging. Ließ sie das tatsächlich alles so kalt, oder rotierte es in ihrem Inneren? Welche Vergehen würden vor Gericht Bestand haben? War sie tatsächlich die Drahtzieherin, oder versuchten Jonas und ihre Freundinnen, die Hauptlast der Schuld auf sie abzuwälzen?

Unterdessen fuhr Marco Schmid fort: »Schwere Körperverletzung gegen Mia Schöffel durch Gebrauch einer Schusswaffe. Wobei noch zu prüfen ist, ob eine Tötungsabsicht vorlag. Zumindest wurde ihr Tod billigend in Kauf genommen, da Mia Schöffel allein verletzt zurückgelassen wurde. Es wurde keine Erste Hilfe geleistet und kein Notarzt gerufen. Im Falle Monika Lederer und Christian Winkler Verletzung des höchstpersönlichen Lebensbereichs und der Persönlichkeitsrechte durch unerlaubte Bildaufnahmen. Außerdem mutmaßlich Herstellung pornografischer und jugendpornografischer Schriften und deren Verbreitung.«

Meier senior wartete, ob der Staatsanwalt noch etwas hinzuzufügen hatte. Nachdem Marco schwieg, erklärte er: »Meine Mandantin muss sich zu keiner der ihr vorgeworfenen Taten äußern.«

Marco nickte und wandte sich dem Mädchen zu. »Frau Altmüller, möchten Sie etwas sagen?«

»Pfff«, stieß sie abfällig aus. »Der Lederer wollte mich vergewaltigen, und jetzt wollt ihr mich zur Täterin machen!«

»Wann wollte Herr Lederer Sie vergewaltigen?«, fragte Cory.

Merle musterte die Kommissarin, dann verzog sie weinerlich das Gesicht, so wie Brander es bereits mehrfach bei ihr zu Hause vor ihrer Mutter erlebt hatte.

»Erst wollte der nur Fotos von mir, und dann hat er mir nachts auf dem Heimweg aufgelauert.« Vom rotzigen Teenager war sie zu einem eingeschüchterten Mädchen geworden. »Der hat mich überall angefasst.«

»Das ist schrecklich«, ließ Cory sich auf das Spiel ein.

»Ich hab geschrien und mich gewehrt, und dann konnte ich ihm entkommen.«

»Warum haben Sie das nicht angezeigt?«

»Ich hab mich so geschämt.« Sie hielt den Kopf gesenkt, aber Brander entging nicht, wie sie einen winzigen Moment unter den Augenlidern umherschaute, ob ihr Publikum ihr an den Lippen hing.

»Haben Sie sich jemandem anvertraut?«, fragte Cory.

Sie schüttelte den Kopf.

Merle hatte Jonas davon erzählt, wusste Brander. Hatte sie das vergessen? Vermutlich war es nicht leicht, bei all den Lügen den Überblick zu behalten. Er notierte drei Worte auf einem Zettel und schob ihn Cory hin: »Wann? Wo? Zeugenaufruf.«

»Merle, ich weiß, dass das schwer ist, aber versuchen Sie bitte, sich so genau wie möglich zu erinnern: Wann genau ist das passiert?«

»Letztes Jahr, im September. Seine Frau war mit Jasmin ausgezogen. Er hat gesagt, es wäre meine Schuld, und darum wäre ich jetzt dran.«

»Können Sie sich vielleicht an den Wochentag erinnern oder die Uhrzeit?«

»Nein, aber es war schon dunkel, das weiß ich noch genau.«

»Und wo genau hat Karl Lederer Ihnen aufgelauert? Können Sie mir die Straße sagen? Wir können einen Zeugenaufruf starten.«

Merle blinzelte nervös. »Das war im Wald. Da ist doch niemand.«

»Wo? In welchem Wald?«

»Na, da bei uns.«

»Im Schönbuch? Jogger oder Radfahrer sind da immer unterwegs. Und im September ist die Hirschbrunft, die lockt viele Leute in den Wald. Da ist die Chance groß, dass sich ein Zeuge findet«, erklärte Cory zuversichtlich, wobei ihr das Kunststück gelang, noch immer völlig anteilnehmend zu klingen. »Wo sind Sie denn langgegangen?«

»Weiß ich nicht mehr.« Merles Stimme wurde ungeduldig.

»Hm«, gab Brander vernehmlich von sich, sodass sich alle Augen fragend auf ihn richteten.

»Gibt es dazu eine Anmerkung?«, fragte Marco.

»Die Hauswand sollte nicht so schwer zu finden sein.«

»Was für 'ne Hauswand?«, fragte Merle – die Klein-Mädchen-Stimme war verschwunden.

»Du hast deinem Freund Jonas damals erzählt, Karl Lederer hätte dich gegen eine Hauswand gedrückt.« Da er Merle bei den vorangegangenen Gesprächen geduzt hatte, blieb er dabei. »So viele Hauswände gibt es im Schönbuch nicht, die sollte leicht zu finden sein. Insbesondere, wenn du zu Fuß unterwegs warst. Das schränkt den Radius ein.«

»Ich bin das Opfer!«, schrie Merle ihn an.

Branders Handy blinkte auf. Er las Peppis Nachricht und schaute dann dem Mädchen in die Augen. »Mia hat ausgesagt, dass du sie in Karl Lederers Keller gelockt und dort auf sie geschossen hast.«

»Die Bitch lügt!« Merles Wangen glühten inzwischen vor Zorn.

»Dann erkläre mir bitte, wie die Schmauchspuren auf deine Kleidung kommen.«

»Die haben Sie dahin gemacht!«

»Deinem Vater fehlen aus einer Munitionspackung exakt vier Patronen.« Das hatte die Durchsuchung im Hause Altmüller ergeben. »Die Patronen passen haargenau zu denen, die wir aus den gestohlenen Gewehren sicherstellen –«

»Der hat auf Mia geschossen! Das war alles mein Vater!«,

brüllte das Mädchen hilflos. »Sie haben doch gesehen, wie brutal der ist. Der hat mich geschlagen!«

Marco Schmid hob fragend die Augenbrauen. »Warum sollte Ihr Vater Ihre Freundin Mia in ein fremdes Haus locken und dort auf sie schießen?«

»Frau Altmüller, ich rate Ihnen, sich nicht weiter zu äußern«, schritt der Anwalt ein. Er wandte sich an Brander. »Gibt es weitere neue Erkenntnisse, von denen ich wissen sollte?«

»Auf der angebrochenen Munitionspackung konnten Merles Fingerabdrücke gesichert werden, ebenso an dem Waffenschrank der Familie Altmüller«, erwiderte Brander. »Außerdem wurde in Merles Zimmer ein Prepaidhandy gefunden, von dem aus Hassnachrichten an Karl Lederer geschickt worden sind.«

Merle Altmüllers Fingerspuren fanden sich nicht nur auf und im Waffenschrank ihres Vaters, sondern passten auch zu einem der auf Bäuerles Schrank sichergestellten Abdrücke. Die Kriminaltechniker hatten zudem an der Patronenhülse, die aus dem zweiten Gewehr verschossen worden war, einen Fingerabdruck von Merle gefunden. Anscheinend hatte sie beim Laden keine Handschuhe getragen.

Auf dem Prepaidhandy reihten sich zahlreiche Hassnachrichten und Bilder aneinander. Die Clique war nicht davor zurückgeschreckt, Karl Lederer die Bilder von seiner Frau und Christian Winkler zu schicken – die Fotos waren mit dem Prepaidhandy aufgenommen worden. Sie hatten ihm mit höhnisch lachenden Emojis geschrieben, er könne sie ruhig anzeigen, dann könnte der Christian wieder vorbeikommen und es seiner Frau so richtig besorgen. Es folgten weitere bösartige Nachrichten.

Auf dem Handy waren zudem zahlreiche Videos von Jasmin. Sie war nicht nur in der Umkleidekabine gedemütigt worden, das Mädchentrio hatte Jasmin auch an anderen Orten aufgelauert und sie schikaniert. Sie hatten sie in demütigenden Posen gezwungen, Sätze zu sagen wie »Papi, fick mich«, »Papi, ich will deinen Lolli lecken«. Die Videos hatten sie dem Vater geschickt.

»Es werden schwere Verhandlungen werden«, prophezeite Marco Schmid, als sie am späten Abend in Corys Büro zusammensaßen.

»Sorg bitte dafür, dass die alle einfahren«, bat Peppi.

»Merle bekommt sicher eine Jugendstrafe, insbesondere weil sie Mia in einen Hinterhalt gelockt und auf sie geschossen hat. Aber die anderen …« Der Staatsanwalt schürzte zweifelnd die Lippen.

»Das Mädchen hat für mich soziopathische Züge«, stellte Brander fest. »Sie lechzt nach Aufmerksamkeit, versucht, ihr Gegenüber zu manipulieren, zeigt keinerlei Mitgefühl für andere. Und wenn ich daran denke, was sie Jasmin angetan hat, um dann die Bilder an ihren Vater weiterzuleiten, hat sie definitiv eine sadistische Veranlagung.«

»Ein psychologisches Gutachten ist sicherlich ratsam«, stimmte Marco zu.

»Allerdings scheint Gewalt in der Familie auch ein Thema zu sein.« Brander berichtete von der Ohrfeige, die Patrick Altmüller Merle gegeben hatte.

»Vielleicht ist ihm die Sicherung durchgebrannt, als er gesehen hat, wie seine Tochter einem Polizisten ins Gesicht spuckt«, suchte Marco eine Erklärung.

»Man schlägt sein Kind trotzdem nicht«, erwiderte Brander. »Wir sollten das nicht unbeachtet lassen.«

»Die beste Meinung hat er jedenfalls nicht von seiner Tochter«, stellte Peppi fest. »Ich habe vorhin mit Paula Vessler gesprochen, sie war bei der Hausdurchsuchung bei den Altmüllers dabei und hat ihn bei der Gelegenheit zu den Vorfällen von damals befragt, als die Mädchen die Anschuldigungen gegen Lederer erhoben haben.«

Brander nickte anerkennend. Aus der jungen Polizeikommissarin konnte was werden.

»Er war zu der Zeit für drei Monate in den Staaten, Altmüller arbeitet für einen internationalen Konzern und hat dort ein Projekt geleitet. Seine ältere Tochter Elin hat ihn begleitet. Sie hat ein Stipendium an einem College bekommen, und vor Semesterbeginn sind die beiden noch ein bisschen durchs Land gereist. Als er zurückkam, hatte seine Frau bereits alles im Verein geregelt, und Lederer war aus dem Amt entlassen worden. Ihn hat die Sache nicht weiter interessiert. Paula hatte das Gefühl, dass er Merles Story schon damals nicht geglaubt hat, aber vielleicht versucht er auch nur, sich selbst zu schützen.«

Marco nickte. »Er wird sich dafür verantworten müssen, dass Merle Zugriff auf die Munition hatte.«

»Was ist mit POK Winkler?«, fragte Cory.

»Da muss geprüft werden, ob man ihm Strafvereitelung im Amt vorwerfen kann, weil er damals der Information über die angebliche Nötigung der Mädchen durch Karl Lederer nicht nachgegangen ist.«

»Hätte der seinen Job ordentlich gemacht, wäre die Situation niemals so eskaliert!«, schimpfte Peppi.

»Das ist Spekulation«, relativierte Marco. »Im Übrigen hätte Karl Lederer Anzeige gegen die Mädchen erstatten können.«

»Du hast doch gesehen, was die Mädchen ihm alles geschickt haben.«

»Es hilft niemandem, darüber zu streiten, was man hätte tun können«, schritt Cory ein. »Es ist schlimm genug, dass das passiert ist, und wir können nur hoffen, dass Jasmin irgendwann bereit sein wird, Hilfe anzunehmen.«

»Ja.« Marco stand auf. »Ich mache Feierabend. Kommst du mit?«

Peppi nickte und erhob sich ebenfalls. »Was ist mit dir, Andi?«

»Gleich … ich brauche noch einen Moment.«

Während die anderen gingen, blieb Brander in dem Büro sitzen. Er lehnte sich erschöpft zurück und schloss die Augen. Mit ihrer Lüge hatten die Mädchen eine ganze Familie zerstört und einen Mann eiskalt in den Tod getrieben. Mit jedem einzelnen Bild und Video, das er in den letzten Tagen gesehen hatte, spürte er das Leid und die Not Karl Lederers mehr. Wie hilflos hatte er sich gefühlt?

Brander rieb sich durchs Gesicht, als könne er damit die Gedanken abstreifen. Er sollte nach Hause fahren, zu Frau und Tochter, in sein friedliches, geordnetes Leben.

Er fragte sich, ob bei Karsten der Haussegen noch schief hing oder ob Manuel inzwischen akzeptiert hatte, dass nicht er, sondern Brander mit Karsten nach Schottland reisen würde. Diese Differenz zwischen den beiden Männern gab der Reise einen schalen Beigeschmack. Brander wollte nicht der Grund für den Streit sein. Er rief Karsten hat.

»Kann ich kurz vorbeikommen?«

***

Karsten war allein zu Hause, als Brander vor seiner Tür stand.

»Du siehst ja richtig übel aus«, begrüßte er ihn. Sie gingen ins Wohnzimmer. Brander setzte sich auf das Sofa, während sein Kumpel direkt an das Regal mit seiner Whiskysammlung trat. »Islay, würde ich vorschlagen. Port Charlotte?«

»Ich muss noch fahren.«

»Entweder Manu fährt dich nachher, oder du pennst auf dem Sofa.« Karsten nahm den Whisky der Bruichladdich Destillery und zwei Gläser und gesellte sich zu Brander. Er schenkte großzügig ein und hielt ihm ein Glas hin. Schon aus der Ferne kroch Brander die kräftige Torfrauchnote in die Nase. Er trank einen kräftigen Schluck, spürte den hochprozentigen Dram durch die Kehle, die Speiseröhre entlang und in den Bauch drängen. Karstens Wahl war genau die richtige für seine Stimmung. Eine dominante Rauchnote, die im Nachklang durch eine dezente fruchtige Süße abgerundet wurde.

Sie leerten zwei Gläser. Die fünfzig Prozent Alkoholvolumen gepaart mit der geringen Nahrungsaufnahme des Tages ließen Brander die Wirkung schnell spüren.

»Becks, ich kann nicht mit dir nach Schottland fahren«, rückte er schließlich bedauernd mit dem Grund seines Besuchs heraus.

»Warum nicht?«

»Ich will nicht zwischen dir und Manu stehen.«

Karsten grinste amüsiert. »Du bist ja süß.«

»Es ist mir ernst.«

»Erzähl mir nicht, dass du deine schwule Seite an dir entdeckt hast und befürchtest, allein mit mir in Schottland meinen Reizen zu erliegen.« Karsten zwinkerte ihm gespielt lüstern zu. »Was bei diesem Astralkörper natürlich verständlich wäre.« Er strich lasziv mit der Hand über seine muskulöse Brust.

»Jetzt hör doch mal auf damit.«

»Dann hör du auf, so einen Unsinn zu reden. Du stehst nicht zwischen Manu und mir. Was hat er denn zu befürchten, wenn ich mit meinem Heterofreund auf Whiskytour gehe? Er interessiert sich weder für Whisky, noch mag er kalte nordische Länder. Da gibt es gar nichts zu diskutieren. Du fährst mit mir nach Schottland, sonst kündige ich dir die Freundschaft.«

»Das bringst du nicht.«

»Es würde mir das Herz brechen.« Karsten füllte die Gläser ein drittes Mal. »Ich habe drei Termine zur Auswahl. Einen im März, zwei im April. Du darfst entscheiden, mein Schatz.«

»Wenn wir zusammen verreisen«, Brander hob mahnend den Finger, »dann nenn mich nicht ›Schatz‹.«

»Wäre ›Honey-Bunny‹ genehm?«

Brander musste gegen seinen Willen grinsen. »Ich bin mir nicht sicher, ob ich eine ganze Woche allein mit dir überstehe.«

Folgende Whiskys begleiteten Kommissar Brander bei seinem zwölften Fall:

Craigellachie Armagnac Cask Finish
Single Malt Scotch Whisky
Alter: 13 Jahre, 46 % vol.
Craigellachie Distillery, Craigellachie (Region Speyside)

Glen Garioch
Single Malt Scotch Whisky
Alter: 12 Jahre, 48 % vol.
Glen Garioch Distillery, Oldmeldrum (Region Highlands)

Glenmorangie The Nectar
Single Malt Scotch Whisky
Alter: 16 Jahre, 42 % vol.
Glenmorangie Distillery, Tain (Region Highlands)

Port Charlotte
Single Malt Scotch Whisky
Alter: 10 Jahre, 50 % vol.
Bruichladdich Distillery, Argyll (Region Islay)

Whisky ist ein Genussmittel.
Bitte trinken Sie verantwortungsvoll.

Ein herzliches Dankeschön!

Branders zwölfter Fall ist einer der Fälle, die Andi und Peppi persönlich sehr nahegehen. Und auch für mich waren die Recherchen zu diesen sensiblen Themen nicht unbedingt einfach. Vorverurteilung, was ist Fake, was ist real, wie leicht lässt man sich von einer Information beeinflussen, ohne deren Wahrheitsgehalt zu hinterfragen? Themen unserer Zeit.

Daher bin ich sehr dankbar, dass ich mich nicht auf ein bisschen Internetrecherche und Hörensagen verlassen muss, sondern seit vielen Jahren großartige Unterstützung von zahlreichen Fachleuten bekomme. All diesen wunderbaren Menschen danke ich von Herzen!

Den Kriminalhauptkommissaren a. D. Claus Sitter und Hans Georg Pohl von der Kripo Esslingen gilt mein Dank für die Beantwortung von kriminaltechnischen und ermittlungstechnischen Fragen.

Oberstaatsanwalt a. D. Robert Bechthold danke ich ganz besonders für die Beratung in juristischen Fragen.

Für rechtsmedizinische Hilfe danke ich erneut herzlich Privatdozent Dr. Frank Wehner vom Institut für Gerichtliche Medizin in Tübingen.

Wertvolle Nachhilfe im schwäbischen Dialekt leistete mir dieses Mal Wolfram Karrer – ich würde mich auf Schwäbisch bedanken, wenn ich es könnte … So kann ich nur »Danke!« sagen, aber von Herzen!

Trotz aller Recherche können sich dennoch Ungenauigkeiten ergeben. Diese gehen auf mein Konto und sind meiner schriftstellerischen Freiheit geschuldet.

Danken möchte ich zudem den vielen langjährigen lieben Wegbegleiterinnen und Wegbegleitern, die mich bei meiner Arbeit unterstützen – ganz besonders dir, liebe Uli, danke ich für dieses Mal sehr kurzfristiges Testlesen! Meinem Mann Frank danke ich für seine konstruktive Kritik zum Manuskript, fürs Mutzusprechen und das Verständnis für meine Arbeit, auch wenn ich am einzigen sonnigen Sommerwochenende durcharbeite, damit der Krimi pünktlich zum geplanten Erscheinungstermin fertig wird.

Danken möchte ich an dieser Stelle auch meiner Familie, die immer fleißig mitliest und dem nächsten Fall entgegenfiebert.

Außerdem danke ich ganz herzlich den zahlreichen BibliothekarInnen, BuchhändlerInnen und VeranstalterInnen, die Brander und mir eine Bühne geben, damit Sie, liebe Leserinnen und Leser, Brander und mich live erleben dürfen – und manchmal auch zusammen mit uns einen guten Scotch genießen können.

Ebenso danke ich den BloggerInnen, die Branders Fälle seit Jahren verfolgen und darüber schreiben. Und ich danke natürlich Ihnen, liebe Leserinnen und Leser, für Ihre jahrelange Treue, die wunderbaren und motivierenden Leserbriefe und die netten Gespräche bei Veranstaltungen.

Ebenso gilt mein Dank auch dieses Mal wieder dem gesamten Team des Emons Verlages für die nun schon so viele Jahre währende großartige Zusammenarbeit! Ich freue mich auf viele spannende neue Buchprojekte.

Alle Bücher von Sybille Baecker im Überblick

Auch als eBook erhältlich

Schwaben-Krimis

Irrwege
ISBN 978-3-89705-610-7

Eisblume
ISBN 978-3-89705-782-1

Neckartreiben
ISBN 978-3-89705-947-4

Siebenmühlental
ISBN 978-3-7408-0498-5

Schwabentod
ISBN 978-3-7408-0927-0

Kehrwoche
ISBN 978-3-7408-1261-4

Körschtalrache
ISBN 978-3-7408-1660-5

Und der Schönbuch schweigt
ISBN 978-3-7408-2311-5

Schottland-Krimis

Sturm über den Highlands
ISBN 978-3-7408-1360-4

Vermisst in den Highlands
ISBN 978-3-7408-2098-5

Liebesroman
(unter dem Pseudonym Sofia Mai)

Herzklopfen im Ländle
ISBN 978-3-7408-1941-5